女特警
FEMALE SPECIAL POLICE

刘 猛 ★ 著

贵州出版集团
贵州人民出版社

图书在版编目（CIP）数据

女特警 / 刘猛著． -- 贵阳 ：贵州人民出版社，2024.11．-- ISBN 978-7-221-18549-5

Ⅰ．I247.5

中国国家版本馆 CIP 数据核字第 2024EY4442 号

女特警
Nü TEJING

刘 猛 / 著

出 版 人	朱文迅
责任编辑	刘旭芳
出版发行	贵州出版集团　贵州人民出版社
地　　址	贵阳市观山湖区中天会展城会展东路 SOHO 公寓 A 座
印　　刷	三河市中晟雅豪印务有限公司
版　　次	2024 年 11 月第 1 版
印　　次	2024 年 11 月第 1 次印刷
开　　本	787 毫米 ×1092 毫米　1/16
印　　张	20
字　　数	261 千字
书　　号	ISBN 978-7-221-18549-5
定　　价	69.00 元

如发现图书印装质量问题，请与印刷厂联系调换；版权所有，翻版必究；未经许可，不得转载。

第一章

一

东方泛鱼肚白，海平面处，几只满载而归的渔船在海面上轻轻摇曳，船上方盘旋着一群海鸥。层叠的海浪奔涌到海滩前时，已然倾泻了所有力气。海浪轻拍在岸边的礁石上，发出轻柔的涛声。浓稠的海雾被湿咸的海风吹散后推到沿岸，弥漫在漫长的海岸线上。四周空无一人，画面宁静而温柔。

一束灯光从礁石上一闪而过。沿岸公路上，两辆"黑虎三型"防暴突击车疾驰前行，宽大厚重的防爆轮胎碾过地面，发出低沉的咆哮声。紧随其后的是三辆"依维柯"改装的防弹运兵车。霞光刺破云层，领头突击车的黑色车身在阳光的照耀下极具金属质感。车厢内，东海市公安局特警支队闪电突击队的队员们荷枪实弹，FAST防弹头盔与511战术面罩之间裸露的双眼中迸发出凌厉的锋芒。

"检查装备！"元素拾音耳机中传来彭鹰翔粗犷的声音。"是！"队员们挺胸低吼。一时间，车厢内充斥着95式突击步枪、92式手枪、88式狙击步枪的枪栓推拉声。彭鹰翔扣紧防弹衣的插扣，目光凛然地看着面前的队员们："这次要抓捕的目标是一伙长期盘踞在边境地区的国际贩毒贩枪团伙，任务以抓捕为主，不过如果遇到对方反抗——"彭鹰翔停顿片刻，随后冷峻地说道，"西角码头距市中心不足十公里，如果持枪罪犯逃窜，会对东海市群众的人身安全构成巨大威胁，所以如果对方反抗，一律果断击毙，绝对不允许一名罪犯从我们手中逃脱！"

"是！"队员们齐声回应，扣上压满弹药的弹匣。

彭鹰翔的目光扫过坐在身旁的孙鹏宇，踢了一下对方的脚后跟。孙鹏宇正低头端详着手中的照片，一抬头正好对上彭鹰翔严肃的眼神。头套遮盖下，看不清孙鹏宇脸上的笑容，但是他的眼睛已经眯成了一条缝，他翻转照片递到彭鹰翔面前："我儿子，下星期六过一周岁生日，我想那天请大家一块去我家喝酒。"

怀里端着88式狙击步枪的张鑫凑上前，一把夺过照片，看着照片中那个婴儿白白胖胖的脸蛋，赞叹道："像，真像，简直是一个模子刻出来的！"孙鹏宇听闻一笑，骄傲地说道："像吧，长大了肯定跟他爹一样高大帅气。"张鑫咧嘴笑道："我是说像嫂子，幸好不像你，不然长大了跟你一样砢碜，怕是媳妇都找不到了。"

队员们哈哈大笑，大战前的紧张感得到了短暂的缓解。彭鹰翔抢过张鑫手里的照片，还给孙鹏宇："回头大伙商量商量，给孩子送啥礼物。"孙鹏宇把照片揣怀里，拍着彭鹰翔的肩膀说："队长，份子钱和礼物都免了，你随瓶茅台给朋朋以后上大学当状元酒呗。"彭鹰翔笑笑："只怕酒一年都保不住，就进你肚子里了！"车里又响起一阵齐声大笑。

第一章

　　张鑫望着彭鹰翔，好奇道："队长，你跟你对象谈了有三年了吧，啥时候结婚？"彭鹰翔的嘴角轻轻抽动一下，脑海里浮现出一个短发女人的面貌，女人俊俏的脸庞上带着不同寻常的锐气。彭鹰翔铁一般坚忍的脸上流露出一抹柔情，他嗫嚅了一下，回道："快了，等她这次完成任务回来，就快了……"

　　他看了一眼手中战术平板电脑的屏幕，坐标显示已经快要接近目的地了。彭鹰翔大手一挥，车内的声音戛然而止，威严的表情重新攀上每个人的脸颊。彭鹰翔命令道："这次任务，敌方团伙高级别目标中有两名刑侦支队的同志，身份暂时保密，行动前上级会将两名同志的信息下放给我们，行动中一定要保证他们的安全！"

　　片刻后，车队抵达西角码头外围。这处始建于二十世纪九十年代的老码头早已弃用荒废，沿岸礁石处停靠着一艘报废的渔船，数十个锈迹斑斑的集装箱不规则地落在四分五裂的水泥地面上。依托着集装箱作为掩体，车队停下来，突击队队员们从车门后鱼贯而出，在彭鹰翔的指挥下迅速凝聚成战术队形，对四周进行戒备。

　　远处，警航队操控着一架无人机起飞至二百米高空，飞向码头，悬停在上空。耳机传出一声"接入信号"，彭鹰翔的手指在平板电脑上敲击几下，无人机拍到的画面传递到了平板电脑上。他将地形图刻入脑海中，在图上标记了四个点位，传递到了队员们的PDA（掌上电脑）上。他嘴唇抵近喉麦："开始行动！猛禽、骆驼，从北边穿越围栏进入码头库房，标记敌人坐标，查探建筑内是否安装了爆炸物。鹰眼，占据A点堆叠集装箱顶部，提供掩护，其他人跟我来！"

　　"是！"突击队队员战果和梁峰奔向码头北边。

　　彭鹰翔领头，小队按一字队形贴着集装箱前进，朝码头中央一栋四层水泥建筑靠近。张鑫与观察手孟凡亮行进至A点，眼前三个集装箱堆叠在一起。张鑫利用飞爪勾住顶端一角，狠狠拽了几下绳索，验证牢固后，与孟凡亮借助攀爬绳快速攀登到集装箱顶部。

彭鹰翔带队抵达建筑物墙角外，耳机里传来张鑫喘着粗气的声音："山鹰！鹰眼已就位！"彭鹰翔背靠墙面："野猪，汇报目标排序！"孟凡亮眼睛抵着望远镜："一层有一名武装人员，面朝七点钟方向，二楼拐角处窗口有烟雾飘出，疑似有人员值守，其他位置被墙面遮挡，看不见。"

"掩护我！"彭鹰翔身先士卒进入建筑内，冲身后的队员打了打手势，队员交叉步入室内。彭鹰翔轻手轻脚地向站在窗口的一名敌人接近，行至对方背后时，挥手一记掌刀落在其后颈处，对方应声倒地。指导员王翼陇爬上楼梯，以同样的方法收拾掉了二楼拐角处的敌人。身后的孙鹏宇将倒地人员拖拽至隐蔽处，用扎带捆扎手脚、封住嘴唇之后，跟随小队挺进至二楼露天平台。

一阵轮胎碾压沙土地面的胎噪声传来，彭鹰翔示意队员掩藏在楼梯间。他靠近围栏，端着望远镜查看声音来源，发现一辆越野车出现在海滩上，在礁石滩前停下。车门打开，一男一女从车里跳出来。搁浅在礁石滩的渔船上出现了几个端着枪的男人，枪口对准两人。不远处的集装箱后冒出几个脑袋，有人埋伏于此。

耳机中传来张鑫急切的声音："山鹰！目标人物出现！"彭鹰翔回道："已锁定，持续观察！"

张鑫架枪瞄准，镜头内的十字线稳稳地落在两人身上，看清两人面貌后，他眼睛突然离开了瞄准镜，一脸惊讶地捏住喉麦："山鹰！是高婉莹！"

彭鹰翔紧绷着脸，望远镜内，女人的短发被海风扬起，露出半边脸颊。两月未见的思念化为藤蔓攀至心头。他意识到卧底在犯罪团伙的同志就是他的恋人高婉莹。恍惚间，一名持枪大汉悄然出现

第一章

在他左上方。等他发觉脚步声，猛地侧身时，黑洞洞的枪口已经对准了他。

二

"砰！"一声被消音器降噪后的88式狙击枪声隐没在海浪声中。与此同时，两段身躯重重倒地。

彭鹰翔侧倒在地，倾斜的枪口对着左上方。热血溅了他一脸，他瞪大双眼，看着持枪大汉从上方平台栽倒下来，面朝下倒在他身旁。王翼陇听到动静，从楼梯间奔出来，扶住他的肩膀："没事吧？"彭鹰翔摆摆手，起身朝张鑫藏身的方向望去，眼睑处闪过瞄准镜在阳光下的反光。

"山鹰！你方所在建筑物顶部有一名狙击手！"耳机里传出孟凡亮的低吼。其后，已经搜索完库房内敌情的战果汇报道："这里是猛禽！解决武装人员三名，已查探完毕，没有安装爆炸物！"彭鹰翔命令道："猛禽、骆驼！与我交换位置，拿下制高点！"

此时，海面上出现两个小黑点。黑点渐近，能看清是两艘载满人员的快艇。快艇停靠在废弃渔船旁，船上有人抛下软梯。一个留着络腮胡的男人出现在甲板上，冲站在沙滩上的高婉莹招招手。高婉莹爬上甲板，伪装成其手下的警员张宝路提着黑色手提箱紧随其后，络腮胡拦在两人面前，脸上刀疤褶皱，冷冷地盯着张宝路手中的箱子。张宝路打开卡扣，微开箱口，让络腮胡看清楚里面装满的钞票。

络腮胡在张宝路腰间摸了摸，又走到高婉莹面前，高婉莹不待他动手，主动解下别在腰上的手枪，递给了络腮胡。络腮胡接过手枪后仍不后退，手伸向高婉莹的上半身，高婉莹挥手将其推开，高声说:"地方你选的,还带了这么多人,这点诚意都没有,这生意不做也罢!"

"老K,让她进来吧!"船舱里传出一道沙哑的男声。络腮胡侧过身,高婉莹怒目瞪着他,撞开他的身子大步走进船舱。

一束阳光穿过渔船上面的窟窿,打在表面已经腐坏的木板上。光束后的黑暗中,走出一个穿着花色短袖的中年男人,在他身后有几名手下隐没于黑暗中。男人拨开头上乌黑的卷发,狭长的眼睛上下打量着高婉莹,那张胡须繁密的嘴逐渐咧开:"抱歉,国际刑警发布的红色通缉令已经传给了中国警方,我得保证我的安全,不过……如果早知道'毒后'如此美貌,我会考虑选择一个更优雅的地方。"

高婉莹盯着男人空空的双手,冷声道:"少废话,察猜,我要的东西呢?"察猜呵呵一笑:"好,也是个急性子!"说话间,手一挥,身后两名手下提着两个箱子上前,打开后放在了察猜脚下。箱子内一包包用密封袋装好的粉状结晶体,在阳光下显得格外晶莹剔透。

张宝路放下钱箱,走到察猜面前,蹲下身拿起一包白粉拆开,仔细查看后跟高婉莹使了个眼色。高婉莹的手指悄然摸向腰间一侧,往下按压,深埋在耳道内的胶囊耳机发出沙沙声。她眉头一紧,目光如炬地盯向察猜。

渔船外,彭鹰翔等人躲在集装箱后,密切监视着埋伏在外的枪手。指挥中心已将高婉莹和张宝路的信息传送到突击队队员的PDA上。见代号为"蜂鸟"的高婉莹迟迟没有走出来,彭鹰翔心急如焚,他联络上指挥中心,低声问:"里面什么情况?许久没有动静了!"

"蜂鸟身边有信号屏蔽器,接收不到她的消息了。"

"闪电突击队请求行动!"

指挥中心那端沉默半晌,换了一个低沉的男声回道:"不行,里

第一章

面情况未知,如果此时惊动犯罪团伙,对方会将毒品快速倒进海里销毁,不能贸然行动!"彭鹰翔闻言,挥拳重重击打脚下的水泥地,狠厉的目光继续观察着渔船。

高婉莹久久未接收到指挥部消息,只好拿起钱箱,与察猜交换。正要转身离开时,却被察猜拦住了。察猜打开一袋白粉,递给高婉莹:"怎么,货不亲自验验?"高婉莹不屑地说:"他验过就行。"

方才高婉莹的动作落入察猜眼中,让他早已心生疑窦,此时他不依不饶地说:"升级后的新货,够劲,不尝尝吗?"高婉莹哼笑:"三天后,这两箱东西就要占据H省的各个酒吧和KTV市场,现在跟你浪费的每一分钟时间,都在耽误钞票流向我的速度!"察猜哈哈大笑,突然从背后摸出一把贝雷塔92手枪,对准高婉莹的额头:"如果我让你现在尝呢?"

高婉莹处变不惊,眼神死死咬住察猜持枪的手,淡然道:"这东西是能给人带来兴奋和刺激,不过有一点坏处,就是吸多了让人——手抖"话音未落,她迅速抬手抓住枪柄,手指抵住扳机,最后一个字从嘴里蹦出时,手枪已被她夺入手中,调转枪口对着察猜。察猜身后的手下一惊,纷纷端枪指向高婉莹。

"所以真正玩枪的,不会碰这个。"高婉莹拨上手枪保险,把枪扔在脚下。察猜笑着抬起手,众人缓缓将枪放下。他注意到高婉莹右手虎口处有几道细长的白色疤痕,嘀咕道:"在国内,能经常用枪,以至于手掌上都留下疤痕的人只有两种——警察和当兵的。"

三

高婉莹走到察猜面前,丝毫不怯地直视他的眼睛:"我在喀麦隆待过三年。"

"巧了！"察猜眼睛瞪大，露出夸张的表情，"我也在喀麦隆的巴富萨姆待过一年，那时候最惬意的就是在湖边钓鱼，湖里的鱼又肥又美！"

"那你记错了，巴富萨姆附近有火山，湖里有碳酸盐，鱼活不下来。"

察猜放声大笑，眼底闪过一抹奸诈，他拍着脑袋说："看来这玩意儿吸多了，还影响记忆力啊，有些话还是现在就说了，省得以后忘记了。"他的脚尖轻碰了一下装满毒品的箱子，"下个月，我能出八百公斤的量，你收得了吗？"

高婉莹嘴角抽动一下，问："我早就了解过你的底细了，一个月的时间根本不可能出来这么多货，你要怎么做？"

"那你就不用知道了，总之下个月这个时间，我会把货完完整整地交给你，你准备好钱！"

察猜弯腰提起钱箱，正要离开时，老K从外面小跑进来，凑到察猜耳旁小声言语。察猜脸色一沉，示意手下赶紧离开。

此时，楼房顶部一个身着迷彩服的男人微微睁开眼，只觉浑身紧绷，低头一看，发现自己被五花大绑，不远处蹲着两名胸贴是黄色闪电图案的特警。迷彩服瞄向地上的狙击步枪，挪动身体悄悄靠着围墙。围墙长久被潮湿的海风侵蚀，裂痕遍布。迷彩服刚一靠上，身体就随墙面一齐倒向楼下，"砰"的一声摔在地面上，震得飞灰四散。埋伏在集装箱后的枪手听到动静，朝天放了两枪示警。

察猜听到枪声，拿起对讲机喊道："红桃A！什么情况？！"对讲机里许久没人回应。他察觉有异，挥手指向高婉莹和张宝路："妈的中圈套了！杀了他们！"察猜身后的手下端枪朝两人齐射。

船舱里顿时子弹乱窜，木屑飞溅。高婉莹蹲下身，朝前翻滚一圈，起身时已捡起了地上的手枪，"砰砰"两枪击中了两名持枪歹徒

第一章

的胸口。一旁的张宝路情急之下抓起地上的一个毒品箱，扔向一名手持霰弹枪的歹徒，霰弹枪口迸出的子弹尽数击打在箱子上。箱子四分五裂，里面的白粉扬到半空，遮住了众人的视线。

几乎同一时间，彭鹰翔一声虎吼："行动！"突击队队员们立即从掩体后蹦出来，枪声密集。察猜埋伏在外面的枪手悉数被击中胳膊或肩膀，码头上惨叫连连。天空中，无人机急速下降，高音喇叭外放："这里是东海市公安局，你们已经被包围了，立刻丢下武器投降，否则我们将猛烈攻击！"海面上，七八艘打着警笛的快艇从东西两端飞驰而来，向渔船逼近，喇叭同样高放着这段语音。

混乱中，察猜提起钱箱，又一脚把另一个装有毒品的箱子踢到老K脚下，喝道："把东西销毁了！"老K揣起箱子向甲板跑去，准备把东西往海里倒。高婉莹拨开粉尘，冲向要逃跑的察猜。她伸手拽住对方胳膊，但脚下被枪击的木板因承受不住两人的重量，"哐"的一声破裂了，两人一起摔到了渔船的下层。

几名歹徒一边向靠在渔船旁的快艇逃跑，一边举枪朝码头胡乱射击。一枚高速旋转的子弹蓦地贯穿了其中一人的脑袋，红白相间的黏稠液体溅到了身边同伴的身上。其余人再也不敢回头，你推我赶地从船上跳到快艇上，有两个歹徒慌不择路，扑通跳入了海中。

"七点钟方向，距离九百米！"孟凡亮端着激光测距仪快速说道。瞄准镜十字线稳稳落在一名刚跳上快艇，眼下已经抱住了方向盘的敌人。张鑫扣动扳机，88狙击枪口冒出火舌，方向盘前的人猝然倒地。

摔得头晕目眩的察猜推开压在身上的木板，提着钱箱跌跌撞撞地从渔船里冲了出来。脚下的沙粒被子弹击中，弹起半米高，他迎着枪林弹雨，咬着牙拼命跑到了停在沙滩上的越野车上，点火后重踩油门。车子猛地向前窜出，察猜从后视镜中看见高婉莹也从船里

009

跑了出来。高婉莹在车辆启动前奋力向前一扑，抱住了车尾的备胎，攀附在了车上。

彭鹰翔看到高婉莹趴在越野车上随车移动，焦急大喊："蜂鸟！"担心流弹击中她，彭鹰翔不敢贸然射击。浑身是血的张宝路脚步踉跄地从渔船里走出来，看到彭鹰翔，冲他喊道："他们要销毁证据，快阻止！"

"山鹰！你快去追，我来阻止！"孙鹏宇拍了一下彭鹰翔的肩膀，径直跑进渔船里。彭鹰翔怒目圆瞪，与王翼陇冲向越野车。

车内，察猜冷着脸看着后视镜，摸出一个遥控器，毫不犹豫按下。"轰！"伴随着震耳欲聋的爆炸声，渔船瞬间化为一团火球。一股强大的冲击波将孙鹏宇掀翻到半空，又重重地落在礁石上。倒下的孙鹏宇一动不动，口鼻处鲜血直崩。

"鲨鱼！"回头看见这一幕的彭鹰翔悲壮大吼。他怒火中烧，冲到一辆车前跳上去，猛踩油门，紧跟着察猜驾驶的越野车而去。

一枚子弹打在越野车前盖上，金属碰撞的火花险些溅入察猜的眼睛。他意识到已经被狙击手锁定了，方向盘一转，操控越野车钻进了集装箱之间。行驶过程中他猛变了几次方向也没有把高婉莹从车上甩下来，于是他挂上倒挡，让车尾向集装箱上冲撞，试图把高婉莹顶撞到集装箱上。

眼看身体要撞上集装箱，高婉莹只好跳下车，半蹲在地，端起手枪朝越野车的轮胎倾泻子弹。

察猜看到两辆装甲防暴车迎面向他堵来，怒骂了一声，接着撞开一座集装箱，躲开了防暴车。"砰！"一辆车撞上了越野车尾端，彭鹰翔举起手枪探出驾驶室，朝越野车车头扣动扳机。高婉莹见状急忙喊道："抓活的！他身后还有大鱼！"

眼见四周十几辆警车围堵过来，察猜心一狠，试图跟警方拼个

第一章

鱼死网破。他掉转车头，越野车疯狂地向高婉莹撞去。彭鹰翔跳下车，稳端住手枪瞄准，扣下扳机，弹头击穿了越野车的前挡风玻璃，嵌入察猜的肩头。察猜惨叫着捂住肩头，越野车顿时失去控制，撞上了一个集装箱。

高婉莹看到集装箱上几个铁桶摇摇欲坠，大喊："彭鹰翔！小心！"她冲跑上前，一把推开彭鹰翔。与此同时，铁桶从上方落下，她躲闪不及，脑袋被铁桶重重砸中。

"婉莹！"彭鹰翔瞪大眼睛，看到满脸鲜血的高婉莹倒在他脚下。他抱住高婉莹的身体，悲痛欲绝的号叫响彻云际，随海风飘扬。

四

东海市公安医院，阳光透过病房的玻璃窗洒在洁白的病床上，床头柜上一篮鲜花给单调的房间增添了几分明朗的色彩。彭鹰翔用他那双深邃而充满柔情的眼睛，注视着平躺在病床上、浑身插满医疗导管的高婉莹，刚毅的脸上有泪花在阳光下闪烁。

病房门被推开，一身白大褂的医生走进来，更换着维持高婉莹生命的药液。彭鹰翔还是忍不住，他把这一个星期里重复问过的问题再次说出口："医生，她什么时候能醒过来？"

"病人脑组织损伤严重，目前呼吸和血压都还不规律，昨天安排了加强 CT，发现脑干原发损伤，这个情况很可能——"医生看到彭鹰翔的眼神变得暗沉了，抿着嘴没把严重的后果说出来。

医生离开病房，彭鹰翔拉着高婉莹的手轻轻揉捏，喃喃说道："婉莹，你不是说过，等你完成任务回来我们就结婚吗？你睁开眼看看，我今天穿的就是你最喜欢看我穿的白衬衫，等你好了，我们去拍婚纱照，好不好……"

彭鹰翔把高婉莹的手掌贴在自己的脸颊上，泪水在他指缝中无声地流淌。

手机嗡嗡震动了好几次，彭鹰翔拿起手机看了一眼。他打了盆温水，给高婉莹擦拭完脸颊之后，拿起背包轻声离开病房。他走到电梯间，等电梯时听到身后有人在叫他的名字。他回头瞥了一眼，视若无睹。

穿着医生制服的女人抱着一沓文件，胸口挂着的工作牌上写着"齐衡奕，心理医学科副主任医师"。她走到彭鹰翔面前："一个星期七天，你迟到了六次，这次更好，直接就不来了。彭鹰翔，你也是当过兵的，是个堂堂正正的男子汉，怎么就不敢面对事实了？你心里的想法，你的感受，就不能坦荡荡地说出来？"

"有什么好说的！我的战友牺牲了，我喜欢的人或许下半生都要在医院里度过，而这一切的罪魁祸首却还好好的！"

彭鹰翔捏紧拳头，思绪回到一周前。当他抱起身体瘫软的高婉莹时，察猜从越野车上跳了下来，高举起双手。察猜嚣张地在旁叫骂，彭鹰翔沉默着把高婉莹放下，冷着脸走向察猜。他抬起手臂，用尽力气朝察猜脸上挥舞一拳。察猜倒在地上，彭鹰翔骑跨在他身上，胸口剧烈起伏，眼神充满怒火，用铁拳一下一下砸着察猜的脸颊。察猜嘴里吐着血沫子，放声大笑："狗日的，当卧底不得好死！贱女人——死得好！"

"他妈的，我杀了你！"彭鹰翔红了眼，一拉枪栓，用枪口对准察猜的脑袋。

"山鹰！"身后王翼陇眼疾手快地将彭鹰翔扑倒在地，死死地按住他的手臂，"不能冲动！杀了他，你一辈子就毁了！"

"放开我，我要给婉莹和鹏宇报仇！"彭鹰翔奋力想挣脱束缚。赶过来的战果和梁峰扑过来，叠罗汉一般将他压住。他朝着天空放

第一章

声大喊着，发泄着。

想起这一幕，彭鹰翔忍不住咬牙切齿。齐衡奕拉着他的胳膊说："彭鹰翔，有些伤痛是要拿出来晒一晒的，晒干了，晒透了，风一吹就散了。你这样憋着，永远会为心结所困。"

见他不说话，齐衡奕继续说道："你不说我也知道，你的情况王队已经跟我说过了，大家都想帮你……"

"帮我？"彭鹰翔一把夺过齐衡奕怀中的文件，"你要想帮我，就应该把这些没有狗屁用的东西签好字，交上去。"

"没有评定，我不能签。"

"那我跟你就没什么好说的了。"彭鹰翔手一抬，纸张飞散到半空，包在纸里的一支钢笔摔到了地上。

彭鹰翔头也不回地走进了电梯。

五

医院门口，人潮涌动。公交车停在医院就近的站台前，一个挎着托特包的中年女人下了车，她捂着背包，脸色憔悴，脚步匆匆地向医院大楼走去。她没察觉到，离她不远处的一段绿化带后，一个穿着白色长袖的年轻男人，骑跨在一辆摩托车上，从她下车那一刻起，眼睛就一直紧盯着她。

摩托车向女人飞驰而去，从她身边擦身而过的一瞬间，男人伸手抓住了女人挎在肩上的包。女人被拽倒在地，男人带着包扬长而去。

"抓小偷啊！"女人忍痛爬起来，一瘸一拐地向前追赶。

此时程函玥正骑着一辆山地自行车经过医院站台，听到动静后，她车把一转，停在女人身旁问："怎么了？"女人边哭边说："我包被抢了！里面装着我儿子做手术用的救命钱！"顺着她手指的方向，程函玥看到了那辆摩托车，她蹬动自行车，身体前倾的同时脚下动作加快。

彭鹰翔从一家烟酒店走出来，刚把包挎在肩上，耳畔传来一道女孩的高喊声："站住！警察！把包给我放下！"话音未落，一辆摩托车从路边一闪而过，后面跟着一个猛蹬着自行车脚踏的女孩，女孩二十岁出头的年纪。

彭鹰翔跳上停在路边的车，油门一踩，驾车追向摩托车。摩托男听到发动机的轰鸣声，从后视镜中看到一辆SUV（运动型多用途汽车）的车头快要撞到他的车屁股了。他猛地一惊，车把拧到底，在穿过一个交叉路口后，车头一偏，钻进了一条巷子里。彭鹰翔眯着眼睛看着巷子里的车尾灯，驾车继续前行。在下一个路口，SUV掉了个头，直穿过一片停车场。在一栋居民楼前，彭鹰翔踩了一脚刹车。他抓起放在副驾驶座的钢制水壶，朝从巷子里冒出的摩托车的前轮猛地一掷，水壶砸中了车轮毂，摩托车应声倒在地上，拖出一道长长的火星。

摩托男翻了个滚从地上爬起来，包一扔，撒腿就跑。彭鹰翔下车捡起包，拉开拉链看到里面几沓钱币都还在。这时，气喘吁吁的程函玥从巷子里钻出来，一眼看到同样穿着白衣的彭鹰翔正在翻包，大吼道："把东西给我放下！"

不待人解释，程函玥跳下车，朝着彭鹰翔的肩头狠狠抓去。彭鹰翔眼疾手快地扣住她的手腕一拽，程函玥脚步不稳差点跌到地上。"别动手，先听我说！"彭鹰翔伸手拦着，可刚才的动作显然激发了程函玥的胜负欲，她捏拳接连直击彭鹰翔面门，彭鹰翔用胳膊肘格挡攻击，突然程函玥跃起身，半空中一个飞踢，彭鹰翔侧身躲过了，不幸的是对方的脚尖碰到了他的单肩包。一声瓷瓶脆响，透明液体

第一章

从包里淌了出来。

彭鹰翔急忙拉开包,一股酒香顿时扑鼻而来,两瓶茅台酒已经碎了一瓶。他冲程函玥吼道:"再不追,人跑没影了!"程函玥一扭头,看到了一瘸一拐的摩托男。她对着彭鹰翔欲言又止,脚一跺,追向了摩托男。

几分钟后,程函玥把人扣到了彭鹰翔面前,看到彭鹰翔默不作声地把包里的碎片清理出来,她满怀歉疚地说:"对不起啊,我太着急了,酒我会赔给你的。"见对方不理她,程函玥瞅了眼自己的自行车,说:"请协助我把人送到公安局。"

"打电话,叫警察。"

程函玥捡起地上的水壶,念出瓶身上的文字:"警察,警用水壶。"抬头一笑,"你不就是警察吗,难怪身手这么好!"

也不等彭鹰翔回应,程函玥拉开后门把摩托男推进车里,把自行车放到了后备箱,然后坐在了副驾驶座,冲彭鹰翔伸出手:"你好,我叫程函玥!毕业于中国人民公安大学侦查与反恐怖学院,即将成为一名公安干警!"

在东海市公安局,程函玥把摩托男转交到值班警察手中。她找到人事科,一名女警给她进行了入职登记。程函玥填写完表格,忍不住问:"同志,我的岗位是做什么的?"

"要先看各部门领导的选择,根据不同人的素质表现,好的苗子哪个部门都会抢着要,到那时候就可以自己选了。"

"那我要进特警队,而且要进最顶尖的队伍!"程函玥自信满满地说。

女警笑了笑:"特警支队的闪电突击队是支队中成绩最优秀的,队员都是市局各部门抽调去的精英,想进去恐怕没那么容易。"

协助做完笔录的彭鹰翔驾车驶进一个小区,停在一栋楼前。他上楼敲开一间房门，门前站着一个脸上挂着泪痕的女人，女人怀里还抱着一个咿呀学语的胖小子。女人冲彭鹰翔强挤出笑容，掂了掂怀里的孩子："朋朋，这个是彭叔叔，是爸爸的好朋友，好战友，你叫叔叔呀。"

"队长！你来了！"屋里队员们都在，将彭鹰翔迎进了门。大伙围坐在餐桌前，说起孙鹏宇在队里训练的糗事，哈哈大笑，就像往昔一样。孩子听不懂，跟着身边的叔叔们咧嘴笑着。

当彭鹰翔从包里拿出那瓶茅台时，大家突然不说话了，一个个铜铸铁浇般的汉子眼里噙着泪水。张鑫哽咽道："鹏宇，你不是一直说馋这口酒吗，难得咱队长大方一回，你怎么就……"

抱着孩子的女人泣不成声。战果拉着朋朋的小手，抿着嘴："嫂子，你别担心，鹏宇是我们的兄弟，更是一名光荣的人民警察，我们不会忘记他的，党和国家也不会忘记他！"

彭鹰翔给空着人的位置的杯里倒了一杯酒，喃喃说道："鹏宇，你放心，朋朋以后就是我们大家伙的孩子，我们会供朋朋读完大学，等他学业有成那一天，他一定会因为他父亲是一名英雄而感到骄傲。"

尽管强忍着，泪水还是止不住地从眼角流淌出来。彭鹰翔站起身，正色喊道："闪电突击队，报到！"

"鹰眼！"

"到！"

"野猪！"

"到！"

…………

几名战士齐声高喊"到"，声音激昂高亢。

第一章

六

清晨，东海市公安局特警体能训练中心，场馆墙面上贴着"不忘初心、牢记使命"的标语。特警支队的队员们使用不同的训练器械，挥汗如雨，浑身隆起的肌肉仿佛要突破身上99式特警战训服的束缚，偌大的场馆里弥漫着粗犷的雄性气息。

彭鹰翔推开指挥办公室的门，站在支队长王儒面前，脚后跟一磕："报告！"

"山鹰，面色不错呀！看来休假期间伙食标准提高不少啊！怎么样，状态调整过来没有？"

"时刻准备入队！"

王儒拍拍彭鹰翔的肩膀："好，就等你这句话！"

彭鹰翔迫不及待地问："王队，有任务？"

"有，而且非你不可。"

王儒故意卖了个关子："上级指示，东海市特警支队将组建一支新的特战小组，从市局各部门挑选最精尖的人员，由你来担任培训教官。山鹰，你有信心将这支新力量打造成和闪电突击队一样能在关键时刻插入敌人心脏的刀尖吗？"

彭鹰翔绷直身体，当仁不让道："王队，您放心！保证高标准完成任务！"

"好！"见铺垫到位，王儒从桌上拿出上级的指示文件和拟加入的人员信息表，交给了彭鹰翔。彭鹰翔快速扫了眼文件，当看到人员信息表时，那个熟悉的名字让他突然意识到了什么："女警？您的意思是成立一支女特警队伍？"

"怎么，有问题吗？"

"可是……"彭鹰翔欲言又止。

"可是女人体力差、性子软、胆子小是吗？"王儒一开口像打开了水龙头似的，让人无法反驳，"山鹰，你也是受过新时代教育的人了，有些观念是不是太落后了？且不说女子特警在出警的时候，能利用隐蔽性更强和能让犯罪分子放松警惕的特点，与男特警之间的特长形成互补作用，单说男女平等，女性也有为国家安全奉献的权利吧？"

彭鹰翔嗫嚅道："我们遇到的危险情况太多了，她们可能会成为犯罪分子突破我们的薄弱点。"

"所以我刚才说了，这个职责非你不可！中国陆军狼牙特种大队服役八年，组建的闪电突击队是东海公安最尖锐的力量，我认为你有能力将她们培养得同样优秀。你我都知道，在违法犯罪现场，犯罪分子不会因为警察是女性就停止实施犯罪，所以你要以与男警一样的标准，让她们一起摸爬滚打、同场竞技！"

"可是……"

王儒以为彭鹰翔还想推诿，板起脸："山鹰，别忘了，你刚才答应我会高标准完成任务，这是命令！"

"我是说，一定要让她成为这支女特警队伍的第一人吗？"彭鹰翔扬了扬手中的人员信息表。

"她是公安高校刚毕业的，在校期间各类成绩名列前茅，是个好苗子，不过——你是教官，人员的筛选最终你来负责。"

彭鹰翔低下头，看着表中程菡玥的名字，默默不语。

此时，一座风景秀丽的小岛上，湛蓝的海水轻抚着沙滩。海风从椰林的缝隙中穿插而过，带动了树干上垂挂的片片椰叶，像是拨动了绿色的流苏。树荫下的一排木质房屋中，一个中年男人悠闲地

第一章

吹着海风,墨绿色短袖下的身材孔武有力,粗糙的脸庞上烙着不属于他这个年龄段的岁月痕迹。丝丝入扣的胡须、整齐的短发、一丝不苟的领口,无不彰显着他的严谨和律己。

男人手中捏着张照片,照片里高婉莹站在绿茵场上,身着一件简洁的黑色连衣裙,没有任何多余的装饰,浑身却散发出一种不容忽视的干练魅力。随后,男人抽换照片,另一张照片中出现了彭鹰翔的面容。

他盯着彭鹰翔深邃的五官,往事如纪实电影般一一浮现在脑海中。

多年前,喀麦隆,斯巴达国际特种兵勇士训练营,十几名皮肤黝黑、脸上涂着迷彩的各国壮汉列队站在烈日下。他们面前站着一名黑人军官,严肃地用英语说道:"历时两个月的魔鬼训练,恭喜你们从两百名特种兵中脱颖而出!你们用行动和坚持告诉他们强者该有的实力,不过很遗憾,现在还不是骄傲的时候,今天,你们将完成一项特殊考核,参与对走私集团稽查的实战任务,代号'猎鸭'。我知道,你们当中有些人来自和平的国家,没有面对过真实的战场,所以我要强调的是,你们每个人都可能会在这次任务中牺牲,因为你们要面对的是一群杀人不眨眼的魔鬼,如果现在有人想退出,可以把帽子摘掉!"

特种兵们如铁树般站定,目光炯炯。

"很好,你们来自不同国家,但每个人都一样英勇!出发!"黑人军官大手一挥,一架中国产的直-9WE直升机螺旋桨呼啸转动,特种兵们奔跑着依次跳入机舱。

直升机贴着茂密的树冠低空掠过,悬停在热带雨林的深处,特种兵们顺着垂下的绳索滑落,在地面迅速呈环形警戒。按照作战地图的标记,众人迅速分成三个小组,保持能随时支援到位的距离,分散前行。

彭鹰翔和白狼前后走在一起，眼睛警惕地观察着四周，军靴踩在落叶上，发出沙沙的声响。突然前方的白狼脚步放缓，警惕地端枪指向前方空无一人的密林。彭鹰翔见状也停下了脚步："怎么了？"

"刚才眼睛感觉被光闪了一下。"

紧跟在两人身后的张鑫，看着白狼面前树枝的空隙中投下的斑驳光影，小声说："会不会是阳光？"

白狼顾虑重重："山鹰，我感觉不对劲！"

"我也觉得太安静了。"彭鹰翔伸出拇指和食指抵住嘴唇。"啁——啁——"几声鹰鸣从他嘴中发出。他神色凝重地看着四周静止不动的树枝，暗道："撤，有埋伏！"

三人没有发觉，在他们前方不远处，参天大树的树冠犹如绿色的天幕。那些未曾被光线触及的角落，除了藏匿着湿润的苔藓和蘑菇之外，还隐藏着数十名手持各种武器的外籍武装人员，其中一名架着狙击枪的光头，瞄准镜中的十字星正对着彭鹰翔。

见小队扭头撤退，光头打了个手势，藏在草丛中同伙端枪站起身。"哒哒哒！"无数子弹击穿草叶射向彭鹰翔等人。同时，光头扣下扳机，一枚高速旋转的弹头划破空气，直抵彭鹰翔的后背。

"山鹰！小心！"白狼最先察觉到动静，扑倒了殿后的彭鹰翔。子弹贴着白狼的肩头钻入了另一名队员的脑袋。

"交火！"白狼一声吼叫，队员们边向四处隐藏边开枪还击。其他行动小队的人迅速靠过来支援，激烈的枪声在雨林的各处响起。

武装人员占据着有利地形和人数优势，将特种兵们压制得节节败退。眼见身边越来越多的队员负伤倒下，彭鹰翔冲白狼吼道："白狼！我和鹰眼往西北方向靠近，吸引敌方火力，你带伤员撤离！"

"山鹰！你们留下会死的，要撤一起撤！"

第一章

"快走，再不走来不及了！"一枚榴弹在白狼和彭鹰翔之间爆炸，烟雾遮住了两人的视线。看着步步紧逼的武装人员，白狼咬牙跺脚："走，撤离！"他搀扶住一名伤员，向后撤离。他回头，目光穿过身后的枪林弹雨，望着彭鹰翔所在的位置，那里早已被火焰包裹。

"叮"的一道消息声，将白狼的思绪拉回现实。他打开桌上的军用笔记本电脑，屏幕上弹出一段实时直播的监控视频。视频画面里，一个三平方米不到的铁质水牢中，挤着五名面貌似南美洲人的年轻男女，浅棕色的皮肤在水中泡得略显发白。

几人之中，一名长相更贴近华人的女人抓着水牢的栏杆，眼里凌厉的寒光在满脸泥污的脸上分外明显。被水浸湿的黑色背心紧贴着她的肌肤，让她的体形和线条展露无遗，健硕肌肉之下，不失女性的柔和之美。与惊恐地四处张望的其他人不同，女人的眼睛一直盯着监控探头。

女人眼中的狠厉仿佛穿过屏幕映在白狼脸上。白狼看着她，胡须下的嘴角微微翘起："Hello，豺狼！"

第二章

一

朝霞初升，柔光透过晨雾落在特警支队综合训练场的草坪上，草叶上的露珠泛着晶莹的光。一阵铿锵的呼声传来，地面微颤，露珠垂落。被脚印填满踩实的跑道上，数十名穿着黑色战训短袖的特警队员奔跑而过。

一辆黑色探界者停在训练场前，身穿常服的彭鹰翔走下车，透过栅栏看着一如既往的训练场，脸上露出安然的笑容。他对着车窗玻璃整理领口，摸正肩上一杠三星的肩章，转身径直走入大门。门口两名执勤人员正交谈着什么，不时笑出声，这会儿看见彭鹰翔，两人站正身躯，敬礼喊道："彭队！"彭鹰翔点点头，问道："什么事这么高兴？"

"没……没啥，好像要来个新人。"

被彭鹰翔严厉的眼睛盯着，另外一个人小声补充道："是个女的。"

第二章

"女的？长得好看吗？"彭鹰翔环抱双臂，一副饶有兴致的模样。两人不约而同地望向一个方向，咧嘴笑着。彭鹰翔顺着两人的视线，望向宿舍楼的位置，跟着笑道："看不到了吧？我教你们啊，要蹦起来看。"见两人面面相觑，彭鹰翔把脸一板，厉声说道："还不跳？原地蹦跳半个小时，现在开始！"

两人不敢犹豫，屈膝向下深蹲，望着彭鹰翔的背影，苦着脸一蹦一跳。

此时宿舍楼三楼，梁峰欢快地提着一桶水跑进门。房间里，孟凡亮爬到铁架床上层，举着抹布擦拭着墙上的灰尘。战果握着扫把，指着墙角："那儿也擦擦，还有那儿——水来了，抹布洗洗再擦。"孟凡亮应了一声转身下床，身子还挂在爬梯上时，他透过窗户看到楼下王冀陇正在跟身边的一名女警介绍着什么，他眼睛一眯："五点钟方向，距离十五米，目标出现！"战果凑到窗前："个头看着有一米六五。"

梁峰推开窗，上半身探出窗外，摇摇头："看不清样貌，被警帽挡住了，走，下去。"他一回头，声音戛然而止。只觉空气突然变安静的另外两人猛地转身，看见彭鹰翔就站在门口。

彭鹰翔目光扫过三人："行啊，大白天不训练，跑这儿给人收拾宿舍，看来我休假这段时间，队伍松散不少啊。"战果搁下扫把："报告！刚训练完呢。"彭鹰翔瞪了他一眼，语气不容置喙："可是你还有力气站在这儿，用端枪的手为别人服务，你要记住，你服务的对象永远只有党和人民。努力训练，不断挑战，这是组织赋予你的责任！"战果埋下头，如鲠在喉。彭鹰翔一声命令："全队操场集合，三分钟！"

洪亮的声音穿过窗户，落入楼下程菡玥的耳中。她抬起头，望向声音传出的那扇窗户。彭鹰翔站在窗前，俯视着程菡玥。阳光温润，洒在她白皙的肌肤上，为她的面容增添了几分柔和与温婉。她那张精致的脸庞如同一幅美丽的画卷。一瞬间，彭鹰翔怔住了，万般思绪潮水般充斥在他的脑海中，他薄唇轻启："婉莹……"一帧高婉莹身着警服的画面，印刻在他的眼眸中，与楼下程菡玥的面容重叠在一起。

心脏收紧几分，手指颤动间，彭鹰翔闭上双眼，默默转过身去。

二

太阳的温度开始升高，队员们列队站在绿茵场上，汗水从他们的脸颊上慢慢渗透出来。彭鹰翔站在他们对面，瞥了眼站在队伍末尾的程菡玥："闪电突击队体能训练，其他人出列！"程菡玥直视着彭鹰翔的眼睛："报告！按照领导指示，我参与闪电突击队的试训！"

彭鹰翔眼一抬："我同意了吗？你当这儿是菜市场，想来就来？"程菡玥眼神丝毫不退让："至少要给我个机会，证明我的实力！"彭鹰翔冷哼一声，指着还在操场上跑步的队伍："你看看他们，特警支队其他单位的队员，每一个都想进入闪电突击队！他们都是各个警院或者地方重点大学的毕业生，抑或是军队特种部队的高手，有的还参加过反恐行动，他们都经过严格的特警招警考试、残酷的选拔集训，然后被我们突击队淘汰了！你，一个警校刚毕业的丫头片子，让我给你机会，你过去问问他们答应吗？"程菡玥不知如何回答，紧抿着嘴不说话。

"全体都有！跑步前进，目标实战训练基地，出发！"彭鹰翔一声虎吼，全队保持着队形跑动起来。程菡玥紧跟在队伍后面。彭鹰翔见状没多说什么，只是向王冀陇交代了几句训练事宜。

这里距离实战基地有十公里，一趟下来，纵使是身经百炼的突

第二章

击队队员也很吃力。正午阳光最烈,一个个汗流浃背的小伙子顾不得被晒得滚烫的地面,纷纷盘腿坐在地上。战果撑着身子,往后望了眼,拍了下身旁的张鑫:"看那儿!山鹰这次小看她了,她没掉队。"不远处,程菡玥紧锁着眉头跑到终点,她喘着粗气,靠着一棵树歇息。张鑫从包里翻出一瓶矿泉水,隔空扔给了程菡玥,还朝她竖了个大拇指。

"都起来!靶场集合!"水还没来得及灌上几口,王冀陇骑着摩托车出现了。程菡玥抹了抹嘴唇,手撑着树直起身,忍着双脚火辣辣的疼痛,继续跟着队伍前行。实弹射击训练场上,严峻面前摆着两把已经被拆卸成零件的92式手枪。看到队员出现,他命令道:"列队!依次组装枪械,实弹射击靶标!"战果想着早完事早歇息,跑过去抢着一个位置,一扭头,看到程菡玥站到了他身旁。随着严峻一声令下,程菡玥双手抓起零件,空仓挂机柄、复进簧、枪管、拉套筒等四十多种零件,在她麻利的动作中迅速化零为整。在旁边围观的张鑫等人的目瞪口呆之下,程菡玥推进弹匣,手枪上膛,瞄准靶标,动作一气呵成。"砰砰……"五声脆响后,她退掉弹匣,把枪摆在了桌上,背着手站立:"报告!射击完成!"

组装过程中,时不时往旁边偷盯一眼的战果,慢了一拍完成射击。在队友直勾勾的目光下,他挠了挠头:"我……我让着她呢!"

远处树荫下,王冀陇端着望远镜,喃喃道:"三个十环,俩九环,这女娃不错啊!"见身旁的彭鹰翔没出声,王冀陇碰了碰他的肩膀:"诶!真不要啊?"彭鹰翔反问一句:"我们要经历锻炼的苦和任务的危险,你觉得一个女人有能力承受这些吗?"王冀陇想了想说:"可上面的意思很清楚了,就是要建立一支女特警队伍,与其做无谓的抗拒,还不如认真筛选出几个好苗子来。我看过她的资料了,各项指标和成绩都不错,不比咱队里其他人差。"

彭鹰翔默然道："还早着呢，我会让你看到的，她不合适。"说完他朝着靶场走去。

王冀陇摇了摇头："我看挺好，不就是……"话只说了一半，直至彭鹰翔已经走远，这才压低声音说，"不就是长得像高婉莹吗……"

靶场处，一名队员跑过来，把靶标的成绩高声汇报出来。听到程菡玥的成绩竟然跟战果持平，众人一愣，不禁有些佩服眼前这名发梢上挂满了汗水的女孩。战果有些不好意思，还想解释什么，严峻大手一挥："下一组！"

这时一脸严肃的彭鹰翔走了过来，他在程菡玥面前停下，盯着桌上的手枪，厉声说："你要跟着跑、跟着累，自讨苦吃我都没意见，但是谁允许你碰枪了！"程菡玥拨开额头上垂下的湿漉漉的头发，再也忍受不住，愤懑道："你这是公报私仇！不就是踢破你一瓶酒吗？回头赔给你就是了！"彭鹰翔一听，笑出了声："不用你赔，你竟然说我是公报私仇——这么说你觉得自己很有实力，能加入我们了？"

"那你拭目以待吧！"

"大家都拭目以待！"彭鹰翔一把抓起桌上的枪，在弹匣中押了一颗子弹，"咔嚓"一声，弹匣入仓。他直勾勾地盯着程菡玥的眼睛："生气吗？"

"生气！"

"恨我吗？"

"恨！"程菡玥大喊，似乎想发泄满腔的愤怒。

"好！那我给你个机会！"彭鹰翔一把拽住程菡玥的手，把枪放到她手中，然后转身捡起程菡玥放在地上的没喝完的矿泉水，大步走向靶标处，站定身。他高举起水瓶，铿锵有力地说道："来，击中我手里的水瓶，我就允许你加入闪电突击队的训练！"

第二章

站在树荫下的王翼陇急忙放下望远镜："山鹰这小子要干什么?!"说完疾步向靶场走去。站在程菡玥旁边的严峻皱着眉头刚想说话，就听到彭鹰翔用不容拒绝语气说道："别拦着她！我倒要看看她有没有这个本事！"

程菡玥原本还呆站着，踌躇不定，一听彭鹰翔这话，牙一咬，迈脚呈侧身站姿，一手端起枪，伸直手臂，另一只手肘下弯，包裹住握枪的手，眼前准心稳稳锁定彭鹰翔手中的水瓶。彭鹰翔见状，眼睛盯着黑洞洞的枪口，没退让，但也不敢再动。

周围的人大气不敢出，生怕此时出声会触动程菡玥压着扳机的手指。程菡玥努力平定心神，可急剧的呼吸却丝毫没有消减。任凭烈阳将她的脸颊晒得发红发烫，她仍旧保持着这个动作，像是颗嵌入泥土中的岩石，纹丝不动。三分钟过去，她重重地呼了一口气，拨上保险，放下枪："报告！我做不到！"

"如果歹徒劫持了平民，甚至你的队友需要你击毙他时，你却做不到，你这样的人是连普通特警都成为不了，还妄想加入闪电突击队？"彭鹰翔搁下水瓶，快步走来。他抓着程菡玥的后领，连拖带拽地拉到突击队队员面前，命令他们脱衣。他指着梁峰后背密集的疤痕，对程菡玥说："这是土质炸弹爆炸后受的伤，知道全身烧伤百分之七的疼痛感吗？"又把她拽到孟凡亮面前，"这像蜈蚣的缝针线搞笑吗？野猪咬的，为了避免子弹误伤平民，他不用枪，手持尖铁棍戳死了闯进集市的野猪！"彭鹰翔义正词严地说道，"你以为除了体能过硬就有本事了？我告诉你，站在你面前的每个人都经历过生死，没有高于常人的勇气，没有稳准狠的魄力，就没有资格成为他们中的一员！"

程菡玥一句话也说不出口，一抹温热积在她眼里。她强撑着，才没让泪水溢出来。彭鹰翔把她拽到他刚才站立的位置，把水瓶塞到她手中，抬起她的手臂，扭头命令张鑫："鹰眼！射击！"张鑫立即端起枪，面不改色地扣动扳机。"砰"的一声，疾驰的子弹洞穿了程菡玥与彭鹰翔之间的水瓶。塑料瓶炸裂开，水洒了程菡玥一脸。她的心狂跳着，浑身止不住地颤抖。她再也忍不住，泪水混着矿泉水从脸上簌簌直流。

"如你所愿，我给你机会了，但你没把握住。"彭鹰翔放开程菡玥的手臂，淡然道，"你被淘汰了。"

三

东海市公安医院心理科室外，彭鹰翔摸了摸荷包里的一个礼物盒子，揣着病历本和叫号单，耐心等待里面的人出来。从科室里传出气愤愤的女声："说了多少遍了，不要再来找我，更不要没病还挂号就诊，占用社会资源！"随后彭鹰翔又听到一个男人用温柔的语气说着："琪琪，这你可错怪我了，我是真的有病想找你看——相思病，我是在遇见你之后才明白'思念成疾，相思难愈'这句话的。"

"走开！不允许叫我的小名，我跟你的关系没这么亲密！"

科室门从里拉开，一个穿着名牌高定西装的男人怀中抱着一大束花，被人推得身体往外一栽，差点倒在地上。齐衡奕堵在门口："再不走，我叫保安了！"男人整了一下衣袖，理了一下泛着油光的头发："琪琪，给次机会吧，我真的……"见齐衡奕掏出了手机，男人急忙摆手："行行！我走！"

男人愁眉苦脸地转身离开，与彭鹰翔擦肩而过时，一股玫瑰混合着楠木的浓郁香味直往彭鹰翔的鼻子里钻，他大手一挥："什么味儿！"男人见彭鹰翔手里捏着病历本，一把拦住对方："诶，兄弟，帮我个忙！"他把花强塞到彭鹰翔怀里，又掏出一个精致的首饰盒，

第二章

递过去,"帮我把这两样东西交给齐医生。"

见彭鹰翔一脸迟疑,男人递给他一张名片,扭头就跑。彭鹰翔扫了一眼名片上的文字:"STS医药集团中国区副总裁:威廉。"

科室内,齐衡奕拿着电话来回踱着步子:"爸,你跟我妈说说,以后别让威廉再过来找我了。答应我妈去跟他相亲,是我这辈子做的最后悔的一件事!"电话那头,齐建国赔笑安慰着女儿:"琪琪,这事我知道,不过你妈说那个小伙子各方面都挺好,跟咱家也门当户对,你要不给他一次机会……"齐衡奕心火直冒,打断齐建国的话:"如果你们都这个态度,下次说什么我都不会答应你们了!"

听到里面电话挂了,彭鹰翔这才敲门走进去,关上门,把花和礼物放在了齐衡奕桌上。齐衡奕看也不看,一把抓起扔进了垃圾桶。她坐回椅子上,眉毛一翘:"说话挺算数的,不过拿看病来威胁医生的,彭鹰翔,你是第一人!"彭鹰翔嘿嘿一笑,坐在对面:"齐医生,你看我这不是积极配合你了吗,月底的心理评测,你看可以打合格了吧?"

"上次的评测虽然没给你合格,但是给的评定结果是你能继续在特警支队参与日常训练,你不要得寸进尺了。"

"这不是——队里又有重要任务了嘛。"他拿出荷包中的礼物盒,放在桌上。齐衡奕见状,脸色严肃几分:"你不要太过分!你是个警察,如果别人找你营私舞弊,你会答应吗?我是医生,我身上同样背负着责任!"彭鹰翔赶紧打开盒子:"你误会了,这不是上次给你笔摔坏了,想着赔给你嘛。不过,下次我摔你东西的时候能不能提醒我一下,随便一支笔都花了我小半个月的工资呢!"

齐衡奕看着盒子里那支精美的钢笔,态度缓和了不少:"什么任务非你不可,不过保密的话你可以不说。"

"组建一支女特警队伍。"彭鹰翔抿着嘴,神情有些黯然,"我的情况你应该已经了解过了，我的女友，一名刑警队员，就倒在我面前，我却无能为力。而作为特警，会面临比其他部门的同志更危险的任务，不怕你笑话，我休假这段时间突击队的训练松散了不少，如果按照那样的标准去完成女特警的训练，我担心这支队伍中的一员以后也会步高婉莹的后尘。"彭鹰翔紧了紧拳头，"所以在这种关键的时刻，我不能离开！"

齐衡奕有些动容，刚想说些什么，只听彭鹰翔自顾自地说着："我这话不是看不起你们这行，但是心理这种虚无缥缈的东西，和现实中我们面临的危险相比，确实无足轻重，我希望我能尽快回到队伍决策者的位置，只有按照我的计划和标准，这些女孩才能锻炼出过硬的本领和钢铁般的意志，在不确定的危险中存活下来，你说呢，齐医生？"

齐衡奕脸色一变："你什么意思？道德绑架我？"彭鹰翔连连摆手："没有，我只是跟你说一下我的看法。"

齐衡奕端坐着，深邃的目光中闪烁着严肃的光芒："我老师是东海大学的心理系主任，他曾是中国人民武装警察部队 H 省总队的心理干预专家。十九年前，一名被通缉的歹徒袭击了总队内卫部队下面的一处执勤岗哨，刺杀了一名站岗的警卫后，夺走了一把 56 式半自动步枪，行凶过程中被另外一名警卫发现。警卫拉响警报后，站点武警官兵对歹徒进行了围捕。当时围捕小队中一名警员的家属，正好过去探望他，被眼见无法逃脱的亡命之徒开枪射击。那名警员的母亲和他怀着身孕的爱人中弹倒地，两尸三命，而这一切都被那名警员目睹了。"

"歹徒被抓住后，那名警员当场就崩溃了，端起枪哭喊着要亲手把歹徒毙了。教导员拼命挡着枪口，队员们一拥而上把警员压在身下。那起事件过去之后，警员被送到总队医院进行心理治疗，我老

第二章

师就是他的心理干预师。那名警员在队里成绩极为突出，当时准备提干，他站点的领导以此为由劝说我老师给予合格的诊断结果，那时我老师年轻，耳根子软，再加上那名警员的状态看着确实不错，我老师就真的签了字。"齐衡奕顿了顿，目光黯淡下来，"可是两个月后，那名警员还是成了杀人犯，我老师也被总队进行了处罚，离开了工作岗位。"

"他……还是去杀了那名歹徒？"彭鹰翔心中五味杂陈。

"不是，是那名警员在实弹训练中出现应激反应，把一名队友当成杀害家人的歹徒，朝他开枪了。"齐衡奕直视着彭鹰翔的眼睛，认真问道，"现在，你还觉得心理学是虚无缥缈的东西吗？"

彭鹰翔闭口不答，心里像是翻起了浪。沉默许久后，他站起身："我明白了，齐医生，接下来的安排我都听你的。"

齐衡奕点点头，合上盖子把礼盒放在电脑旁："东西我收下了。"见彭鹰翔转身离开，她对着他的背影说，"另外——月底评测，我会给予说明的，不会影响你组织队伍训练。"

四

八月份是东海市一年中最热的时候。烈日高照，综合训练场上，突击队队员们身上的作战服像是浸过水一样，遮住了晒伤起皮的后背。此起彼伏的土堆中，传出阵阵越野摩托车的轰鸣声。一辆迷彩涂装的川崎 KLX250，从一块土堆后面飞出来，落入遍布水坑和碎石的地面。车后轮卷起层层泥浆，梁峰骑车熟练地越过障碍，在终点处捏着刹车，车头原地一转停了下来。他摘下头盔，抹了抹脸上混着泥土的汗，对紧随其后的战果说："疯了！这半个月真是练疯了！刚来咱队进行选拔赛的时候也没这么干过吧，也不知道山鹰这是发的哪门子神经！"

"还没看出来？"战果眼睛往后一瞥，"山鹰为了逼那女娃走呢！"

"那也犯不着让我们跟着遭殃吧，不过，该说不说的，那丫头还挺猛，这么高强度的训练也没想着放弃算了，你看她现在那样，跟刚来时细皮嫩肉的模样比起来，简直是……"

梁峰的话被一阵轰鸣声打断。土堆后出现一圈车轮，一辆摩托车在空中画过一道弧线后停在两人面前。程菡玥一手撑着车身，一个漂亮的腾空翻身，越过摩托车稳稳地站在地上。战果咧着嘴："厉害啊！一看就练过，怎么，你们学校还教这个？"程菡玥摘下头盔，操着豪迈的嗓音："不教，不过我从小喜欢越野，练过山地自行车。"

一声哨响，三人停止交谈，快步朝操场方向跑去。操场上，队员们队形整齐划一。在指导员王冀陇铿锵有力的指令下，迅速分为两人一组，进行对抗训练。

程菡玥盯着站在她对面的男队员，伺机待发。在对方脚步往前一迈准备出手时，她一声呐喊，身体像推到底的弹簧一样迸发出去。程菡玥双拳如风，伴随着呼啸的拳风声，她施展了一套行云流水的擒敌拳，让对手完全陷入了被动。男队员躲闪几下，但在程菡玥凌厉的攻势下，动作显得很吃力。交手十几招之后，程菡玥敏锐地找到了对方的破绽，一记擒拿手抓住男队员的肩头，猛地往回一拽，双手扣住对方的双臂向内旋转。男队员一下失去平衡，应声摔倒在地。

"一组！张鑫胜！"严峻直直地走到程菡玥面前，冲着她赞许地点点头，"二组！程菡玥胜！"程菡玥偷偷回头，看到身后梁峰等人向她竖着大拇指，她笑颜如花绽放。

远处，彭鹰翔看着程菡玥，心中喜忧参半。

第二章

对抗训练之后，队伍移步到室内枪械训练馆，每个人面前放着一把06式微型冲锋枪，唯独程菡玥面前是空的。队员们跟随指令，抓住枪械开始拆卸。程菡玥眼巴巴地看着他们，心中压抑难受。她默默转过身，朝室内体能训练馆走去。

场中央一座边长五米左右的搏击台上，身着蓝色拳击护具的彭鹰翔刚打完一场拳，靠着围绳喝水。突然，他的耳边响起一道嘹亮的女声："彭鹰翔！"声音在空旷的场馆内长久地回荡着。彭鹰翔一愣，望向站在门口眼睛瞪得像铜铃的程菡玥，怒道："有没有纪律？！"

程菡玥换了个称呼："彭队！我准备好了，你再让我开枪打你吧！"彭鹰翔气笑了："凭什么让你开枪打我？"程菡玥跑过来，跳上搏击台："我要你同意我跟队一起训练！上次那样射击，我准备好了！"

"我改主意了。"

"那你想怎么样？"

彭鹰翔去旁边取下一套红色护具，扔在程菡玥脚下："打赢我，我答应你。"程菡玥犹豫片刻，捡起护具穿在身上："好！我跟你……"话还没说完，程菡玥右脸挨了一拳，整个人侧倒在地。即使有护具缓冲，脸还是火辣辣地疼。程菡玥捂着痛处："你玩赖？我还没说开始呢！"彭鹰翔挥着拳："你面对歹徒时，能给你喊开始的机会吗？"

程菡玥气急败坏，一跃而起，弓起腰，犹如一支迅疾如风的箭矢朝他奔来，红色拳套快速有力地砸向彭鹰翔面部。面对袭来的重拳，彭鹰翔灵巧地侧动身体，巧妙躲过攻击，随后冲刺。他逮准程菡玥的破绽，粗壮的手臂拖着铁拳猛地击向对方，正中她的面门。刚站起来还没一分钟，程菡玥又倒在了地上。

"看看你，垂头丧气，还有特警的样子吗？"彭鹰翔居高临下地说。程菡玥咬紧牙关，撑着手臂想起身，突然一只大脚踩在她背上："你就想被人夸赞，想聚光灯围着你转，想成为别人眼里的英雄，面对肩负着人民生命安全的责任，你不觉得你这样很自私吗？"程菡玥眼中噙泪："我不是为了自己！"

"那你为了什么？"

程菡玥不说，瞅准彭鹰翔的小腿，张开嘴就准备咬。彭鹰翔赶紧退后："你属狗的吗？"程菡玥跳起身，愤怒中的出拳犹如雷霆一般迅猛。彭鹰翔一拳隔开，抓着程菡玥的手臂上举内旋，再一转身，直接用程菡玥的手臂绞住了她的脖子。彭鹰翔手中稍用力了些："放不放弃？"程菡玥脸憋得通红，只觉上气不接下气，那种窒息的感觉让她的意识愈发不清晰。在她充满血丝的眼中，一个男人托着她骑木马，牵着她走过上学的路，大雪天里背着她跑向医院……一幕幕画面像幻灯片一样从她脑海中闪过，最终定格在了一群藏蓝色的簇拥中，一个女人端着相框泪如雨下。相框中穿着警服的男人，正慈祥地端详着程菡玥。

程菡玥泪如雨下，突然间，她大喊着："为了我爸爸！"同时用尽全力忍着胳膊快被拧断的疼痛，扭身挣脱。彭鹰翔怔住了，赶紧松开手。在他恍惚间，程菡玥蹦起来一个回旋踢，重重地踢中了他的脑袋。"砰"的一声，他魁梧的身躯栽倒在擂台上。彭鹰翔捂着晕乎乎的脑袋："你疯了啊！胳膊不要了吗？！"程菡玥怒目切齿，一步跨在彭鹰翔身上，举起拳头要往下砸。彭鹰翔连忙挥手："不打了！我答应你了！"

程菡玥愣神，表情变得复杂起来。彭鹰翔一个鲤鱼打挺，缓缓说道："希望你以后勇敢的同时，也要爱惜自己的身体。"

场馆外，张鑫蹲在透光窗下，吃力地望向站在他肩头上的战果：

第二章

"咋样,里面什么情况?"战果回头对身后一脸期待的队员说:"两个人打起来了。"孟凡亮急忙问:"小丫头挨揍了?"战果一脸蒙地说:"她——赢了!"

五

南美某国,潮湿的劲风吹打着枝叶,巨大的乌云悬在雨林上方,似乎狂风暴雨随时会来临。一声骤然的枪响,林中飞鸟四散。沼泽和泥潭之间的土地上,一个男人的身体猝然倒地,脑袋像装了水泵一样往外喷着血,血溅到他手中的一把左轮手枪上。他旁边横七竖八地倒着几具尸体。站在男人面前的女人边哭边喊,身上泥浆干硬后结成的块像是一具铠甲套在她身上。而她身边围着的那群衣着各样的武装人员,晃着黢黑的脸大笑,像看完了一场精彩的表演。

"哐当"一声,两名端着 AK 的枪手拉开了锈迹斑斑的水牢,把豺狼拽了出来,推到尸体堆前。一个脸上有刀疤的男人捡起尸体手中的左轮枪,填了一颗子弹进弹匣,手指一拨,圆筒状的弹仓转了几圈。刀疤男把枪递给那名仍陷在惊恐中的女人,在他的威逼下,女人颤抖地举起枪对着自己的脑袋,迟疑几秒后扣动扳机。只听一声清脆的金属碰撞声,击锤撞了个空,女人大松一口气。

"哈哈!该你了!"刀疤男夺过枪交给豺狼。豺狼扫视一眼围着她的枪手,眼神凛冽,枪口对准自己的脑袋。她拿枪的那只手纹丝不动,仿佛心中毫无波澜。"咔嗒"一声,击锤落空,周围人起哄吹起口哨。刀疤男伸手接枪准备进行下一轮,可是豺狼仍用枪顶着自己的头,其他人也不阻止,兴味盎然地看着她。

扳机再次扣动,枪还是没响。见她还不放下枪,众人一脸诧异,可还没等他们反应过来，豺狼突然挪动枪口对准了刀疤男，毫不犹豫开了枪。刀疤男瞪着双眼，身体往后仰倒，豺狼抓住他的身体挡在身前，与其一齐倒下，泥浆溅到四周人的腿上。一群枪手惊呼着把枪口抬平射击，子弹把刀疤男的身体打成了筛网。尸身下的豺狼端着刀疤男的枪，枪口冒出一团火光，密集枪声中，三名枪手胸口中弹倒地。豺狼握着从刀疤男腰间扯下来的手雷，弹开保险栓，扔到枪手脚下，众人哇哇大叫着四散奔逃。

"轰"的一声，手雷炸开，水花四溅。

听到枪声和爆炸声，其他岗哨点的武装人员紧急奔来支援。一个刚跑过来的枪手，正拿着枪朝硝烟里胡乱射击，"嗖"的一声，子弹在他头上留下了一处血洞。

与此同时，水坑后的丛林里传出激烈的枪声，枪声所出之处，一枚RPG弹头带着尾焰飞出来，正中一座木屋，砰然的爆炸声响彻四周。一群身穿CP全地形迷彩服的特种兵从四面八方蹦出来，枪口喷薄出炽热的火焰。目之所及中，十多名朝豺狼射击的枪手在惊愕中猝然倒地。

安第斯与几名特种兵奔到水牢前。豺狼一把推开刀疤男的尸体，抹了抹脸上滚热的鲜血。安第斯扔过去一把G36突击步枪，关切地看着眼前这个浑身是血的女人："没受伤吧？"豺狼"咔嚓"一声拉上枪栓："不碍事，黑皮狗的血！"安第斯点点头，一招手，身后特种兵小队与豺狼一起继续追击东逃西窜的敌人。在不绝于耳的枪声中，豺狼口中的黑皮狗们被逐一击毙。

战场上方的乌黑云层中，一架无人侦察机正悄无声息地盘旋着。侦察机头部下方的球形高清摄像头，将雨林中枪林弹雨的激斗画面，传输到一处国际雇佣兵基地的远程电子控制室的屏幕上。设备前，一台架在稳定器上的摄像机镜头正对着屏幕。

第二章

另一处海岛上，白狼看完电脑上无人机同步传输的画面，端着红酒杯站起身，惬意地伸展胳膊。他踱步到木屋的另一个房间里，房间墙上挂着一排人物肖像油画。他在一张画像前站定，抬动留着齐整胡楂的下巴，盯着墙上神似豺狼的油画。

白狼伸手触摸画框的玻璃，笑着说："你——是我最好的作品！"

第三章

一

周日,紧挨着东海大学城的西街人潮涌动。靠着周边数所大学的人气,这条长达一公里的商业街商铺林立。除了汇聚了各地饮食特色的餐饮小店,电玩城、酒吧、KTV、私人电影院等各种娱乐场所应有尽有,不仅解决了周围学生的衣食住行,也吸引了市区其他居民周末来此消费娱乐。

齐衡奕站在一家清吧门口,身上的薄纱长裙铺展开来,仿佛一面浅绿色的帷幕包裹着她的身躯,将她标致的身材完美地勾勒出来。从她身边经过的人,不分男女,都忍不住侧目偷看一眼。

一名烫着大波浪、身穿超短裤的年轻女人迈着雪白的长腿,悄悄绕到了齐衡奕身后。齐衡奕正放下手机朝人群中张望,突然肩头被拍了一下,银铃般的声音从耳后传出:"找什么呢?"齐衡奕捂着胸口,嗔怪道:"王雯雯,以后别突然蹦出来吓我,到时候吓出毛病

第三章

了，还得去找你！"王雯雯咯咯直笑："放心好了，你天天跑步锻炼身体，最多吓出个心律失常，在我们科室连小毛病都算不上。"她蹦到齐衡奕面前，摊开纤长的手指："你说是我闺密，你来医院怎么也得给你打五折！"

齐衡奕的嘴角忍不住扬起："少贫嘴了，电影快开始了，快走吧。"两人并排走一块，王雯雯勾住齐衡奕的肩头，贴着她耳畔小声说："诶！后面有个男的跟踪你，刚才我就发现了。"齐衡奕头也没回："就我一直跟你说的那个我妈安排的相亲对象，见过一次后就像狗皮膏药一样甩不掉了。"王雯雯扭过头，看了一眼跟在她们身后的威廉："就他呀——模样还行，但大夏天的上个街还穿个正装，一看就是装正经，还有那头发——咦，可真油腻！"

威廉不敢跟太近，隔着两间商铺，看到王雯雯看了眼自己后，张嘴说着什么。他以为对方在夸自己，挺直了身板，手撑着衣领，脸上露出自信优雅的笑容。

此时商业街露天停车场上，一辆白色捷达停稳后，两名戴着棒球帽的中年男人一前一后下了车。其中一个穿着黑色T恤的男人绕到车后，拉起后备箱的盖子，但没完全打开，伸手在里面摸索一番。另外一个人站在他身后，用魁梧的身躯挡住了后备箱打开的口子，警惕地扫视着过往的行人。他压低嗓门问："大哥，家伙都没问题吧？"黑衣男人低声回了句："没问题，来之前就检查过了。"那人又问："真的要选这里干活吗？我看人挺多的，恐怕附近还有警察岗亭。"黑衣男沉吟片刻，回道："除了偏僻的地方，现在大部分区域都有警察岗亭，哪里都一样，这边人多，警察短时间内压制不住这么多人，我们干完事能跟着混出去。"说话间，他扯开了罩着手中棍状物体的黑布，一段三十厘米长的摩托车减震管露了出来。减震管下端装着木质托把，击发装置、弹仓、简易瞄准孔一应俱全。

039

黑衣男把另外一把自制猎枪装进了军绿色的背包，交给了身边的同伙。黑衣男关上后备箱的盖子，提着装有自制霰弹枪的手提包，领头钻进了人流中。

冷饮店门口放着震耳欲聋的舞曲，一个女孩正踮着脚尖看着挂在店铺上方的冷饮品种单，突然她的后脑勺被坚硬的物体磕了一下。她捂着脑袋回过头，看到一个提着长包的人高马大的男人正从她身后经过。男人察觉到目光，扭头看了眼女孩，胡子拉碴的嘴角咧了咧，手里的提包往怀中收紧了几分。

望着男人走远的背影，女孩愣了好半天神，再次准备上前点单时，一只大手搭在了她的肩膀上，把她往后轻轻推了推。一个、两个……五个脸颊坚硬得像是生铁浇铸的男人，依次从她与前面顾客之间的缝隙中穿插而过。他们的目光不约而同地紧盯着方才走过去的那名提包男人。

女孩瞪大眼睛，心中感受到一丝不安。她看了眼柜台前摆放着的冷饮，还是忍住了，转身快步朝西街的出口走去。

一身便装的徐昱辉走在抓捕小组的最前方，挂在耳朵上的蓝牙耳机中传出一个女声："徐队，罗田市局那边确认过了，两人是罗田'七·二三'团伙持枪抢劫案的主要犯罪人员，穿黑衣服的人叫黄兴明，三十四岁，跟他一起的同伙叫高宇，二十九岁，两人都是罗田市顺和村人，四天前在被罗田警方通缉的情况下逃窜至东海市，另外，黄兴明五年前在东海市因抢劫犯罪被警方抓捕入监过。"

"妈的，隔着几千公里呢，怎么跑到东海来了！"徐昱辉骂了一句。跟在他身后，与其同一个频道的张宝路低声问："徐队，动不动手？"徐昱辉看着聚集在黄兴明身边的人群："不行！那两家伙手里疑似有枪械，这里人太多了，不能在这儿动手，继续跟踪观察，找机会！"他侧头对身边与他扮演情侣的女警赵沐之说道："跟指挥中

第三章

心密切联系，协同现场警员从外围开始疏散群众，同时请求特警支队协助！"

"是！"赵沐之放慢了脚步，从徐昱辉身边脱离。

"好食来"茶餐厅里，威廉摸出三张百元大钞从一名顾客那里买了一盒椰丝奶油泡芙，一脸殷勤地递给齐衡奕："琪琪，排队还要一会儿呢，你们要看的电影不是快开始了吗？拿着吧。"身旁的王雯雯拽了拽齐衡奕的裙摆，齐衡奕瞪了一眼威廉，又转向王雯雯："你说想吃这家泡芙我没意见，但前提是老老实实排队自己买！"接着她又一本正经地对威廉说道："威廉，我再次跟你说明白，我跟你之间没有任何可能，请你以后不要再跟着我，不然我报警了！"

齐衡奕气急败坏，生怕威廉不相信她的话，故意把"报警"两个字咬得很重。正从茶餐厅门口经过的高宇隐约听到了，一下顿住了，神色慌张地对黄兴明说："大哥，我们好像被发现了，我听到有人说要报警。"黄兴明浑身肌肉绷紧，手指下意识地摸向了提包的拉链。他站在茶餐厅门前，盯着餐厅玻璃外墙上反射出的身后的画面。在他视线范围内，果然有人三三两两地站在离他不远的位置。靠着多年来跟警察打交道的经验，他一眼就猜到了这些人的身份，同时他还察觉到从他身边经过的路人正在慢慢变少。

徐昱辉见黄兴明突然停下了脚步，还侧着头盯着玻璃外墙。眼神掠过，他和黄兴明互相发现了对方在看玻璃中彼此的身影。徐昱辉拍着腿惊道："被发现了！各小组注意，准备行动！"张宝路侧身躲在一家超市的冷藏柜后面，掏出别在腰间的92G手枪，双手抬起枪抵着脸颊。身后的组员一边紧急疏散群众，一边呈包围队形向茶餐厅靠近。

与此同时，察觉到情况不妙的黄兴明一声不吭地拉开提包拉链，手伸进包内，抱着包猛地回头。"砰"的一声巨响，提包一侧炸开了一道大口子，浓密的灰色烟雾从口子里源源不断地涌出来。枪响那一刻，徐昱辉抱着身边一名路人侧倒进最近的一间店铺内，从霰弹枪口迸射出来的铁石铅砂，噼里啪啦地打在他刚才站过的位置上，在水泥路面上留下了无数坑坑洼洼的印迹。

二

枪声盖过了街边商铺的音乐。

周围数百名行走或驻足在店铺门前的路人，刹那间同时停下脚步，面向声音发出的方向。离茶餐厅最近的路人最先看到了黄兴明开枪那一幕，从没想过枪战片一般的场面会发生在自己眼前，全都呆住了。待他们反应过来，一声声尖叫此起彼伏，餐厅附近的人开始四处乱跑，惊恐声交织在一起。离得远的原本还一脸茫然想去围观发生了什么事的路人，看到越来越多的人在拼命逃窜，也随着密集的人群朝西街出口涌动，现场顿时变得混乱不堪。

枪响那一刻，张宝路从冷柜后探出身子，枪口抬到与视线齐平的位置。准星里人头攒动，枪口不断被逃窜的行人遮挡，张宝路犹豫几次还是没敢扣动扳机。待茶餐厅门口的人减少后，他再次瞄准黄兴明。

"砰"的一声，枪口冒出烈焰。

灼热的子弹头几乎贴着黄兴明的胳膊，击中了茶餐厅的玻璃门。玻璃碎片四散，黄兴明惊恐地退到餐厅里，大喝一声："老二！"眼睛瞪得圆溜、僵站在店里的高宇被吼声震醒，忙反手取下背包，拿出里面的自制猎枪，拉上枪栓后把枪口对准了店里面没来得及跑出去的人："都给老子蹲下来，别动！谁动打死谁！"

店里剩下的十几名顾客和店员，惊慌失措地蹲下身，低头抱着

第三章

脑袋。齐衡奕拉着浑身哆嗦的王雯雯退到一张餐桌前，一低头发现不知何时威廉已经抢先一步躲在了桌子下，面如白纸。她朝里面踹了一脚，威廉不情愿地往后挪动了一下，齐衡奕和王雯雯也赶紧藏在了桌子下。

站在门口的黄兴明被方才的枪击激怒，骂了一通脏话后，扯下残破的背包，往弹仓里压了一发霰弹。他一脸凶狠地探出门外，端枪朝张宝路掩身的位置射击。自制霰弹在枪膛中炸开，强大的后坐力让黄兴明后退了一步。弹幕如铁雨般笼罩向冷柜，大部分深深嵌入柜体内，其余一部分向奔跑的路人飞散而去。一个男人的后背被一枚铁珠击中，顿时皮开肉绽。男人惨叫一声，扑倒在路边隔离带的花坛中。

徐昱辉见状，朝身后大喊："退后！停止交战！不能让歹徒伤害到群众！"他按住蓝牙耳机，焦急汇报，"指挥中心！西街发生枪击，请立即增派警员保护群众，通知特警进场！"张宝路捂着肩头，从冷柜后撤出来，刚才霰弹铁珠撞到路边的广告牌时，溅射到了他身上。徐昱辉青筋暴起："怎么样，严重吗？"张宝路忍着痛回道："不碍事，一点擦伤！"徐昱辉看到两名歹徒退进茶餐厅，拉上了窗帘，随后里面传出一声枪响。他不清楚里面的状况，不敢贸然行动，打着手势："刑侦支队！控制住店铺出入口，等待指令！"

枪声是高宇开枪射中了茶餐厅里的监控。黄兴明心烦意乱地晃动着黑漆漆的枪口，对着店里哭喊声不断的人质吼道："都他妈安静点，再吵老子要杀人了！"

店里的声音一下子消退了大半。高宇把人赶鸭子似的赶到茶餐厅前台旁的空地上，把敞开的背包伸到人质面前："把手机和值钱的东西都交出来！"桌子底下战战兢兢的威廉发现齐衡奕从怀里摸出手机正点动屏幕，他急忙把手搭过去想阻止。齐衡奕推开他的手，拨通了彭鹰翔的电话。

铃声响起，正在训练基地指导办公室的彭鹰翔接通电话："喂，齐医生？"听筒里没有齐衡奕的声音，沉寂片刻后传出了一个男人凶狠的威胁声。彭鹰翔脸色一变，抓起面前连接基地广播的麦克风，扯着嗓子喊："全体武装集合！"他再一低头，手里的电话已经挂断。他急忙转身奔出门外。

藏在桌下的齐衡奕面前有双粗壮的腿来回走动，她紧紧捂住身旁王雯雯的嘴，桌下的三个人大气不敢出。见端着枪的歹徒走远了，齐衡奕大松一口气，掏出手机又拨打了110。

特警基地，彭鹰翔远远看到操场上一众队员已经全副武装，列队待发。他飞奔到队首，身穿黑色蟒纹作战服的严峻看到他，绷直身子："彭队！都集合完毕了，这就准备出发！"彭鹰翔扫视过一众队员，看到程菡玥也在："几个意思？"留守基地待命的王冀陇小跑而来："已经接到指挥部命令了，西街发生歹徒持枪劫持人质案件！山鹰，你目前还不能参与实弹作战任务！情况紧急，其他人先走！"彭鹰翔默不作声，一脸严肃。严峻抿着嘴看了一眼彭鹰翔，一声命令后，队伍哗哗跑向停在路边的车辆。

"山鹰，你别背心理包袱，你也知道上面的规矩，咱也是没办法……"

王冀陇话没说完，彭鹰翔转身奔向了停车场。王冀陇喊了几声，对方没有停下脚步。王冀陇焦躁不安地重重拍了下大腿，无奈地看着彭鹰翔的背影在眼中消失。

三

一辆"黑虎三型"防暴突击车领头，全车黑色涂装，主副驾驶室车门上贴着由盾牌、五星、长城和橄榄枝组成的车徽，车身上有

第三章

醒目的"特警"二字。突击车后面跟着五辆同样涂装的越野车。车队扯着刺耳的警报声逐渐接近十字路口。路口执勤的交警远远地听到了警报声,他跑到十字路口的中心位置,左臂向上直伸,帮忙拦停了过往的车辆。特警车队穿过亮着红灯的路口,呼啸着疾驰而过。

车队毫不停歇地赶到了西街路口。路口处已经站满了警察,长长的警戒线封锁了所有进出口。突击车顶上的高音喇叭放声:"特警闪电突击队进场!"警戒线旁值守的警员扯下长条,车队驶入已经疏散完群众的街道,最后停在了距离茶餐厅不足两百米的位置。

车队后,一辆探界者在警戒线外停下。彭鹰翔从车窗里递出证件,执勤的警员放车进入了现场。

严峻从突击车里跳下来,徐昱辉一脸焦急地凑过来:"来了!"严峻点头:"里面什么情况?"徐昱辉指着被窗帘遮住的窗户:"两名劫匪,一人持霰弹枪,还有一把听声音应该是猎枪,刚交战过,自制枪械杀伤性挺强的,打伤了刑警队的一名警察和一名群众,现在劫持了十五个人质退守到茶餐厅里面了,十一分钟前里面有枪声传出来,窗帘挡得很严实,看不清楚里面的情况。"徐昱辉把一台警用平板递给严峻,上面显示着黄兴明和高宇的照片及个人资料。

"就怕里面还有同伙。"严峻嘀咕一声,翻着平板,"人质信息呢?"

"还在查,里面的监控被打掉了,只能从路边的监控画面里筛查。"

"太慢了。"严峻把平板还给徐昱辉,转身对一名背着硬壳背包的特警队员命令道,"找个口子,放侦察机器人进去!"

"里面有个心理医生,齐衡奕。"彭鹰翔的声音从两人身后传来。

严峻转身:"山鹰,你怎么来了?"彭鹰翔没回他,走到徐昱辉面前:"刚才她给我打过电话了。"

徐昱辉耳麦里传出声音，听完后说道："有个电话一直跟110指挥中心那边保持着通话状态，信号源就在茶餐厅里，那头没人回应，但是能听到茶餐厅里的声音，手机尾号是0189。"彭鹰翔点头："是她的，看来她应该躲在某个地方还没被发现。她很聪明，说不定有办法给我们提供里面的状况。"徐昱辉望向赵沐之，指了指耳机，赵沐之跑过来，摘下自己的耳机给彭鹰翔戴上，耳机里同步着齐衡奕手机的通话声。

茶餐厅的窗帘拉开了一条缝，高宇用一只眼睛查探外面的情况。他看到不远处有好几辆特警车，车旁一众荷枪实弹的特警正虎视眈眈地盯着茶餐厅的位置。高宇回头急促地说道："大哥，来了好多特警，外面街道上一个行人都没有，就剩警察了！"黄兴明意识到情况对他们不利，强装镇定："咱们手里有人质，他们不敢进来。"他从腰上挂着的弹药包里摸出一个圆形的铁坨坨，腮帮子咬得紧紧的："我这儿有手雷，他们一旦想动手，我就引爆，这里面的人质一个都活不了。"

蹲在地上的人看到黄兴明手里多出来的铁坨坨，纷纷惊呼，身子缩成一团。高宇摆了摆枪口，压制住了众人的声音。

惊恐声从耳机里传出，彭鹰翔眉头紧锁，捂着耳麦："齐医生，我们想知道里面人质的情况和歹徒的位置，你有办法能让我们知道吗？"顿了顿，他又担忧地说道，"一定要在能保证你人身安全的前提下，如果你没有把握千万别贸然行动，绝对不能让歹徒知道你在跟我们通话！"

齐衡奕从手机听筒里听到了彭鹰翔的话。她迟疑片刻，低头从身下的包里翻出一个粉饼盒。她把盒子放在地上，打开往前推了推，调整一番后，将盒子一端的镜面对向了前台旁的两名歹徒。

店外，彭鹰翔指了指餐厅对面的一家酒店，对张鑫和孟凡亮说：

第三章

"你俩去找合适的狙击点位！"再低头一看，手里的电话已经挂断了。正心脏一紧、忐忑不安时，一个微信视频通话打了进来，他赶紧点开。从手机屏幕中地上放着的粉饼盒的镜子里，可以看到两名歹徒的面容，还能隐约看到两人身边的人质。

彭鹰翔定睛看清了黄兴明手里的铁坨坨："苏联产的F-1型破片手雷，杀伤半径三十米，这家伙手里怎么有这玩意儿！"一旁的徐昱辉额头冷汗直冒："怎么办？里面十多条人命呢！"

"别着急，手雷真要引爆，那俩歹徒也活不成，先稳住他们，搞清楚他们的诉求！"

一旁的严峻把元素拾音耳机递给彭鹰翔，里面传出张鑫的声音："山鹰！鹰眼已就位，窗帘障碍，无法锁定目标！"彭鹰翔扫了一眼平板上两名歹徒的信息："鹰眼！手持爆炸物的歹徒与餐厅左数第五面玻璃窗的位置持平，目标身高一米七八，有把握盲射中目标吗？"耳机里沉寂几分钟后，张鑫汇报道："无法找到与玻璃窗持平的射击角度，还存在弹头运动轨迹因角度太小发生跳弹的可能。"

"了解！原地待命！"彭鹰翔放下耳机。

此时徐昱辉的手机响了，他接起电话："田局！"电话那端一个威严的男声询问起现场的情况，徐昱辉如实汇报，然后一转手把手机递到了彭鹰翔面前。彭鹰翔赶紧接起，听筒里东海市公安局局长田新民的声音震耳欲聋："彭鹰翔！现场行动你负责！"

"是，田局！"

"我不管你上什么手段，总之一句话，不准有人质死亡，我正在赶过来的路上！"

"是！"

电话挂断，彭鹰翔锐利的目光扫过茶餐厅："黄兴明在东海坐过牢，他在本地有人际关系吗？"徐昱辉摇头："还没查到，他就一个奶奶还在罗田市。""两边离这么远，怎么想着在东海犯案，而且还选择在闹市……"彭鹰翔若有所思，突然他意识到什么似的说道，"查一下黄兴明在东海监狱时有谁去探视过。"

"好，我马上去查！"徐昱辉转身跑开。

彭鹰翔把身上的东西都交给严峻："我想办法靠过去，看能不能找到突破口。"严峻冲队尾的程菡玥一招手："防弹衣！"程菡玥跑到彭鹰翔面前，取下套在作战服外的凯夫拉防弹衣，想给他穿上。

彭鹰翔没让穿，只向程菡玥要了她的配枪，别在背后，径直朝茶餐厅走去。

四

"老大！有个人走过来了！"一直站在窗前从缝里朝外窥探的高宇看到了彭鹰翔。

黄兴明把手指伸进了手雷顶端的拉环里，紧张地问："是警察要动手了吗？"高宇皱着眉头："不清楚，就他一个，穿的不是警服！"黄兴明保持着警惕："别让他靠近！"高宇隔着窗户冲外面喊道："就站在那儿！再走老子就开枪了！"

彭鹰翔站定，毫不畏惧地说道："你也看到了，外面这么多特警围着呢，早就按捺不住了，是我在拦着，你要是开枪打我，他们会一窝蜂冲进来。"茶餐厅里沉寂片刻后有声音传出："你是领导？"彭鹰翔没反对："算是管他们的，你们跟警察也打过那么多交道了，应该明白我们的手段。我来就是想问问，你们到底想不想活，想活我们有活的干法。"

没等黄兴明说话，高宇率先回复："想活！但是你们不让！你以为我不知道，对面酒店里早有人架着枪了！"彭鹰翔面不改色："瞎

第三章

说！你看到了？"高宇厉声说："电影里都这么演的！"彭鹰翔呵呵直笑："没那么极端，但前提是你们不能伤害人质，你要知道，一旦有人员死亡，那就没得谈了。"

高宇回头望向黄兴明，黄兴明比画着手，小声说："要车！"高宇心领神会，高喊："咱们想法一样，我们也没想过伤害人质，你给我们准备一辆加满油的车，另外在西角码头准备一艘有封闭船舱的快艇，上面放好充气救生艇，我们会带着人质一起到码头上船，等出境后，我们会将人质放到救生艇上，你们再去接！"

"好！我们在最近的停车场里准备好车，你们到码头时，船也会停在那儿！"彭鹰翔二话不说答应了，随后话锋一转，"但是答应你们的条件，我也是顶着压力的，你们也得给我点诚意，现在里面有十五个人，你们放点人质出来，我跟领导那边也好交代。另外实话告诉你们，领导正在赶来的路上，他过来后同不同意你们要求，我保不准。"

"放人？"高宇充满疑虑地看着黄兴明，没主意。黄兴明冷着脸摆了摆手。外面彭鹰翔还在说："对！你想啊，就算找辆商务车来，最多也就坐七个人，剩下的人你们也带不走，这样，你们放十个人出来，我马上给你们安排车和船！"

"不可能放人的！"

"不放人，那没得谈！"彭鹰翔看了眼手表，转过身去，"还有十五分钟领导就过来了，留给你们考虑的时间不多了。"

见彭鹰翔走远了，高宇有些着急，凑到黄兴明身边："大哥，他说得有道理，这么多人我们带不走啊。"黄兴明不作声，高宇快哭出来了，"大哥，我们冒这么大的风险干这票活，钱也没捞到多少，要是把命搭进去了，太不值当了！我家老母亲还在，我不能死在这里！"

黄兴明心里动摇了，告诉高宇："那放几个出去，但不能都听他的。"高宇赶紧到窗边喊了两嗓子，可是好半天都没有人过来。

此时另一边，彭鹰翔身旁围着一圈人，面前一张折叠桌上放着餐厅的平面图。他把与齐衡奕通信视频中还有方才与歹徒谈话期间了解到的信息，一一标注在了平面图上："看状况，那个叫黄兴明的是指导者，两个人的站位隔着一定的距离，优先保证将他一击毙命。"严峻认真看着歹徒的站位："用麻醉气体放倒他们呢？"彭鹰翔摇摇头："高宇距离更近，可能他先倒下，手持爆炸物的黄兴明更具威胁性，我们不能冒这个险。"

徐昱辉抱着电脑从指挥车上下来，将电脑摆到桌上："彭队长！查到了，黄兴明入监期间，有个叫秦阿梅的女人曾申请探视过，但是被他拒绝了。秦阿梅五年前嫁给了东海市合川商行的老板。"徐昱辉起身张望一眼，指着不远处说："那边的一家超市就是秦阿梅老公开的。"

"我想的没错，两人看似是抢劫，其实黄兴明是怀有报复目的的！"彭鹰翔握紧拳头说道。

"那边一直在喊你呢，你不过去看看？"严峻问。

彭鹰翔不动身："再等等，要让我们占据主导位置。"他铺平西街地图，"河马，安排一辆商务车，把后排座椅下的挡板切割掉，我们的人藏在里面后再固定回去，以车内偷袭作 A 方案。鹰眼、野猪，在停车场位置布置狙击点位，以远距离射杀作 B 方案。猛禽、骆驼，你俩穿便装驾摩托车跟随车辆，作 C 方案等我指示！"

"是！"队员领命后，四散奔走。

迟迟未见彭鹰翔过来的高宇惶恐不安地在黄兴明面前来回踱步。黄兴明不耐烦道："晃什么晃！跟我干这么久事了，这点胆子都没有！"高宇一听突然嚷嚷起来："是！这么多年我一直跟着你，把你当大哥，可是你偏要把我往火坑里带！你看你选的什么狗屁地方，

第三章

警察来这么快！还有，你朝警察开枪，大哥，那可是警察啊！现在还不知道那人怎么样，要是他死了，咱俩十条命都抵不上！现在外面这么久都没动静了，他们肯定是在部署，要对我们动手了！"

黄兴明握枪的手紧了紧，理智还是压制住了怒火。他脸上的肌肉颤动了几下，抬枪随意点了几个人："这五个，你放出去，他们要是得寸进尺，我就打死一个给他们看！"

高宇应了声，端枪抵着那五个人，让他们朝门口移动。一直躲在桌子下的威廉见状，赶紧从齐衡奕和王雯雯之间钻了出去："两位大哥！你们放我出去吧，我有钱，可以给你们！"齐衡奕一惊，急忙挂断了视频。威廉伸手去拽五人中的一名女生，想跟她调换位置。高宇抬起大脚踹过去："去你妈的，待会儿第一个打死你！"威廉被踹倒在地，捂着胸口欲哭无泪。

黄兴明盯着威廉藏身的桌子，正迟疑时，外面传来一个熟悉的女声："阿明！你是不是在里面？你浑蛋啊！你还想让我为你担惊受怕一次啊！"女人声嘶力竭的哭声让黄兴明痛心疾首，他不顾一切地冲到窗前，拉开窗帘一角："阿梅！你怎么来了？"

秦阿梅挂着满脸泪水向前迈步，但被一只粗壮的胳膊挡住了去路。彭鹰翔站在一旁，手中捏着屏幕已经熄灭的手机，锐利的目光盯着窗户后面露出的小半张脸。与齐衡奕视频电话中断，让他意识到她可能遇到危机了。秦阿梅本来是他攥在手里的一张底牌，可此时不得不抛出来了。

五

停车场里，严峻盯着商务车后排座椅下的空间，面露难色。刚才队里的几个男队员都试过了，位置太窄，就算把身上的装备都解

051

除掉也钻不进去。

一直站在旁边看着的程菡玥这时走过去："我身子比他们瘦小点,我来！"严峻打量她一眼："不行！你作战经验不足,太危险了！"程菡玥把身上的防弹衣解除,站到车门口："还有别的办法吗？歹徒那边随时会用车,没时间考虑更多了。"严峻欲言又止,眼巴巴地看着程菡玥钻入商务车后排座椅下的空间里,正好够她容身其中。

酒店房间窗口,张鑫半蹲着,眼前的十字准星稳稳地锁定着玻璃窗后的黄兴明的脸："山鹰！能击中要害部位,动手吗？"耳机里传出彭鹰翔斩钉截铁的声音："半张脸击中,可能会有几秒存活时间,还不能开枪！"

彭鹰翔拉着秦阿梅走向茶餐厅。店门从里面打开,五个人质被推出来。彭鹰翔看清人数："还有呢？"高宇抵住门："少废话！剩下五个等车到了我们再放！"彭鹰翔一招手,两名特警奔过来将人质领到突击车旁一一确认身份。

彭鹰翔嘴唇微动,对着耳麦小声问："河马,安排好没有？"严峻俯身仔细确认过固定的挡板："没问题了！"

"我现在让目标过去！"

彭鹰翔把车钥匙丢了过去："停车场出口,黑色本田商务车！"高宇从门缝里伸出手抓住钥匙,回到黄兴明身边："大哥,快走吧！"黄兴明最后看了一眼秦阿梅,忍着心中复杂的情绪去到前台。他收好东西,把人都赶起来,正要走向门口时,高度的警觉性还是让他回头盯住了一张桌子。

他端枪走过去,突然掀开了桌子。藏身下方的齐衡奕和王雯雯大惊失色,两人缩着抱成一团。黄兴明把黑洞洞的枪口对准她们,阴着脸伸手在齐衡奕身上摸索一番,从她怀里夺过了手机。黄兴明威胁她打开屏幕,然后看到微信界面有一段二十八分钟的视频通话

第三章

记录。他又翻了翻相册，里面有张男人穿白衬衫坐在窗口的照片，照片里的男人竟然就是此时站在秦阿梅身边的人。

"妈的，她是警察！"黄兴明大惊失色，用枪口死死抵住了齐衡奕的脑袋。齐衡奕哭着说："我不是警察，我是心理医生……"黄兴明根本听不进去，红着眼："你跟警察是一伙的！我们的举动外面都知道了，他们要让我们死！"高宇也紧张了，手指抵住扳机。

彭鹰翔听到里面的声音，大喊："什么情况？里面没有警察！"黄兴明把齐衡奕连拖带拽拉到窗口："她是不是一直在跟你联系！"彭鹰翔看清窗户后惨白的脸："是！她是在跟我联系，但她不是警察，她——是我女朋友。你也是个念情的男人，你应该明白，她出事了，我肯定是放心不下的！"

"你当我是傻子？"黄兴明怒目圆睁。

彭鹰翔轻推秦阿梅，女人上前边哭边说："阿明，我知道你是为了我才这么做的，但是你知道的，我不愿意看你这样啊，过去的就过去了，咱们以后好好生活在一起，好不好……"

"回不去了，阿梅——我已经回不了头了。"黄兴明也哭了，情绪极不稳定。

彭鹰翔见状，大声说："黄兴明，你的目的我们都清楚，你根本就不是来抢劫的，你其实是想来教训人的，你知道秦阿梅的老公程建结婚后一直家暴她，所以你想报复他，不是吗？"彭鹰翔指着秦阿梅，对黄兴明吼着："但你不知道的是，阿梅已经离婚了，你就是她最后的念想，你想要她最后的念想也断了吗？"黄兴明愣住了，泪眼蒙眬地望着秦阿梅。

秦阿梅缓缓点头。

店内的高宇听完彭鹰翔的话，露出不可捉摸的神色，回头看向黄兴明："大哥，他说的是真的？"黄兴明没回他，冲着彭鹰翔喊：

"让阿梅进来！"彭鹰翔看阿梅一眼，阿梅坚定地点点头。彭鹰翔松了松手："可以，但是其他人你得放出来，否则我不干！"

黄兴明沉沉地呼吸着，拉住齐衡奕和王雯雯："这两个我要留下，还是按照之前说的那样！"他把店内的人质朝外赶，高宇一把抓住想要跑到前面的威廉："大哥，这个人说他有钱，也留着！"

威廉眼巴巴地看着其他人走出店外，恨不得扇自己两个嘴巴子。

六

西街停车场附近，数十名特警掩身在各个隐蔽处，严阵以待。

黄兴明一手端着枪，一手握着手雷，身后跟着高宇。齐衡奕等人被挟持着，挡箭牌般围在两人身旁。几人缓慢朝着停车场出口的一辆黑色商务车移动。

在他们身后，88式狙击枪的枪口一直对着黄兴明的后脑勺，狙击镜头里，齐衡奕和王雯雯的脑袋时不时晃动进来。张鑫手指搭在扳机上："山鹰！这里是鹰眼，目标很谨慎，一直让人质挡着要害！"彭鹰翔说道："目标对狙击战术很精通，放弃狙击！按照A方案行动！"

高宇走到商务车前，"哗啦"一声拉开车门，把威廉推到后排座位。人质都被安排到后座，高宇坐在副驾驶座，转着身子端着枪警惕着人质的举动。黄兴明跳上驾驶室，驾车驶离了停车场。

座椅隔板后，趴在黑漆漆的空间里的程菡玥大汗淋漓。炎热的天气加上闷堵的环境，让她几近晕厥。她感受到车辆在缓缓移动，随后蓝牙耳机里传出严峻的声音："目标驾驶车辆离开了，最后排坐着三名人质，手持爆炸物的歹徒在操控车辆，副驾驶座一名歹徒持枪看着后排人质，你那边要小心别让他发现。另外，还有一名与

第三章

歹徒有感情关系的女人坐在主驾驶座后面,八分钟后,目标车辆将驶入城西快速公路,交警大队已经控制了车流,预计在这个时间后行动!"

黑色商务车驶出街区,进了快速公路,这也是通往西角码头的唯一道路。车内,黄兴明察觉到窗外的车流肉眼可见地减少了,警惕道:"老二,应该会有警察跟着,路上恐怕不会顺利,待会儿如果警察真要干咱俩,你先开枪打死那个警察的女朋友!"高宇稳稳地端着枪,不作声。后面的秦阿梅把手搭在黄兴明肩膀上:"阿明,不能杀人,你犯的罪已经够大了!"黄兴明把方向盘捏得咯吱响:"就是因为大,所以他们不会放过我们的。他们想让我们死,那就得付出代价!"

黑色商务车后面,快速公路两旁的泥土路上,战果和梁峰分别骑着一辆越野摩托车,远距离跟随着目标车辆。战果看到前方有座三米多高的土坡,捏起耳麦:"山鹰,这里是猛禽!三分钟后目标后端会出现障碍物,我和骆驼可以接近目标车辆!"

指挥车里,彭鹰翔盯着平板电脑上无人机传输过来的影像,稳稳说道:"收到!允许靠近!"他侧头面向严峻,有些担忧,"怎么没提前跟我说,是安排程菡玥上了?"严峻摊着手,无可奈何地说道:"空间太小了,只有她能钻进去,再说了,是她强烈要求上的,拦不住。"彭鹰翔叹了口气,抿了抿嘴:"通知她,动手吧,一定要跟她交代好,让她注意安全!"

黑暗中,耳机里传来了指示。程菡玥十分费力地侧了侧身子,耳朵贴在隔板上,仔细听了一下对面的声音。她把手按在隔板上,小心翼翼地推开一条缝。此时坐在后排座椅上的齐衡奕觉察到了小腿后的动静,她借着摆弄鞋带的动作弯下腰俯身一看,对上了一双明亮的眼睛。程菡玥赶紧做了个噤声的手势,汗水不住地从她的手指上往下淌。

齐衡奕会意，端坐了回去，她并拢双腿，用裙摆挡住座椅下方。程菡玥握着一把手枪，从座椅下方钻了出来。威廉和王雯雯看到腿下出现了一个穿着黑色短袖的女人，惊愕不已，齐衡奕伸手拽了拽两人。

坐在前排的秦阿梅似乎感受到身后有蓄势待发的气息。她望着后视镜里那个仍然深爱着她的男人，情绪蓦然压制住了理智。她伸手在黄兴明肩膀上拍了一下："阿明……"

黄兴明抬头看了眼后视镜，看到了从后排伸出来的枪口，吓得大惊失色，急忙歪头躲避枪口。"砰"的一声，一发子弹击穿了车前挡风玻璃，碎片应声落在两名歹徒身上。身处惊恐中的黄兴明双手脱离了方向盘，俯身大喊："老二！杀人！"

话音刚落，一旁的高宇突然扔下枪："去你妈的！还想坑我！"说完，侧身夺过方向盘，试图稳住失去控制的车辆。但动作还是迟了一步，疾驰的车辆偏离方向，重重地撞上了路桩，车身猛地一震，险些侧翻倒地。与此同时，安全气囊炸开，将两名歹徒抵在了座椅上。

晕晕乎乎的黄兴明摸到车门内把手，一把拉开，身子侧倒向车外。与此同时，从平板中看到车辆受损的彭鹰翔大吼一声："猛禽、骆驼，干！"

两辆越野摩托车从土坡后飞了出来，车还在半空时，战果和梁峰一同开枪射击，子弹正中黄兴明的脑袋。车里的程菡玥猛扑向前排，一枪托砸在了高宇脸上，扭着他的胳膊将其死死按住。

黄兴明的尸体落地，手指因惯性带动了手雷上的插销。千钧一发之际，齐衡奕不知哪里来的勇气，推开车门扑了上去，双手握住了手雷。

第三章

受损的车头冒着黑烟，车后警报骤响，急速而来的指挥车停下来。彭鹰翔跳下车去，看到齐衡奕卧倒在地，浑身发着抖。他蹲下身，一双大手放在齐衡奕的手背上："别紧张，这手雷是翻板击针保险结构，只要翻板不偏转，击针不会撞击引信火帽。"彭鹰翔语气和缓，尽量不让齐衡奕感觉到压力，"照我说的做，会没事的，你把手掌从我手里慢慢抽出来，放松一些……"

一名身穿厚重排爆服的特警守在两人旁边，另有几名队员在布置排爆桶。在彭鹰翔的安慰声中，齐衡奕缓缓抽出手。彭鹰翔一手紧紧按着白色铁皮翻板，另一只手从黄兴明的手指上找到手雷的拉环，小心谨慎地将拉环重新卡在了手雷保险上。他将手雷交给了身边的排爆队员，带着齐衡奕远远地退到了防暴突击车后面。

排爆队员转身，将手雷放入排爆桶内。半晌后，桶里的手雷没有爆炸。彭鹰翔大松一口气，转身拍了拍齐衡奕的后背："没事了。"心头一直有根弦紧绷着的齐衡奕，抱住彭鹰翔宽厚的臂膀哇地哭出声来。

宣泄完情绪的齐衡奕看到戴上手铐的高宇在特警们的压制下被带上车，想到此前彭鹰翔暗里挑拨两名歹徒的话语，扑哧一笑："哼！还挺贼，知道搞心理战。"

"跟你学的呗！被你教导那么久了，没点进步可说不过去。"彭鹰翔话锋一转，"对了，黄兴明是怎么知道你跟我认识的？"齐衡奕脸一红："我手机里有你的照片——偷拍的。"

彭鹰翔挠了挠头，两人相视一笑。齐衡奕眼角挂着晶莹的泪珠，她的眼睛如同一泓清澈的湖水，倒映着彭鹰翔的身影。方才生死一瞬的惊惶全被她抛到脑后了，而内心那株含苞待放的花朵正在徐徐绽放。

第四章

一

骄阳似火，空气中弥漫着灼热的气息。特警训练基地中心偌大的操场上，闪电突击队的队员们顶着烈日排成一列，两手后背，跨步站立。众人目光一齐望着基地入口的大门，脸上隐隐透着期待。

三十多名身穿不同制服或普通服装的女生背着背囊，在王冀陇的带领下井然有序地走入基地大门。队伍中，穿着白色运动服的邬一曼左顾右盼，有些兴奋，她身边的董春蕾瞥了她一眼："怎么，第一次到训练基地啊？"邬一曼如实回道："是啊！我刚从南京大学计算机系毕业，技术专业特招进来的，以前从没见过警察训练的地方，来之前我还以为要进山或者到郊区待着呢，这比我想象中要好啊！"她看一眼董春蕾，"姐姐，你是警察吗？"

"谁是你姐姐？我多大你知道啊？"董春蕾有些不悦，她从小学习武术，长大后还经常参加户外训练，所以她的皮肤略显粗糙，肤

第四章

色较其他人而言也更为深沉一些,时常被人误判年龄。

邬一曼也不气,老实说道:"我小学和初中都跳级了,所以大学毕业得早,大家应该都比我大一点。"留着一头干练短发的何雨洋凑到邬一曼身边:"诶,我听说特招进来的要么是各运动项目中在省级大赛里获得个人表彰的,要么是顶级学霸。小妹子,你就是传说中的学霸吗?"邬一曼咯咯直笑,谦逊道:"不算是,就是爱摆弄电脑,久而久之就略微精通一点了。"

女子集训队站在操场上,王翼陇眼神犀利地扫过面前的队伍:"大家来自五湖四海,来自不同的兄弟单位、高校,或者刚离开部队,你们有着不一样的专业技能和身份,但是到了这里你们暂时就只有一个身份,那就是东海市特警支队女子集训队的一名队员,从今天开始,要无条件服从集训队长官的命令,直到你们离开这里,明白了吗?"

"明白——"声音有长有短,高低起伏。

王翼陇脸上的肌肉颤了颤,忍着没发火:"介绍一下,这位是特警支队闪电突击队的彭鹰翔大队长!"众人的目光挪到了彭鹰翔身上,健硕的肌肉将他身上那件夏季战训短袖撑得极为立体,裸露在外的胳膊泛着小麦色的光芒,尽显阳刚之气。

"哇,这身材简直太完美了吧!从来只在电影里见过,没想到今天能亲眼见着!"

"真帅!好像电影里的男主角。我想想像谁来着——像金城武吧!"

"这大长腿,得有一米多,真是爱了!"一名女队员情不自禁地拉住旁边的人,眼里闪着光,"你看,那肩膀好有力量感,穿制服简直帅爆了!"

看着眼前叽叽喳喳的女队员,彭鹰翔没像平时那样严厉训诫,脸上始终挂着和悦的笑容。见此情景,一名女队员大着胆子问:"大队长，我们能跟你合影吗？"彭鹰翔笑了笑："没问题！大家伙的要求我们一定满足，以后我们就是一家人，千万别见外！"那女生喜笑颜开地跑到彭鹰翔身边，抱着他粗壮的胳膊。王翼陇站在两人对面，"咔嚓"一声，拍下照片。

集训队中不断有人跑过去合影，聂如佳也心动了，迈了迈脚。身后牵着警犬的王睿洁拉住了她："小心有诈！他们不可能对我们这么亲切的，心里肯定憋着坏呢！"聂如佳睁着大学生特有的清澈双眼："不会吧——我看他们都挺好的，不像是坏人。"

"别傻了，这可是训练场，他们是长官，成天想着法折磨人呢！我当初刚到武警队那会儿，三天都快脱一层皮了！他们手段多着呢，在他们眼里，咱们就是菜鸡，你要是中了他们设下的圈套，这群豺狼马上就扑过来把你生吞了！"王睿洁扫了一眼突击队的小伙子们，嗤之以鼻道，"你们这套，姐早就见识过了。"聂如佳听着，吓得瑟瑟发抖，不禁后退几步。

十几分钟过去，集训队队员大部分都跟彭鹰翔合完了影。彭鹰翔抬手看了眼表："快到中午了，我已经跟食堂交代了，今天安排大餐给大家接风洗尘，大家现在可以到宿舍收整一下行李，十二点食堂集合。"彭鹰翔吹了声口哨，一群小伙子齐步跑来。

"给她们提行李！"彭鹰翔一声令下。

王睿洁一脸不可思议的表情，想了想，忧心忡忡道："完了，看来是憋着大招呢，看样子这关不太好过。"

张鑫凑到彭鹰翔身边，望着走远的集训队："老大，你这是先给颗糖，然后准备架炮轰了？"彭鹰翔白了他一眼："我有这么坏？"张鑫咯咯笑："你岂止是坏，刚进队被你恶练一通时，我天天晚上做噩梦都有你。"彭鹰翔笑道："那你说，按咱们的标准，这群女娃娃能撑多久？"张鑫掰了掰手指："里面有几个看着是部队调过来的，这些

第四章

人不好说,其他人我看两天都够呛。"

"那就是了,成立一支女特警队伍的大方向,咱们谁都改变不了,咱这儿又不是狼坑蛇窝,两三天把人都吓跑了,谁去跟领导那边交代?再说了,女人跟男人思想不同,现代女人最怕在男人眼中低人一等,被区别对待,所以要按照这种心态对待她们,激发出她们的斗志,这样才能让她们拿出全部实力来。总而言之,第一是要让她们留得下,留得久,逐渐适应训练;第二按照我的方式,激出她们身体里蕴含的力量,让她们自告奋勇成为我们中的一员,这第三嘛——"彭鹰翔扫了一眼突击队的小伙子,"自行琢磨!"说完,迈着大步离开了。

张鑫想不通,又跑去问王翼陇:"指导员,彭队这第三点是啥意思?"王翼陇把笑憋了回去,一本正经地说:"你傻啊,山鹰的话都明摆着呢,你小子多动动脑子吧。"不等张鑫再问就走了。

张鑫又紧拽着严峻的胳膊问:"啥意思啊?我一点都不明白,你快告诉我吧。"严峻无奈地摇摇头,问了一句:"你有对象吗?"张鑫单纯地晃了晃脑袋。严峻又指着梁峰:"你呢?"梁峰老实巴交地回道:"母胎单身。"

"那就是了,咱这儿可是和尚庙,平常大家忙着训练、出任务,根本没机会接触异性,队长这是替咱们的终身大事考虑呢!"

张鑫被点通了,脸上乐开了花,转头望向彭鹰翔,彭鹰翔的背影在他心中顿时变得更加伟岸了。

二

公安医院八楼的心理科室,整个诊室的色调以温暖的米色为主,窗台上摆着枝繁叶茂的绿植,空气中弥漫着一股清新的气息。阳光透过窗户,在淡蓝色的墙壁上留下斑驳的光影,一切给人一种宁静的感觉。

一声痛苦的喘息后,彭鹰翔睁开眼,大汗淋漓。见他手指仍在颤动,一身白大褂的齐衡奕抓住了他的手,用温柔的声音问道:"彭鹰翔,你还好吗?"彭鹰翔努力平复呼吸:"没事,刚做了个噩梦。"

"什么样的噩梦?"

彭鹰翔一脸怅然若失的表情,动了动唇,还是没说。齐衡奕也不追问,她放下手中的钢笔:"看来你心中的坎不在这儿,那换一个方向,我想看清你内心最深处的障碍。"

她给彭鹰翔倒了杯水,等他喝完又让他重新躺回软椅上,将椅边的台灯扭暗了些:"闭上眼睛,轻轻呼吸,肩膀下沉,让自己处在最轻松的状态,想象一下,现在外面是冰天雪地,而你待在一间温暖的屋子里,盖在你腿上的棉被上有被烤热后好闻的味道……"

按照齐衡奕的指引,彭鹰翔舒展着身体,意识沉浸其中。"现在,你睁开眼睛吧。"脑海中一个虚无缥缈的声音传出。彭鹰翔睁开眼,此时的他正身处一间光线暗淡的泥土搭建的房子里,窗外漫天飞雪,床边一盏炉子里冒着温润的火苗。

在他对面,一个穿着宽松棉衣的女人,正借着微弱的光亮摆弄着手里的针线。女人脸上有着岁月凿刻的痕迹,眼睛却明亮清澈。手指游离间,细针熟练地穿过厚毛线,线面慢慢变得宽大,逐渐有了一只袜子的雏形。

"妈妈!"彭鹰翔哽咽着喊了声,热泪盈眶。

"彭鹰翔,你能把眼前的场景都告诉给我吗?"

齐衡奕的声音传出,彭鹰翔如实讲述。他望着眼前早已过世的母亲,贪婪地将她的容貌深深地刻入脑海里。突然间,他感觉到一丝冰冷,扭头一看,发现玻璃窗的一角漏了一条缝,冷风直往房间

第四章

里灌。再看向母亲时，她手中织好的半截袜子不知什么时候变成了一只长着獠牙的老鼠，飞扑向他。

"啊！"彭鹰翔猛地睁开眼，气喘吁吁。齐衡奕搂住他的肩膀："你为什么会害怕？你看到的是你小时候的场景吗？"彭鹰翔脸上肌肉紧绷，点点头："小时候，我和我妈就住在那样的屋子里，那时候家里环堵萧然，老鼠还把泥墙钻得到处是窟窿，我睡觉的时候根本不敢睡沉，生怕睡梦里自己的脚指头被老鼠啃没了，可那会儿意志力哪有这么坚定呀，总会熟睡过去，然后我妈就整晚不睡地守着我。"

齐衡奕有些动容："那——你父亲呢？"彭鹰翔黯然神伤地说道："我父亲是东北边防部队的一名连长，但是从我出生那一刻起，就没见过他一眼。每次问起，母亲就说父亲任务重，脱不开身，我也当了真。村里那些小孩子总会欺负我，说我没爸爸，我就跟他们争辩，还打架，但对方人多，我总是打不过……后来，母亲带着我去到一个小镇里生活，她在中学里当语文老师，那之后生活才稍微好过了些。等我长大后，按照父亲和母亲书信中的文字，找到了父亲驻防的边防站点，在漠河，中国最冷的地方之一。我从父亲的队友那里得知，早在我出生前，他就在一次扑灭山火的任务中牺牲了，是我母亲毅然决然生下了我，独自把我养大了。"

"那——你母亲一个人抚养你，一定很辛苦吧。"齐衡奕眼中泛着泪光。

彭鹰翔缓缓点头："是的，所以她身体一直不好，我十七岁那年她就离开我了。"

齐衡奕望着彭鹰翔的眼睛："所以，你把高婉莹当成这个世界上最后一个亲人了，你担心她会离开你，这才是你内心最深处的障碍。"

彭鹰翔没有回答，他目光黯淡，随后站起身："队里还有事，我先走了，改天再来。"说完，径直走出了诊室。

电梯在高婉莹病房所在的楼层停下来，彭鹰翔跟着人群走出电梯。病房里，高婉莹平静地躺在床上，阳光透过薄纱窗帘，柔和地洒在她脸上。她眼睛紧闭着，睫毛在下眼圈投下淡淡的阴影。彭鹰翔在她身旁坐下，握着她的双手。直到此刻，彭鹰翔焦灼的心才得以平静。

三

清晨，特警训练基地，喊号声嘹亮。王睿洁站在操场中央的一块空地上，身姿挺拔，她的身边蹲着一只棕色德国牧羊犬，穿着黑色的印有"POLICE"字样的警用马甲。后边，程菡玥和其他三名女生站着标准的警姿，注视着前方列队跑步的突击队队员。

王睿洁瞥了一眼身边空出来的位置，抬手看了一眼手表，皱了皱眉头。九点刚过，宿舍楼方向，集训队的见习女警三三两两走来，少有穿制服的，大多数穿着色彩各异的短袖。女警们七零八落地站着，有的挤作一团，还有的不断调换着站位，姿势更是五花八门。刚跑完三千米的严峻小喘着气走到王睿洁身边，从荷包里摸出一根火腿肠，撕开包装递到牧羊犬嘴边。牧羊犬把嘴往旁边一侧，严峻嘿了一声，尴尬道："还挑上了，咋的，要吃纯肉的呀？"

"没有我的命令，它不会吃陌生人的食物。"王睿洁目不斜视地说。

被称作陌生人的严峻撇了撇嘴："就你俩来得最早，我看都在这儿站一个多小时了，这是给它的奖励。"王睿洁微微侧动脸颊："Perfect！吃饭！"牧羊犬听到命令，迫不及待地咬住火腿肠，一眨眼的工夫，就把食物消灭了。严峻笑着摸了摸牧羊犬的脑袋："它叫Perfect呀，比咱队看大门的笨笨确实聪明多了。"王睿洁骄傲地说：

第四章

"那当然，Perfect 可是在省武警部队警犬大比武中获得了搜爆项目的冠军！"严峻竖起大拇指："真厉害！以后这可是咱队的宝了，绝不亏待。"

谈话间，手里拿着两个馒头的彭鹰翔走了过来。王睿洁身子一绷，下意识地把手中的犬绳拽了拽。彭鹰翔见到，啃了一大口馒头："你紧张啥？我吃馒头呢，又不吃你。"他冲着女子集训队笑了笑，"大家起来得挺早呀，没多睡会儿？"一众女警脸色骤变，低着头忸怩不安，以为要挨收拾了。彭鹰翔吃完一个馒头，又换上另一个："大家先去食堂吃早餐，然后再到操场集合。"他看似随意地一指程菡玥，"你，现在是集训队的队长，由你自行组织大伙训练。"

十来道目光一下聚在程菡玥身上，有人不满道："凭什么她当队长？"彭鹰翔耐心解释："她比你们早来半个多月，大家能力没展现出来时，就先论资历。"程菡玥瞪大双眼看着彭鹰翔，一脸困惑。

食堂里充斥着汤勺与不锈钢饭碗的碰撞声，程菡玥摆弄着手里的花卷，喃喃自语："这家伙想干吗？该不会是故意把我架在火上烤吧！"话音刚落，有几个女队员走过来，围在她身边。领头那人把程菡玥面前的饭盒推开："我从来都只服比我强的人，你当队长，我不同意！"程菡玥料到当队长会让自己成为众矢之的，但此刻听到这样的话，还是有些生气。她起身不甘示弱地说道："我不像某些自以为是的人，做事之前也不掂量掂量自己几斤几两。"

程菡玥端起饭盘，准备走，那人挡在她面前。程菡玥横眉怒目："你想干什么？"对方抱着胳膊："咱俩出去练练，打赢我，我就让你当队长！"

"你算老几啊！我凭什么要经过你的允许？"

对方轻蔑地一笑："你这是怕了？"程菡玥也笑了："我怕你？行！你想找揍，我答应你，咱俩出去练练，不过话先说在前面，要是把你身上哪里整伤了，你可不要哭哭啼啼地找领导告状！"

两人相互叫嚷着，准备走出食堂，后面跟着一群女队员，都想着看热闹。这时身后传出一道惊雷般的声音："你俩给我站住！"众人回头，见王冀陇正一脸严肃地走来，赶紧给他让出了一条道。王冀陇走到两人面前，严厉地说道："你们把这儿当什么地方了？想要打，后面有的是对抗训练的机会，非要用地痞流氓的方式？还有，你们都忘了刚来的时候我对你们说过的话了？要无条件服从长官的命令，就算有意见，也得给我憋在心里！"作为指导员，他早就看不惯这些女生在训练场上的散漫作风了。他狠狠扫了一眼她们："三分钟！室内训练场会议室集合！"

王冀陇板着脸坐在会议室最前端，身上散发的威严让台下的人大气都不敢出。他说道："我知道，彭大队长安排程菡玥当集训队队长，你们有人有意见，他在这件事上确实没表述清楚，我来补充。"王冀陇的目光落在程菡玥身上，"程菡玥同志比你们早来一些，已经参加了一次重大任务。就在不久前，她独自一人面对两名手持枪械和手雷的歹徒，而且行动条件不允许她佩戴防护装备。在这种危险的情况下，她依然能够临危不惧制服住歹徒，配合我们解救出人质。她的勇气得到了我们大家伙的认可。"他的目光扫过台下每个人，"你们扪心自问，如果你遇到这样的情况，能顺利完成任务吗？"

台下肃然无声。王冀陇点开了投影设备，幕布上是一张极具年代感的合影。王冀陇继续说："二〇〇五年，在公安部的统一部署下，我们东海市特警支队正式组建，其中一大队的前身是刑侦支队防暴队，当时大部分队员是刑侦警员或者是部队退役士兵，急需特种作战的培训和实战训练。"画面切换，戴着黑色贝雷帽的彭鹰翔出现在幕布上，看起来年轻悍勇，面带他独特的笑容。

"二〇〇六年，彭鹰翔同志加入我们的队伍，他曾在中国陆军狼

第四章

牙特种大队 026 孤狼特别突击队服役。在他的指示下，我们抽调各中队精英，经过严格的训练，选拔出了十五名精锐中的精锐，组成了模拟外军特种作战的小队，该小队后来被授予'闪电突击队'的称号。"王冀陇切换了画面，另一张合影出现在大家眼中。照片里的人一个个年轻有活力，有些人大家见过，有些则比较面生。

"闪电突击队成立以来，一直扛着打击东海市特重大违法犯罪的重担，我们几乎在每一次任务前都要做出随时牺牲的准备。"王冀陇注视着照片，神色黯然，"这张照片里，有些人已经不在了，他们为了维护人民群众的生命安全，付出了自己年轻的生命，他们中有些人和你们差不多大，而你们竟然站在这些英雄曾经挥洒汗水的地方玩闹！攀比！懒散！你们不感到羞愧吗？！"

女队员们在王冀陇声色俱厉的批评中眼含泪花，默默低下了头。王冀陇语气缓了缓："大家如果想成为我们队伍中的一员，刻苦、专一、勇气缺一不可！我希望在接下来的训练中，你们能够端正自己的态度，严阵以待。当然，如果谁觉得有压力，有负担，现在可以离开这里。"

台下一片静默，女队员们端坐在位置上，眼中满是坚定。

四

南美某国，刚下过雨的雨林中弥漫着清新的味道。一滴雨珠顺着叶片滑落，坠入了一个脚印中的积水里。沿着脚印的行迹，前方是一处兵营，泥泞不堪的道路旁排列着许多绿色帐篷。此时正值饭点，兵营里炊烟缭绕。

一间单人帐篷的帘布从里面拉开，穿着数码迷彩军用服装的豺狼大步跨出帐篷，军靴踩在坑坑洼洼的泥地上。豺狼走到营地大门口，门口停着一辆老款的丰田普拉多，车上的泥浆盖住了车身原本的颜色。

驾驶室窗户里伸出一只胳膊，轻拍着车门。豺狼盯着那人手背上字母K的文身，眼中流露出复杂的情绪。她径直走到车前，拉开车门坐上去，驾驶室坐着个留着短马尾的亚裔面孔的男人。车子开动，两人一路无言。半个多小时后，车子穿过雨林，驶入一条热闹的街区，停在街角的一间咖啡厅前。

豺狼下车，两名外籍壮汉在咖啡厅门口拦住了她的去路。她神色自如地张开双臂，两名壮汉在她身上摸索一番，随后点头允许她进入。

二楼一个房间里，一身灰色休闲服装扮的白狼端着一杯冒热气的咖啡，站在窗前，望着楼下络绎不绝的行人。身后的门"吱呀"一声被推开，白狼回头，看见豺狼双手环抱在胸前，倾斜着身子靠在门框上。他打量对方一番，消瘦的脸上露出笑容："好几年没见了，看模样你变了不少，我记得你以前爱留长发，有次玩火药把头发烧了一大半，你哭了一整天。"白狼把咖啡杯递过去，"卡杜拉咖啡豆，你小时候最爱喝的，还记得这个味道吗？"

豺狼没接，走到桌前拉开一把椅子坐下："时间太久了，不记得了。"白狼笑了笑，抿了一口咖啡，走过去俯身盯住豺狼的眼睛，眼神狠厉了几分："你的过去可不是轻易就能忘记的，要我帮你回忆一下吗？"豺狼原本明亮的眼睛顷刻间变得黯淡无光。白狼拍了拍她的肩膀："这就对了，不要忘记是谁将你从魔窟中解救出来的，你要始终提醒自己，你现在还活着是因为什么。"

"你想让我做什么？"

豺狼仿佛重新变成了一个听话的小女孩。白狼直截了当地说道："明天，会有人找到你，给你一份新的身份。你去加拿大，在那里过渡一段时间，等待命令，然后以留学生的身份进入中国境内。"

第四章

豺狼眉头微蹙："国防部那边怎么办？以我的身份，如果我消失，会招来不小的麻烦，对你也是一样。"白狼语气平缓地说道："我已经安排好了，明天下午，你乘坐的军机C130会凌空爆炸，你在这里的一切也会随之消失。"

"那上面还有我的队友！"豺狼直视着白狼的眼睛，但想到白狼一直以来的行事方式，她的目光又退缩了，"他们——必须死吗？"

"他们和你比起来一文不值，另外，我的计划也不想因为他们而多生事端。"

豺狼捏紧了藏在桌下的拳头。白狼别有深意地说道："人这辈子，每一次的选择都会有结果的，当初你朝我迈开那一步的时候，就注定一辈子挣脱不了身上的束缚，我想你明白这一点，因为这个结果不仅会影响你，还会影响——你妹妹。"

豺狼的身躯微微颤动，她松开拳头，起身面无表情地说道："我会按你的计划去中国的。"

五

太阳照常升起。彭鹰翔一如往常地洗漱完跑下楼，却远远地看见操场上有一群女生组成的方正队形，他露出难以置信的表情："哟！这是咋了？太阳打西边出来了？"身后的严峻拿下挂在脖子上的毛巾甩了甩："还不知道吧？昨天老王给她们开大会了，她们挨了训，出来时一个个脸上都挂着泪珠呢！"

两人走过去，看到突击队的男队员已经站在了集训队的对面，两方虎视眈眈。看到彭鹰翔出现，董春蕾阴阳了一句："彭大队长，比我们来得还晚呀，再睡都赶不上早饭点了。"彭鹰翔也不来气："你们这是提前集合，我们是正常时间到场。"董春蕾没有退让，继续说道:"看来闪电突击队平时的训练时长挺随意啊,难道男生在睡眠上天生比我们女生的需求更大咯?"身后一众女生发出阵阵哄笑。彭鹰翔嘴角一咧:"口气不小啊,怎么,按捺不住想比一比了?"

张鑫插了一嘴:"早就想比试了,刚才还叫嚷着跟我们比体能呢!"听到要跟突击队队员比体能,严峻忍不住笑出声。王睿洁白了他一眼:"看不起谁呢!我们集训队有些人之前待过的单位,训练强度不比你们差,你们的实力这两天我也摸得差不多了,胜负还真说不准!"严峻一时语塞,战果大声说道:"那是我们平时让你们呢,想着你们……"

"说多了也没用,那就比一比吧。"彭鹰翔一抬手,打断了战果的发言。

"怎么比?"董春蕾心思缜密,担心对方耍花招,补充道,"只能比跑步、武装越野,或者障碍跑。"彭鹰翔也不啰唆:"那就比耐力跑,目标十五公里外的笨蛋山,比到终点的前十名里哪队的人多。"

何雨洋从队里冒出脑袋:"彭大队长,要是我们赢了,有啥赚头吗?"彭鹰翔抱着双臂:"那你说,想要啥?"何雨洋坏笑着说:"要是我们赢了,请突击队的帅哥们跳一段舞——穿裙子跳。"又是一阵长长的哄笑声。

"没问题,穿啥都行!"彭鹰翔很爽快地答应了。聂如佳捏着衣角小心翼翼地问:"那——我们要是输了呢?"彭鹰翔想也没想,说道:"啥也不要。"

一听这话,集训队的女生们一个个摩拳擦掌,情绪激昂。彭鹰翔大手朝前一挥,可脚下却没有动作。王睿洁疑惑地看着他:"什么意思?"

"让你们先跑三分钟。"

王睿洁脸一板,正觉被轻视要反驳时,被程菡玥拉住了。董春

第四章

蕾绕到彭鹰翔面前："彭大队长，等着跳舞吧，我得好好录下来发网上。"彭鹰翔笑着做了个请的手势，程菡玥一声命令，集训队的女生们乌泱泱地冲出操场。

三分钟过去，闪电突击队的队员们神态轻松地跑起步子，朝着笨蛋山的方向前进。

道路的视野逐渐开阔起来，远处的海面波光粼粼，与天空连成一片。山海在侧，花香相伴，一个多小时跑下来，突击队的小伙子们感到酣畅淋漓。他们在笨蛋山下席地而坐，梁峰望着来时的路，嘿嘿笑道："来之前还真被那个叫董春蕾的丫头片子唬住了，哪承想这么快就追上她们了，还甩这么远。"严峻瞥了他一眼："想啥呢，要真让她们赢了，咱有一个算一个，都得收拾包袱走人。"孟凡亮嘴里嘟囔着："山鹰咋啥也不要啊，让她们给咱们洗两天衣服也好呀！"

彭鹰翔靠着一块石头坐着，往嘴里灌着水，时不时看一眼手表。这么长时间过去了，路上还是没有集训队的影子，他的脸色变了变。张鑫也觉察到不对劲，翻出单筒瞄准镜，站起来对着路上望："怎么还没来？就算跑得再慢，这个点也应该有人到了呀！"严峻握着矿泉水瓶站起来："我过去看看。"

此时在山另一面的沙滩上，女队员们分散着走在一起。董春蕾看着沙滩上除了她们以外，空无一人，得意扬扬地说："我就说那些男队员也就那么回事吧，还不是我们赢了。"董春蕾站直身子，模仿出发前彭鹰翔的动作："让你们三分钟——哈哈，笑死我了，我得让他跳舞跳三分钟！"身边的聂如佳一脸困惑："不对啊，好久之前他们就超过我们了，怎么现在我们先到，而且路上也没看到他们呀？"董春蕾轻蔑地一笑："没力气了，躲在哪个地方休息了呗，别看他们一个个块头大，也就爆发力比我们强一些，咱们的优势是持久力！"

程菡玥环顾一周，又看看前路方向，回头指着来时的一条分岔路口，皱了皱眉头："我们好像跑错道了，应该是往另一边跑。"邬一曼摸着发梢："程队长，我咋觉得没走错，刚才我还看到这条路上有人跑动的痕迹——"话还没说完，一声尖叫从她嗓子里迸射而出。和她挨得近的几个人，身子同样往下一陷，一齐落入了沙坑中。

何雨洋狼狈不堪地爬起来，慌忙拍了下身上沾染的沙子，怒气冲冲地骂道："哪个王八蛋挖的陷阱啊！"一张嘴，嘴里含了一嘴沙。邬一曼像只钻进沙洞的兔子，程菡玥一把将她拉了起来，邬一曼闭着眼睛，鼻孔里往外喷了几下沙，哇地哭了出来。

王睿洁听到动静跑过来，低头看到沙坑里除了几名女队员之外，还有一群身穿沙漠迷彩作战服的人，便警惕地问道："你们是什么人？"一名端着数码迷彩涂装95-1式突击步枪的壮汉怒声道："我还要问你们是什么人呢，怎么突然闯过来破坏我们训练？"董春蕾气呼呼地说道："我还说你们挖陷阱，影响我们训练呢！"特战队员踢一脚沙子："什么陷阱！这是我们布置的隐藏作战的地方！"

聂如佳蹲下身，手臂探入沙坑内。邬一曼抓住她的手，正要爬上去却被壮汉拽住了："你们还不能走，得留下来，我们汇报情况给领导，等他发话才能走！"王睿洁怒瞪着眼睛："凭什么不让我们走，你们这是非法扣留！"身边的Perfect冲着壮汉狂吠着，似乎随时要扑上去。对方阵营中一名抱着191式狙击步枪的女队员厉声道："我们正在训练，你们一群身份不明的人闯进来，我们有权扣留你们对你们进行审查！还有，管好你们的狗，我枪里的子弹可是不长眼的！"

董春蕾一听，暴脾气上来了："怎么，有枪了不起啊？有能耐把枪放下我们练两手！"说完，她跳进了沙坑里，那名女队员把枪往队友怀中一推："练就练！"集训队的其他人担心己方在人数上吃亏，也跟着跳进了坑里。原本就不大的沙坑里一时间挤满了人。

刚跑到沙滩上的严峻看见这一幕，大喊："你们干什么呢！都给

第四章

我住手！"不知是距离太远大家没听见他的话，还是众人都在气头上根本停不下来，坑里两方人员相互推搡的动作都没停。

"砰"的一声枪响，所有人都停下了。严峻看到不远处走来一队穿着21式作训服的人，全副武装。那伙人围住沙坑，领头那人身材高大，散发着沉稳刚毅的气息。他脸上不怒自威，盯着坑里的女队员问："你们哪个部分的？"何雨洋仰着头，看那人犹如一座不可撼动的山岳，话都不敢答。

严峻跑过去，敬了个礼："我们是东海市特警支队的，她们在训练中脱离了方向，误闯进来了。"那人扫了一眼严峻的警衔，傲气道："破坏我们的训练，还平白无故跟我们的队员发生争斗，你们回去要怎么管我不问，我只问这笔账怎么算！"

严峻正不知如何回答时，背后传来彭鹰翔的声音："我们队员的素质都挺高的，恐怕不像你说的那样没有缘由吧。"那名壮汉一回头，看清彭鹰翔的脸后，立正敬礼道："彭鹰翔——彭大！"

六

"你叫哈达巴特尔？"彭鹰翔打量着眼前这位年轻的特战队长，"蒙古族的？"巴特尔点点头。彭鹰翔又问："你怎么知道我的名字？"巴特尔一脸敬仰地说道："狼牙特战旅综合能力分第一名保持者，大比武三冠王，彭大的名号，咱026特别突击队谁人不知？"彭鹰翔握住巴特尔的手："大水冲了龙王庙啊！你们怎么到东海驻训了？"

程菡玥边拍着董春蕾身上的沙子边说："彭大队长刚才还挺替咱说话了，没让那大块头逞威风。"董春蕾盯着对方队伍里那个女兵，不服气道："要不是他拦着，我今天非得把她揍翻不可。"这话顺着海风落入女兵耳中，女兵霍地站起身，跑到巴特尔面前："报告！我申

073

请与特警支队的女队员比试！"巴特尔也看不惯集训队那边嚣张的气焰，试探着问彭鹰翔："彭大，要不比比，检验一下双方的训练成果？"彭鹰翔爽快地回道："行，那就比比吧。"

女兵摩拳擦掌地走到董春蕾面前，两人一齐走到队前的一块空地上。董春蕾摆好姿势，两人目光交汇，火花四溅。巴特尔一声令下，董春蕾如疾驰的箭矢般冲向女兵，拳头疾风骤雨般砸向对方。女兵身形灵巧闪动，董春蕾的拳头都砸在了空气上。女兵退后一记鞭腿，董春蕾伸手挡住，"啪"的一声响，董春蕾被厚重的力量震得手掌发麻。

她向后踉跄几步，迅速站稳脚跟，大吼一声冲将过去，两人又交手了十多招。突然，女兵使了一个假动作，引得董春蕾上钩，随之一记直拳落在她的胸口上。董春蕾只觉身体一麻，浑身卸力倒在沙滩上。巴特尔拦在女兵面前："点到为止！"战果扶起一脸僵硬的董春蕾："你打不过的，对方使的都是能击杀人的招式，照准穴位打的！"

女兵扫了集训队一眼，一脸傲气地问道："还有谁不服？"聂如佳咬着牙往前迈出一步："我！咱们比射击！"程菡玥一听，料到接下来会发生什么，赶紧拉住她。聂如佳推开她的手，胸有成竹道："放心，程队长！我是省运会射击项目的冠军！"程菡玥急道："你跟对方练的不一样！"

还是那名跟董春蕾交过手的女兵，对方拿出一把大狙，同时投来不屑的眼神。箭在弦上，不得不发。聂如佳顶着压力走过去："说吧，怎么比？"女兵轻轻一笑："五十米！"这个距离，聂如佳有把握打中牙签的一端，心中暗暗稳了几分。

女兵身后一名队友提着一瓶矿泉水，跑到五十米外的距离。如程菡玥想的那样，那人把水瓶顶在自己脑袋上。女兵架枪瞄准，扣下扳机。疾驰的子弹穿过海风，击中了水瓶，顿时水花四溅。

聂如佳目瞪口呆地看着眼前这一幕。战果拿着一瓶水，硬着头

第四章

皮跑到射击距离处。女兵把枪递给聂如佳。聂如佳接过枪，颤抖着手把枪端平。她努力调整呼吸，眼睛专注地盯着瞄准镜中的十字星。集训队的队员个个屏气敛息，紧捏着手，盯着枪口。

半响过去，聂如佳的手指还是从扳机上挪开了。她瘫坐在沙堆上，一脸茫然地摇头："打不了——我打不了。"程菡玥跑到她身前，搂住她的肩膀："没事的，你别泄气。"张鑫发现集训队的女生们脸色都不太好，大步迈出，接过大狙，稳稳地击中了战果头上的水瓶，回头安慰聂如佳道："第一次都这样，多练练就不紧张了。"

这话不说还好，一说聂如佳的泪腺更像是拧开了水龙头一样，哗哗往外流眼泪。看到输掉比赛的两人一个像丢了魂，一个大哭不止，彭鹰翔的脸颊颤了颤："回去吧，你们本来就不是他们的对手，身上的本事不是靠嘴皮子说出来的。"严峻走到王睿洁面前，勉慰道："他们的能力也不是天生的，都是历经无数次流血流汗的艰辛，日积月累训练出来的，你们来的时间还短，比不过是正常的。"似乎是感受到了王睿洁低落的心情，Perfect摇着尾巴轻轻地贴着她的大腿。王睿洁抚摸着Perfect的耳朵，目光逐渐坚定起来。

彭鹰翔拍着手转身："都回去吃午饭吧，再舒舒服服睡个午觉，训练多辛苦啊，再说这大太阳把美女们都晒黑了。"眼角的余光中，集训队队员都一言不发地杵在沙滩上，一动不动。彭鹰翔背着身冲巴特尔比了个大拇指，巴特尔眼角一抬，接着会心一笑。

七

"老彭——老彭！"王冀陇的声音在空旷的食堂里回荡。

看到彭鹰翔悠闲地坐在那里吃面，王冀陇跑过来把手表抵到他眼前，焦急道："集训队这个点了还没回来，不会出啥事吧，你咋一

075

点都不着急?"彭鹰翔嗦了一口面:"急啥,她们现在有正事了。"回想起之前集训队的作风,王冀陇眼中充斥着不安:"她们该不会——利用训练时间集体跑到外面闲逛去了吧?这要是被上面知道了,咱俩要背处分!"彭鹰翔把碗一搁:"有我在,会让这事发生?"他拍了拍王冀陇的肩膀,"放宽心吧,都在外面拉练呢。"

"拉练?这不是一天两天了,一个多星期都早出晚归的。老彭,你给她们灌了啥迷魂汤?"

彭鹰翔撇撇嘴:"这可不赖我,是她们自己幡然醒悟了,这是好事。"

王冀陇自顾自地说道:"就怕心急气躁,一下子把强度拉太大,最后适得其反。"彭鹰翔把碗里的汤底喝完,抹了抹嘴:"我有分寸,严峻和战果他们带着队呢。"

夜幕临近,特警实战基地里,几束交织的探照灯将训练场映得如同白昼。作战靴踢踏的声音渐行渐近,伴着粗重的喘息声,集训队女队员们聚集在障碍跑的终点,通红的脸上汗雨如下。闪电突击队队员们掐定秒表,各自在计分板上填写分数。

射击场上,严峻站在聚光灯下,声如洪钟:"信任射击,是特警单位的必修科目,无论是射击还是顶靶,都要面临巨大的心理压力。这不仅是对枪法和勇气的磨炼,也是对队友之间的默契和信任的考验!"他的目光从队首扫到队尾,"你们准备好了吗?"

"准备好了!"声音如浪潮般齐整有力。

突击队队员们背手跨立站一排。在他们的注视下,女队员们两两一组,各自站在靶标前。随着命令声,她们哗哗上膛,抬举枪口,接着便响起此起彼伏的枪声。

聂如佳端着冒烟的枪,平复着呼吸。看到远处队友毫发无损地站着,后面靶标中心处多了个黑点,她如释重负。邬一曼和何雨洋

第四章

相互射击完成，按捺不住激动的心情，拥抱在一起："做到了！我们做到了！"相比之下，董春蕾始终保持气定神闲。

在一众女队员的欢呼声中，一道飞机引擎的轰鸣声从她们的头顶传来。此时夜幕笼罩的云层中，一架波音737降下高度，最终降落在东海市国际机场。背着单肩包、穿着皮夹克的豺狼走下扶梯。她摘掉遮住半边脸颊的墨镜，露出消瘦的面孔，深深地看了一眼天空和四周的建筑，与她二十年前离开中国时的面貌大相径庭。

豺狼跟随人群走到行李转盘，找到了姓名标签上印着"Cecily"的行李，行李的拉链上挂着一把车钥匙。豺狼拉着行李箱，走到机场露天停车场，按了一下钥匙，一辆黑色牧马人闪了闪灯。豺狼坐上车，拿起副驾驶座上的一张手画地图，按照指引来到了一栋位于郊外的别墅前。

手指放在大门指纹锁上，"嘀"的一声，锁舌缩回。豺狼推门而入，环视着别墅内的布局。别墅里没有其他人，但家具电器一应俱全，地板锃亮，摆在客厅的绿植也很新鲜。豺狼来到二楼书房，凭着直觉在书柜角落摸索一番。柜体突然向一边滑动，墙上多了一个门。豺狼推门进去，"咔嚓"一声，日光灯管齐亮。眼前是一间二十多平方米的密室，其中一面墙上挂着金属网，卡座上挂着各种武器装备。豺狼随手取下一把FNP9手枪，娴熟地拆解，从零件能看出枪经常被保养。

看着眼前的自动步枪、狙击步枪、榴弹发射器，在白色灯光下泛着烤蓝色的光芒，豺狼没想到在中国对枪械管制如此严格的程度下，白狼还能为她准备种类如此多样的武器装备。在出发前，白狼甚至还交代过，K2在全球有最强大的地下网络，她有任何需要，只要通过暗网联系约定的死信箱，她的需求都能够得到满足。豺狼不禁感叹他手眼通天。

密室外的书房，豺狼盯着墙上挂着的一张照片。照片中一个十岁左右的短发女孩牵着一名更小的女孩，两人衣衫褴褛，身材消瘦，皮肤因长期营养不良显得暗黄松弛。短发女孩警惕地注视着镜头，似乎对周围的情况非常敏感；而另一名小女孩可能年纪太小，啥也意识不到，脸上挂着天真的笑容。

这张照片的意图过于明显。豺狼冷着脸，攥紧拳头，眼底浮现出白狼的面容，耳畔不停地环绕着对方的声音："你不出问题，你妹妹那边就不会有问题，只要你于我，就算你死了，你妹妹今后也会得到很好的照顾……"

八

黎明后的天空，晨幕拉开。

又一夜难眠的豺狼顶着黑眼圈，抱着一堆医学书籍，走进东海大学的一间教室。教室里只有几个人，看到她出现，王雯雯冲她招了招手："Cecily！"豺狼在她身边坐下，王雯雯递过去一杯温热的豆浆："来这么早啊！怎么，看你样子昨晚没睡好？"豺狼微笑点头，随便撒了个谎："昨天上课刘教授讲的几个点我都没搞清楚，昨晚查资料补习了一下。"王雯雯晃着手里的吸管，安慰道："你刚从加拿大留学过来，课程跟不上，有些知识点听不懂很正常。不过话说回来，很多留学生已经习惯自己国家宽松的教育环境了，到中国来也是那种状态，但你跟他们不一样，你是我见过的最刻苦的留学生。"

豺狼薄唇轻扬，王雯雯盯着她酷帅的面容，好奇道："Cecily，你有男朋友吗？"豺狼摇头道："没有，我不需要。"王雯雯兴致勃勃地说道："你中文说得这么好，外形条件也优秀，有没有想过在中国找个男朋友？中国男人挺稳重可靠的，而且对家庭很有责任感，以你

第四章

的条件可以找一个非常优秀的男人。你喜欢啥样的？回头我给你介绍一个。"豺狼抬起头，眼神格外暧昧："我喜欢你这样的。"

"咳咳……"王雯雯被一口豆浆呛住了，瞪大眼睛，"你别开玩笑啦。"见对方一脸认真的模样，王雯雯偷偷把屁股往边上挪了挪："你——你该不会是那个吧？"豺狼也不逗她了，翻开手中书，看着文字："确实像你说的那样，中国人有很多优点，但是和外国人比起来，还是传统保守一些，我这样的在国外很平常，就算他们知道，也不会像你这么惊讶。"

王雯雯自觉失态，道了声歉，说道："但是我从你身上看不出来你说的那一点，我觉得你只是心理上有别的倾向而已，我有个闺密，博士毕业于东海大学心理系，对了，她之前在多伦多大学留过两年学，你们交流起来肯定会很亲切的，我可以让她帮你进行心理疏导。"

"她也跟你一样漂亮？"

这次，王雯雯从对方浮滑的表情中看出来是在逗她了，她脸一板："Cecily！"豺狼微笑着继续阅读手中的书籍。

朝阳升起，光彩万丈，东海市特警支队大楼前，特警们如同雕塑一般穿着齐整的警服，列着方正的队形。面前的五星红旗和警旗猎猎作响，在阳光的照耀下，这一抹中国红在他们坚定的目光中清澈而炽烈。

大楼前拉着"特警支队霹雳女子特战小组成立暨队员入队宣誓大会"的横幅，站在阶梯上的东海市公安局局长田新民拿起手中的话筒，一一点名："程菡玥！何雨洋！邬一曼！董春蕾！聂如佳！王睿洁！"六名头戴07式红色贝雷帽的女队员，踏着稳健的步伐走到方队前，仰望着旗帜。田新民庄严肃穆地注视着台下的警员："很高兴，这六名队员从特警女子集训队中脱颖而出，成为新成立的霹雳女子特战小组的一员！"

田新民身后，两队身着警礼服的警员将红旗和警旗展开，祖国红和公安蓝交相辉映。田新民胸前的警徽闪烁着光芒，他铿锵有力地说道："锻造一支有铁一般的理想信念、铁一般的责任担当、铁一般过硬本领的公安铁军，是党中央对于新时代公安工作的根本要求。一直以来，我们都在秉承中国公安的五特精神——特别讲政治、特别守纪律、特别能吃苦、特别能奉献、特别能战斗！同志们，年轻的新特警们，你们有没有信心在往后的每一天，用自己的满腔热血去捍卫党和人民赋予你们的职责！"

"有信心！"六位女特警声音嘹亮地喊道。

"现在进行宣誓！"

彭鹰翔上前，脚下的警靴与地面碰撞出有力的声响。他站在旗帜下，高举右手，紧握成拳："我宣誓——我志愿成为中华人民共和国人民警察，献身于崇高的人民公安事业，坚决做到对党忠诚、服务人民、执法公正、纪律严明，矢志不渝做中国特色社会主义事业的建设者、捍卫者，为维护社会大局稳定、促进社会公平正义、保障人民安居乐业而努力奋斗！"六名女特警跟着彭鹰翔的领誓整齐划一地念着，句句掷地有声，慷慨激昂的誓言响彻天空。

这些年轻女孩的眉宇间透露出坚定的意志。从这一刻起，她们深知自己肩负的重大责任，深知自己将用青春和热血守护脚下这片土地的安宁。

第五章

一

东海市奥林匹克中心，人流如织。这里正在举行一场漫展，Coser们穿着各式各样造型奇特的服装，扮演着风格迥异的角色。在场馆前的广场上，一大群人端着手机，镜头对准一辆威武气派的防暴突击车。一些穿着迷彩作战服的军迷更是情不自禁地靠近突击车，让同行的友人给自己拍照。

车门打开，六道英姿飒爽的身影从车上跳了下来。她们身着蟒纹作战服，外面套着软质防弹衣，抱着95式突击步枪，目光锐利地扫视着突击车附近的人群。尽管脸上的511战术面罩遮住了她们的容貌，但是从她们的体型和身姿能看出来，这是一队女特警。现场的群众热情高涨，纷纷掏出手机，从不同角度拍摄这队在东海市民眼前首次露面的女特警。

同样戴着面罩的彭鹰翔跳下车，走到队伍旁边，小声叮嘱道：

"你们今天的任务是负责漫展的安全警备，也是一次展示东海特警形象、提升市民安全感的机会。在接受群众监督的同时，你们也要时刻警惕伪装后的犯罪分子，要利用你们的侦察能力将违法犯罪行为扼杀在预谋阶段！"

"是！"六名女特警齐声回复道。

担任霹雳女子特战小组队长的程菡玥走在队首，她礼貌地冲堵在前行路上的群众做了个退让的手势。人群会意地分开一条道，六名女特警随后步入了人海中。董春蕾警觉地盯着接近她们的行人，尤其注意着那些身穿特种作战服的军迷。何雨洋除了穿戴常规装备以外，手臂上还佩戴着红十字的袖标，腰包里放着各种急救用品。队伍末尾的王睿洁拽着犬绳，Perfect头上戴着专为警犬设计的作战头盔，时不时靠近行人身边闻嗅。

正驻足在一处展台前的王雯雯远远地看见了那队引人注目的女特警，兴奋地拽住身旁豺狼的手臂："快看啊，女特警！"早已把注意力定在特警队上的豺狼，故作惊讶地说："挺酷的呀！我们过去看看。"

豺狼拿出手机，拍了几张照，转而对王雯雯说："我还挺喜欢女军人和女警察的，你能不能帮我多拍几张，回头传给我？"王雯雯没多想，点头道："没问题。"两人分散开，豺狼向女特警靠得更近了一些。武器、防护装备、持枪动作，女特警的各个细节都被豺狼拍了下来。

Perfect围着豺狼闻嗅一番，王睿洁停下脚步，紧盯着豺狼。豺狼摊开手臂，冲着王睿洁露出微笑。Perfect没有嗅出异常味道，低着头走了。王睿洁也紧跟着队伍继续巡逻。

豺狼转身走了几步，背后传来一道女声："等一下！"豺狼回头，看到领头的那名女特警正向她走来。程菡玥伸出手掌："同志，请

第五章

出示你的证件！"聂如佳和邬一曼站在豹狼身后两边，断了她的退路。

"有什么问题吗？怎么突然要查我的证件？"豹狼面不改色。

"警察依法临检，请你配合我们。"程菡玥的语气还算客气，但没告诉对方缘由。王雯雯站到豹狼面前："我们是东海大学的学生，请问我们的表现有哪里不正常吗？"程菡玥语气强硬了些，重复了一遍刚才的话语。王雯雯打量着程菡玥，巧舌如簧："漫展上多的是Cosplay军人和警察的，我们又怎么知道你们到底是不是真警察，要是随便就能查我们的证件，岂不是隐私都泄露出去了？"

程菡玥一时语塞，她从腰包里摸出警官证，摊在王雯雯面前："这是我的警官证，我再强调一遍，请配合我们的检查，否则我们将依法采取强制措施！"王雯雯被吓住了，老老实实地拿出身份证交给了程菡玥。程菡玥拿在手里，手伸向另一边："你的！"豹狼掏出护照递过去，程菡玥认真比对着证件上的照片："你是加拿大人？"

"是的，我是留学生，这个月刚到中国。"

程菡玥把证件都递给邬一曼，邬一曼把信息输入警用PDA上，没找出有何端倪。程菡玥把身份证还给王雯雯，递还豹狼的护照时，手上的动作却停顿了一下："你当过兵吗？"豹狼很爽快地回答道："是的，预备役。"程菡玥的目光从豹狼的手掌上挪开："不是常规部队吧，你的步伐、眼神，还有气质，是在特种部队待过的人才有的。"豹狼轻轻一笑："警官，我尊重中国警察的执法权，已经向你出示了我的有效证件，我希望你也能尊重外籍人士在自己国家的个人隐私，所以，就算我不回答你这个问题，也并不违反中国的哪条法律吧？"豹狼从程菡玥手中拿过护照，在几名女特警的注视下，拉着王雯雯离开了。

聂如佳凑到程菡玥身旁："程队长，你从哪里看出她有问题了？"

程菡玥脑海里回想着豺狼身上的诸多细节，沉声说道："长时间保持持枪姿势，让她的指关节和腕关节变得更加突出了。另外，她的手背上还有火药燎灼的痕迹，还有她的动作和气质——我只在一个人身上看到过。"王睿洁盯着豺狼的背影："程队，她刚才拍了我们很多照片。"程菡玥背转过身："把情况汇报上去吧，这个女人不简单！"

指挥车里，彭鹰翔握着对讲机，听完王睿洁的汇报后，他确认了那名形迹可疑的女人并没有任何违法行为，所以没有让霹雳特战小组采取行动措施。但离开通信频道的他，出于直觉还是有点不放心。他按下对讲机通话键："猛禽，这里是山鹰！马上调取 B2 区的监控过来！"

战果把拷贝了监控视频的 U 盘交到了彭鹰翔手上。彭鹰翔点开视频，在屏幕上看到了霹雳特战小组发现的那名可疑女人。他盯着画面里豺狼的动作，手指轻敲着桌面，若有所思。

二

上午，东海市公安局指挥中心会议室里烟雾升腾，烟灰缸里装满了掐灭的烟头。会议桌两旁，刑侦支队、禁毒支队的领导分散而坐。通宵达旦汇集情报和资料的他们，脸色暗沉，满面油光。

彭鹰翔推开门走进来，抓起徐昱辉面前的烟盒，抽出一支点上，在他旁边坐下。彭鹰翔扫了眼桌上那摞打着封条的档案袋，抖了抖烟："菜挺大啊，一个人吃不下吧？"徐昱辉揉着酸涩的眼睛："废话，能吃下还用得着请你啊！不过你放心吧，功劳大家一块儿分！"

话音刚落，会议室的门被重重推开，田新民快步走入。他抬手往下压了压："大家都坐下吧，情况赶紧汇报一下！"徐昱辉起身，翻着手中那份文件说道："上次行动中缴获的察猜的手机虽然因爆炸

第五章

而有所损坏,但经过技侦部门的不懈努力,昨天晚上还是成功从里面提取出了部分信息,在这些信息中我们发现了一个关键点。"彭鹰翔听到察猜的名字,手指不自觉颤了颤。徐昱辉点开投影,幕布上出现了一张地图的照片,他继续说道:"这张地图大家应该都不陌生,这就是东海钢铁公司第三冶炼厂原址的平面图。该公司在五年前就因为污染问题整体搬迁了,目前就剩下一片建筑群。根据情报大队的调查,三炼旧址现在被一个叫日泰仓储的公司整体租赁了。"

画面切换到日泰仓储登记的法人信息,又切到该公司的账目内容。徐昱辉用激光笔在屏幕上点动:"这家仓储公司在工商部门的登记下是一家小微企业,据税务部门协同调查的结果显示,这家单位目前没什么营收,但是信息科在深入调查后发现跟这家公司有关联的银行账号有数百个,而且账户资金的流动非常频繁,数额也极其庞大!资金链主要集中在海外,很隐蔽,结合与察猜犯罪团伙的联系,我们怀疑三炼原址已经成了一处集制毒与贩毒为一体的违法犯罪场所。然后我们在技侦部门的协助下,对该地址进行了调查。"

"结果呢?"田新民面部肌肉紧绷。画面再次切换,是一箱货物在透视机下的检测画面。徐昱辉低沉地说道:"根据目前掌握的情况,这处场所不仅制毒贩毒,同时还是走私贩卖枪支弹药的军火集团的窝点!"彭鹰翔抬起眼,看着屏幕中各式各样的枪托、瞄准器和弹药,倒吸了一口凉气:"外军制式武器?"徐昱辉点头:"没错,而且规模很大,除了现在看到的这些,根据对该犯罪团伙上下线联系信息的截获,不排除还有火箭推动榴弹、大口径机枪等重杀伤性武器。"

田新民神情愕然:"没想到在咱们东海市竟然藏匿着这么一伙犯罪分子,简直令人触目惊心!"他的目光落在桌旁几个人身上:"迅速成立专案组，这个案子一定要高度重视起来！抽调精干力量，严密部署，谨慎行动！一定要将这颗毒瘤彻底摘除！"

田新民说的每个字都像是从牙缝里挤出来的一样："因为这伙人的关系，我们特警大队牺牲了一名年轻的兄弟，刑侦队还有一位同志重伤在床。对付这伙犯罪分子，我们一定要拿出稳准狠的手段，让这伙人接受法律的制裁，给同事们一个交代，给东海人民一个交代！"

"彭鹰翔！"

"到！"彭鹰翔霍地站起身来。田新民严肃地看着他："你们闪电突击队负责作为专案组的战术打击力量，对于任何逃避、反抗的犯罪分子，务必给我狠狠打击！"彭鹰翔就等着这句话，他紧握双拳："田局长，你放心，我保证将这伙人全部缉拿归案！"

支队长王儒问道："田局，行动代号是？"田新民看着大家热切的眼神，沉声说道："不知道大家听说过没有，在东海临市出现了一伙贩毒团伙，已经嚣张到在市区向青少年售卖毒品了！他们将新型毒品掺到甜筒或口香糖里，在校园周边、网吧等娱乐场所售卖给青少年，甚至是儿童，影响实在是恶劣！"他扫视了众人一圈，"你们有家庭，有孩子，我也有个刚满十岁的小孙女，如果她在某天放学途中买上一支掺着毒品的甜筒，我作为她的爷爷，作为一名警察，永远也不会原谅自己！"

现场所有人都面色严峻，田新民沉声道："我丑话说在前头，如果真有一天贩毒团伙在东海市也嚣张到这种程度，你们所有人都给我把警服脱下来，包括我自己！不是问代号吗？——甜筒。这次行动就叫甜筒！这就是一次表示东海公安强烈打击毒品团伙态度的行动！"

"是！"所有人愤慨地站起身，目光如炬。

第五章

三

　　特警支队训练场上，喊声如雷。刚跑完一圈四百米障碍跑的张鑫看着严峻站在篮球架下，手里还拿着两个罐头盒子。张鑫脸上挂着笑，从背后偷偷摸了过去，一把夺过一个罐头："中队长，搞一个给我吃哦！""刺啦"一声，罐头盖被他拉开，一阵肉香扑鼻而来。严峻急忙拦住他："别！这是给狗吃的！"罐头口定在嘴边，张鑫瞪大眼睛翻转罐头，看到上面画着一只精壮的大黑狗。严峻夺过罐头，把盖子压下去："不是我说你啊，你要是改不了这好吃的毛病，迟早给自己整出个食物中毒来。到时候你被担架抬出去了，医生问你哪儿受伤了，大名鼎鼎的鹰眼同志来一句'吃狗粮吃坏肚子了'，你可别怪全队上下笑话你一年啊！"

　　张鑫笑着挠了挠脑袋："中队长，你平时也不喂笨笨啊，手里冷不丁地拿俩罐头，我当然以为你是偷偷给自己加餐嘛！"严峻瞪了他一眼："谁说我这是喂笨笨的？"

　　"那喂哪只——该不会是王睿洁养的那只牧羊犬吧？你之前不是说小时候偷桃子被狗撵过，怕狗的吗？"

　　"瞎说啥呢！快去收拾吧，瞧你那一身汗臭。"严峻推推张鑫。张鑫突然凑过去，耸了耸鼻子："你不说我还没发现，你早上洗澡了？"严峻被盯得不好意思，摆着手："没有，早上没出汗而已。"张鑫又把注意力转到他腰部衣服下鼓出的地方："中队长，这是啥？"严峻赶紧转移话题："我宿舍书桌上还有一盒比萨，你快拿去热一热吃了。"张鑫撇撇嘴："这可是你说的啊！"

　　看着张鑫走远了，严峻这才掀开衣服一角，拿出别在腰上的那双绿色半指手套。他朝着犬舍的方向张望着,待眼中出现了一道棕色影子之后,他手指抵在嘴边,吹了一声口哨,Perfect向他飞奔而来。

Perfect蹲在严峻身前,张嘴望着他,哈喇子顺着嘴缝往外流。严峻揉着它的耳朵,递了一个罐头过去:"Perfect,吃饭!"不一会儿,一盒罐头就见了底。严峻把手套放进Perfect嘴里,嘿嘿一笑:"吃了罐头,可得帮我个忙!"Perfect把手套又放在严峻脚下,吐着舌头,眼巴巴地盯着他手里另一盒罐头。

"哟,现在胃口还喂大了!一盒还收买不了你了!"严峻嘴上抱怨着,还是打开了另一盒罐头。Perfect呼啦呼啦把罐头吃了个精光,也不用严峻动手,自个儿叼起手套,四肢快速交替,毛发随风飘扬,一溜烟的工夫就跑没影了。

在犬舍打扫卫生的王睿洁回头没看到Perfect,正要呼唤它时,Perfect飞奔着跑过来,把手套放在了她脚下,然后蹲下身,晃着尾巴等待表扬。王睿洁一脸诧异地捡起手套,拿在手里翻看,一抬头发现严峻已经站在了她面前。严峻指了指手套:"我看你经常牵着犬绳带Perfect训练,有时候它跑得急了,你手掌都被绳子勒出印记了,以后戴上手套,给自己一个保护。"

"谢谢中队长。"王睿洁脸上泛着红晕,把手套戴上,大小正好合适。严峻的眼睛不敢正视对方:"明天休假,一起去看个电影呗?"王睿洁不自觉地摆弄起衣角:"明天我准备带Perfect去警犬医疗中心做个体检。"

"那——改天再看吧。"严峻低下头,目光有些黯淡。

看着严峻这副模样,王睿洁偷笑起来:"上午半天就够了,我们下午一起去。"严峻马上换了一副兴奋脸:"好!那我明天开车带你们去警犬医疗中心,然后我们再去电影院。"王睿洁点点头,蹲下来抚

第五章

摩 Perfect 的脖颈。严峻看着她手上温柔细腻的动作，与她在训练场上时的刚猛迥然不同。严峻说道："你对 Perfect 挺好的呀！"王睿洁嘴角上扬，露出珍珠般的牙齿："Perfect 三个月时就被警犬养育员交到了我手上，它母亲是只功勋犬，在一次抓博毒贩的行动中，从山上摔下来，摔断了腿，生下 Perfect 不久后就去世了。Perfect 把我当作这个世界上最亲的人，有次排爆任务时还救过我的命，所以我也把它当作我最亲密的伙伴。"

Perfect 仿佛听懂了王睿洁的话，眼中忽闪着晶莹的光。严峻听着王睿洁的话，有些动容。他轻轻在王睿洁肩头拍了拍："动物和人一样，都是有感情的，我相信它一定也很感谢你的陪伴。"

谈话间，严峻的手机响起来，是彭鹰翔打过来的。听筒里，对方的声音很沉重："取消所有人的休假，马上集合待命，要求手机全部上交，配发工作手机，严格做好保密工作！通知装备处对武器装备进行全检，我不希望行动中有什么地方掉链子！"

一听这话，严峻意识到要有大动作了。他捏紧手机，对王睿洁说道："有紧急任务，霹雳特战小组集合待命！"

东海城郊一处别墅的密室里，荧光频闪，豺狼盯着墙上贴着的霹雳特战小组六名女队员的照片，一脸深沉。照片很清晰，精良的武器和装备细节展露无遗。只是她们脸上都戴着面罩，豺狼无法看清她们的相貌。

唯有其中一张照片下，另外贴着一张手绘的人物肖像，神似程菡玥。豺狼摸索着画中人的面部轮廓，脑海里清晰地浮现出程菡玥拿出证件向王雯雯展示的一幕。豺狼拿起笔，在照片下排写上名字，喃喃念道："程菡玥……"

桌上的电脑屏幕闪烁了一下，豺狼点动鼠标，一串关于程菡玥的调查信息出现在她眼前。豺狼的目光在一张泛黄的报纸截图上停留了很久，报纸是十三年前东海日报其中一个版面，上面用硕大的字体印着"缅怀公安英烈，铸牢忠诚警魂"的标题。报纸上的配图中，四名礼兵神情庄重，警容严整，手里抬着花篮。在他们正中位置，站着一名脸上挤着深深沟壑、神情悲痛的女人，女人双手托着一个警察的遗照。女人身边还有一个小女孩，小女孩的身高正好与遗照平齐。

"近日，东海市公安局缉毒支队一中队与武警东海支队联合行动，在月亮湾地区开展缉毒工作，与一武装贩毒团伙发生激烈枪战，两名缉毒队员程建刚、李胜诚壮烈牺牲……程建刚同志年仅三十五岁，退役于某特战旅两栖侦查训练大队……"豺狼看完报纸上的文字，摊开手掌，喃喃道："看来她应该发现了。"

豺狼扫了一眼屏幕角落的时间，关掉电脑，起身走出密室。她给自己倒了杯冰咖啡，坐在书房的窗台上。阳光洒在她露在背心外的手臂上、隆起的肌肉和伤疤之间，一个地狱天使的文身栩栩如生。

三点钟，一段视频电话准时打了过来，豺狼接通视频，手机屏幕里出现了一个金发碧眼的女人，对方冲着花园喊了声："Belle！"一个扎着乌黑小辫子，肌肤宛如瓷器般光滑的女孩跑进屏幕，眼睛弯成两道月牙："姐姐，我想你了！你最近还好吗？想我了吗？"

"当然想你了，最近上学有没有听老师话？"豺狼一改往日的冷峻，语气和表情都很温柔。Belle点着头："听话着呢！"看到Belle穿着羽绒服，视频里天色渐晚，豺狼心有所想，问道："你刚回家吗？艾拉阿姨接的你吗？"

"是的，刚才外面下过雪，艾拉阿姨车开得慢一些。"

豺狼盯着视频里的天空："那你出去玩，一定记得多穿衣服哦，特别是去海边，要把围巾戴着，别吹感冒了！"Belle笑着答应。突然镜头一转，手机被金发女人拿在了手里。女人对Belle说道："要写作

第五章

业了,就到这儿吧。"Belle 很不情愿地说道:"这才说了几句话……"

"Belle——"女人打断她的话,语气严肃几分。

Belle 踽踽而去。金发女人对着镜头,面色阴郁:"你今天的问题有点多了。"豺狼皮笑肉不笑:"艾拉,你多虑了。"

"希望是这样。豺狼,不要产生不切实际的想法,你应该知道的,就算你只是藏起小心思,也有可能会让你永远见不到你妹妹的。"

话音落下,视频挂断。豺狼拿起纸笔,写下"南半球、临海、时差三到五小时"。她盯着熄灭的屏幕,捏紧拳头,手背上青筋暴起。

四

夜幕降临,三炼的废弃厂房像一个巨兽一样静静地矗立着,建筑破败且诡异。除了呼呼的风声,场地一片寂静。十几个悬挂着的球形探头,悄无声息地转动着,隐隐闪烁着红光。

距离厂房八公里外的一处三层民房里,灯火通明。徐昱辉抖着烟头,盯着笔记本电脑上无人机传输过来的影像,捏着对讲机:"还能不能再降些高度,太黑了,啥也看不清!"片刻,对讲机那端传出回应:"不行,再飞低,就要被发现了!"

看着屏幕如墨一般,徐昱辉烦躁得坐立不安,他走到屋外,给彭鹰翔打了通电话。电话很快接通,徐昱辉说道:"老彭,我这边准备进一步行动了,需要你帮忙。"彭鹰翔逗他:"你小子想得挺美呀!盯梢的活你们自己干着,要入龙潭虎穴了,就想到我们了,到时候你们还要分一杯羹走?"徐昱辉讪笑道:"不是我贬低自己,在与歹徒作战这件事上,我们跟你们比差远了,再说了,对方手里可有重武器,我们身上的防弹衣根本挡不住,更多的要靠行动隐蔽、战术精准、果断打击的能力，这可是你们闪电突击队的看家本事。"彭鹰翔也笑了："少捧我们了，已经在路上了！说吧，准备怎么干？"徐昱辉说道："不急，等你们到了再说！"

二十分钟后，一辆SUV带着一辆大巴车停在了民房前的空地上。大巴车上呼呼下来一群荷枪实弹的特警。彭鹰翔从SUV上跳下来，扫了一眼周围，步入大门。徐昱辉和几名刑侦的兄弟早守候在门口，看到程菡玥等人也在，徐昱辉笑着说："哟，霹雳特战小组也来了！霹雳划破长空，闪电疾驰如龙！"彭鹰翔笑着捶了他一拳："你小子，以后退休了去说评书得了。"彭鹰翔回头看了一眼现场的特警队员："你们先在这儿等着。"说完，和徐昱辉一同上了楼。

推开二楼一间屋子破旧的木门，眼前出现了一个设备齐全的数字化监控中心。红灯闪烁中，几名便衣在监听设备和电脑前片刻不停地忙碌着。徐昱辉领着彭鹰翔走到一台屏幕前，在桌上铺开一张图纸："我们利用热成像无人机对厂区进行了探查，另外，根据在附近安排的盯梢点的情报汇总，我们判断这片建筑群里的犯罪分子应该不少于三十人。现在的情况是，虽然我们大致摸清了对方的人数和分布点，但用于监控的无人机不敢降太低，对方的监控设备也很先进，并且很密集，我根本没有办法安排人靠近查探。"徐昱辉用记号笔在平面图上画了三个大圈，"我们现在猜测，这三个位置可能是藏匿毒品的地方。我现在最担心的是，一旦我们在行动中被对方察觉并发生交火，以他们的装备和防御策略，恐怕会拖上一段时间，这段时间他们会销毁证据，这就对我们非常不利了。"

"所以，你想让我们的人想办法靠近，找到他们具体藏匿毒品的位置？"彭鹰翔目不转睛地盯着图上的标记。

徐昱辉点点头："是的，只要摸清楚点位，到时候直接让直升机飞过去，人索降下去，把毒品仓库先控制住！"

第五章

　　看到两人从楼梯间走出来，霹雳特战小组的女队员围了过去，即将首次参与实战的她们一脸期待。彭鹰翔一眼就看出了她们的小心思，对徐昱辉说道："老徐，你给她们准备点吃的，再安排间住处，今晚她们留下来。"徐昱辉说："想吃啥都行，我安排人送过来，就是住的地方恐怕有点挤了。"彭鹰翔一抬眼："她们是过来做任务的，又不是来度假的，你们吃啥她们就吃啥，睡觉哪里都能睡！"

　　董春蕾凑到彭鹰翔身前："大队长，你的意思是今晚我们不参与行动？"彭鹰翔目光扫过六位女队员，最后定格在程菡玥身上："她留下来，其余人去住处待命！"

　　"我们怎么不能——"董春蕾心直口快，但一张嘴就被彭鹰翔瞪了回去。霹雳特战小组除程菡玥之外，其他人都跟着赵沐之离开了。战果摩拳擦掌地问道："山鹰，怎么干？直接一窝端吗？"彭鹰翔抱起双臂："还没到时候。先接近犯罪窝点，找到毒品仓库的位置。"

　　彭鹰翔对程菡玥说道："你找个地方，换身普通人的衣服。"转而又对闪电突击队的队员们说道："鹰眼和野猪跟着我，保持一公里的距离，其他人武装待命！"徐昱辉见彭鹰翔卸下了防弹衣，又把枪交给了严峻，皱眉问道："你准备不带枪上去？"彭鹰翔换上另外一件白色短袖："窝点在山上，上去就一条道，万一到时候被他们逮住了，身上不带武器反而还能解释，不至于打草惊蛇。"

　　"空着手？"徐昱辉担忧地问道。

　　彭鹰翔看看屋内，盯住了桌上那把水果刀："带它就够了。"他冲徐昱辉伸出手，"把你的车也借我用用。"徐昱辉把车钥匙隔空丢了过去："老彭，一定要注意安全，发现不对劲就赶紧撤！"

　　程菡玥出来时，彭鹰翔已经在车上等她一会儿了。此时的程菡玥穿着件粉色的连衣裙，一双纤细的玉腿在蕾丝裙下若隐若现。利落的发型勾勒出她精致的脸部线条，与平时在训练场上灰头土脸的样子相比，简直判若两人。程菡玥坐上车，余光瞥见彭鹰翔有意无意地看着自己："大队长，我们扮演什么身份，如果中途有人盘查，我们怎么说？"

彭鹰翔脑海里充斥着第一次看见高婉莹站在海边时，海风轻拂着她的头发的画面，思绪一度陷入其中。此时被程菡玥的声音拉回了现实，彭鹰翔赶紧把视线从她身上挪开："扮演去山上幽会的情侣。"听他这么说，程菡玥脸上现出一抹绯红，望着窗外不作声了。

车行驶了几公里后，拐进了一条羊肠小道。又过了没多久，前面出现了有着几间土坯房的小村子。村口有路灯，灯光映照下，有间售卖小商品的岗亭。彭鹰翔踩了一脚刹车，车停在岗亭旁，里面探出个农民工打扮的年轻男子。彭鹰翔降下车窗，扔过去一张百元大钞："兄弟，来两包硬中华！"

男子从货架上取了两包烟，走过来挨着车窗，脑袋几乎要探入车里："再往前开都是荒郊野岭了，这么晚你们过去干啥？"彭鹰翔搂住了程菡玥的肩膀，笑道："年轻人嘛，找点浪漫。"

看着车尾灯渐远，男子回到岗亭，从抽屉里拿出对讲机："注意，有辆车过去了，里面一男一女。"与此同时，车内的彭鹰翔眼睛盯着后视镜："第一道暗哨，放得挺远的啊！"程菡玥问了句："这么肯定？"彭鹰翔淡然一笑："他们要是安排个老太太在这儿，我反而信了，就那屁大点村子，能有几个人买东西，值得一个青壮年守着那个店？"

彭鹰翔戴上蓝牙耳机，按下通话键："野猪，这里是山鹰！车后方有暗哨！"耳机沙沙几声后，传出孟凡亮的声音："盯住了！你们前面一百米，路边一根电线杆上有探头！"

"了解！"

第五章

车灯划破黑夜，没入更浓的黑暗中。万籁俱寂中，只有车轮与泥土地摩擦的沙沙声。车子经过电线杆，继续前行。车子的尾灯被探头捕捉，画面传输到三炼厂房中一个布满各路监控设备的房间里。黑狐握着对讲机，盯着屏幕上已经化为红点的车灯，眼神闪烁间，露出若有所思的表情。

五

民房里，霹雳特战小组的几名女队员躺在床上，盯着天花板，都没睡。黑暗中，何雨洋攥紧手指："程菡玥和大队长他们不会有事吧？咱们真的就待着不动吗？"邬一曼说道："可是，大队长交代我们了，让我们待命。"董春蕾突然从床上坐起来："他们武器都没带，万一被抓住了，大队长一个男人还好说，菡玥……"董春蕾的话戛然而止，大家都开始往最坏的地方想。

聂如佳也坐了起来："不行，我们过去帮忙吧，大不了离得远一点，只要不被人发现就行了，这样如果他们有危险，我们赶过去会快一些！"

何雨洋翻身下床，穿上了衣服："我和你一起去！"一抬头，看到队友们都坐起来了。大家不约而同地穿戴上装备，蹑手蹑脚地走出房间。

董春蕾刚一开门，就看到黑暗中有几道影子不知从什么地方窜了出来。她拳头一捏，脚步生风，悄无声息地朝领头的黑影挥出一拳。对方只觉拳风袭来，下意识侧身，一把扣住董春蕾的手腕："什么人？"董春蕾听出是战果的声音。接着一束光照在战果脸上，邬一曼握着手电筒，问道："你们怎么在这儿？"战果伸手挡着光，半眯着眼睛："我还要问你们呢！"双方相互一问，都是不放心各自的队友，想着过去帮忙，于是一齐走出民房，驾车朝三炼厂区驶去。

此时彭鹰翔驾驶的车停在了距离厂房不到一公里的乡间小道上，两人在车里的一举一动正被一个插在田地里的监控探头监视着。程菡玥把头探出车窗外："咱把车停在这儿，是不是太明显了？"彭鹰翔望着不远处的残垣断壁："从路过那个岗亭开始，咱们就已经被盯住了，车停这儿是故意让他们看得更清楚。"程菡玥有点不明白，问道："那接下来怎么做？"

"待会儿下车后，你打我一耳光，然后朝南边那片密林走。"彭鹰翔开着空调，把车窗升了上去。程菡玥愣着，看了眼自己的手掌："真打假打？"彭鹰翔说道："随便，能骗过对方就行。"

三炼的监控房里，黑狐身边的小弟盯着屏幕。车窗升上去后，他们就看不清里面的情况了："老大，他们该不会……"话还没说完，监控画面中的那辆车开始有节奏地摇晃起来。黑狐小弟的嘴角咧出一个怪异的弧度，猥琐地说道："大哥，这俩玩得挺花啊！"黑狐眼神中还是保持着警惕："继续盯着！"

程菡玥坐在摇晃的车内，一脸茫然地看着彭鹰翔一手按着扶手箱，一手推着车门："你——这是在干啥？"彭鹰翔不知道怎么解释，尴尬地说道："开车久了，运动一下。"程菡玥看彭鹰翔粗喘着气，满头汗，感受到车厢内浓密的雄性气息，突然意识到什么，红着脸转过身子。算着时间差不多了，彭鹰翔对程菡玥说道："你下车吧。"

程菡玥推开车门，彭鹰翔也跟着跳下车："宝贝，你别生气了，回去就给你买包——"程菡玥突然回头，手臂大张，一道清脆的巴掌声后，彭鹰翔捂着脸侧倒在地上。彭鹰翔躺在地上，趁机从荷包里摸出一个侦察机器蛇，放进了草丛中。

黑狐的小弟看到程菡玥扇人的动作，倒吸一口凉气："这丫头挺猛的啊，这不得把人扇成脑震荡？"黑狐嘴角轻轻一抬，哼了一声。

第五章

他起身走出监控房，一名手里握着微冲的平头男子凑到他面前。黑狐问道："他们到哪儿了？"平头男说："快了，还有半个小时。"黑狐眼底闪出一抹狠厉："十分钟后，外面那辆车要是还没走，就把那两个人都——"黑狐做了个抹脖子的动作。

彭鹰翔跟在程菡玥身后，步入密林里。他捂着脸，蹲下身："真打啊？还下手这么重，你这是对我有啥意见吧？"程菡玥扑哧一笑："是你说的啊，要骗过监视的人，我也没有演戏的经验嘛。"彭鹰翔龇着牙，戴上耳机："老徐，你那边有画面了吗？"

赵沐之操作着电脑，机器蛇传输回来的画面出现在了屏幕上。徐昱辉喜道："有了，很清楚，老彭，你那边没啥问题吧？"彭鹰翔揉着脸："没问题——就是挨了一耳光。有信号就行，我们现在撤退！"

彭鹰翔和程菡玥回到车上，驾车沿着来时的道路折返。耳机里突然传来徐昱辉的声音："老彭，无人机传回的影像显示，有两辆车在朝你们行驶，速度很快！"彭鹰翔目光一凛："对方什么身份？有威胁吗？"

"身份还在查，看样子是往三炼去的，有潜在威胁！"

挂掉电话，彭鹰翔联系上孟凡亮："看到车了吗？"孟凡亮手里的夜视望远镜中出现了两道光束："看到了，两辆，车窗都关着。"彭鹰翔觉得存在对方是平民的可能性，叮嘱道："盯住了，不要开枪，等我指示！"

车子驶过岗亭，能远远地看到前方有车灯闪烁了。程菡玥紧张地说道："我们没带枪，万一对方是犯罪分子，怎么办？"彭鹰翔沉着脸，把车贴着稻田开："一旦有突发情况，你跳车往稻田里钻。"又递给程菡玥一把水果刀，"你拿着防身。"程菡玥接过刀："那你呢？"

彭鹰翔没作声，聚精会神地看着前方。车灯渐近，逐渐显出了两辆越野车的轮廓。乡道很窄，对向的车很难经过。隔着十几米的距离，彭鹰翔把车靠边停了下来，对方的车速也慢了下来。

此时，徐昱辉看着屏幕里出现的几张打着通缉标记的照片，心中一紧，捏紧喉麦："对方是黑龙帮的人，估计是去买货的！你们恐怕有危险！"坐在车内的彭鹰翔看到对方车上跳下来两个人，正朝他们走过来，立马换上行动频道："鹰眼，布置狙击点位！准备干！"张鑫早已蹲在最佳狙击位置，透过夜视瞄准镜，他发现那两人背在腰后的手里都捏着枪："山鹰，两名持枪人员在向你靠近！"

六

越野车里坐着一名身穿西装、脸上有刀疤的男人，他透过车窗看到停在稻田旁的那辆车的副驾驶门突然打开了。他隐约看见一个人影一闪而出，没入了半人高的稻穗中。西装男脸色一变，脑袋探出车窗，大喊一声："对方有鬼！"话音未落，车外一名持枪男子惨叫着弯下腰。车灯映在男子身上，一个血洞赫然出现在他持枪的那只手臂上。西装男大吃一惊，急忙缩回车里。

看到身边同伴中枪后疼得躺在地上缩成一团，另一个男的弯腰朝前一滚，钻入了 SUV 的车前挡下。张鑫挪动枪口，只听一声闷响，子弹射破车窗玻璃，击中了越野车内那名黑龙帮司机的肩膀。彭鹰翔发现那名持枪男子消失在车前，挂上倒挡，猛踩了一脚油门。车猛地往后一退，那名男子现身车前，抬起枪口瞄着驾驶室。彭鹰翔一把推开车门，跳下车，踢了一脚泥土地面。飞灰混着泥沙飞溅到男子脸上，对方一时间被迷住了眼睛。彭鹰翔飞扑上去，扣住男子的手腕，往下一按，手枪掉落在地。

三辆车贴着稻田边停了下来，为了不打草惊蛇，严峻等人抱着枪

第五章

跳下车，开始步行前进。走着走着，黑暗中突然传来一声玻璃破裂的声响。Perfect不安分地迈动四肢，嘴里发出低沉的嘶吼。王睿洁焦急道："前面有情况！"严峻手一挥："跟过去！"大伙把FAST头盔上的微光夜视仪往下一拔，抱起装着消音器的BJC16冲锋枪，飞速朝前行进。

彭鹰翔死死地按住男子的手腕，膝盖一抬，顶在对方腹部。男子吃痛，佝偻着身子。彭鹰翔一脚把掉在地上的手枪踢向一边。此时黑龙帮那边一名持枪男子从张鑫射击不到的位置跳下车，身体紧贴着车身，抬起枪瞄准了彭鹰翔。正要开枪时，身后传出稻穗晃动的声响和疾驰而来的脚步声。男子急忙转身，抬转枪口，但一柄锋利的水果刀先他一步，插入了他的脖颈中。刀刃大半部分没入了男子的皮肉里，男子喉咙发出咕咕的声音，倒在地上不住地抽搐。程菡玥目瞪口呆地看着地上的男人，心跳如擂鼓般狂烈，血像是上涨的溪流，顺着地面徐徐流动到她脚下。反应过来的程菡玥猛地抬起脚，退后几步靠在车门上，大口喘着气。

正死死拧着男人胳膊的彭鹰翔抬头见程涵玥不知何时出现在其中一辆越野车旁，裙摆都被血浸湿了，她靠着车，像是失了魂一样，再一看，她面前多了一具尸体。彭鹰翔一记掌刀落在男人后颈，随后大步跑向程菡玥，握着她的手臂，焦急问道："你没事吧，有没有受伤？"程菡玥瑟瑟发抖："我没事——那个人死了吗？"彭鹰翔侧头看了眼倒在血泊中的男人，抬脚踢开对方握在手里的枪："先上车，对方可能有援兵！"

"山鹰！"越野车后传来严峻的声音。彭鹰翔循声望去，闪电突击队和霹雳特战小组的队员都已到齐。旁边稻田里传出簌簌声，Perfect朝着声音传来的方向狂吠不止，急不可耐。战果看到其中一辆车的副驾驶门开着，里面的座位空着，暗道："跑了一个！"王睿洁拨开 Perfect 脖颈上的扣环，Perfect 一下钻入稻田中，如疾风般掠过稻穗。很快，稻田里就传出一个男人的惨叫声，王睿洁和董春蕾朝着 Perfect 奔出的方向冲了过去。

梁峰将两辆车的车门逐一拉开，三名非要害部位中弹的男人捂着伤口蹲在地上，鬼哭狼嚎。战果担心惊动三炼犯罪窝点那边的人，抬手呼在一个男人脑袋上："哭什么哭！死不了！"其他人见状，把头埋在怀里，再也不敢作声。

严峻发现一辆越野车后排还趴着一个穿西装的男人，架枪厉喝："手抱头！"西装男不敢不照做。严峻钻进车里，把人拖了出来。西装男紧闭着眼睛："都是道上的兄弟，我懂规矩，我什么都没看见，你们想要什么，我都可以给你们，别杀我。"严峻抱起双臂："谁跟你是兄弟，你睁开狗眼好好看看我们是谁。"西装男眼皮颤动着，眯开一条小缝，发现面前站着一群荷枪实弹、身穿特警作战服的人，他愣住了，身体如石雕般僵硬，结结巴巴道："你们是警察？我今天的行程是临时计划的，你们怎么知道？"

严峻笑了笑："那就怪你出门没看皇历了。"严峻把西装男往前一推："把他带走！"战果和梁峰一人按着一只胳膊，把西装男带上了车。

彭鹰翔从车上下来，冲着何雨洋招手："带程菡玥回去，帮她清理下身上的血迹。"女队员们以为程菡玥受伤了，一窝蜂都围了过来。彭鹰翔拦着她们："其他人留下来，分组，一组赶紧把现场收拾干净，另一组保持警戒，犯罪集团的人随时可能会过来！"彭鹰翔看到何雨洋上车后把程菡玥揽在怀里，轻声安慰着。程菡玥目光呆滞地望着被突击队队员拖走的那具尸体。彭鹰翔嘴唇动了动，还是把话憋了回去，关好车门，目送她们离开。

第五章

七

警方临时驻扎的民房里,一间四面无窗的小房间灯光幽暗。西装男坐在墙角,双脚被铐在椅子上。他抓着碗,端着筷子,手铐叮当响。徐昱辉和两名刑警抱着手臂,坐在西装男对面,盯着他吸溜着碗里的面条。男人慢悠悠地把汤底喝完,碗往桌上一搁,嘴巴一抹:"吃得差不多了,再给我弄点水果过来。"徐昱辉冷着脸:"要不再给你找个美女洗个脚、按个摩?"西装男厚颜无耻地笑着:"行啊!不过按我的习惯,超过二十五岁的就不要了。"

"啪"的一声,徐昱辉重重地拍了下桌子:"你也不看看你现在是什么处境,你觉得拖时间、耍无赖有用吗?既然能抓到你,就说明我们已经掌握了你的计划动向,现在唯一对你有利的就是配合我们的调查,说清楚今天为什么要去三炼工厂!"西装男惬意地靠在椅子上:"你们这么厉害,怎么不自己去查,问我干什么?你要搞清楚,现在是你求我,先把我要的水果端上来,我再考虑跟你说。"

徐昱辉看着男人死皮赖脸的模样,气得牙痒痒。突然,门被人从外面用力推开,又重重关上。彭鹰翔走进来,目光落在西装男脸上。他走到审讯记录仪前,脱掉衣服罩在摄像头上。西装男见彭鹰翔浑身隆起的肌肉像岩石一样,一条条青筋如同叶脉一般印在肌肤上,他颤声问道:"你……你来做什么?我可是懂法的啊!我知道警察对待嫌疑人要——啊!"

彭鹰翔抓住他的手腕,粗壮的手指几乎要嵌入对方的皮肤里。西装男疼得冷汗直冒,龇牙咧嘴地说道:"救命啊!快把他拉走,他想弄死我!"徐昱辉等人视若无睹,一个个走出了审讯室。

西装男见审讯室里就剩下他和彭鹰翔了，愈发感到恐惧，小鸡仔一样缩在椅子上。彭鹰翔手中力道稍松："你叫豹哥？"西装男点头，看了眼彭鹰翔的眼睛，又狂摇头："道上兄弟给取的绰号，真名叫李保国。"彭鹰翔巴掌悬在李保国头顶上："就你这尿样，还保国？"李保国满脸委屈："这不是——我爹给取的嘛。"

"说吧，这次去三炼的目的是什么？否则别怪我……"

彭鹰翔眼神中透着凶狠，全身散发出骇人的气息，李保国不禁打了个哆嗦："我说，我都说。"

此时女队员的住处，何雨洋站在浴室门口，一脸焦急地敲着门："菡玥，你怎么样了？怎么在里面不说话？"程菡玥一丝不挂地站在花洒下，看着水流把自己身上的血迹冲刷下来，一起被冲刷下来的还有从她眼角淌下的泪水。外面敲门声更盛，何雨洋贴着门说道："你再不出来，我可就把门砸开冲进去了！"

"我没事——我就想静静，你去忙你的吧。"

"我怎么可能放心把你一个人留在这里呢！"何雨洋靠在门旁，说道，"我知道，你刚刚经历了一场生死考验，当时你可能没觉察到，现在静下来了，那种恐惧所带来的压迫感也随之而来了。这很正常，我们都是有血有肉的人，更何况还是女人，现实不像游戏，谁也没有第二条命，遇到这种危险，换成我们任何一个人，都会像你这样的，我只是想告诉你……"

"雨洋——你杀过人吗？"程菡玥的声音轻轻的。

何雨洋一愣，随后轻轻摆头说道："没有，不过有一次，我的战友受了重伤，就死在我怀里。"何雨洋望着天花板，"那时候，我在海军陆战队侦察连当卫生员，我们连队参与了一场联合打击海上贩毒运毒集团的行动，我们的船把一伙犯罪分子堵在一处礁岛附近，那伙人应该知道他们运送的毒品数量太大，即便抓到也会判死刑，

第五章

所以抱着死前拉垫背的想法，激烈抵抗。"

何雨洋回忆着枪林弹雨的场面，神色黯然地说道："一枚7.62子弹击中了连队一名战士的大腿，他被抬到我面前时，意识还很清晰，只是强烈的疼痛让他很焦灼，我对他的伤口进行了紧急处理。子弹在他皮肤上留下的进弹口不大，也就手指粗细。当时他看我已经给他止住了血，同时伤口皮下神经受损严重，导致患处麻木了，他也就感觉不那么痛，觉得没什么危险了。可是，枪伤和普通的伤不同，子弹极有可能穿出人体，震波会在出弹口留下巨大的伤口，所以在那名战士看不见的地方，其实还有一个很大的出弹口！"

浴室里只有哗哗的水流声，程菡玥默默倾听着。何雨洋继续说道："当时我看到那个大伤口，里面肌肉、血管连同骨头渣一团糟，按照救治方式，这条腿是要截肢的。但当我对那名战士说要截肢时，他却坚决拒绝，无论我怎么说，他的态度都很强硬。我没法，只好用无线电请示上级，得到的回复还是要进行截肢。这一来一回，时间耽误了，等我再回到他身边时，他就剩一口气了，临了还在喃喃自语：'别截肢，别截肢——截肢就成废人了，就当不了兵了。'"何雨洋抹了一把眼泪，哽咽道，"他最后是在我怀里断的气，这件事对我打击很大，我一直认为，如果当时我能坚决按照我的意愿给他截肢，他或许就能保住性命了，我也是用了好长时间才从心理阴影中走出来，所以，程菡玥，你是杀了人，但他是毒贩，既然对方选择走这条不归路，就注定会害人害己，更何况你还是在他做出反击行为时，为了保护了自己的队友才那么做的。"

程菡玥关掉花洒，站在水汽中，眼前浮现出一张泛黄的报纸：程建刚……打击贩毒……壮烈牺牲……程菡玥伸出手掌，上面的血迹已被冲刷干净。渐渐地，她的手掌捏成了拳头："爸爸，我做到了。我也像你一样不惧危险，用手中的枪和刀，还有——自己的身躯来阻挡罪恶，为一方百姓筑起安全的屏障，用生命践行着我们在国旗下的誓言！"

八

数字监控室里，张宝路操控着桌上的仪器，屏幕上是电子侦察蛇的视角。徐昱辉站在旁边指点："从草丛里走，别被人发现了，从厂房的出水孔钻进去。"听到身后有脚步声，徐昱辉回头见是彭鹰翔，赶紧凑上去："怎么样？没把人怎么样吧？"彭鹰翔说道："我能怎么样？就耐心教导了一下做错事的小朋友而已。"徐昱辉不跟他说笑了，一脸正经地问道："都交代了吗？"彭鹰翔点点头："那家伙真名叫李保国，黑龙帮二当家的。跟你猜的一样，他们这次的目的是去三炼买货，据他说，三炼厂区的犯罪窝点，是国际犯罪集团 K2 在东海市的一个分支，你们前期的侦查都没错，那儿确实是个很大的制毒工厂，但是他对厂区里的结构也不太清楚，之前的交易都是他们到门口，里面有人给他们戴上眼罩后，才领着他们进去的。"

"看来那伙人还挺谨慎的，我刚才看了李保国的手机，有十几个未接电话，就怕这么久没见到他，制毒工厂那边会警惕起来，甚至转移阵地。"徐昱辉有点担忧，拍着张宝路的肩膀说道，"操控机器蛇进去看看里面现在是什么情况！"

屏幕上，机器蛇的视角在杂草丛中飞速掠过。蛇头顶端的微光像增强器把幽暗环境下的图像也处理得很清晰，从草丛的缝隙间能看清楚不远处有脚步走动。彭鹰翔对此很感兴趣，问道："这玩意儿可以啊，这么黑的地方还能看清楚，操作灵敏，而且仿真度很高，够隐蔽，你们单位新引进的设备？"徐昱辉一听，就明白彭鹰翔这是打上这条蛇的主意了，连忙挥手道："老彭，这东西你就别想了，

第五章

这可是我们队花了大功夫，跟科技公司洽谈好久之后才搞来的，有钱都不一定能弄到，我手里就这一件，要不是办这个大案子，我可舍不得拿出来。"

"你看看，都当上刑侦队长了，还改不了抠搜的老毛病。"彭鹰翔白了徐昱辉一眼，说道，"你这可是针尖里瞧人——把人看小了，我这也是家大业大，用得着惦记你这破铜烂铁？再说了，咱特警队的新家伙什也不少，哪回新装备、武器不是先到咱手里过一遍瘾才轮得着你们？"徐昱辉一听这话反而乐呵起来了，问道："这么说，你不跟我抢这家伙了？"彭鹰翔正儿八经地说道："瞎说，文明人能叫抢吗？这叫借，回头你给我拿过来，借我使使，好用的话，到时候咱也引进。"

想着这会儿还有求于人，徐昱辉赶紧扯开话题："等任务结束了，都好说。对了，霹雳特战小组那个女队员，你还不过去看看她？"彭鹰翔说道："我想等她自己先静一静，再单独找她聊。"徐昱辉点点头："回头我让赵沐之跟她谈谈，引导引导，这事小赵有经验。"

谈话间，张宝路从机器蛇的视角中看到厂房墙壁下方有个小洞，说道："徐队，从这里可以进去。"徐昱辉看到周围没人走动，命令道："迅速穿过平地，进入洞口，然后贴墙角移动。"张宝路拨动着操纵杆，镜头直指墙壁。突然间，画面天旋地转，随后急剧抖动起来，只能看清草叶掠过。徐昱辉急忙问道："什么情况？"张宝路也焦急地调试设备，可完全没有变化。随后，视频一角出现了一只毛茸茸的爪子，张宝路挠头道："徐队，好像是被狗叼走了。"

三炼工厂那边，一只大狼狗正拨弄着机器蛇，獠牙疯狂地撕咬着蛇身，发现怎么也咬不破，狼狗没了兴趣，头一摆，把蛇又扔回了草丛里。看到画面定格了，张宝路赶紧操作起来，却毫无反应。徐昱辉欲哭无泪，道："不是吧？这就坏了？"他瞟了一眼彭鹰翔，默默说道："早知道，答应他得了……"

看到千辛万苦布置的设备被狗咬坏了，彭鹰翔也很烦闷，说道："李保国跟制毒工厂约定交易的时间过去这么久了，那边肯定会起疑心的，当务之急是想个办法出来，稳住制毒工厂那边的人。"徐昱辉抿着嘴，说道："既然这样，我们能不能安排人伪装成豹哥的手下，带着他，以黑龙帮的身份去制毒工厂跟他们交易？"彭鹰翔不假思索道："不行，那家伙心理素质不行，容易露馅，只能全安排我们的人去。"他顿了顿，又不无担忧地说道，"不过，刚审问李保国得到的信息是，黑龙帮的人大部分是东南沿海的人，说的是闽南语，我们假扮的话，没办法满足这一特征。"

张宝路自告奋勇道："我之前在那边抓人，蹲过两个多月的点，会说一点。"彭鹰翔说道："会一点恐怕不行，还要能听懂黑话。"徐昱辉没了主意，看着两人说道："实在不行，我现在去找局里人事科的同事，看一下谁的籍贯是那边的。"彭鹰翔摇头："时间上来不及。这样吧，还是我上，我的人在外面接应，一旦情况不利，我直接在里面动手，来个里应外合，端掉这个窝点！"

"那怎么行！你之前已经露过面了，一去他们就认出来了。"

彭鹰翔果断说道："化妆伪装，除了头道暗哨的人，他们都没有见过我的正面。"

"又逞强，你有几条命够用啊？"程菡玥说着三人听不懂的语言，推门走了进来。张宝路试探着问道："闽南语？"程菡玥点点头："我父亲服役时的驻地就在东南沿海，小时候他就教过我，后来我和母亲作为随军家属，在那边也待过两三年，闽南话和客家话，我都会。"

徐昱辉见到她，突然想到了什么，一拍大腿："黑龙帮老大有一个女儿，外号'小龙女'，从来没在道上露过面，如果你以小龙女的身份去制毒工厂和他们交易，他们就算怀疑，也没有办法去证实你

第五章

的身份。"

彭鹰翔看着程菡玥，她不再像此前那般失魂落魄了。尽管如此，彭鹰翔还是很担忧，说道："你刚从之前的战斗中恢复过来，还需要多些时间调整状态。"程菡玥坚定地说道："我没有那么脆弱，我们的对手是穷凶极恶的毒贩，如果我们每次行动前都顾虑重重，就永远不能将他们一网打尽。"彭鹰翔一时语塞，沉默片刻后，说道："我同意你去，但是第一我要跟你一起，第二，一切行动听从我的指挥，否则我不敢让你冒这个险。"

"好！"程菡玥的目光犀利如炬。

徐昱辉左思右想，说道："那李保国怎么办？他临时失约了，还换了一批人去交易，得有个能让人信服的说法。"彭鹰翔抱着双臂："那得让他配合我们演出戏了。"

第六章

一

三炼制毒工厂内，偌大的厂棚下，十几名手持各种武器的枪手站成一排，眼睛齐刷刷地望着二楼一间简易办公室的门。门背后，黑狐眉头紧锁，手里握着手机，焦急地来回踱步，仿佛整个房间都无法容纳他的不安。"叮"的一声，手机屏幕亮起。黑狐迅速点开屏幕，看到进来一条短信。短信里没有文字，只附带了一张照片。照片中两辆越野车车身上弹孔密集，门把手和车门外的地上还有红褐色的血迹。一名穿着西装的男人靠着轮胎坐在地上，脑袋耷拉在肩膀上，胸口和腹部有几处血洞，一身西装大部分都被血浸透了。

黑狐正觉诧异时，一个陌生号码打了过来。他按下接听键，对面一个女人操着闽南语，凶狠地说道："敢点我们黑龙帮的炮！老娘现在就过来把你们全剁了！"黑狐一惊，连忙问道："什么意思？我们怎么可能点黑龙帮的炮？"那女人说道："豹哥跟你联系的今天晚

第六章

上来买货,半路上却碰到警察了,豹哥和帮里几个兄弟都折在警察手里了,他的行程就你知道,不是你告的密会是谁?"

"豹哥死了?"黑狐一脸惊愕,急忙解释道,"我们是约的今天,但他失约了,我还担心他给我带来麻烦呢!我干的可是掉脑袋的活,怎么可能跟警察搅和到一起!"女人不依不饶道:"豹哥跟我爹可是拜把子的兄弟,他现在死了,怎么也得在你头上找个说法!"

黑狐思前想后,问道:"你是黑龙帮龙王的女儿,小龙女?"那边劈头盖脸地骂道:"干伊三妹,知道我们的名头还敢点炮,你家里有几条命够我们收?"黑狐无端被骂,不耐烦了,沉声道:"我是看在龙王的面子上才听你啰唆半天,我说了,豹哥的死跟我没关系!你如果非要耍无赖,把帽子强行扣在我头上,那我也不怕事,你们黑龙帮在东海势力确实大,但我们背后是K2,真要干,那就是两败俱伤,所以我劝你三思而后行。"

"K2?你们跟他们有关系?"

黑狐冷冷一笑:"具体我不多说,你自己想想,我们这么短时间就能盘下这么大的生意,背后没有靠山,可能吗?"电话那头沉默片刻,说道:"好,我就信你一回,豹哥跟你订的货,我来接手,这次如果再出什么差错,那可就别怪我不打招呼就动手了!"说完,就挂断了电话。黑狐听着听筒里的嘟嘟声,脸上笼罩了一层阴云。

临时指挥室里,程菡玥拿着手机,严肃地说道:"三炼制毒工厂那伙人,背后是K2!"徐昱辉瞠目而视:"K2?国际最大的犯罪集团之一,成员大部分都是外军退役的特种兵。这伙人怎么会跟他们有关系?"彭鹰翔眼神深邃,似乎在思考着什么,然后说道:"早该想到了,当初与察猜交手,从对方的武器和人员布置来看,无疑是有特种作战经验的人指点的,而且制毒工厂这边如果没有一个强大的犯罪集团作支撑,也不足以让他们拥有大量的毒品原料和广阔的军火渠道。"

徐昱辉托着腮，忧虑道："不好对付了啊。"彭鹰翔拍拍他的肩膀，说道："还是按我之前计划的，以黑龙帮的身份进去打探一下。"彭鹰翔拿起对讲机，说道："雏鹰，带化妆包到二楼来！"

聂如佳给程菡玥画好最后一道眼线，把镜子端到程菡玥面前，骄傲道："怎么样？跟你之前完全不一样了吧！"程菡玥看着镜子里的自己，浓妆艳抹，发色艳丽，俨然变成了一个有着浓重社会气息的小太妹。程菡玥拨弄着头发："大队长那边弄好了吗？"聂如佳收拾着化妆包，说道："弄好了，在外面等你呢。"

程菡玥走出房间，看到门外站着一个身穿黑衬衫的男人，五官俊美而刚毅。高挺的鼻梁和清晰的下颌线，为他增添了几分硬朗和霸气。程菡玥看了好半天，才从对方的眼神和身材上认出来是彭鹰翔。程菡玥挑着眉，喃喃道："怎么有点眼熟？"正从房间里出来的聂如佳听到了，凑到她耳边，笑着说："照着金城武的造型化的呢！"

两人走出民房时，天空已经逐渐卸下黑幕，天边透出一丝微弱的曙光。乔装打扮过的闪电突击队队员坐在两辆越野车里，弹匣填满子弹。彭鹰翔坐上领头那辆车的驾驶室，程菡玥坐在副驾驶室。两辆车一前一后，钻入了薄薄的晨雾中。

二

车子停在工厂前，日光下，更能看清楚工厂建筑的破败。透过锈迹斑斑的铁门的缝隙，可以看到里面杂草密布，断壁残垣上满是爬山虎。如果不是警方对此地进行了严密的盯梢，很难想象还有一伙犯罪分子盘踞在此。

彭鹰翔从车上下来，扫了一眼，很快就发现厂房里有两个隐藏

第六章

的狙击点位，黑洞洞的枪口正对着他的脑袋。彭鹰翔装作没看见，拉开副驾驶室的门，程菡玥挎着包从车里走出来。房檐下一个球形探头悄无声息地调转角度，将镜头对准了程菡玥。黑狐在监控室里看清程菡玥的面貌后，冲身边的小弟点了点头。

铁门"哐当"一声被拉开了，从里面走出来五六个端着枪的男人，围站在越野车旁。其中一个小头目走到程菡玥面前，盯着她的挎包："进去的人，要检查一下。"程菡玥瞪了他一眼，拉开拉链，翻了翻包，里面只有化妆品和钱包。小头目的手伸向程菡玥腰部，彭鹰翔挡在她身前，一把将小头目推开："干伊三妹，手脚给我放干净点！"小头目被推得后退了几步，险些跌倒在地。他身后的小弟齐刷刷地架起枪对着彭鹰翔。越野车里，伪装过的闪电突击队队员迅速跳下车，也端枪对着那伙人，形势顿时变得剑拔弩张起来。

小头目握着耳机，听完里面的命令，示意手下放下枪，冲着程菡玥招了招手。程菡玥从容不迫地朝大门走去，彭鹰翔等人也紧随其后。小头目挡在前面，说道："以往进厂的人都要戴上眼罩的，没要求你们这样已经给足了黑龙帮面子，也请按照我们的规矩来吧，只能你一个人进去。"程菡玥也不啰唆，指着彭鹰翔说道："其他人留下，但他要跟着我进去。他是我的未婚夫，现在接了豹哥的位置，我需要他替我参谋。"小头目盯着彭鹰翔看了许久，侧身让开了道。

工厂里面如同迷宫，小头目带着两人七拐八弯，进了一座大一些的厂房。在一群枪手的拥簇下，黑狐出现在两人的视线中。黑狐打量着两人，目光定格在彭鹰翔身上，面色略有疑惑，说道："这位兄弟怎么看着有点眼熟啊？"程菡玥嘴角一撇，问道："没看过电影《投名状》吗？"黑狐笑了笑："看过啊，怎么了？"程菡玥说道："那你想想，他像谁？"

"还真是！像那谁来着——拍电影的。"黑狐拍了拍自己的脑袋，虽然一下子想不出来那人的名字，但是顾虑被打消了许多。程菡玥抬手看了眼手表，用闽南语说道："我没时间在这儿跟你啰唆，豹哥已经死了，现在还不知道到底是谁出卖了他，帮里还有一堆烂摊子要解决，所以你之前跟豹哥约定好的那批货在哪里？"

"这个先不急。"黑狐背着手走近程菡玥，上下打量着她，"豹哥死得莫名其妙，紧接着，在道上从未露过面的小龙女突然出现了，我要怎么证实你的身份呢？"程菡玥面露愠色，骂道："干伊三妹！怀疑我，还装模作样约我过来！你以为你是谁啊？老娘用得着向你证实身份？"黑狐身边一个小弟站出来，怒道："死三八，跟我们老大说话嘴巴放干净点！"

那小弟连人的动作都没看清，手就被人抓住了。他看到自己的手指以一个怪异的角度扭曲着，疼得大喊大叫。彭鹰翔一巴掌呼在他脸上，惨叫声戛然而止，那人身体一软，倒在了地上。黑狐一抬眼，一把刀已经抵在了他的喉咙上，彭鹰翔恶狠狠地说道："想摆我们的道？"

黑狐面不改色，冲着程菡玥说道："你身边这位小兄弟性子有点急躁啊，这样很容易丢命哦。"黑狐身边的那些小弟都拿枪口对着彭鹰翔，手指压在扳机上。程菡玥贴近黑狐面前，冷笑道："你不是想问我为什么会出现吗？我爹之前已经在道上放过话了，今年过完他就金盆洗手了，但是还没有一个能接他大旗的人。"程菡玥把手搭在彭鹰翔身上，说道："我是我爹唯一的女儿，他是我的未婚夫，他的命你敢收吗？"

黑狐眼皮颤了颤，想到此时正用刀抵着他的人，很可能就是黑龙帮下一任帮主，就算有K2做靠山，他也不敢贸然出手。黑狐强行挤出一道笑容："小龙女的未婚夫，我怎么敢碰？"他冲着身后的小

第六章

弟一压手,他们便把枪放了下来。程菡玥给彭鹰翔使了个眼神,彭鹰翔随后把刀收回了腰间。

程菡玥从包里拿出手机,拨了一通电话后递给黑狐,不紧不慢地说道:"你不是想证实我的身份吗?正好,我爹想跟你讲几句话。"黑狐半信半疑地接过手机,他虽然没见过黑龙帮老大的面貌,但是此前曾通过豹哥跟他在电话里交谈过。听到熟悉的声音,他的态度立马变得端正起来,毕恭毕敬道:"龙王!"黑狐跟对方寒暄了几句,临了微笑着说道:"放心,龙王爱女的大婚,我们一定会去祝贺,到时候还将献上一份大礼!"

黑狐把手机还给程菡玥,心中的疑虑彻底打消了。那道微笑始终保持在脸上,他拍着彭鹰翔的肩膀说道:"误会,都是误会!这位兄弟怎么称呼?身手不错啊,像是在部队里待过。"程菡玥抢先说道:"他叫小黑熊,是黑龙帮第一打手。"彭鹰翔递给黑狐一个不屑的眼神:"街头巷尾实实在在打出来的,部队里的花架子能跟我比?"黑狐嘴角抽动一下,皮笑肉不笑道:"也有能杀人的招式。"

此时刑侦大队临时驻扎点的指挥室里,徐昱辉端着邬一曼的笔记本电脑,好奇地看着屏幕上他完全不认识的代码,感叹道:"小乌龟,可以啊,你这使的什么手段,怎么就把声音变得不一样了?"邬一曼笑着说道:"不难,先从豹哥的手机里面找到他跟黑龙帮老大的音频聊天记录,收集拷贝到我的电脑上,然后利用 AI 技术来调整我的声音,以假乱真。"徐昱辉目光往邬一曼身上一落,打上了主意,说道:"小乌龟,考虑一下,来咱刑侦队,待遇级别直接给你升一番。"邬一曼收拾着电脑包,认真地说道:"那可不行,特警是我小时候的梦想,毕业时国为公司给我开了一百万的年薪待遇,我都没去。"

"一百万……"徐昱辉瞪大眼睛,哑口无言。

113

三

　　三炼制毒工厂里，彭鹰翔紧跟在黑狐身后，一路上将厂区布局和人员站位都牢牢记在了脑海中。不多时，他们来到了一间不算大的仓库前，门口站着两名枪手。看见黑狐出现，一个人拉开了门，一个制毒生产线随之出现在他们面前。白色塑料布将各个工序隔开，塑料布后有许多人影晃动，隐约还能听到瓶瓶罐罐的碰撞声。程菡玥走进去，鼻间嗅到了一股莫名的气味。她捂着嘴巴拉开塑料布，看到了数十名身穿密封服的制毒人员，在各个设备前干得热火朝天。人员众多，原材料丰富，设备精良，如此大规模的制毒生产线，让她震惊不已。

　　黑狐带着两人穿过生产线，走到封装区。一盒刚生产的粉末状毒品，被传送带运输到黑狐面前。黑狐拿起来，拆开包装，用指甲尖钩出一点，抵到鼻头用力一吸，随后打了个哆嗦，愉悦、畅快的感觉慢慢显现在他脸上。黑狐把毒品递给程菡玥，说道："小龙女，这就是豹哥订的货——四号，是我们用最新工艺做出来的，你验验货！"

　　程菡玥看着盒子里的粉末，腮边的肌肉一下子变得僵硬，不由得抽搐起来。她了解毒品，知道一旦沾染上就难以摆脱，不知道该如何应付这种情况。见她迟迟没有接过去，黑狐的脸上现出一丝诧异，正要说什么，盒子被彭鹰翔一把夺了过去。彭鹰翔瞪了黑狐一眼："我俩备孕呢，碰不得！"彭鹰翔端着盒子，走到生产线末端的一盏白炽灯下，对着灯仔细查看，又轻轻闻了闻，惊叹道："妈的，纯度这么高，那些毒虫但凡整多一点，人都得翻了！"

第六章

"兄弟，挺懂货的啊！那些瘾君子要的就是这种够劲的感觉，这样他们才会迷上四号，才会自觉地把手里的钞票都拿出来！"黑狐冷着脸，像是在说一件无关紧要的事一样，"只要真金白银到了我们手里，至于他们是死是活，跟我们又有什么关系呢？"

彭鹰翔和黑狐相视一笑，大有一番志同道合的感觉。程菡玥看着身边寥寥无几的几箱货，问道："就这么点，小打小闹？"黑狐摆着手说道："怎么可能！下周二之前，能交八百公斤！"彭鹰翔踢了一脚箱子，里面空荡荡的，皱眉问道："货在哪儿呢？"黑狐故作神秘地一笑，脚往地上踩了踩："在这儿。"

彭鹰翔给程菡玥使了个眼神，程菡玥把墨镜往脸上一戴："那就下周二，我让人带着钱过来提货，我们下午还约了拍婚纱照，先走了。"黑狐点了点头，大方地说道："没问题，到时候给你打个九五折，就当是给你新婚的贺礼！"程菡玥笑道："够意思，以后长久合作！"

一直焦急等候在外的突击队队员们看见彭鹰翔和程菡玥走了出来，总算松了一口气。等彭鹰翔坐上车，严峻迫不及待地问道："里面什么情况？"彭鹰翔忧虑地说道："比想象中要复杂一些，先开车。"

两辆车围着附近转了半个多小时，确认没车尾随之后才回到了临时驻扎点。看到两人安然无恙地回来了，徐昱辉很高兴，可是再一看彭鹰翔的脸色，他料到是碰到麻烦事了。他跟着彭鹰翔上了二楼，在指挥室里，彭鹰翔一把推开桌上的杂物："把三炼的所有资料都拿过来！"赵沐之和张宝路一人抱着一摞纸，从隔壁的资料室里走出来。他们把东西放在彭鹰翔面前，彭鹰翔迅速在其中翻找着什么。不一会儿，彭鹰翔找到了一张三炼的处罚记录，往桌上一拍，沉声说道："毒品仓库在地下！"

"地下？"徐昱辉眼睛瞪得溜圆，他拿起纸张看了看，说道，"三炼工厂为了处理有毒的固态化工废品，曾在厂区地下挖了一个五百立方的坑洞，但是还未将废品进行掩埋，就被相关部门查封了。老彭，你的意思是那伙人把这个坑洞进行了改装，在我们看不到的地方还有一个地下工厂？"

彭鹰翔点点头："另外，你们前期侦查到的厂区人员数量，跟实际人数相比也少了。除了那些能进出厂区的守卫，里面还关了一批人负责制毒工作。他们可能在你们对制毒工厂进行侦查之前，就已经待在里面了，从没有出来过，所以你们没办法将这些人数统计到位。"徐昱辉也是个明白人，听彭鹰翔这么一说，立马就意识到了现如今情况的严峻性。他揉搓着手指说道："既然如此，那只有想办法让足够多的人潜入里面，才能迅速控制住制毒工厂的武装人员。"

彭鹰翔脑子转得很快，问道："制毒工厂那边，人员换班方式是什么？频率掌握了吗？"徐昱辉想了想，说道："半个月左右换一次班，但他们最近可能在赶进度，这次换班只派了几个人出来采购物资，下次换班恐怕还要等很久。"徐昱辉突然抬起头，目光落在程菡玥身上，说道："不过，有个老鸨隔三岔五会带一些女人进去，她们进去后会待上一晚上，第二天早上才离开。"

程菡玥眼睛一亮："那我们霹雳特战小组可以扮成那些女人潜入工厂里啊。"徐昱辉面露难色，说道："可以是可以，但是她们进厂之前会被搜身，你们如果进去，带不了装备，太危险了。"程菡玥不假思索地说道："我们不怕！他们不会对我们太警惕的，到时候我们可以想办法制伏他们，夺一些武器。"徐昱辉不作声，看着彭鹰翔。彭鹰翔拧着眉头考虑片刻，说道："好！闪电突击队会从外面进攻，与你们会合。这次实战不仅是你们第一次与敌人真刀实枪地对抗，也是对你们这段时间训练成果的检验！"

第六章

四

公安医院心理诊室里，齐衡奕坐在靠窗的办公桌前，盯着手中彭鹰翔送给她的那支钢笔，默默沉思着。阳光照在钢笔上，精美的花纹化为阴影折射在白纸上，纸上有一幅跟彭鹰翔面貌十分相似的手绘头像。齐衡奕把目光挪到图画上，眼神变得深邃柔和起来。

过去的一个小时里，齐衡奕反复拿起手机又放下。她紧握着笔，咬着下唇，脸上写满了纠结，思绪在心中交织。她既想联系彭鹰翔，又担心会打扰对方的工作。权衡许久之后，齐衡奕终于下定决心，她拿起手机拨打了彭鹰翔的号码。听筒里响了几声后，传来了无人接听的提示声。齐衡奕放下手机，感到些许落寞，但同时又舒了口气。

门外传来了敲门声，齐衡奕打开门，看到王雯雯和一个陌生的女人站在门外。那女人短发齐耳，身材高挑，肌肉线条硬朗，但又带着几分女性的柔美。从她眉宇间透露的英气中，齐衡奕看出了其干练果决的气质，这和彭鹰翔有几分相似，齐衡奕忍不住多看了几眼。

"琪琪，你在里面干啥呢？给你发了好几条消息你都没回我。"王雯雯嘟着嘴走进了诊室。齐衡奕不好意思地笑了笑："刚才看书看得正入迷呢，没注意到手机上的消息。这位是——"王雯雯把手搭在豺狼后背上，说道："介绍一下，Cecily，加拿大留学生。"又对豺狼说道："这位就是我经常跟你说的，我闺蜜齐衡奕。"

齐衡奕留意到，王雯雯的手在触碰到那个女人的后背时，对方下意识肌肉绷紧，手肘有做出反击前的动作。齐衡奕没说什么，微微一笑："你好，雯雯跟我说起过你，说你不远万里过来求学，不是为了镀金，而是实打实在学习。我想起我出国留学时，也是抱着这样的想法。我都有点怀念当年的校园时光了。"豺狼微笑道："中国这两年变化太大了，加拿大那边还是老样子，你如果怀念那段留学时光，随时可以过去看看，保证校园没啥大变化。"

王雯雯看两人交谈得很自然，对齐衡奕说道："琪琪，明天三亚有个学术会，我赶下午的飞机，你们两个聊吧。"豺狼送王雯雯出门，用英语交代了一句："注意安全。"等她回到诊室，齐衡奕已经坐在椅子上，用一种仿佛要洞察一切秘密的眼神看着她。齐衡奕不温不火地说道："你不是加拿大人，你对雯雯撒谎了。"豺狼摆出一副愿闻其详的姿态。

"加拿大曾经是殖民地，那里的语言既有英式英语的特点，又受美式英语的影响，而你的口音完全不具备这些特点。王雯雯不知道，我除了在加拿大留学过，小时候在南美也待过几年，你的口音跟那边的相似。"齐衡奕走到豺狼面前，直视着对方的眼睛，"所以，你为什么要撒谎？你到底是抱着什么样的目的在接近她？"

豺狼淡然一笑："你多虑了，确实像你说的，我幼年大部分时间是在南美度过的，但我只是一名普通的留学生，我也没有违反中国的任何一条法律。至于你说的，我接近王雯雯，那你更是误会了，是她一直说服我来找你，说你能给我带来帮助。我其实并不想来，只是拗不过她而已。"齐衡奕盯着豺狼的手，说道："不止这些，你还当过兵，而且还不是普通兵种。"

豺狼愣了一下，手伸到荷包里，手指触碰到刀柄。她朝齐衡奕走近了几步，问道："你会算命？"齐衡奕低头一笑，看着纸上彭鹰翔的画像说道："这个世界上根本就没有算命这回事，只是那些神棍接触的形形色色的人多了，了解很多人的内心，更善于察言观色

第六章

罢了，我也一样。你的气质和你做出的应激反应，和我一个朋友很像，让我想起了他。"豺狼握着刀柄的手又松开了，她坐在齐衡奕对面，问道："男朋友？"齐衡奕强颜欢笑，摇了摇头："可能是我一厢情愿。"

"既然你大致看出我的身份了，那么作为过来人，我提醒你一句吧。"豺狼的目光变得涣散起来，脑海里浮现出一个男人的面部轮廓，"你爱的那个人是要执行最危险的任务的，生死就在一瞬间，就算你能承受住随时天人两隔的结果，但你有没有想过，那种你每天记挂着他、担忧着他，对他切切在心却又难以触及时的情感，才是最痛苦最难熬的。它甚至会让时间都变得黏稠，你根本无法挣脱这么长久的苦难。"

齐衡奕听着豺狼的话，回忆似乎刺痛了她内心某处，她喃喃说道："我知道，其实你说的我已经经历过了，不过不是在男女感情上面。"齐衡奕顿了顿，继续说道，"不知道雯雯有没有跟你说过我的家庭情况，我父亲常年经商，手里掌握着几家大型企业，母亲是知名艺术家。在外人看来，我从小就是在充满爱的优渥环境中成长的，但实际上并不是，我曾寄养在哥伦比亚的姑妈家里，父母一直在世界各国周转，经营着生意或是进行艺术展览，在我十五岁之前，和他们见面的次数一只手都能数过来。我姑妈对我还行，但她自己也有孩子，和她的孩子相比，我只能得到一丝余爱。我时常羡慕周围的孩子都有父母陪伴，我牵挂着千里之外的父母，总盼望自己能够快点长大，有能力与他们待在一起，可时间却过得那么缓慢。"

豺狼看着齐衡奕，内心深处紧绷的地方有了一丝松动。她问道："你为什么要跟我说这些？"齐衡奕怅然若失地说道："因为我看得出来，你是一个能守住秘密的人，另外你不仅跟我没有关系，跟周围的人也只是浅处，对你说这些，于我而言没有任何负担。"

119

豺狼无奈地苦笑道："齐医生，你很聪明，你应该看出来了，我的经历或许跟你的有某些相似之处。"豺狼望着窗外，思绪飞驰，淡淡地说道："和你相比，我的童年要惨多了，我本出生在一个幸福的家庭里，有父母陪伴，还有一个妹妹，但是一切止于我十岁那年。一伙毒贩袭击了我们的村庄，他们当着我和妹妹的面开枪打死了我们的父母，然后——我被他们卖到了妓院，我妹妹因为年龄太小躲过一劫，但是被他们卖给了人贩子。"

听着她的话，齐衡奕心里早已翻起了惊涛骇浪，但是对方却好像在说一件无关紧要的事。齐衡奕明白，这是心已经死过一次的表现。

"是他，把我从那些禽兽不如的男人手中救了出来……"男人的面貌在豺狼眼底逐渐清晰起来，最终变成了白狼的模样。在她的回忆里，她衣不蔽体地缩在墙角，看着面前一个肥胖的男人像死猪一样躺在地上，胖男人脑袋上的血窟窿往外冒着腥臭的鲜血。门外枪声不断，直到安静之后，白狼走进房间，他在胖男人身上补了两枪，再一抬头，目光碰上了她。白狼收了枪，问她："你多大？"她颤颤巍巍地说道："十二。"白狼犹豫片刻，冲她伸出了手："跟我走，还是留在这儿？"

回忆的画面定格在她被白狼抱着，走出了那个阴暗的、充满恶臭的、永远成为她噩梦的房间。尽管齐衡奕一直研究心理学，时常倾听病人诉说苦难，可听完豺狼的经历，她还是感受到了前所未有的心理冲击。齐衡奕问道："他把你救出来之后呢，你们生活在一起了吗？"豺狼摇了摇头："没有，他把我送到了一所教会学校，然后就再也没有出现过，学校的生活让我感受到了片刻的安宁，我似乎成了一个正常的女孩，无忧无虑地学习、生活，只是每当夜深人静时，我都会想起他。我知道他参与的任务随时都可能让他丧命，我

第六章

很怕会在某一天收到他去世的消息，可能那时候我又会回到原来的处境吧。"

在豺狼心中，那段日子很普通，但对她这种在地狱中待过的人来说，总算是安乐的。想起那些时候，豺狼的脸上挂上了不可多得的笑容："在我十五岁那年，他又出现了，还带来了我妹妹。我这才知道，他其实一直在帮我寻找妹妹。这一次，他留下来的时间多了一些，他帮我和妹妹安排住处，给了我们一笔钱。他走那天，我抱住他了，表达了我的心意。我依然记得那天阳光灿烂，院子里花香扑鼻，我搂着他温暖的臂膀，吻上了他的唇。"

"中国有个成语——苦尽甘来，你有他陪伴，那些苦很快就会成为回忆慢慢淡去的。"齐衡奕心里暗暗替她感到开心。可是豺狼苦涩一笑，摇了摇头："和你想的不一样，他并没有接受我……后面的经历，我不能再告诉你了。"豺狼站起身，拿起桌上的便携监控器，取下了里面的内存卡："齐医生，我告诉你了一些事，但更多的事瞒着你了。你是个聪明人，应该能明白。我觉得你是个好人，我不想伤害你，我的出现和说过的话就成为我们彼此的秘密吧。"

内存卡在豺狼手中断成了两截，她把废卡扔进垃圾桶，转身离开了。齐衡奕看着她的背影，眼睛犹如一潭深水，平静的表面下暗藏着波澜。

五

房间里，衣着轻佻的女队员们对着镜子涂脂抹粉。邬一曼打开一个粉底盒，里面是几粒黄豆大小的微型耳机。她用镊子夹着耳机放进程菡玥的耳道里："程队，这个续航时间短，但是能躲过检查，行动前大家再统一打开。"董春蕾在内衣里放了一把折叠刀："要我说，

121

干就完了，说不定等大队长他们冲进来时，那伙人都被咱们解决了。"程菡玥赶紧提醒道："这次面对的歹徒都是受过专业训练的，而且武器精良，千万不能掉以轻心，一切听从大队长的指挥。"

彭鹰翔推开门，看到女队员们都已经化妆完毕，他开始布置战术："进入制毒工厂后，尽量将人引诱到单独房间之后再动手。邬一曼负责潜入监控室，控制监控和警报装置；董春蕾和聂如佳一组，行动开始后会从空中向你俩的位置投放武器，你们寻找合适的狙击点位；何雨洋和王睿洁，你俩负责控制住地下毒品仓库的进出口，等我们突击进去之后，再进行下一步行动！"

"是！"女队员们齐声回答。

天色渐渐暗下来，仿佛一块巨大的帷幕缓缓降下。民房外，徐昱辉解开了一个中年女人的手铐，严厉地说道："你应该清楚，那些毒贩都心狠手辣，一旦泄露我们的身份，你自己也会遭到他们的报复。就算他们放过你，我保证，但凡那些女孩子受一点伤，我都饶不了你！"女人畏畏缩缩地说道："领导，就算你不跟我说，我也不敢作声啊，我把她们送进去后就出来。"

徐昱辉看到彭鹰翔领着女队员们走下楼，说道："姑娘们，这次让你们挑重担了，我这心里还真过意不去。"彭鹰翔手一摆："一家人不说两家话，回头给她们把化妆品和服装费用报销一下就行了。"徐昱辉拍着胸脯说道："放心，我老徐还是很大方的！"

女队员们押着老鸨坐上一辆面包车。全副武装的一众特警另乘了几辆越野车跟在后面，保持着一定的距离。面包车经过暗哨，越野车则停在了小村庄里。彭鹰翔指了指几座房屋，突击队队员们分散队形，悄无声息地潜入房间里。驻守在村庄的守卫在睡梦中就被制伏住了，其间没有发出任何大的响动。

面包车在制毒工厂前停下。看到老鸨出现，从工厂里面出来了

第六章

两名枪手,他们搜了搜几位女队员的身,搜身的同时也没忘了揩油,之后放人进了工厂里。在暗处戒备的几人,注意力都被几位女队员的曼妙身姿吸引了。一名端着狙击枪的守卫流着口水,冲着喉麦说道:"这批小妞的质量不错啊!整得我心都痒痒了。"耳机里有人提醒道:"别光盯着女人了,过段时间就要出货了,警惕点,到时候老大给咱分了钱,要啥样的女人没有。"守卫嘴上答应着,狙击镜头却挪到了几位女队员身上,脸上挂着猥琐的笑容。

邬一曼被一名光头男人搂着肩膀,路上光头男忍不住把手往邬一曼衣服里伸,邬一曼打掉光头男的手,妩媚一笑:"哥哥,咱们进屋再玩,这里好多人看着呢。"光头男在邬一曼屁股上拍了一下:"怕啥,他们是我小弟,我让他们滚开不就行了。"邬一曼好说歹说,光头男才暂时忍住了色心,领着邬一曼来到他的住处。

刚一关门,光头男就迫不及待地开始脱衣服。邬一曼照准他的后脑勺猛挥一拳,光头男身子一颤,瞠目结舌地回了头。邬一曼又是一记掌刀落在他脖子上,"咚"的一声闷响,光头男壮硕的身躯应声倒地。邬一曼用穿着高跟鞋的脚狠狠地在光头男的屁股上踩了一脚:"死光头,敢摸我!"

解决完光头男,邬一曼小心翼翼地推门走了出去。出发前,彭鹰翔就要求她们记住三炼复杂的地形。根据脑海中的地形图,邬一曼找到了其中一个监控室。监控室里只有一个人,那人正对着屏幕打瞌睡。邬一曼走猫步靠近,没承想踢到了一个空的啤酒瓶。那人打了个激灵,一下醒转过来,起身拿枪对准了邬一曼,问她是干什么的。邬一曼灵机一动,搔首弄姿地说:"你那么凶干吗?人家找不到卫生间,快憋不住了啦。"邬一曼嗲嗲的声音加上她诱人的身材和打扮,一下把对方迷得五迷三道的。那人一脸猥琐地笑道:"憋不住就在这儿解决吧,哥哥帮你望风,需要的话,哥哥还能帮你脱……"

邬一曼急忙打断他说："那你还是帮我望风吧。"那人走向门口，站定后背向邬一曼。邬一曼说："不许偷看哈。"那人说："不偷看不偷看。"心里想的却是，给老子装，越装老子越喜欢，越兴奋，早晚把你扒光办了，嘿嘿。越往深里想，那人脸上的表情越淫荡。邬一曼趁机悄声过去，一记掌刀打晕了那人，接着来到电脑前从脚下摸出U盘插入主机里。监控室的屏幕登时闪动了一下，变成了即时图像循环模式。

邬一曼躲在监控室的隐蔽处，开启通信设备，低声问道："海豚、大鱼，你们那边怎么样了？"很快耳机里传出王睿洁和何雨洋气喘吁吁的声音："都解决完了，等大队长那边了！"

已经守在三炼厂区外的彭鹰翔收到了信号，对着喉麦，一声怒吼："干！"藏在暗处的张鑫屏住呼吸，手指连扣扳机，三名制毒窝点的狙击手被逐一点中。严峻按下手中的起爆器，"轰"的一声巨响，厂房的铁门上多了个大窟窿。战果和梁峰对视一眼，同时往窟窿里面丢了两颗闪光震爆弹，先是"砰"的一声，然后刺眼的白光一闪而过。几名端着枪的守卫本就被爆炸给震蒙了，紧接着眼睛又被强光闪得暂时失明。一队特警一拥而上，三下五除二就制伏了那些守卫，迅速击破了制毒工厂的第一道防线。

一架无人机升空，飞跃过围墙，悬停在厂房顶棚上。董春蕾抬头看着夜空中闪烁的红灯，低声说道："'鹌鹑'已就位！"无人机下降高度，张开机械爪，将一把冲锋枪和一把88式大狙放在了董春蕾脚下。董春蕾把狙击枪递给聂如佳，指向一栋较高的建筑物："雏鹰，我们去那里，给大队长他们打掩护！"

此时制毒工厂的会议室里乱成了一团。黑狐端着一把AK，冲一名手下吼道："去仓库把货转移了，实在不行，就把证据都销毁掉！"黑狐又拽住一名头戴耳机的小弟，问："他们的位置呢？"小弟慌慌

第六章

张张地说道:"监控系统被破坏了,找不到目标。"黑狐一巴掌拍在了小弟的脑袋上:"妈的!一群废物!"

"哗啦"一声,武器库的铁门被拉开,一伙抱着各式长枪的匪徒从里面鱼贯而出。他们利用工厂复杂的地形,从残垣断壁间穿插而过。可是,他们的行踪都被上方的警用侦察无人机的热成像系统捕捉到了。彭鹰翔看着手中的平板,打着命令手势,特警队员们分散队形,从各个方向对匪徒们围追堵截。

厂区一座建筑楼顶上传出密集的枪声。董春蕾踹倒中枪后发出惨叫的两个枪手,吼道:"双手抱头,蹲在墙边,谁动打死谁!"聂如佳趴在楼顶,抱着大狙,枪口挪动间,一名正朝着特警射击的匪徒出现在瞄准镜里。聂如佳毫不犹豫地扣下扳机,"砰"的一声,子弹划破空气,射中了那名枪手的手背。聂如佳调转枪口,继续射击,弹无虚发。正和一名匪徒对枪的战果看见对方中枪倒地,冲着聂如佳的位置竖起了大拇指。

一伙枪手冲进了通往地下仓库的通道,一名枪手刚一冒头,黑暗中就冒出了一簇枪焰,一发子弹射穿了他的肩头。中枪后的枪手蜷曲着身子在地上打滚,惨叫声不绝于耳。见此惨状,其他人不寒而栗,皆躲在墙后,蹑足屏息。

通道另一面,何雨洋端着一把AK,眯着眼睛紧盯着长廊尽头。她身边,几名晕倒的匪徒靠在墙角,手脚腕被扎带捆着。王睿洁从通风管道中钻出来,说道:"大鱼,大队长他们快到了,还能坚持多久?"何雨洋泰然说道:"他们到之前,绝对不放一个人过去!"

黑狐赶到毒品仓库通道口,见一伙人都缩在墙壁后一动不敢动,怒骂道:"他妈的,一群废物!都给老子闪开!"他从身边一名小弟手中夺过一把榴弹发射器,装上一发榴弹。其中一名匪徒焦急地说道:"老大,疯子他们还在里面呢!"黑狐将人一脚踹开:"去你妈的,再废话老子一枪崩了你！"

　　黑狐侧身出去，手指扣下扳机。一发榴弹带着尾焰穿过长廊，击中了仓库门。"轰！"爆炸声震耳欲聋。一道耀眼的光芒瞬间照亮了整片区域，放眼望去，那个位置已被火海吞噬。

六

　　听到爆炸声的彭鹰翔一脸凝重。他握着对讲机，焦急地问道："这里是山鹰！大鱼、海豚，请立即回复你们的情况！"但耳机中迟迟没有传来回应。一旁的严峻额头上蒙着一层细汗，眼中流露出深深的不安。他抓着彭鹰翔的手臂问道："山鹰，她们是不是出事了？"彭鹰翔闭口不答，提枪奔向毒品仓库所在的位置："都跟我来！"

　　浓密的硝烟从长廊中涌出来，一伙匪徒被呛得连连咳嗽。黑狐沉着脸，手朝前一摆："上！"几名匪徒跑出去，贴着墙壁往仓库大门口直奔。黑暗中，领头的一个瘦匪徒听到了一道铁器碰击水泥地的沉闷声，大惊失色，喊道："手雷！卧倒！"几个匪徒迅速扑倒。手雷在他们前面爆炸，巨响几乎将他们的耳膜震穿。离爆炸点最近的瘦匪徒整个人都被气浪掀翻，身上几个血窟窿往外冒着鲜血，躺在地上，不知死活。

　　黑狐面色阴冷，抬起榴弹发射器再次对准刚才的方向。正要扣下扳机时，身后传来一声枪响，一名手下猝然倒地。众人急忙回头应战，枪声一时不绝于耳。彭鹰翔手中的95式突击步枪，枪口火焰四射。狭窄的通道里，子弹噼里啪啦地打在墙壁上，不时有匪徒惨叫着倒在地上。

　　一发榴弹射向彭鹰翔所在的位置。彭鹰翔侧身扑倒在地，榴弹在他身后爆炸开来。爆炸让特警们的攻势稍缓，黑狐趁机领着众匪

第六章

徒冲向了仓库。彭鹰翔从地上爬起来，耳中一阵嗡嗡声，他打着手势，闪电突击队的队员们冲上去打头阵。又是一番激烈的枪战，子弹如雨点般交织。突击队队员们步步紧逼，将匪徒们全部压制在仓库里面。

黑狐打空了手中 AK 的弹匣，从腰间摸了一盒弹匣换上，疯狂按压扳机。他身边的匪徒逐一倒下，最后就剩下他一人做着殊死抵抗。子弹撞击着墙壁和货架，发出清脆的声响。一枚弹片碰撞在墙壁上反弹后，打中了黑狐的耳朵。黑狐捂着耳朵，忍着剧痛，血顺着他的指缝不断流出。黑狐眼睛微眯，摸了摸腰间的一个遥控，转身往后退。

彭鹰翔察觉到不对，定身上抬手掌，队员们纷纷停下脚步。彭鹰翔盯着黑狐藏身的位置，说道："就剩你一个了，投降吧！"黑狐靠在一个铁桶后，喘着粗气说："老子就没想过活着出去，你们有种来跟老子继续干啊，老子临死前也要拉上你们几个人做垫背！"彭鹰翔悄声打着手势让队员退后，他冲黑狐喊话道："把枪扔出来！跟我们回去，配合我们，说不定能留你一条命！"黑狐把枪搁在地上，冷笑道："你们有胆子过来啊！"

"你手里捏着起爆器吧。"彭鹰翔不跟黑狐啰唆，拆穿了黑狐的计谋。

黑狐哈哈大笑，说道："你小子倒挺机灵，你想得没错，这间仓库四周都布置了爆炸物，只要我按下手中的起爆器，这里马上会被炸塌。"黑狐听着彭鹰翔的声音耳熟，问道："我们见过面吧？"彭鹰翔说道："那你看看，我是谁。"黑狐从铁桶后探出半边脸，又马上缩了回去："妈的，是你！老子中你们的圈套了！"彭鹰翔说道："你们的上线已经被我们摸清楚了，为了你那些远在国外的同伙丧命，值得吗？"

黑狐抬头张望着仓库顶上，脑海里浮现出在大漠中，他穿着沙漠迷彩服，与身边的外军队友并肩作战的画面，喃喃道："我们注定是要死在战场上的，没有什么值不值，那些我们曾经为之奋战而又抛弃我们的，才是这个世界上最不值的东西。"黑狐轻轻拨开起爆器的保险，手指放在按钮上，"既然这个世界已经够黑了，就不在乎老子也给它泼上一点墨吧！"说完，黑狐的手指往下按去。

"砰！"一声枪响蓦地从货架后传出。黑狐瞪大双眼，惊愕地看着枪声传出的方向。血从他额头上往下淌，漫过他的眼睛。他的眼神逐渐变得空洞。他的手指像是冻僵了一样，起爆器从他手中掉落下来。紧接着，他的身躯向右倾倒，重重地摔倒在地。

严峻向货架后张望，待看清楚那人的面貌后，他原本紧绷的眉头舒展开来，露出欣喜的表情，大喊道："海豚！"他情不自禁地冲过去，握住王睿洁的手腕，仔细查看着她的身体，担忧地问道："你没事吧？刚才联系不上你们，我都吓死了。"王睿洁说道："没事，耳麦应该是没电或者刚才爆炸时震坏了。"严峻见何雨洋靠着货架坐在地上，又将她扶了起来："你呢？"何雨洋摇头道："没大碍，擦破了点皮，刚才海豚替我包扎过了。"

此时，董春蕾、邬一曼等女队员也赶到了毒品仓库里。彭鹰翔见她们都安然无恙，悬着的心终于放了下来。女队员们聚在一起，互相关心着彼此的情况，一个个眼神中都带着如释重负的宽慰。她们齐齐望向彭鹰翔，彭鹰翔微笑着冲她们竖起大拇指："这次任务，你们完成得非常出色，恭喜你们正式成为闪电突击队的一员！"

第七章

一

某个风景宜人的海岛上，白狼慵懒地躺在泳池边的躺椅上，看着一望无际的海面。泳池里，几名壮汉搂着年轻的美女在水中嬉戏，不时发出阵阵笑声。两名身材高挑的泳装女子，如出水芙蓉般从泳池里走了出来。两人走向白狼，一左一右站在他身后。其中一名妩媚的女子含情脉脉地看着白狼，纤细的手指搭在他的肩膀上，用充满诱惑的语气说道："你肩膀上的肉太硬了，去屋里，我俩给你按按。"白狼笑了笑："你们过去跟他们玩吧，我躺这儿晒太阳挺舒服的。"另一名女子还想说些什么，白狼突然回头看了她一眼，凛冽的目光让她打了个哆嗦。两名女子见状再也不敢作声，悻悻离开。白狼的目光从她们身上挪开，重新望向海面，若有所思。

身后传来急促的脚步声，一个裸着上身的男人拿着一台平板朝他走来，男人身上的肌肉像岩石般隆起。对方把平板交到白狼手中，脸上覆着一层愁绪，说道："咱们在东海的制毒工厂，被警察一锅端了！"白狼盯着平板屏幕，上面是一份电子报纸，内容是东海日报关于警方对三炼制毒工厂突击行动的报道。

"前几天不是计划先出一批货吗，那批货的钱款到账了没有？"白狼翻着平板上的界面。肌肉男咬牙切齿地说道："上次的出货计划也被警方打乱了，工厂的货全都被警方收了，这次损失太大了，只怕首脑那边不好交代了……"

"章鱼，这些你不用管——黑狐联系不上了吗？"白狼面不改色地打断了对方。章鱼惆怅地说道："黑狐——在这次行动中，被东海特警击毙了。"白狼的手指悬在屏幕上方，颤动了一下，瞬间又恢复了原来的动作，他把平板放在腿上，从容不迫地说道："我知道了，去账上划一笔钱给黑狐的弟弟，这事你来安排。"章鱼捏着拳头，阴冷地说道："我觉得，这次东海警方的行动是在故意对我们摆明态度，要不——我安排报复行动，得让他们知道我们不是好惹的！"白狼摇摇头："东海那边的行动先停下来，我自有安排。"章鱼抿了抿嘴，把话憋在心里，转身走开了。

等章鱼走远后，原本坐在躺椅上的白狼突然站了起来，眼神变得凶狠而锐利。他手臂一伸，平板被他扔飞碟似的抛了出去，在空中划过一道弧线之后，扑通一声落入了泳池中。白狼的拳头捏得咯咯作响，手背上青筋暴起。椰林的阴影下，他的脸上逐渐布满狰狞，眼中透出一股无法遏制的怒火。

首都某职能部门大楼内，一名身穿警服的女子抱着一摞文件，站在一间办公室门口，敲了敲门。门后传出一个沙哑而粗糙的声音："进来！"女警推门进去，办公室里坐着一个五十多岁的男人，国字脸，五官立体，眼角的皱纹如同纵横交错的沟壑，黑发中夹杂着丝丝白发，梳理得整整齐齐，透出一种严谨干练的气质。女警走过去，

第七章

把文件放在男人面前的书桌上，说道："三号，高晓光的尸检结果出来了，右大腿被一枚 7.62 毫米的子弹射穿，不过不是致命伤，他身上那三十八个刻槽碎片，才最终导致他失血过多死亡。另外，他死前……"女警的声音越来越小，像被沉重的石头堵住了喉咙。

"继续说。"三号握住桌下颤抖的手，双唇紧闭，极力抑制着自己的情绪。

"高晓光死前曾遭受过严刑逼问，后背上有几处烙铁烫过的伤疤，脸部有一道十厘米长的刀口，牙齿大部分脱落……"女警发现三号的胸口在剧烈起伏，细汗从他的额头上冒出来。女警赶紧托住三号的身体，关切地问道："三号，你没事吧？要不要叫医护？"三号稳住呼吸，摆了摆手："我没事，老毛病犯了。他的尸体在哪儿？我现在能去看看吗？"女警说道："现在还不行，遗体受损太大了，需要遗体修复师进行处理。"

"放开我！我要见三号——三号！"门外一个中年男人的怒喊声传了进来，同时还能听到杂乱的皮鞋踩踏声。三号冲女警点了点头，女警走过去打开了门。一个脸庞消瘦的男人站在门口，另外两名穿着制服的男人抱着他的胳膊，将其牢牢拽着。女警板起脸，严厉地说道："二哥，别闹！"被称作二哥的男人猛地挣脱出来，几步跨进办公室，冲到三号面前，气愤地说道："我闹？高晓光死得那么惨你们不知道吗？这次计划一开始我就说过动作太激进，行动风险性太大了！可你们呢，全然不考虑侦察员的安危，只知道坐在办公室吹着空调，动动嘴皮子！"

"二哥！你住嘴！"女警冲过去拽住男人的手臂。

三号面色铁青，手腕止不住地颤抖。于是他手撑着桌面，把全身的重量压在手腕上，如鲠在喉般地说道："说，你让他说！"二哥看到桌面上有一沓文件，走过去翻了翻，一张伤痕遍布的躯体照片，赫然出现在他眼前。二哥嘴唇颤了颤，没再作声。

"你说完了？那换我问你了，东海公安最近端掉的那个制毒工厂是不是跟 K2 有关系？"三号盯着二哥的眼睛问道。二哥烦闷地转过身，顿了顿，说道："是，这次行动击毙了一名 K2 的骨干成员，他们的货都被东海公安查封了。"三号忧虑地说道："恐怕东海市会遭到 K2 的报复，那里近期可能会发生几场暴恐案，你去通知东海公安领导，对此一定要有预防。"二哥的情绪平复了几分，说道："另外，白狼——有消息了，他的行踪出现在南美某国。"

"白狼出现了？"三号在办公室里来回踱步，突然回头对二哥说道，"联系东海公安，汇集他们对端掉的那个制毒工厂的调查结果。"又对女警说道，"秦涟，你把局里的人召集回来，我们在大会议室集合！"

"是！"秦涟脚后跟一磕，朝门口走去，余光瞥见二哥还站在办公桌旁不动，狠狠瞪了对方一眼。二哥愤愤不平地甩了下手，转身跟着秦涟出去了。

关上门，二哥忍不住抱怨道："你看看，又想制定任务了，连白狼的目的、行动轨迹都没搞清楚，怎么就非要急于求成！难道侦察员的命跟他们的丰功伟绩比起来，就那么不值一提吗？"

"你别说了！"

"我就要说！高晓光被严刑拷打也没透露过半分情报，他拼命从狼窝里面逃出来，被追杀，自己引爆了手雷！你们就不想一想，他是为了什么？你们就……"

"啪！"一个巴掌落在了二哥脸上。他瞪大眼睛，用难以置信的眼神看着秦涟。秦涟红着眼眶，沉声说道："高晓光——是三号的儿子！"

二哥愣住了，整个身体如同一座石雕般僵硬。他盯着办公室的

132

第七章

门，面色苍白。几秒后，他突然抬起手腕，狠狠抽了自己两个耳光。随后，脸上印着清晰手印的他，默不作声地转身离开了。

办公室内，三号强撑着自己的身体，拉开抽屉，取出一副相框。他的手指轻轻触摸着相框里那个身穿警服的年轻男子的照片，泣不成声。

二

清晨，特警基地大门口。程菡玥穿着一条轻盈的裙子，淡蓝色的裙摆如同此时的天空。她看着门口过往的车辆，朝一辆出租车做出拦车动作。出租车里面载了客，没有停下来。正当程菡玥准备拦下一辆车时，一辆黑色探界者停在了她面前，车窗里探出彭鹰翔的脑袋："去哪儿？我送你。"程菡玥犹豫了一下，拉开车门坐了上去。她扣上安全带说道："去老城区。"

"那边都是郊区了，好几个商场都迁出去了，今天你们休假，怎么不约着一起在市区逛逛呢？"彭鹰翔挂上挡，车辆缓缓行驶。程菡玥的目光穿过基地的镂空栅栏，看着里面寥寥几人的操场，说道："邬一曼跟何雨洋的家就在东海市，她们休假回家探亲了，董春蕾和聂如佳约着去逛街了，王睿洁和严峻出去玩了。"彭鹰翔想到什么，看向程菡玥，问道："怎么，你跟她们融不到一起啊？"程菡玥落寞地低下头："那倒不至于，我今天还有事。对了，还没问你准备去哪儿呢，顺路吗？"彭鹰翔说道："我去公安医院。没事，一脚油的事。"

车子平稳地行驶在沿海公路上，海风灌进车窗，带着咸咸的味道和清新的气息。窗外的风景如同一幅绚丽的油画，程菡玥呆呆地看着波光粼粼的海面，暗自思索着什么。她突然转过脸，问彭鹰翔："大队长，为什么上次针对制毒工厂的突击行动，你没让我参与打头阵?"彭鹰翔盯着路况,说道:"那天她们化妆执行渗透任务,但你之前已经见过黑狐一次了,你再化妆进去,肯定会被发现的。平时的训练,你都是跟那些女队员配合的,跟闪电突击队的男队员配合得少,默契度不够。在那么危险的情况下,就算你能保护好自己,我还担心他们因为对你过于关注,而影响自己的作战节奏呢。"

"不只是这些,你还没跟我说实话!"程菡玥把愠怒的脸转向车窗外,"她们一齐参与并坚持到了行动的最后一刻,就像是我们一起跑步,她们全部到了终点,可我还在后面眼巴巴地看着她们。"彭鹰翔用说教的语气说道:"你也为这次行动做出了突出贡献,没有你冒着生命危险进入制毒工厂摸清里面的情况,后面的行动怎么可能这么顺利呢?没有成为站在终点的人就那么遗憾吗?我觉得你把荣誉和功劳看得太重了,把作为特警的初衷都忘记了。"

"我生气的不是这一点!"程菡玥感觉自己被彭鹰翔误解了,鼻尖开始发酸,眼中闪烁着泪光,"我气的是,你没有把我当作一名真正的战友、警察,你总是从自己的主观视角考虑问题,对我区别对待。就算有天我受伤了,死了,那也是我自己为了信仰做出的牺牲,跟你没有半点关系,可是你——"泪水从程菡玥的眼角滑了出来,她攥紧自己的手,说道:"其实我知道你这么做是为了什么——就因为我长得像高婉莹,就因为她的伤让你陷入了深深的自责,你怕我也像她那样。可是彭鹰翔,我是一个独立的人,我叫程菡玥,我凭什么要活在她的影子里?"

"吱!"车胎与地面摩擦,最后刹停在路边。彭鹰翔握着方向盘,胸口剧烈的起伏逐渐平缓下来。他望着窗外喃喃说道:"是,你和她长得是很像,但我从来没有把你们当作同一个人。正是因为我把你当作了我的战友,我才会关心你的安危。你和霹雳特战小组的所有人,我都是同样看待的,我不希望你们任何一个人在行动中出事,

第七章

作为你们的领导,我必须得对你们负责。"彭鹰翔打着发动机,车子重新行驶。程菡玥默默流泪,两人一路再无一言。

车子行驶到老城区的一条鲜花街,程菡玥指着路边:"就在这儿停吧,你等我一下。"程菡玥下了车,走进了一家花店,没过一会儿捧着一大束鲜花走了出来。她把花从车窗递给彭鹰翔,说道:"放在她病床边吧,病房里面那么单调,需要添些色彩了。"彭鹰翔接过花:"谢谢啊,我等下再过来接你。"程菡玥说道:"不用了,我待会儿坐公交车回去。"

车停在路边,彭鹰翔望着程菡玥走向鲜花街的另一头,那是通往烈士陵园的方向。彭鹰翔垂下头,轻轻叹了口气,方向盘一摆,车子在路上掉了个头。没走一会儿,放在副驾驶座的手机突然发出了急促的铃声,彭鹰翔接通电话。听完那头简短的话语,他的心猛地一颤,随即如同刀绞,喉咙里发出不能自已的哽咽。

花束从他颤抖的手中掉落,撞在副驾驶座上,花瓣无声散落。脸色苍白的彭鹰翔重重地踩了一脚油门,车子猛地朝公安医院飞驰而去。

三

公安医院重症手术室门口,几个肩膀上带着高级别警衔的警察正守在门口,面色焦急,时不时把脸贴在门上的雾面玻璃上往里探望。

走廊里传出皮鞋踩踏声,局长田新民快步走向手术室门口。看到田新民出现,几名警察站直身子敬了个礼。田新民回了礼,紧锁的眉头犹如两座突兀的山峰,着急问道:"怎么样了?"其中一名警衔是两杠一花的警察汇报道:"已经协调医院专家做出最大努力对高婉莹同志进行抢救了，另外还从省级医院抽调了脑神经和心脏方面的专家团队，他们正在赶来的路上。"田新民在门口背着手来回踱步，沉声说道："高婉莹同志是我们东海公安的英雄，我们一定要不惜一切代价对她进行救治！"

手术室里，各种仪器发出嘀嘀的响声。无影灯下，高婉莹的脸上毫无血色，她静静地躺在手术台上，身上插满了医疗导管。几名主任医师围在她身边，操控着医疗仪器上的按钮。伴随着心电监护仪发出的急促的警报声，高婉莹的身体开始剧烈地抽搐起来。一名主任医师盯着仪器上纤颤波不规则地晃动着，见QRS波群完全消失了，他回头大喊："病人出现室颤，除颤器准备！"

一名女护士剥开高婉莹的上衣，另一名医生拿着除颤器快步走上前。医生在电极板上均匀地涂抹了导电胶之后，按下充电按钮："除颤器200G准备完毕！"主任医师看着高婉莹的生命体征，沉声道："除颤！"

除颤器贴着高婉莹的身体，巨大的电流让她全身绷紧。主任医师说道："除颤器200G继续准备！"高婉莹紧闭着眼睛，身体抽搐的频率越来越小。"嘀——"生命检测仪响起了长长的警报声，仿佛是生命抵达终点的哨响。主任医师翻开高婉莹的眼皮，露出一副遗憾的表情。他将被单盖在了高婉莹脸上，对助手说道："死亡时间，下午两点二十分。"

手术室门口的灯闪了一下熄灭了，护士把高婉莹的遗体推了出来。门外，田新民等人站在两边，红着眼眶，目送着一名英雄的离去。走廊尽头，电梯"叮"一声停了下来，彭鹰翔跑出来，一眼就看到了手术室大门敞开，护士推着一辆盖着白布的推车。彭鹰翔冲过去，一把掀开白布，高婉莹苍白的脸赫然出现在他眼中。

看着昔日的爱人此时像一具人体雕塑一样，彭鹰翔泪如雨下。

第七章

他大声叫着高婉莹的名字，可没有得到一丝回应。田新民抿着嘴，走过来拉住彭鹰翔："好好送她一程吧，她肯定不想看到你撕心裂肺的样子。"彭鹰翔忍着心中的悲痛，强撑着身体，抚摸着高婉莹的额头。他深深地看了一眼高婉莹的面容，仿佛要将其永远刻在脑海里。彭鹰翔用颤抖的手替她盖上了被单，眼睁睁地看着她的遗体被护士推走，消失在了走廊尽头。

在彭鹰翔身后的某个走廊拐角，齐衡奕靠着墙壁，眼眸中闪烁着泪光。她忍不住又探出身看了一眼彭鹰翔，只见他蹲在手术室门口，眼神空洞，六神无主，似乎在强压着内心翻涌的悲伤。一瞬间，彭鹰翔的眼泪如决堤的洪水般淌了出来。他捂着脸，双肩颤抖着，发出抑制不住的哭声。哭声逐渐变大，在空旷的走廊中长久地回荡着。齐衡奕咬着下唇，朝前迈了一步，但最终还是退回了墙后。她拿出手机，在短信框中编辑了一段长长的文字，手指悬停在发送键的时候，心中又犹豫了。随后，齐衡奕将文字全部删除，只写下一句："彭鹰翔，如果你想和人聊聊，可以随时来找我。"

"叮！"彭鹰翔的手机响了一声。他没碰手机，依旧麻木地蹲在地上，木然地望着走廊尽头。齐衡奕捏着手中的手机，迟迟没有收到回复，她眼角低垂，一种无法言喻的难过从心底蔓延开来。

四

夜幕笼罩着特警基地，四周寂静，只有温凉的晚风轻轻吹过。特警宿舍楼下，战果和孟凡亮抬头望着楼顶，一脸担忧。梁峰提着一打啤酒和一份外卖，走到两人身旁，也跟着抬头往上看："你们说，大队长这一天都不吃不喝的，身体不会顶不住吧？"战果瞥了他一眼："身体肯定受得了，可是——"战果捂着心口，说道："这儿受不了。"梁峰把手上的酒瓶和外卖掂了掂："两位勇士，你们谁给送上去？"战果和孟凡亮都怕这会儿上去会挨一通骂，互相推让着。

"你们几个叽叽歪歪干啥呢？"王冀陇从篮球场那端走了过来。听梁峰说彭鹰翔一天都没吃东西了，王冀陇手一伸："给我，我送上去。"他提着外卖，沿楼梯上到宿舍楼天台。彭鹰翔靠着天台边缘的栏杆坐着，正抬头望着天上的月亮。王冀陇走过去，坐在彭鹰翔身边："吃点东西吧，调整下情绪，争取过两天在她的追悼会上能有个好的精神面貌。"彭鹰翔看着外卖盒，摇摇头："没胃口，就想一个人静一静。"

王冀陇刚想说什么，彭鹰翔放在地上的手机响了起来。见他迟迟不动，王冀陇拿起手机，看到来电名写着"齐医生"，于是滑动绿键替他接通了。电话里传出齐衡奕的声音："彭鹰翔，你怎么一直不理我，我到你们单位门口了，现在有空见见吗？"王冀陇回道："他有点事，这样吧，你把手机给门卫，我跟他说一下，让你先进来。"

挂掉电话，王冀陇拍了拍彭鹰翔的肩膀，说道："高婉莹的离去，对我来说也是恍若隔世。我现在还记得，她刚到刑侦队那会儿，每天都喊我王哥，嘴巴甜得很。出任务时，也从来不怕辛苦，勤恳地跟着我们这些老资历跑这儿跑那儿。后来我调到特警支队，跟她见面的次数少了，尽管她已经成了刑侦大队里挑重担的人，但每次只要看到我，她都会像那个刚来单位的小女孩一样，热情地跟我打招呼。"王冀陇重重地叹了口气，安慰道："我们谁都接受不了这个现实，但是从我们成为警察那一天起，我们就已经做好了随时牺牲的准备。逝者安息，生者奋发。我知道，你是个念情的人，你可以记挂着她，但生活和工作总归还是要继续，我希望你能尽快走出来，这样高婉莹的在天之灵也会感到欣慰的。"

谈话间，两人身后传来了脚步声。王冀陇以为是齐衡奕来了，

第七章

可回头一看，发现是程菡玥。她拿着一张白纸正朝他们走来。程菡玥看了彭鹰翔一眼，心中涌起一种难以名状的复杂情绪。她把那张纸递给王冀陇，王冀陇低头一看，上面写着"调动申请"四个大字。他疑惑地看向程菡玥："这是啥意思？怎么突然提这个？"程菡玥面无表情地说道："没啥，就是觉得这儿太累了，我想调到刑侦支队。"

"瞎说！最苦的阶段都已经过去了，好不容易才熬出来，怎么这时候想着后退。再说你在这儿干得好好的，你的能力大家也有目共睹，甚至连老彭都认可你了。"

程菡玥见彭鹰翔不说话，深吸了一口气，说道："我不认为我有您说的那么优秀，我觉得我会成为队伍的负担，甚至在以后的行动中会影响队伍的作战节奏。"王冀陇看到程菡玥一直盯着彭鹰翔，心里摸着了几分眉目。他把手中的纸张一折，揣进了荷包里："这事太大，我一个人也做不了主。这样吧，东西先放我这儿，回头我们研究一下再决定，你也好好再考虑一下。我还有事，先走了。"说完，赶紧跑了。

"你没必要这样做。"彭鹰翔不敢直视程菡玥，眼睛望着别处。程菡玥说道："是你先让我难堪的，还有你现在这个样子，让我更担心我会成为你的累赘。"彭鹰翔一时语塞，沉默许久后才说道："我更多的是感到自责，她是为了我才死的，我是个男人，可是在危急关头，却因为她活了下来，我不止一次在梦里，在与毒贩的那场激斗中，幻想着用自己的身体挡在她面前，所以同样的事我不想再发生在你身上，我想保护你。"程菡玥眼睑微颤："可是我们都是警察，就算只是个普通人，我们也会毫不犹豫地挡在他身前。彭鹰翔，你觉得自己是一个顶天立地的男子汉，但是我认为我程菡玥也不差。你觉得高婉莹好像是为你做出了牺牲，可在我看来，她只不过是做了每一名警察都会做的事情，所以请你不要再自以为是地把'自责'

这两个字天天挂在嘴边。"

程菡玥直视着彭鹰翔的眼睛："你是闪电突击队的主心骨,如果你让自己陷入悲伤无法自拔,拿自己的身体不当回事,那么我觉得我选择离开没有错,是我高看了你!"程菡玥的语气很重,可在彭鹰翔听来,却正是吹散他心中阴霾的一道风。彭鹰翔抿着嘴,拿起地上的外卖盒打开,扒了两口又被程菡玥拦住了。程菡玥收拾着外卖盒,说道:"饭都冷了,让食堂重新做一份吧。"

食堂里,彭鹰翔轮流夹着桌上的三道菜,狼吞虎咽。程菡玥端着一碗汤从后厨走出来,放在彭鹰翔面前:"慢点吃,没人跟你抢。"彭鹰翔夹着肉往嘴里送,回头冲后厨喊:"老王,够了,就我一个人吃,整太多了。"程菡玥在他对面坐下:"别喊了,王师傅没来。"彭鹰翔问道:"那谁做的这么多菜?"程菡玥笑了笑,没说话。

"你做的?"彭鹰翔一脸难以置信的表情。程菡玥佯嗔道:"怎么,看不起我?"彭鹰翔连忙摆头:"没有,只是觉得现在会做饭的女孩子太少了,更何况还做得这么好吃。"程菡玥给彭鹰翔倒了一杯水,目光如同胶水一样粘在彭鹰翔身上,眼中闪烁着繁星般的光亮。

窗外,齐衡奕的手掌放在玻璃窗上,手指触摸着彭鹰翔映在玻璃上的脸颊,泪眼盈盈。她深呼吸一口气,哽咽着说道:"看你好好的,我就放心了。"说完,抹了一把眼泪,转身离开了。玻璃窗另一面的彭鹰翔似乎感受到了什么,朝着齐衡奕刚才站过的位置看了一眼,目光所落之处只剩下一面空窗。

夜已深沉,路上行人稀少。齐衡奕开着车,在宽阔的马路上行驶,路灯的光忽闪忽闪地映在她脸上,她时不时腾出手抹一下眼泪。她心里觉得难受,想找个人倾诉一下,拿起手机准备打给王雯雯,但看了眼时间,已经快到零点了,于是又放下了手机。车子拐进另一个街区,闪烁的霓虹灯照亮了沉寂的城市,一家家夜店、酒吧排

第七章

列开来。

齐衡奕把车停在一家酒吧门口,下车推开了酒吧的门。闪烁的灯光与绚丽的装饰,仿佛将这里打造成了一个迷幻的世界。酒杯在吧台上轻轻碰撞,笑声和柔和的音乐交织在一起。齐衡奕沿着吧台边坐下,点了一杯鸡尾酒。看着那些推杯换盏,内心却与她同样孤独的人,她稍微感到了一丝慰藉。酒保把酒杯推到齐衡奕面前,齐衡奕一饮而尽。从未喝过鸡尾酒的她,第一次感受到了鸡尾酒在喉咙中流淌的畅快。喝完一杯,齐衡奕手一招,又一杯鸡尾酒送到了她面前。

"鸡尾酒就是酒精饮料而已,一点意思都没有。"齐衡奕恍惚间听到了一个熟悉的声音。脸颊泛起潮红的她,抬头看到威廉不知什么时候走了过来。威廉坐在她身边,摇晃着她面前的空酒杯,说道:"这个可解不了心中的愁。琪琪,你怎么了?看你好像很伤心的样子?"齐衡奕不想搭理他,头扭向另一边。威廉也不生气,冲酒保招了招手,点了两杯威士忌。他将一杯酒放在齐衡奕面前:"琪琪,我知道你讨厌我,可是喜欢一个人没有错啊,我只是想请你给我一个接触你的机会。"听着他的话,齐衡奕脑海中浮现出了彭鹰翔的面容,她没有说话,但把手放在了酒杯上。威廉用手中的酒杯跟她轻轻一碰:"琪琪,不管你对我有什么看法,我只想告诉你,我是爱你的,我对你问心无愧。"说完,他将杯中的酒一饮而尽。

齐衡奕犹豫再三,一点一点地把酒喝完了,呛得她直咳嗽。威廉微笑着拍了拍她的后背,从吧台上又拿起一杯酒,然后背着齐衡奕从荷包里摸出一小袋透明粉末,倒了一点在酒里。他把那杯酒递给齐衡奕,故作诚恳地说道:"我尊重你的选择,喝完这杯酒,我们以后就当一个普通朋友,我不会再以恋爱的名义去打扰你了。"不胜酒力的齐衡奕本来不想再喝下去,但是听到威廉说以后不会打扰自己，只能硬着头皮把酒灌进了喉咙里。一杯酒下肚，齐衡奕感觉浑身在发烫，意识也逐渐模糊起来。她的眼神变得涣散，呼吸愈发缓慢，最后趴在吧台上陷入了酣睡。

五

阳光从窗帘的缝隙中钻了进来。齐衡奕迷迷糊糊地睁开眼，眼睛被光亮刺得难受。她下意识地想抬起手臂挡住眼睛，可手却触碰到一个光着膀子的身体。齐衡奕猛地惊坐起来，低头看到了自己裸露的身体。她慌忙抓起被子盖在胸口，拧着眉头，努力在脑海里回想昨晚的经过。

昨晚发生的事像碎片一样在脑海里闪过。她只能记起，自己在酒吧醉倒后，被一个人搀扶着，走进了一家酒店的房间里。她感觉自己的身体像被架在火上烤一样。她脱下了自己的衣服，然后一个男人像猛兽一样压在了她身上。她拼命反抗，可是身上的力气如同泄走了一般。恍惚中，她似乎看见了彭鹰翔的面容。那高耸的鼻梁、线条分明的嘴唇，还有那双清澈透明的眼睛，让她心驰神往。她沉浸在对方的怀抱中，享受着那温热的胸膛压在她身上的感觉。一切都像是梦一样。

梦醒后的齐衡奕紧捏着胸前的被子，颤抖着手掀开了躺在她身边的那个人身上的被单，威廉的脸赫然出现在她眼中。齐衡奕尖叫一声，随后把被子蒙在头上，靠着床头不住地颤抖。

"大早上的，吵什么！"威廉被吵醒，极不耐烦地坐起来，披了一件衣服在身上。他把齐衡奕的被子拽走，讥笑道："还以为是什么冰清玉洁的女神呢，结果在床上比谁都主动，怎么，现在让你满足了，又开始给我装白莲花了？"齐衡奕环抱着双臂，挡着自己的身

第七章

体。她全身紧绷,泪如雨下。她突然又想到了什么,猛地抬起手臂,上面有两个针眼。她抬头冲威廉声嘶力竭地哭喊着:"浑蛋!你对我做了什么?!"

"四号,只需要一点就能让人爽上天。为了让你深入体会这种快感,我给你打了两支。"威廉扣着衣扣,笑着说道。齐衡奕呆住了,仿佛被一把沉重的铁锤击打在心口上。她握紧双拳,手背上青筋暴起:"我喝醉了,你睡了我也就罢了,为什么要毁了我!"威廉一脸猥琐地说道:"睡一次怎么够?我要让你永远当我的女人。"

"我要报警……"齐衡奕抓起衣服套在身上,嘴里重复着这句话。威廉拿起床头柜上的手机递给她:"给你打!"齐衡奕夺过手机,手一直在哆嗦,110三个数字在她模糊的眼中,却变得那么难以触及。威廉不慌不忙地看着她,好像笃定她不会拨通电话。威廉冷笑着说道:"你不敢,因为你知道你父亲是商业巨鳄,手里掌握着国内最前沿的科研技术,你母亲是知名艺术家,而且还是大学教授,而你——齐衡奕,国外名校博士毕业,年纪轻轻就在心理学领域颇有建树,却跟男人上床、吸毒,你这一通电话打过去,只怕毁的不止你一个人。"齐衡奕的手指悬停在手机屏幕上方,威廉的每句话都像尖刀一样戳进了她的心坎。

齐衡奕茫然地看着狼藉的房间,目光落在桌上的一把水果刀上。她突然跳下床,跑过去抓起刀柄,把刀尖对准威廉,边冲边喊:"我杀了你!我要跟你同归于尽!"威廉身手敏捷地抓住齐衡奕的手腕使劲一拧,水果刀就到了他手里。威廉一巴掌扇在齐衡奕脸上:"敬酒不吃吃罚酒!你个臭婊子,不给你点颜色看看,你当我是吓唬你啊?"

"啪!"又是一记耳光落下,齐衡奕眼冒金星,整个人都蒙了。威廉拽住她的头发,恶狠狠地说道:"从今天开始,你就是我的一条

143

母狗，你乖，主人才会给你药，否则——让你尝尝生不如死的滋味！"说完，威廉按着齐衡奕的身体，重重地压了上去。齐衡奕一动不敢动，表情在极大的屈辱之下变得扭曲起来。

等发泄完兽欲的威廉离开之后，齐衡奕带着一身伤走出了这个如同地狱一般的房间。酒店外，齐衡奕站在炽热如火的阳光下，身上每一处毛孔都在刺痛着。她狼狈地回到自己的住处，把自己反锁在浴室里，将花洒水量开到最大，反复冲洗着身体。尽管把皮肤都搓红了，那种恶心的感觉仍旧挥之不去。齐衡奕抱着手臂，蹲在水幕中，泣不成声。

从浴室出来的齐衡奕，从包里翻出一个小小的密封袋，袋内装着白色粉末状的四号。她走进卫生间，把袋子扔进了马桶里，手放在冲水按钮上的时候却犹豫了。她蹲在马桶边，反复夷犹，最终还是伸手捞出了袋子。

齐衡奕感觉自己仿佛置身于冰窖里，她感觉仿佛有千万只蚂蚁在她皮肤上爬动，啃噬着她的血肉。她实在难以忍受，便在药品盒里找了一只注射器，又将密封袋擦干，取出粉末融进生理盐水里。她把针头对准血管，一点点推了进去。一阵长长的吐息后，齐衡奕坐在地上，麻木地看着天花板。

"砰砰！"门外传来敲门声。齐衡奕下意识地警觉起来，她慌乱地在房间里寻找能保护自己的东西，最后抓起了一把水果刀。

"齐医生，你在家里吗？昨天老王说你过来找过我，但是我没看到你，给你打过好几次电话，都没人接。我去医院找你，你同事说你没来，我不放心要了地址过来看看，是出什么事了吗？"彭鹰翔的声音透过门缝传了进来。

意识到是彭鹰翔站在门口，齐衡奕慌忙扔下刀，转身冲进卫生间，将注射器和密封袋一股脑塞进了垃圾桶里。门口，彭鹰翔加大

第七章

敲门的力度："齐医生,我知道你在里面,我都听到里面有声音了,你到底怎么了?你再不开门,我可自己想办法把门打开了啊。"

"哐"的一声,门打开了,齐衡奕出现在彭鹰翔面前。她的头发有些凌乱,深陷在眼眶的眼球里布满了血丝,眼神也失去了往日的光彩,看上去如同一具失去灵魂的躯体。见到齐衡奕这副模样,彭鹰翔惊诧万分。齐衡奕察觉到他眼中的异样,把脸侧向另一边："我没事,只是想休息一下,你走吧。"彭鹰翔伸手拨开齐衡奕的头发,问道："你的脸怎么了?"齐衡奕把彭鹰翔的手打掉："不用管我,跟你没关系。"彭鹰翔皱着眉,不等齐衡奕同意,就走进了房间,鼻尖立时嗅到了一股浓浓的酒味。彭鹰翔的目光落在床头柜上的一堆衣服上,他抓起来一闻,除了酒味之外,还有一股熟悉的香水味。他想起是上次在齐衡奕的办公室外,遇到的那个男人身上的味道。

"是那个男的欺负你了?"彭鹰翔把衣服捏在手里,问齐衡奕。齐衡奕背靠着门,语气平缓地说道："没有,他只是跟我待在一起过。"彭鹰翔根本不相信,问道："是不是那个浑蛋趁你喝醉对你动手动脚了?"齐衡奕摇着头,不耐烦地说道："我是自愿的,你不要再说了,我的事跟你没有关系。"

"怎么没有关系了?我们是朋友,是你帮助我走出心理阴影的,你有事,我怎么可能坐视不管?"

齐衡奕眼里噙着泪,抿着嘴不说话。彭鹰翔看着她说道："报警,现在就报!"齐衡奕看他拿出了手机,回想着威廉在酒店房间里威胁她的话,跑过去一把夺过手机："我是喝醉了,但我的意识是清醒的,他没有强迫我。"彭鹰翔看出来她在担忧什么,问道："他是不是威胁你了?你别怕,我会陪着你的,他不敢伤害你,你只需要报警,把经过说出来。"齐衡奕哽咽道："彭鹰翔,你别说了,就让我自己决定好吗?我只希望你能离开——永远地离开我,我没把你当朋友,我们只是医生和病人的关系，你不要自以为是，我的事请你以后不要再插手。"

彭鹰翔愣住了，心里一股复杂的情绪涌了出来。齐衡奕拽着彭鹰翔的手臂，将他推出了房间，重重地关上了门。齐衡奕靠在门背后，双手捂住脸，眼泪顺着指缝无声落下。她的身体一点一点往下滑，最后蹲在了地上。她抱着双膝，把写满绝望的脸埋了进去，身体在极度的痛苦之下颤抖起来。

六

东海大学外，放学时间，校门口人潮涌动，一辆奔驰 GLE 停在距离校门口最近的停车位上。齐衡奕坐在驾驶座，注视着三五成群走出来的学生。人群里，两道熟悉的身影出现在她眼中，齐衡奕下车朝着那个方向招了招手："雯雯！Cecily！"王雯雯看到齐衡奕，和豺狼一起走过来。王雯雯留意到齐衡奕脸色苍白，眼神疲惫而空洞，拉着她的手关切地问道："琪琪，你怎么了？几天不见，状态这么差了？"齐衡奕挤出一道假笑，撒谎道："最近医院太忙了，连着加了几天班，睡眠不够。"她看了看豺狼，对王雯雯说道："雯雯，我想单独跟 Cecily 说几句话。"王雯雯没多想，说道："那我先回家了，你们聊。"

豺狼直视着齐衡奕的眼睛，她从她的表情和精神状态中，大致看出她是接触过精神类药品了。豺狼坐上了齐衡奕的车，齐衡奕将车开到了附近一处人少的地方。停下车，齐衡奕直截了当地说道："Cecily，我知道你在特种部队待过，而且为了完成任务杀过人，所以我想请你帮我个忙。"豺狼眉头一挑："帮你什么忙？"齐衡奕脸上浮现出一抹杀气，沉声说道："帮我杀个人！"

第七章

"帮你杀人——杀谁？"豺狼看出此刻齐衡奕的心里带着极大的仇恨。齐衡奕从包里拿出一张带着照片的名片："他，我知道他的住处，我也可以把他约出来。"豺狼接过名片看了看："他做什么了？你这么恨他？"齐衡奕紧抿着嘴："我不想告诉你。"豺狼把名片还给了齐衡奕："你不说，我不会帮你。"

齐衡奕捏紧拳头，迟疑片刻后，将威廉强迫她以及给她注射毒品的经过全盘托出了。豺狼冷静地说道："我建议你报警，让警察来处理他。"齐衡奕摇头："他犯的罪不足以判他死刑，那么他受到的惩罚就远远不够偿还他对我所犯下的罪孽！"齐衡奕紧紧抓住豺狼的手，"Cecily！我想让他死！我想过了，你帮我杀了他，然后我向警察自首，我再自杀，不会让警察怀疑到你头上！"豺狼面不改色地说道："为了这么一个人渣，付出你自己的生命，你觉得值得吗？"

"从被他折磨过那天起，我就已经死了，我早就是一具行尸走肉了，我现在还活着，就是想亲眼见到他死！"齐衡奕如鲠在喉。豺狼摇了摇头，说道："我是杀过人，但那是在战场上为了完成任务才使用的手段，我不是杀手，所以我帮不了你。"

"求求你了，这对你来说不是什么难事。"齐衡奕从包里拿出一张银行卡递给豺狼，苦苦哀求道，"这张卡里有六十万，是我所有的积蓄了，我在市区还有一套房子，我可以把它也给你，只要你帮我杀了他，你让我做什么我都愿意。"豺狼没接银行卡，说道："上次你在办公室里画在纸上的那个男人，不也是和我一样受过特种训练吗？他也是你的朋友，既然你觉得容易，你怎么不去找他？我现在的身份只是一个普通的留学生，我不想为了你让自己陷入麻烦里。"

听她这么说，齐衡奕把脸埋进了双手里，肩膀一抖一抖地，默默哭泣。一想到彭鹰翔，齐衡奕的心里就像被刀尖割走了一块。她喘着气，再抬起头时，脸上带着万念俱灰的表情，狠狠说道："那我就自己动手，我开车撞他或者给他下毒，总之我要让他死！"

"如果这么容易就能得手，你也不会来找我，以他的身份，你是不容易接近他的，而且他肯定会对你有所警惕的。"

齐衡奕想到确实如此，又趴在方向盘上痛哭起来。豺狼推开车门，独自一人走下车。往前走了几步之后，豺狼回过头看了齐衡奕一眼，齐衡奕那微微颤抖的身躯显得如此孤独无助。豺狼突然想到自己也曾蜷缩在一个阴冷的角落里。在她痛不欲生的哭喊声中，一个穿着绿军装的男人挥舞着棍棒，重重地抽打在她伤痕遍布的皮肤上。

豺狼折回车里，轻轻拍着齐衡奕的肩膀说道："我可以给你另外一个选择，我想用我的方式帮你戒毒，同时我会对你进行训练，让你拥有能够复仇的能力，到时候不管你是想杀他，还是想做其他的，由你自己决定。"齐衡奕如同抓到了一根救命稻草，连连点头："好，我会听你的！"豺狼直视着她，面色变得冷厉起来："过程会很痛苦，还可能会丧命，记住，一旦开始，中途就不能放弃。"这一次，齐衡奕思索的时间长了一些。她看了一眼留着几个针眼的胳膊，喃喃说道："还有什么比我现在这个鬼样子更让我难以接受的呢？我能忍受痛苦，也能放弃我的生命，只要你能让我摆脱被人操控、被人折磨的命运，我什么都听你的！"

第八章

一

雨幕笼罩着城市，城市的喧嚣被淹没在滴答的雨声中。车子在雨中行驶，车窗上的雨珠如流星般滑落。彭鹰翔的目光转向车窗外，他看到公安医院的大楼陷在氤氲中。他在路口处转了一下方向盘，导航提示已经偏离路线。坐在副驾驶座的程菡玥看了眼手表，提醒道："今天下午三点田局长安排了会议，时间快到了。"彭鹰翔坚持将车开进了医院，把车停在大楼下，留下一句："你在车里等我，我上去看看就下来。"说完，把外套往头上一搭，钻进了雨幕里。

浑身湿透的彭鹰翔在心理科室分诊台找到了齐衡奕的同事。他提着湿答答的衣服，问一名女医生："请问齐医生这几天有来医院吗？我怎么联系不上她了？"女医生说道："齐医生没来医院，她休年假了，可能是出去旅游去了吧。昨天我们同事有事想问她，也没联系上她。"

"她休多少天假？"

"二十多天，去年的她没休，攒到一起了。"女医生听到病房里传出呼叫声，撇下彭鹰翔走了过去。彭鹰翔回想到最后一次见齐衡奕时，她那副颓废的模样，愈发担心起来。彭鹰翔拿出手机拨打齐衡奕的电话，预料之中的无人接听。他点开短信框，编辑了一段文字："齐衡奕，不管发生什么事情，请你记住，我会是你最坚强的后盾。希望你开机后，一定要回我信息和电话。我等你，我相信我们可以一起面对和处理这些事。无论发生什么，我都会帮助你，请你相信我。"

此时东海市郊区，一座四面环山的废弃建筑里传出凄厉的惨叫声，随后被淹没在雨声中。披头散发的齐衡奕被尼龙绳绑在一张铁床上，身体以怪异的角度扭曲着。她张了张嘴，在巨大的精神冲击下，分泌出的鼻涕和眼泪直往她嘴里灌。她干呕着，艰难地哭喊道："求求你了，给我打一针吧，就一针，你让我做什么——我都愿意"

哀求声传入豺狼耳中，她无动于衷地搬了把椅子，坐到齐衡奕面前。豺狼点燃一支烟，猛吸一口后，把烟雾吐到齐衡奕脸上，嗤之以鼻道："在我接触过的动物中，只有狗才跟自己的排泄物待在一起。你看看你自己现在是什么样子，你愿意一直这样吗？"齐衡奕侧过脸颊，看着她失禁的尿液顺着铁床上的木板滴在肮脏的地面上。一阵钻心的疼痛从她的肌肤下冒了出来，齐衡奕咬紧的牙关哆哆嗦嗦："我愿意一直这样——只要你给我一针，好不好？"

豺狼默不作声，冷着脸站起身，摸出别在大腿上的一把匕首。她把刀尖对准齐衡奕的胳膊往下一按，刀尖划破齐衡奕的皮肤，血瞬间涌了出来。剧烈的疼痛让齐衡奕几近晕厥，她尖叫道："你疯了！我不戒毒了，我要放弃！放我离开这儿……"齐衡奕的声音戛然而止，因为她看见豺狼拎着一袋盐回到了她身边。齐衡奕浑身颤

第八章

抖着，苦苦哀求道："Cecily！你就当那天我没求过你，放我走吧，我去找威廉认错，我就说我愿意当他的奴隶，我要——啊！"

齐衡奕看到豺狼把那袋盐都倒在了她的伤口上，盐粒混着血液渗进血肉里。疼痛像是在她皮肤上撕开了一道大口子，她的惨叫一声盖过一声。她额头上冷汗涔涔，为了承受这种痛不欲生的感觉，她几乎咬碎了自己的牙齿。渐渐地，豺狼冷漠的脸在齐衡奕眼中变得模糊起来。最后，齐衡奕头一歪，晕了过去。

齐衡奕再次睁开眼时，发觉自己身边的恶臭气味已经没有了。她低下头，看到自己已经换上了一身干净的衣服，手臂和脚腕上的尼龙绳也不见了，取而代之的是皮肤上留下的勒痕。齐衡奕艰难地坐起来，摸了摸缠着纱布的胳膊。戒毒后的身体刺激反应稍微减弱了些，齐衡奕只觉得身体乏力，胳膊上的伤口也在隐隐作痛。

"你醒了？"豺狼穿着一套运动装，出现在齐衡奕眼前。可能是刚运动完，她泛着红晕的脸上挂着细密的汗珠，手上转着花刀。齐衡奕抿着嘴，点了点头。豺狼从衣柜里翻出一套运动服，扔给齐衡奕："穿上，跟我出去训练。"齐衡奕没动，说道："前天你给我腿上绑了铅块，让我翻了两座山，我差点死在路上，我不想练了，戒毒对我来说已经够痛苦了，这两种痛苦一块压在我身上，我实在是顶不住了。"

"这就顶不住了？这才刚开始。"豺狼嘴角一咧，露出残忍的笑容。齐衡奕疯狂摇头："我不行，我身上还有伤。"豺狼一把将齐衡奕从床上拽了下来："想要顺利戒毒，需要有一个强健的体魄，你平时虽然锻炼过，但远远不够。而且戒毒期间不仅需要分散注意力，还要让身体保持在一个承载疼痛的极限状态，这样你才能熬得过一次又一次的戒毒反应。"豺狼先跑了出去，齐衡奕站在原地，一脸纠结。

"你想没想过，你回去以后，那个人渣还会找上你的。他能把你重新变成行尸走肉，你根本就没有保护自己的能力，除了提升自己，你还能指望谁，那个你喜欢的男的？"豺狼的声音从门外飘进来。齐衡奕一听，心里不由得泛起一丝波动。她换上衣服，埋头钻入晨雾中。

在山顶，齐衡奕气喘吁吁地坐在一块石头上，胳膊上那个伤口流出的血洇出了纱布。豺狼靠着树，掐着手中的秒表："三十八分九秒，比上次有进步，但是还达不到我的标准。"齐衡奕灌了一口水，盯着豺狼说道："你是不是太高看我了？我就是一个心理科医生，你按特种部队的训练强度来考验我，我哪吃得消？"豺狼打量着齐衡奕，像在看一件满意的作品："你有我想要的潜质，其实有些东西没你想的那么困难，熬过这一阵，你就会脱胎换骨的。"

齐衡奕向豺狼走过去，直视着她的眼睛："你是在回忆你的过去吗？"豺狼站在山顶往下望，山谷中云雾缭绕，她的思绪也随之飘入虚无之中。回忆里，她裸着双脚在山林中奔跑，地上的枯枝把她的脚底划得皮开肉绽，一连串猎犬的狂吠声紧贴在她身后。她拨开面前的树枝，一双大手突然按住了她的后脖颈。在一群皮肤黢黑的民兵的拖拽中，她被送到了绿军装男人的面前。她跪在泥巴地上，哭着求道："卡特，求你放过我吧，我实在是忍受不了这种痛苦了……"男人抓住了她的衣领，迫使她不得不看着他的眼睛，然后用英语说道："如果未来某一天你想走，我可以让你离开，但是我暂时还不能放过你，因为你现在是一只毒虫，一只肮脏的毒虫，眼镜蛇部队绝不允许你这样的虫子从这里离开！"说完，绿军装男人摸出匕首，在她胳膊上划下一道深深的伤痕。她哭喊到几近虚脱，最后连嗓子都哑了，趴在地上像条蜷曲的虫子。一群穿着特种作战服的士兵站在篝火旁，关切地看着她，但无一人上前搀扶。

第八章

站在山顶的豺狼侧头看了一眼自己胳膊上那道醒目的疤痕,转身拍着齐衡奕的肩膀,喃喃说道:"希望现在,也能成为你的过去。"

二

山间小屋里,齐衡奕端了一盘意大利面放在豺狼面前。豺狼的鼻子靠近面,闻了闻:"挺香的啊,手艺有长进。"齐衡奕笑了笑:"这里条件有限,不然我能做得更好。"豺狼看着齐衡奕,十几天的训练已经让她的精神和身体状态焕然一新。豺狼用筷子扒拉着盘里的面条,问道:"现在还想那玩意儿吗?"齐衡奕眼角一抬:"什么玩意儿?"豺狼从荷包里摸出一小袋白色粉末,放在桌上。齐衡奕看着密封袋,浑身酥痒,像是有千万只蚂蚁在身上爬动。她的手指在背后颤动着,额头冒出细密的汗珠。齐衡奕抑制住心中的欲望,坐下来,镇定地说道:"想,但我更想生活在阳光下,这样阴冷恶臭的地方,我已经受够了。"

齐衡奕盯着豺狼碗里的面:"你快吃吧,冷了就不好吃了。"豺狼的嘴角不经意地翘起,挑了一大筷子面条塞进嘴里,说道:"太淡了,我去加点盐。"说完,端着碗走向厨房。齐衡奕见豺狼的背影消失在视线里,浑身的血液似乎都沸腾了起来。此刻她如坐针毡,一边偷偷查探着厨房里的动静,一边向桌上的密封袋挪动着位置。当她的手触碰到袋子时,她的动作像按下了加速键。她抓起袋子,一把扯开,都来不及把粉末倒在手掌心,就把鼻子贴上去狠狠吸了一口。粗糙的粉末直冲齐衡奕的鼻腔,她接连打了几个喷嚏,鼻尖充斥着一股奶香味。

齐衡奕气恼地扔下袋子。突然间,她感觉背后有一道寒芒袭来。她腿一抬,一个侧空翻到了桌子另一头,回头迎上了豺狼冷漠的眼神。豺狼盯着齐衡奕紧握的拳头，说道："反应能力够了，但是经验不够，顾头不顾尾。"此时，齐衡奕才感觉到从屁股上传来一股剧烈的疼痛。她龇着牙，往屁股上一摸，摸到一手黏稠的鲜血。豺狼手中的刀口飞速一转，再次对准了齐衡奕："不错，有反抗的动作了，不像任人宰割的死猪了，但你依旧是个吸毒的废物！"

豺狼脚步迈出，手中的利刃迅速向齐衡奕的脸颊划去。齐衡奕大惊失色，后退半步，抬起餐桌狠狠砸向豺狼。匕首在桌面上划出一道长长的痕迹。豺狼猛地往木桌板上踹出一脚，桌板随着齐衡奕的身体一齐重重地倒向地面。齐衡奕奋力推开盖在身上的桌板，咬牙切齿地问道："你怎么没事？"豺狼冷冷一笑："曼陀罗草能让人暂时失去意识，自古就是制作蒙汗药的原料。你是在山上训练的时候看到了对吧，然后藏起来偷偷提取毒素，混在了我的食物里。不过很遗憾地告诉你，我早吐掉了，这种伎俩都是我玩剩下的，毒草的味道我再熟悉不过了。"

一时间，齐衡奕不知所措。豺狼看着地上散落的奶粉，冷冷地说道："发现了吗？毒品已经开始让你丧失人性了，为了得到它，你会糟践自己的身体，会撒谎、抢劫，甚至杀人，你的人生会逐渐被它掌控，结局是某一天被它夺走生命。"齐衡奕目光呆滞，脑海里两种不同的思想拼命缠斗着。豺狼抬起刀刃："齐衡奕，其实之前在某个瞬间，我把你当作了挚友，既然如此，那我就做一个挚友该做的事情吧。与其让你成为一具行尸走肉，余生在生不如死中挣扎，还不如现在就了结了你，给你一个解脱！"

说完，豺狼挥舞着匕首，向齐衡奕刺去。刀尖划破皮肤，扎在了齐衡奕的肩胛骨上。鲜血瞬间渗出，洒在了豺狼的手背上。豺狼眼睛瞪得浑圆，问道："你怎么不躲？"齐衡奕呆站着，巨大的伤痛没有让她做出大的反应。她木然地看着豺狼，眼泪顺着脸颊流淌：

第八章

"你杀了我吧，你说得对，我活下来也是祸害，死了一了百了。"豺狼抽出匕首，把刀刃架在齐衡奕脖子上。齐衡奕闭着眼睛，死亡将至，她却感受到了无与伦比的宁静。

几秒后，齐衡奕觉得刀刃贴在肌肤上的冰冷感消失了。她缓缓睁开眼，看见豺狼已经走远，地上扎着一把带血的匕首。豺狼背对着她，说道："你自己动手吧。"齐衡奕捡起匕首，毫不犹豫地对准了自己颈动脉的位置，又听到豺狼的声音："昨晚我把你的手机开机看了下，你喜欢的那个男人给你发了很多条短信，他说会成为你坚实的后盾，会陪你共渡难关，他会一直等你给他回复——手机放你床上了，你死之前，如果想给他留下什么话，现在就可以做。明天一早，我会把你的尸体和随身物品都处理掉，消除掉你留在这个世界上的最后痕迹，然后离开这里。"

齐衡奕愣住了，手剧烈地颤抖起来。她蹲在地上，身上每一处伤口带来的疼痛，都不及心中那如潮水般汹涌的悲痛。夜幕将至，一阵风吹散了雨后的最后一片阴霾，太阳的余晖透下来，笼罩着这间山间小屋。小屋里传出一阵齐衡奕的哭声，随后又慢慢陷入了沉寂。

清晨，晨曦拨开山中的雾气。豺狼起床，收拾好所有物品，又将一切痕迹都清除掉。她怀着复杂的心情，走向了齐衡奕所在的小屋。她推开门，房间一如昨晚那般凌乱，但没有预料中的满地血迹。豺狼环顾一眼，最后在角落的一个铁笼子里看到了齐衡奕。此时，齐衡奕蜷曲在狭小的铁笼子里，闭着眼睛，不知死活。豺狼靠近铁笼子时脚踩到了东西，挪开脚一看，是枚钥匙。

铁笼子里，虚弱无力的齐衡奕睁开了眼。她看着豺狼，平静地说道："再给我一次机会吧——就一天，如果这一天当中，我再表现出对那东西的渴望，你直接不用管我，就让我腐烂在这里。"虽然齐衡奕此时瘫软着身体，但豺狼从她的眼神中看出了前所未有的坚定。豺狼没说话，把钥匙紧紧地捏在手掌心中。

三

公安医院心理科室外的走廊里，只有彭鹰翔一人。一直等到早上八点，才陆续有上班的医护人员进来。彭鹰翔看到了上次见过面的那个女医生，快步走过去，问道："你好，请问齐医生过来上班了吗？"

"还没。"

"不是请的二十多天的假吗，现在一个月过去了，她怎么还没来？"彭鹰翔担忧地问道。女医生说："她临时给院领导发信息，又请了些时间的假，你是要找齐医生看病吗？我可以联系其他医生给你诊断。"彭鹰翔默默念叨："她手机开机了，怎么没回我短信……"在女医生疑惑的目光中，彭鹰翔心事重重地走开了。

走廊里，一个男人与彭鹰翔擦肩而过。彭鹰翔鼻头一紧，嗅到了熟悉的香水味。他一抬头，那人果然是威廉。威廉正朝科室办公室走去，突然间一双大手按住了他的脖颈。他一米七八的个头，被对方轻易按到了墙上，一点也动不了。

彭鹰翔瞪着威廉，眼神犹如利剑："你来这里干什么？你到底对齐衡奕做了什么？！"威廉装作一脸无辜的样子："什么我对她做了什么，我跟她是正常交往，我现在联系不上她了，过来找下她，跟你有什么关系？"彭鹰翔手中力道加重："她都失踪一个月了！是因为你她才情绪失控的！你是不是知道她在哪里？"威廉感觉肩膀仿佛被一把铁钳夹住了，疼得他龇牙咧嘴："我要是知道她在哪里，我还有必要过来吗？"

第八章

"威廉——"走廊里传来一个年长女人的声音。彭鹰翔和威廉同时扭头,看见一个五十多岁的女人出现在电梯门口。女人穿戴典雅,透着一股知性的气质;脸上皮肤细腻,仿佛岁月没有在她的面容上留下过多的痕迹,但眉宇间却流露出难以掩饰的疲惫和憔悴。她看到威廉被人按在墙上,她担忧地问道:"威廉,怎么回事?"又看一眼彭鹰翔,露出警惕的表情,"他是谁?"

趁彭鹰翔愣神之际,威廉推开他,走过去挽住了女人的胳膊:"李阿姨,没事,过来正好碰见琪琪的朋友也在,我们打了下招呼。您怎么上来了,不是说好在车里等我吗?"李丽拉着威廉的手,说道:"琪琪那么久都没消息了,派出所也查不到她的出行记录,我实在是放心不下。"李丽上下打量着彭鹰翔,问道:"我是琪琪的妈妈,你是她的朋友?怎么之前从来没有见过你,你知道她去哪里了吗?"

彭鹰翔摇了摇头,皱着眉头看着威廉,欲言又止。威廉轻拍着李丽的后背,安慰道:"李阿姨,我已经问过琪琪的同事了,她还没来,不过您放心,我认识公安局的领导,我跑一趟,让他们再想办法找找她。"李丽点点头,跟着威廉走向电梯间。走到拐角处,威廉回头冲着彭鹰翔露出一抹狡诈的笑容。

与此同时,千里之外的东南亚某国,一架单螺旋桨轻型飞机降落在一座岛屿上。豺狼跳下机舱,手里提着一个长箱。跟在她身后的齐衡奕同样提着箱子,她穿着一套紧身衣,头发剪到了齐颈的位置,外形与气质都与之前的她判若两人。来到岛上的靶场,豺狼打开箱子,里面装着一把 L96A1 狙击步枪拆卸后的零件。豺狼拼凑好枪械,拉动枪栓,一抬头,身边的齐衡奕也已经端起了组装好的狙击枪,正冲她露出自信的笑容。

这时,从远处的山丘后飞出来两片靶碟。豺狼和齐衡奕同时抬起枪管,两声枪响后,靶碟在空中裂成无数碎片。齐衡奕手指搭在扳机上，瞄准镜后露出她冷酷的眼神。背后传出轻微的响动，齐衡奕猛地转身，枪身旋转90度，枪面与地面平行。手指微动间，一枚子弹呼啸着奔腾而出，在一张持枪人员形状的靶标头部，留下了一个硕大的窟窿。

齐衡奕的耳边骤然响起一阵发动机的轰鸣声，豺狼骑着一辆山地越野摩托车经过她身边，朝她伸出手臂："上来！"齐衡奕抓住豺狼的手，一个漂亮的空中翻身动作，在摩托车没有减速的情况下跨到了后座上。此时，齐衡奕手中的狙击枪换成了一把乌兹冲锋枪。她单手持枪，在摩托车越过一座小土丘的瞬间，扣动了扳机。枪口冒出一簇短小的火焰，枪声像是一把金豆落地，远处一排靶标里，持枪歹徒形状的靶标上都留下了三五个弹孔，而普通人形状的靶标上完好无损。

摩托车停下来，豺狼让齐衡奕下车，随后扬尘而去。土丘后，一群蒙面壮汉挥动着橡胶棍，朝着齐衡奕急速跑来。齐衡奕卸下空仓的弹匣，紧捏在手中。她把枪身随手一扔，迎着壮汉们冲了过去。她把弹匣作为武器，拨开一根朝她头部挥下的橡胶棍，手腕一转，用弹匣在一名壮汉头上狠狠敲了一下。只听一声闷响，壮汉被敲得眼冒金星，捂着脑袋蹲在了地上，血顺着他的指缝溢了出来。齐衡奕又踢出一脚，踹在了面前另一名壮汉的胸口上。被踢中膻中穴的壮汉往后倒退了几步，一米八的身躯轰然倒地。齐衡奕侧身躲过背后的一记袭击，闪身绕到两名壮汉背后，用力踢向两人的膝盖。两名壮汉吃痛，单膝跪在了地上。

朦胧的尘土中，人影接连倒下，最后只有一个人走了出来。齐衡奕拍落身上的沙土，四下环视了一圈，眼前再无一人有能力行动。远处，一架轻型直升机呼啸而来，扬起漫天尘土。直升机悬停在齐衡奕头顶，随后一根索降绳抛了下来。她抓起索降绳，双脚逐渐离

第八章

地。她的身体悬在半空中，随着直升机的飞行移动。脚下的密林、河流在齐衡奕眼中渐行渐远，她的头发在螺旋桨卷起的飓风下丝丝分明。

绞盘卷动索降绳，将齐衡奕拉到了靠近机舱的位置。齐衡奕爬进机舱，解开腰上的安全扣，看向坐在副驾驶位的豺狼。豺狼扔过来一个降噪耳机，齐衡奕戴在头上，听到耳机里豺狼的声音："西北方向，距离七百米，草丛中目标，射击！"齐衡奕蹲下身，抱起狙击步枪，枪口对准了飞机下方的一片空地。她按照豺狼所述的方向搜寻目标，可是并没有看到任何靶标，只有一只趴在草丛中歇息的鹿。

"Cecily！没有发现靶标！"

豺狼不紧不慢地说道："你已经锁定目标了。"齐衡奕皱眉问道："你的意思是，让我射击那只鹿？"豺狼冷漠地说道："这是对你的最后一项考验。"齐衡奕犹豫不决，手指放在扳机上，迟迟没有扣下。她再次问豺狼："一定要杀生吗？"豺狼说道："我是你的战友，也是你的教官，不管是出于听从命令，还是出于对战友的信任，你都不应该有所迟疑。"

"可是——"齐衡奕心乱如麻。豺狼疾言厉色道："没有可是！如果你下不了手，那你就永远无法摆脱过去那个懦弱的自己，下面那只鹿就是你曾经的样子，软弱无能，任人宰割！你要是迈不过去这道坎，那么某一天你还会被那个人渣欺辱，而你，作为一个废物，只配跪在他脚下哀求！"

齐衡奕咬紧牙齿，目光变得狠厉起来。一瞬间，她扣下扳机，高速旋转的子弹从天而落，射穿了那只鹿的头部。狙击镜中，一道鲜血溅射而出，那只鹿倒进草丛里再无动静。豺狼从副驾驶座翻进机舱里，取出一套降落伞，递给正在呼呼喘气的齐衡奕。豺狼穿上装备，手抓着机舱门的把手，半边身体探出了门外，回头留下一句

"Follow me",然后消失在了蓝天之中。

齐衡奕穿上装备,深吸一口气,迈出坚定的一步,然后从直升机上纵身跃下。疾风在齐衡奕耳边呼啸着,身体飞速下坠。自由落体的强烈冲击感让齐衡奕的身体高度紧绷。她渐渐适应了身体下坠的感觉。她睁开眼睛,视野中,大地越来越近,丛林宛如一片绿色的海洋,无边无际。下方,豺狼先一步拉开了降落伞,红色的伞布在齐衡奕眼中如同一朵巨大的花朵绽放开来。齐衡奕双腿并拢,下坠的速度迅速加快,在快要接近豺狼时,拉开了降落伞。两只不同颜色的翼伞在空中飘荡,一高一低,如影相随。

"你往前面看!"耳机里传出豺狼的声音。齐衡奕抬起头,目光平视前方,视野中,远处的海面与天空交融。静谧的蓝色映在齐衡奕眼中,景象壮阔非凡。齐衡奕沉浸在自由飞翔的畅快之中,同时感受到了突破自我极限的愉悦。她发觉自己正在慢慢爱上这种感觉,她为自己解锁了不一样的人生而心潮澎湃。

降落伞缓缓飘落,在接近地面的瞬间,齐衡奕脚尖一点,稳稳地降落在地。她解下伞包,跟着豺狼走向了那只死鹿所在的草丛。齐衡奕在草丛中看见了那只倒在地上的鹿,等再靠近一些,她才发现这是一只披着假毛皮的动物模型。齐衡奕抬头看向豺狼,情不自禁地飞奔而去,然后张开双臂紧紧抱住了对方。

"谢谢你,Cecily!"齐衡奕热泪盈眶。

豺狼露出淡淡的微笑:"你最应该感谢的是你自己。"

四

夜幕中,酒吧街灯火辉煌。穿着清凉衣服的年轻女子,三三两两地站在各家酒吧门口,将不同国籍的男人引入店内。豺狼和齐衡

第八章

奕穿着背心短裤，坐在一家酒吧的吧台边上，绚丽的灯光将两人的身形线条映衬得格外柔美。进入店内的男人目光流连于各个年轻女子之间，最后都不约而同地落到齐衡奕和豺狼身上。

齐衡奕轻轻碰了一下豺狼面前的酒杯，一饮而尽，问道："你妹妹那边还能联系上吗？"豺狼忧伤地摇了摇头："暂时联系不上，可能上次我问的问题过于激进，让那边有所警惕了，说不定现在已经转移了住处。"齐衡奕摇晃着酒杯，感同身受，说道："Cecily，如果有一天你找到你妹妹的踪迹了，请告诉我，我一定会和你一起把她救出来的。"豺狼的表情没有作何变化，她抿了一口酒，说道："先不说这个了，明天我们就回国了，你有什么打算？"齐衡奕说道："见想见的人，做想做的事。"豺狼淡淡一笑，没再说话。

酒吧里响起一首节奏轻快的舞曲，齐衡奕拉着豺狼来到了舞池中央，跟随着音乐的节奏摇晃着曼妙的身姿，惹来众多贪婪的目光。在她们跳舞的时候，几个白色皮肤的外籍男人从人群中穿插过来，他们围在齐衡奕身边，直勾勾地盯着她短裤下那双雪白的大腿，露出一脸猥琐的表情。

齐衡奕迈动舞步，悄然间，一只手伸向了她的屁股。齐衡奕待那只手快要靠近她的身体时，猛地扣住了那人的手腕，同时手中力道加重。一个白人小伙疼得嗷嗷直叫，被齐衡奕拉到身边。齐衡奕膝盖一抬，顶在了白人小伙的腹部。对方弯下腰，嘴里发出呕吐声，把之前喝的洋酒吐了个精光。腥臭的液体泼在舞池中央，跳舞的人顿时惊叫着散开。

见到同伴被打，白人小伙的三名同伴立马咋咋呼呼地冲了上来，一人手里还揣着一个酒瓶。面对朝自己头上落下的酒瓶，齐衡奕面不改色，一个滑步来到一个白人男子的右侧，抓起对方的手臂一弯。"砰"的一声响，白人男子握在手里的酒瓶，砸到了他自己头上，玻璃渣顿时四下乱飞。那人头上的血顺着额头、脸颊往下流，脚步一个踉跄，倒在了舞池上。另外两人还没反应过来，齐衡奕已经绕到了他们身后，抓起两人的脑袋用力一撞。两人的脑袋像是相互磕碰的鸡蛋，发出一道沉闷的声音后，双双晕倒在地上。

一会儿的时间，齐衡奕放倒了四人。周围的人看她像是在看一位瘟神似的，都躲得远远的。豺狼快步走过去，拉住齐衡奕的手："快走，等会儿警察过来了！"两人翻过吧台，穿过后面的操作间，从后门离开了酒吧。

夜风习习，两人在街区中肆意奔跑着。在远离酒吧街的地方，齐衡奕停下了脚步，扶着墙喘气。突然间，她放声大笑起来，那笑声如清脆的银铃，让人忘却了一切烦恼和忧愁。豺狼抱着双臂，微笑着看着齐衡奕，说道："你还挺享受当下的，在我眼里，你简直变成了另外一个人，这在心理学中叫什么来着——双重人格？"齐衡奕笑道："我可不是双重人格，我只是本应如此，是我的家庭环境和我所接受的教育，让我不得不压抑自己的内心。它们让我接受枯燥的学习，告诉我就算是在讨厌的人面前，也要摆出一种受过高等教育的优雅。"齐衡奕说着说着，声音变小了，"还让我——在面对自己喜欢的人时，碍于女人的矜持，不敢主动去表明自己的心意。"

"那回去以后，你约他见一面，告诉他，你喜欢他。"

齐衡奕摇了摇头，木然说道："已经晚了，我已经是个不干净的人了，他是警察，不管是他个人还是他的工作单位，都不可能接受一个身上有污点的人成为他的伴侣，更何况，现在已经有一个女人陪在他身边了。"豺狼又问："那个人渣呢，你准备怎么处理？"齐衡奕眼睑一抬："哪个人渣？"豺狼看着齐衡奕漠然的眼神，笑着说道："可以，能彻底忘掉过去的伤痛，才是一个真正的战士。"

第八章

五

东海市特警支队，徐昱辉提着一篮水果，站在挂着"支队长"门牌的办公室门口，敲了敲门。听到里面的回应，徐昱辉推开门，把果篮放在了王儒的办公桌上，嘿嘿笑道："王哥，挑的都是进口水果，花了我半个月烟钱呢，你快尝尝。"面对徐昱辉递过来的一个苹果，王儒没接，而是白了对方一眼："黄鼠狼给鸡拜年——没安好心吧？说吧，是不是打着找我要人的主意？"

"要不说王哥你能当支队长呢，简直料事如神，那我就直说了，程菡玥之前跟我打过申请了，想来咱刑侦支队，那我是双手赞成啊！但后来我再问，她说申请卡在指导员那儿了，我这不是想过来问问嘛，啥时候能放人走？"

王儒听得脸一板："你小子可不能乱说啊，我这儿又不是土匪窝。咋的，还绑着不让人走了？申请卡在王冀陇那儿，那你直接去找他嘛，找我干啥？"徐昱辉嘿嘿笑道："我找他要人，那不是找练吗？他一天天跟个老母鸡似的，把他下面那群小鸡仔护得死死的。"徐昱辉又把果篮往王儒面前推："你是他领导，你做主也一样，再说了，程菡玥想调到刑侦支队的意愿挺强烈的。"王儒说道："你可别来这一套啊，小心我举报你行贿。"说完，掏出手机就要录像，徐昱辉赶紧收了回去。

王儒坐在椅子上，翻开桌上的一份文件，说道："程菡玥走不了了，我跟省厅做了报告，特警支队即将组建一支女子特战大队，编为七大队，程菡玥同志将任职大队长。"徐昱辉傻眼了，说道："不是，又建一支女子特战队，特警支队的人员力量是不是过于庞大了啊？"

王儒抱着双臂："你可别忘了，上次针对制毒工厂的行动，我们特警支队才是主要打击力量。怎么，你小子是吃饭时嫌人多，干活时嫌人少啊？再说了，我这儿人吃多少饭，跟你有啥关系？"

徐昱辉赔笑道："我不是这个意思，我想说的是，特警支队人才济济，也不缺程菡玥一个啊。"王儒摆着手，说道："谁会嫌自己手里的宝贝多？你别打主意了，人我是不会让的，除非她自己非走不可。"徐昱辉笑得一脸褶子，凑到王儒耳边说道："那她留下，把那个会玩电脑的女娃给我呗，叫啥来着——什么一曼？"

王儒霍地站起身，抬起脚就要踹："你小子，成天惦记我的人，走走！回头我把你照片打印下来挂门卫那儿，见一次赶一次！"徐昱辉抓起果篮，一溜烟跑出了办公室。

公安医院大门口，一阵哈雷重型摩托车的轰鸣声渐近，门卫黄大爷抓起一个塑料路障放在门口，冲摩托车上的人喊道："车停外面！只有医院职工的车能进入！"摩托车停在黄大爷面前，车上的人摘下头盔，拨开短发。黄大爷扶着眼镜，仔细打量着面前这个身穿紧身皮衣皮裤的女人，好半天才认出来，大吃一惊道："齐医生？"齐衡奕跟他打了声招呼，接着拧动转把，摩托车随之爆发出野兽般的嘶吼声，在黄大爷目瞪口呆之时，驶进了医院大门。

科室走廊里，一众医护人员瞪大眼睛盯着齐衡奕。齐衡奕甩着摩托车头盔，目不斜视，像是走T台的模特。见她走进了自己的办公室，一群医护人员八卦着围在一起，议论纷纷。闲言碎语传入了齐衡奕耳中，她却置若罔闻，她走过去关上门，随后拿出手机，拨打了一通电话。

正躲在走廊拐角处的彭鹰翔手机响了几声，他犹豫几秒，接通了电话。齐衡奕的声音从听筒里传来："彭鹰翔，谢谢你对我的关心，我没事了，以后你就把我当一个普通朋友吧，或者——是一个心理

第八章

咨询师，如果以后你有什么心理上的问题，可以随时来找我，除此之外，抱歉了，我不想再见到你。"不等彭鹰翔开口说什么，电话就挂断了。

站在彭鹰翔身边的程菡玥见他一脸愣怔的样子，问道："你不是一直很担心她吗？这些天有事没事就过来看一眼，现在她出现了，你怎么又当哑巴了？"

"我只是想确认她没事。"彭鹰翔走过去，在齐衡奕办公室门前站了一会儿，淡淡说道，"她的眼神都变得不一样了，虽然不知道她到底经历了什么，但是看得出来她找到了全新的自我，这样——我就放心了。"

齐衡奕靠在门背后，听到彭鹰翔的声音，一滴泪水悄无声息地从她的眼角滑落。一直等到门口的脚步声消失了，齐衡奕才蹲下身，让哽咽声从嘴里发出来。她抬眼望向诊室里的那张躺椅，想象着彭鹰翔在某个午后安静地躺在上面，温柔地倾诉着自己的过去。齐衡奕目光所落之处，阳光依然洒在躺椅上，只是她明白，她和彭鹰翔彻底走上了不同的道路，永远不会再开心见诚。

六

东海市绿澜别墅区，一排排独栋别墅坐落在葱郁的绿洲中。宽敞的庭院里绿草如茵，清澈见底的水池边是一株株精心修理过的绿植。在水池后的一条碎石小路上，威廉扶着李丽，慢悠悠地走着，还不时提醒道："李阿姨，您腿脚不好，慢些走，改天我联系一个理疗专家，让他每天上门来给您按按。"李丽面带笑容，抚着威廉的手："威廉，你真是个好孩子，琪琪要是能跟你在一起，那真是她的服气，她就是小时候被我们宠坏了，太任性了，不过阿姨跟你保证，一定会找机会让你跟琪琪多接触接触的，只要你对她温柔相待，总会让她动心的。"威廉说道："那我就先谢谢李阿姨了。"李丽笑得合不拢嘴："谢什么，以后咱就是一家人。"

院外，摩托车的轰鸣声越来越近。李丽拉着威廉往回走："琪琪回来了。"威廉一脸诧异地问道："琪琪换车了？"李丽撇了撇嘴："忘了告诉你了，琪琪这次回来整个人模样大变，不仅剪了短发，还在手臂上文了稀奇古怪的文身，可没把我气死，你说她一个女孩子……"李丽看到威廉一脸蒙，没再说下去，生怕把他吓跑了。李丽话锋一转说道："不过你见着她就知道了，短发也挺适合她的，除了换了辆摩托车咋咋呼呼地骑出去，也没干啥出格的事情。"

谈话间，两人来到了客厅，齐衡奕正好也把车停好走了进来。尽管已经提前听了李丽的形容，但此刻看到模样大变的齐衡奕出现在自己面前时，威廉还是一副呆若木鸡的模样。李丽盯着齐衡奕的裤腿，看到上面没有破洞，这才宽心地说道："琪琪，你非要骑车，那我也就不说你了，但是你一定要注意安全，我们就你这一个女儿，你可千万不能出啥事啊，你一声不吭消失了那么多天，可把我跟你爸急坏了，还是威廉隔三岔五领着我去你单位……"

"妈！我不是说过，不让你再见他吗？你怎么不听我的话？！"齐衡奕打断李丽的话，情绪一下子激动起来。

看到一向温婉的女儿此刻像一个点燃的炸药桶一样，李丽呆住了。齐衡奕冲过去，一掌打掉了威廉拉住李丽的那只手，冷厉地对威廉说道："滚出去，我不想说第二次！"李丽连忙又拉住威廉："琪琪，你怎么这么不懂礼貌啊！就算你对他没感情，他也是咱家的客人吧，你这样做太没教养了！"齐衡奕一下子火了："是！我就是没教养！你们把我一个人丢在国外，那么多年不闻不问，只顾着自己快活！你知道小时候身边的同伴都怎么说我吗？说我死了爹妈！你

第八章

告诉我,我有父母生却没父母教,我怎么会有教养?"

李丽瞪大双眼,难以置信地看着齐衡奕,就像在看一个陌生人似的。她胸口的起伏越来越大,突然之间,她捂住了心口的位置,腿脚哆哆嗦嗦的,一副站不稳的样子。不等齐衡奕上前,威廉赶紧装模作样地搂住李丽的胳膊,焦急地问道:"李阿姨,你怎么了?"齐衡奕也吓坏了,掐住李丽的人中:"妈!你怎么样?要不要去医院?"李丽摇摇头:"琪琪,我没事,躺会儿就好了。"

齐衡奕把李丽扶到沙发上,然后转身冲威廉勾了勾手指:"你跟我来。"威廉跟着齐衡奕走出门外。一到外面,威廉马上就换了一副嘴脸,轻浮地笑道:"琪琪,你这些天去哪里了?就算不想我,难道不想它吗?"说着,威廉从荷包里摸出一个装着白色粉末的密封袋,在齐衡奕面前晃着。齐衡奕手往外边一指,狠狠说道:"给你个机会,马上滚蛋!"威廉走过去,照着齐衡奕的屁股拍了一巴掌:"怎么,又开始给我装清纯了?你是忘记当初你跪在我面前像只哈巴狗一样求着我给你恩赐了,还是说我当时扇你那几耳光不够痛?"

齐衡奕侧头看了一眼威廉碰过她的手,一眨眼的工夫,她就抓住了那只手,然后狠狠一拽,威廉被拽得脚下一个踉跄。齐衡奕冲着威廉露出一抹死神般的笑容,威廉看着心里直发毛,一种不祥的预感油然而生。接下来果然不出他所料,齐衡奕抬高手腕,狠狠地扇了他一耳光,速度快得他根本来不及反应。一声脆响后,威廉只觉得眼冒金星,脸上火辣辣地疼,嘴角微微发酸。他伸手一摸,手指上竟带着血迹。

"你他妈的——啊!"威廉刚骂了一句,腹部就被齐衡奕踹了一脚。威廉后退几步,倒在地上,摔得人仰马翻。他捂着肚子站起来,冲过去挥起拳头朝齐衡奕的头上砸去。齐衡奕侧身躲过,将其胳膊扣在手中,反手一扭,随即发出一声关节撕裂的声音,威廉疼得连连惨叫，脸色发白。齐衡奕从地上捡起密封袋，撕开一道口子，趁着威廉号叫，一股脑全部倒进了他嘴里。威廉被呛得连打了几个喷嚏，粉末被他吹起来，糊了他一脸。

齐衡奕再次把威廉踹倒在地，膝盖压在他的胸膛上，一拳又一拳地往下挥打，空气中弥漫着暴力与愤怒的气息。威廉手足无措地捂着自己的脸部，身体弯成了凄惨的弓形。他嘴里吐着血沫，脸肿胀不堪，口里发出含混不清的声音。齐衡奕最后一记重拳打碎了威廉的门牙，才暂时发泄完了心中的怒火。她拍着威廉的脸说道："以后再敢出现在我面前，见你一次打一次！而且下次可不会只打这么轻！给我滚！"

齐衡奕站起身，把威廉踢得在地上打了几个滚。威廉被打成了猪头，一双肿眼眯着睁不开。他艰难地从地上爬起来，冲着齐衡奕伸出手指，留下一句狠话："你给我等着，迟早有一天，我要让你付出代价！"威廉怕齐衡奕继续动手，边说边跑。见齐衡奕没追上来，他才放下了悬着的心，头也不回地跑进车库，坐上车疾驰而去。

齐衡奕回到别墅客厅里，看到李丽已经起身坐在了沙发上，走过去说道："妈，对不起，我不应该说那么重的话。"李丽摇了摇头，唉声叹气道："也不能怪你，你小的时候，我和你爸确实对你关心不够。但是琪琪，不管是当时还是现在，我们的初衷都是为了你好。以前是为了给你谋出一份家业，现在呢，是想以后有人陪着你，照顾你，等我跟你爸百年之后，你身边还有一个能够依靠的人。"

"妈，我知道，但威廉绝对不是合适的人选，他很会伪装，他接触我们是带着未知目的的。妈，我是研究心理学的，请你相信我，他精英的皮囊下藏着一只魔鬼！"

李丽一脸诧异："可是——他不像个坏人啊，而且他自己本身也很优秀，不可能是惦记咱家的财产啊。"齐衡奕见李丽根本不相信她

第八章

的话，为了彻底断了她跟威廉的联系，只得加重语气道："妈！不管你多喜欢他，我就一句话，我跟他永远不可能！如果下次我再见到他跟你在一起，只要见到一次，我就再也不回这个家，让你永远都见不到我！我说到做到！"

李丽见女儿一本正经的模样，联想到她之前一声不吭地消失了那么久，如果再见威廉，恐怕女儿真的会像她说的那样做出过激反应了。李丽叹了口气，说道："好吧，妈听你的，以后不会再主动见他了。琪琪，你是我的宝贝女儿，妈妈永远站在你这边。"齐衡奕微笑着，扑进了李丽怀中。

第九章

一

STS医药集团中国区总部大楼，门框上挂着"副总裁"字样的一间办公室大门紧闭。威廉坐在办公桌前，脸比平时大了一倍。他头上缠着纱布，血从伤口中渗透出来。威廉摸了摸脑袋，疼得龇牙咧嘴，火冒三丈的他一把将桌上的医药箱掀翻在地。

威廉起身在办公室里来回踱步，又站在窗前犹豫了半天，这才拿出手机打了一通越洋电话。听筒里传出一个女人机械般的声音，对方用英语说道："爱琴海贸易公司总部，请问您找谁？"威廉也用英文回道："今日密钥，海上钢琴师。"电话那头沉寂片刻，说道："稍等。"

遥远的海岛上，章鱼找到正在礁石滩垂钓的白狼："白狼，野猫的电话。"白狼放下鱼竿，把手机抵在耳边："什么事？"

"白狼，齐建国那边——没办法搞定了。"

第九章

白狼皱眉问道:"上个月,你不是跟我说过,马上就能搞定他了吗?"威廉刚一张嘴,就扯到了嘴角,一阵剧痛让他冷汗直冒。他忍痛说道:"之前我给齐建国的女儿用了四号,她都已经处在我的掌控之中了,本来一切都按我计划好的进行的,准备用她来控制齐建国,可是——她失踪了很长一段时间,再出现时已经把四号戒掉了,而且整个人完全变了样,恐怕再没办法对她动手了。"白狼的声音中带着疑虑:"不可能,目前用过四号的毒虫们没一个摆脱它的。"威廉苦着脸说道:"我开始也不信啊,可我当着她的面拿出四号,她根本就不为所动,甚至——还进行了反抗。"

白狼靠着椅背,脸上露出饶有兴致的表情,说道:"如果真像你说的这样,看来她背后是有高人在指点了,野猫,你对那个女人进行监控,看看到底是谁在帮她!"威廉回想起被齐衡奕暴揍的场面,支支吾吾。白狼声音一沉:"有什么问题吗?"

"没——我想办法吧。"威廉硬着头皮答应了。

刚挂断电话,门外传来了敲门声。威廉坐回办公桌前,说道:"进来。"一名二十来岁的长发女人走了进来,女人身着一套黑色职业装,身材凹凸有致。她反手锁上门,踩着高跟鞋走到威廉面前,手指轻轻摸着威廉包着纱布的脑袋,柔声问道:"疼吧,我来给你换下药。"她转过身,准备捡起地上的药箱,弯腰时翘起的臀部勾得威廉心猿意马。威廉一把将其抱入怀中:"你就是我的灵丹妙药。"女子在威廉身上蹭上蹭下,娇嗔道:"都这样了,还不老实。"威廉色眯眯的目光在女子身上游走,突然想到了什么,说道:"薇薇,帮我个忙。"

"什么忙?"

威廉从抽屉里翻出一张照片,递到薇薇面前:"帮我跟踪她!"

下午,东海大学外的一家咖啡厅里,王雯雯从靠窗的位置走过,又倒转了回去。她揉着眼睛,好半天才认出两人,惊讶道:"琪琪,

Cecily？"王雯雯坐过去，一会儿摸着齐衡奕的头发，一会儿揭开她的衣袖，盯着她手臂上的文身看。王雯雯诧异地问道："你们这是啥情况？搞啥组合？像失散多年的姐妹一样，乍一看我还以为是双胞胎呢！"豺狼开玩笑似的说道："还真让你猜中了，我们这个组合的名字叫'地狱天使'。"齐衡奕跟她对视一眼，露出一抹会心的笑容。

"琪琪，你该不会跟她……"见她俩同心合意的样子，王雯雯突然露出紧张的神情。齐衡奕笑道："你瞎想啥呢，我们就是成了好朋友而已。"王雯雯瞟一眼豺狼："可是——她之前跟我说过，她喜欢女人。"齐衡奕大笑："那是她怕你天天缠着她，给她介绍男朋友，所以对你撒了谎。"王雯雯挠了挠脑袋："我有这么爱给人介绍男朋友吗？"齐衡奕没说话，只摆出一副自行意会的表情。王雯雯扑哧一笑，不好意思地低下了头。

咖啡厅玻璃窗外，薇薇戴着墨镜，躲在一辆SUV车身后，拿出手机对着店内的三人咔咔拍了几张照片。她拉动手机屏幕，放大聚焦在豺狼脸上。店内，豺狼突然扭头朝窗外看了一眼，盯住了那辆SUV，半响才挪开视线。薇薇躲在车身后，捂着怦怦直跳的心口，压低了帽檐。

二

夜晚，威廉正在床上和薇薇缠绵，放在床头柜上的手机突然响起急促的铃声。威廉意犹未尽地披上衣服，不耐烦地接起电话："什么事？"电话中，白狼冷厉的声音传来："野猫，绑架齐衡奕她妈妈！"威廉拿着电话走到另外一个空房间，说道："绑架那个老女人？为什么？之前我已经打探过了，齐建国跟那老女人没啥感情，不可能用她来掌控齐建国的。"白狼没作任何解释，只说道："按我的指示

第九章

做就行，别的你不用管，我自有安排。"

"可是——齐衡奕跟一个特警队长很熟，她会找那个人的！"威廉担忧道。白狼说道："你放心，她不会报警的。"说完，挂断了电话。

郊外别墅里，豺狼坐在书房里看着一本英文书籍。手机响起来，豺狼看了一眼屏幕，是艾拉打来的视频电话。豺狼迟疑地点开手机，视频中的人却不是艾拉，而是白狼。豺狼立刻紧张起来，问道："我妹妹呢？为什么这么长时间都不让她跟我联系？"白狼露出一抹笑容："不用紧张，Belle 最近要忙升学考试，为了不分散她的注意力，所以这段时间没让她和你联系。"

白狼的话，豺狼一个字也不信。豺狼问道："为什么你跟我打视频电话？有什么指示吗？"白狼和蔼地笑道："我只是单纯想你了而已。"他顿了顿，又话里藏话地说道，"我是孤家寡人一个，可不像你，到了那边还认识了新朋友，所以我得跟你多联络联络，维系一下我们之间的感情，不然你可能就把我忘了。"豺狼眉头一抬："我跟你可没什么感情可言！"

白狼冷哼一声："你要这么说，那我可太伤心了，狼是群居动物，一直以来，我都把你当作我狼群家族的一员，你现在不能因为有了其他同伴，就抛弃这个家族吧？"豺狼听出这话意有所指，警惕地问道："你这是什么意思？"白狼问道："你现在身边不是有一匹相伴的狼了吗？"

"白狼，你听着，她跟我们的事没关系，你不要伤害她。"豺狼听出白狼是发现齐衡奕了，她知道再怎么解释都没用，便摆明了自己的态度。白狼敲击着桌面："你不用紧张，我不会对她动手的，我只是想告诉你，你能找到一个与你匹配的同伴，我很高兴。"豺狼屏幕外的手紧紧攥住了，说道："有什么事，交代给我就行，我不希望你拉她下水！"

白狼靠在椅背上，面无表情地说道："暂时没有事安排给你，我只是想告诉你，你妹妹过得很好，她会有一个正常的人生，但这一切的前提，在于你怎么做，怎么选。"说完，白狼挂断了电话。他揉搓着手里齐衡奕和豺狼同框的照片，淡淡地说道："看来，你把她当作心理映射的对象了，你是想拯救过去的自己啊。"

另一边的豺狼默默地看着桌上熄掉屏幕的手机，陷入了深深的担忧之中。

第二天，一辆黑色本田商务车停在了绿澜别墅区大门口。保安靠近车，贴着车窗往里看，可是车窗膜透光性太差，根本看不清车里的情况。驾驶室的车门打开了，威廉走下车，用手撑了撑西装衣领："天这么热，还站在外面守着，也太辛苦了吧。"他从荷包里摸出五张百元大钞，大方地递给保安，"拿去买水喝。"保安接过钞票，眼睛都笑得眯不开了："哥，啥时候换车了，早知道是您，怎么也不会麻烦您下车啊，您赶紧上车吧，外面热得很。"说完，跑回岗亭，按下了伸缩门的按钮。

威廉开车进入小区，把车停在齐家别墅旁边，回头对后排坐着的四名壮汉说道："你们都在车里等着，等我命令！"威廉给坐在副驾驶座的一名穿着白色制服的男子使了个眼色，两人拉开车门，走向了齐家别墅。

齐家的保姆最近家里有事，请了两天假，所以李丽在厨房里忙碌着准备中午的饭菜。此时门铃声响起，李丽在围裙上擦干双手，走到门前，通过门上的摄像头，她看到威廉和一个穿着按摩技师衣服的男人站在门口。李丽面露纠结，想着齐衡奕说过的话，没敢打开门。

"李阿姨，我知道您在家，上次跟您说过了，看您腿脚不好，我请了一个理疗专家来给您按按。"威廉在门口说着，不停地按着

第九章

门铃。

李丽在门后站了半天,见威廉没有要离开的意思,只好隔着门说道:"威廉,今天阿姨不方便,等改天咱们再约着见面。"威廉指着身边的男人说道:"李阿姨,您看人我都给您带过来了,您让他给您看下呗。"李丽抿着嘴,想着总有一天要把态度摆明的,于是直言无隐道:"威廉,实话跟你说吧,琪琪冲我发了火,说如果我再跟你见面,她就离家出走,她现在的脾气你也看到了,我不敢冒这个险。"威廉皮笑肉不笑道:"李阿姨,听您这么说,我可太难过了,您之前不是说过,把我当自家人的吗,哪有弃自家人于门外的道理?"

"威廉,实在对不起,我只有琪琪一个女儿。"李丽把威廉的话堵死了。

看到门外那两个人走开了,李丽这才松了一口气,回到了厨房。别墅外面,威廉冷着脸冲车里的人招了招手。车门拉开,四名壮汉跳了下来。其中一人抱着简易爬梯,绕到别墅背面,利用爬梯上到围墙边上,用线钳剪断了院内的监控和报警装置,然后翻墙进入了院子里。那名男子又在院子里找到了别墅内的用电箱,而后打开电箱把电闸拉了下来。

李丽正在用烤箱烤牛排,厨房突然断了电,她走出去一看,外面的灯都灭掉了。李丽准备去客厅打电话询问物业,经过门口时,突然听到门锁处传来金属在锁孔里搅动的声音。她察觉到异常,加快脚步想去拿手机,只听一声闷响,门被人从外面重重地踹开了。不等李丽反应,几名黑衣壮汉冲进来把她按在沙发上,用扎带捆住了她的手脚。

"你们要干什么!救命啊——"李丽惶恐不安地大喊着。突然眼前闪过一道人影,在她脸上狠狠扇了一耳光。李丽捂着火辣辣的脸颊,瞪着惊恐的双眼,看着面前凶神恶煞的威廉。威廉恶狠狠地说道:"死老太婆,亏老子之前那么巴结你,你他妈的现在装作不认识我了啊?"威廉指着脸上的伤疤:"这些都是你女儿干的,你他妈的也没出来拦一下,躺在里面装死啊!"他越想越气,挥起拳头砸在了李丽的额头上。李丽眼前一黑,晕了过去。

三

这天晚上,齐衡奕在医院诊室里加班写病历。桌上的手机震动了几下,齐衡奕看到号码是威廉的,毫不犹豫地按下了挂断键。没过多久,信箱里进来了一条彩信,齐衡奕好奇地点开,一看到画面,顿时瞠目结舌。视频里,李丽被绑在一把椅子上,鼻青脸肿,嘴里塞着布条,不停地挣扎着。

威廉的电话又打了过来,齐衡奕接起电话,沉声问道:"畜生!你要做什么?!"威廉讥笑道:"我还以为你永远不会接我的电话了呢,看来在你坚硬的外表下还是有软肋的。"担心激怒威廉,齐衡奕强压住心中的愤懑,语气缓和了几分:"你做得太出格了,后果你根本承担不了,你马上把她放了,我当作什么事都没发生过,否则——"

"否则什么?报警?"威廉打断齐衡奕的话,冷冰冰地说道,"你敢报警,我马上杀了她,我保证你连你妈的尸体都找不到!"齐衡奕问:"你到底想干吗?"威廉不紧不慢地说道:"我要你和我单独见一面。"齐衡奕没多想,回道:"在哪里?"威廉留下一句"等会儿我再告诉你",挂断了电话。

齐衡奕靠在椅子上,内心陷入一片混乱中。她下意识地点开了手机联系人,手指悬在彭鹰翔的名字上面,踌躇不决。

城市另一边的街道上,彭鹰翔正和程菡玥开车在路上执勤。手

第九章

机响了几声，彭鹰翔一看是齐衡奕打过来的，赶紧接通，可刚碰到手机屏幕，电话就挂断了。彭鹰翔把手机捏在手里，眼神里闪烁着疑惑。一旁的程菡玥见状，说道："齐医生这个点找你，肯定是有急事。"彭鹰翔也有点担心，于是回拨了过去。

齐衡奕双手紧握，在诊室里局促不安地来回走动着。她不停地咬着下嘴唇，试图找到一个解决问题的办法。彭鹰翔的电话果然拨了回来，齐衡奕一直等到铃声断了也没接。铃声又响，齐衡奕不得不接起电话，假装刚睡醒的语气问道："什么事？"

"齐医生，你刚才给我打电话了，是有什么事找我吗？"

齐衡奕的嘴唇微微颤动，思考后，还是撒谎道："没什么，手机放在枕头旁了，屏幕没灭，可能刚才翻身的时候不小心碰了一下吧。"不管彭鹰翔怎么问，齐衡奕始终咬定这套说辞，彭鹰翔只好挂断了电话。

彭鹰翔把谈话内容告诉了程菡玥，程菡玥摇了摇头说道："她在撒谎，怎么可能不小心碰到手机，刚好电话就打给了你？她肯定是有难言之隐，一时半会儿没决定告诉你。"彭鹰翔听她这么一说，也觉得是这样，方向盘一转，开向了齐衡奕在医院附近租住的住处。

医院大门口，一辆川崎Z1000停在路边。豺狼看见齐衡奕从里面走出来，问道："确认你妈现在是活着的吗？别上了那人渣的当。"齐衡奕一脸茫然地说道："那畜生没让我跟我妈说话，现在也联系不上他了。"豺狼说道："我建议你报警，或者告诉彭鹰翔，他是特警，对处理绑架事件肯定很有经验。"齐衡奕摇了摇头："不行，威廉那畜生已经彻底疯了，什么都干得出来，他要是知道我报警了，肯定会下死手的，而且——我也不想让彭鹰翔插手我的事，我跟他已经不是一路人了，不想再和他有任何瓜葛。"

豺狼叹气道："我觉得你不应该这么想，这是他的工作，他是个受过专业训练的战士,不会把感情代入其中的。"齐衡奕还是摇头,目光中流露出一抹狠厉:"就算抓到威廉,也只是让他坐几年牢。我想自己去,按照你教我的方式彻底解决掉那个人渣!"豺狼盯住她的眼睛,问道:"你要杀人?你有没有想过,你会为此付出什么代价。"齐衡奕脱口而出:"我知道,以前我是没有能力保护自己,但现在不一样了,你跟我说过,人善被人欺,我不想那个人渣总是那么肆无忌惮地找我麻烦!"

见齐衡奕转身要走,豺狼拧动油门,车头在平地上掉转方向拦在齐衡奕身前。豺狼递给齐衡奕一顶头盔:"怎么,你准备一个人,那不是自投罗网吗?"齐衡奕没接,说道:"那是我妈,我没有理由把你也拉进来。Cecily,如果我没能活着回来,你再帮我联系彭鹰翔吧,希望他能抓到那个畜生,把我妈救出来!"豺狼硬把头盔推给了齐衡奕,说道:"你忘记你答应我的事了?你说过,如果有一天我妹妹有消息了,你会和我一起把她救出来。在你没兑现承诺之前,我可不能让你有事。上车吧,我和你一起去。"

载着两个女人的摩托车在夜晚的街道上穿梭。路越走越偏,路过一个分岔路口时,豺狼拐进了一条不起眼的小道。摩托车停在一栋前不着村后不着店的别墅前,齐衡奕摘下头盔,看别墅里黑灯瞎火的,问道:"这是你住的地方?"豺狼点点头,走过去按下指纹锁,推开门之后,冲齐衡奕做了个请进的手势。

齐衡奕跟着豺狼来到了二楼书房,豺狼在书柜后摸索一番后,书柜"哗啦"一声开了,书柜后的密室出现在齐衡奕眼前。豺狼步入暗室内,打开灯,齐衡奕看着挂在墙上的各种枪支装备,瞠目结舌。豺狼取下一把手枪,拉动枪栓,直视着齐衡奕的眼睛说道:"这——就是我的所有秘密,这对我来说其实很冒险,因为我还不知道你究竟值不值得我信任。"齐衡奕一脸诚恳地说道:"Cecily,请你

第九章

相信我，我会为你保守秘密的！更何况，你还是在帮我！"豺狼露出一副早已被伤透的神情："我不管你怎么说，只看你怎么做。我这辈子，也只会再做这一次相信人的选择。我把丑话说在前面，如果你背叛我，我会毫不犹豫地杀了你！"

谈话间，齐衡奕的手机响了起来，她低头看了一眼屏幕，又看向豺狼："那畜生打电话过来了！"豺狼提来一台军用笔记本电脑，把连在电脑上的一条线插在了齐衡奕的手机上。豺狼冲齐衡奕做了个手势，示意她接听电话，同时提醒道："一定要确认你妈是否还活着，另外尽可能地拖延时间，这样我才能确定他所在的位置。"齐衡奕点点头，接通了电话。

"明天早上六点，你一个人到望角滩，那边有一座废弃的灯塔，里面有个充气皮划艇，你划着皮划艇向南行进，之后你会在海面上看到探照灯向你打光，那就是接引你的人。"电话里，威廉的语气很强硬，没有给齐衡奕商量的余地。齐衡奕盯着密室墙上挂着的地图，担忧地问道："你的意思是让我出边境线？"威廉冷笑道："你有一晚上的时间考虑！"

豺狼飞速敲击着键盘，屏幕上一个进度条开始缓缓变化。豺狼冲齐衡奕使了个眼色，齐衡奕话锋一转："我妈现在是死是活，我都不知道，你要怎么证明你不是在骗我？"威廉说："就算我骗你，你又能怎样？你要清楚你现在的处境是我怎么说，你就得怎么做！"齐衡奕又说道："我要确认我妈还活着，你不让我听到她的声音，我就不会听你的！"

"不听我的？"威廉冷声反问了一句，然后拿着手机推开一扇铁门。看到威廉出现，被贴住嘴的李丽身体挣扎着，喉咙里发出恐惧的声音。威廉过去一把扯开了李丽嘴上的胶带，摸出别在腰间的手枪，全然无视李丽的苦苦哀求，照准她的右腿扣下了扳机。

威廉把手机抵在李丽嘴边，抬着冒着烟的手枪，大声说道："你不是要听你妈妈的声音吗？怎么样？现在听得很清楚吧！"齐衡奕听到了枪响和李丽痛苦的惨叫声，歇斯底里地骂道："威廉你个畜生！你他妈疯了！"威廉讥笑道："照我说的做！否则下一颗子弹就不是打在老太婆的腿上了！"

电脑屏幕上的进度条已经达到了顶点，豺狼扫了一眼屏幕上弹出的一串代码，冲齐衡奕点了点头。齐衡奕握紧拳头，竭力压制着心中的怒火，说道："我会按时到达的。"

挂断电话，齐衡奕从墙上取下一把手枪，压满子弹，目光凶狠，说道："我一定要亲手宰了这个畜生！"

四

东海境外，太阳沟 A192 地区，距离中国边境线一公里外，一栋废弃的三层建筑孤零零地立在黑夜之中。一名抱着 AK47 的枪手在建筑附近来回走动着，在经过一座小土丘时他停下了脚步，然后解开裤腰带撒起尿来。枪手正准备提起裤子时，一柄匕首从背后没入了他的脖颈，他捂着血如泉涌的伤口，倒在地上抽搐了几下，便没了动静。

豺狼拾起匕首在裤腿上擦了擦，从枪手身上摸出一个对讲机，对身后的齐衡奕说道："对方会不定时汇报情况，尽量要在对方发现守卫缺失前完成行动！"齐衡奕点点头，端着装有消音器的 MP7 冲锋枪，跟随豺狼往废弃建筑那边快速移动。

两人藏身在一堵矮墙背后，豺狼探出头扫视一眼，冲齐衡奕打了打手势。齐衡奕架枪瞄准，枪口发出被消音后的沉闷声，正前方两名枪手头部中弹，猝然倒地。豺狼翻过矮墙，跑过去摸了摸倒在

第九章

地上的那两个人的脖颈，确认他们已经死亡。

篝火旁，五名壮汉围坐一圈，一个个手里拿着鸡腿啃着。领头的小队长看了一眼手表，用油滋滋的手抓起对讲机，问道："野鸡，汇报情况！"可不管小队长怎么喊，对讲机里始终一片死寂。小队长警惕起来，招呼身边的手下拿起武器，话音未落，他的身体僵硬了，随后面朝下栽倒在地，后脑勺惊现一个血窟窿。

"妈的！有警察！"一名枪手扔下鸡腿，望向漆黑处，还没来得及端起枪，一道人影一闪而过，寒光乍现，一把匕首飞过来扎中了他的脖子。其他枪手大惊失色，眼见两道娇媚的身影冲过来。齐衡奕迅速抓住了一个枪手持枪的手，手指抵在扳机下面。那人瞪圆双眼，按下扳机，却发现扳机被死死卡住了。齐衡奕摸出靴子边的战术匕首，搂住那人的肩膀，把匕首刺入了那人的心窝。

藏在楼顶的一名狙击手透过瞄准镜看到下方篝火旁人影交错，急忙拿出对讲机对威廉汇报道："老大，遇袭了！野鸡他们都折了！"威廉大惊，赶忙问："是警察吗？"狙击手看着瞄准镜中时隐时现的齐衡奕，说道："是两个女的，使的都是一招毙命的手段！应该不是警察，警察不会这么残忍！"

"女的？该不会是齐衡奕——"威廉眼中透着疑惑，他让身边的手下都赶过去应敌，同时对狙击手命令道，"既然不是警察，那就一个活口不留！"

狙击手拉动枪栓，把枪口朝下，"砰"的一声，一发子弹朝齐衡奕迎面而来。齐衡奕在打斗过程中时刻注意着建筑里的动静，看到枪管冒出的一瞬间，她已经做出了躲避的动作。狙击子弹打了个空，齐衡奕抬起冲锋枪，朝着楼顶打了一梭子弹。子弹击中楼顶的外墙，碎砖乱飞，狙击手情急之下打了个滚躲避，再也不敢冒头。

齐衡奕和豺狼解决掉建筑外围的枪手，冲进了小楼里。在狭窄的走廊里，子弹呼啸着飞，枪声回荡不绝。齐衡奕蹲在墙角，小心翼翼地探出头。看到在暗处隐约可见的人影，她瞬间扣动扳机，几名枪手应声倒地。

一个光头男捂着受伤的胳膊，跌跌撞撞地跑到威廉面前："老大，顶不住了，兄弟们都死在她们手里了！"威廉跺着脚："一群废物，两个女人都对付不了！"威廉耳畔，枪声越来越近，他心一狠，抬起手枪对准了李丽的额头："既然如此，那就先杀了你这个死老太婆！"李丽疯狂晃动着脑袋，眼中充满绝望。威廉正要扣下扳机时，脸上溅了一脸热血。他抬起头，看到身旁那个光头男的半边脸都被打烂了。威廉大惊失色，摸出匕首割开了李丽身上的绳子，拽着李丽翻出窗户，向海边停船的位置逃窜。

豺狼站在窗口，望向威廉逃走的方向。两人翻过窗，对威廉穷追不舍。在停靠快艇的小码头上，威廉看到了已经被豺狼事先损毁的快艇，快艇的半边船身都沉在了海里。子弹贴着威廉的耳朵呼啸而过，眼见走投无路，威廉转身搂住李丽的肩膀，将其挡在身前，同时用手枪抵住了李丽的太阳穴。

"再往前走一步，我就开枪打死她！"威廉大喊。齐衡奕和豺狼在离他五六米的位置停下了脚步。威廉看了眼陌生的豺狼，又死死地盯住齐衡奕："原来就是她把你从我的掌控中解救出来的！实在没想到，当初跪在我面前像只死虫的人居然敢开枪杀人！"齐衡奕端起枪，准星锁定威廉："少废话，把人放了！"

威廉冷哼几声，说道："既然到了这一步，我就没想过能从你手里活着回去，我只想知道，你身旁这个人到底是谁，怎么能在这么短的时间里让你摆脱了四号。"豺狼瞪着威廉："你这种人渣，不配知道我是谁。你以为你用她母亲做挡箭牌就能吓到我吗？很可惜，我跟齐衡奕还有她母亲都没有感情，我目的只是杀了你。"

第九章

说完，豺狼从腰间摸出一个破片手雷，拉开拉环，直接扔了过去。齐衡奕大惊失色，冲过去想要拦住空中的手雷，却抢了个空。铁疙瘩落在地上，发出清脆的声响。威廉见手雷滚到脚下，来不及多想，条件反射地把李丽往前一推，转身跑几步便跳入了海里。

"妈，卧倒！"齐衡奕朝李丽大喊，同时扑倒在地。豺狼不紧不慢地走过去，捡起地上的手雷，手雷上的保险卡梢孔里还有一个拉环挂着。齐衡奕见豺狼把手雷收到腰间，这才明白豺狼是在吓唬威廉。齐衡奕爬起来，跑到李丽身边，扯开一块衣服，帮她把受伤的腿包扎了一下。齐衡奕搂着李丽的胳膊："妈，你怎么样？坚持一下，我马上送你去医院。"刚从命悬一线的处境中脱离出来的李丽仿佛丢了魂一样，麻木地看着齐衡奕，片言不发，只顾着摇头。

豺狼走过来，递给齐衡奕一把手枪："去做你想做的吧。"齐衡奕接过枪，走到海边，表情如同一块冷冽的岩石。威廉在海水里挣扎着，大喊道："琪琪，别杀我！我这么做都是因为太爱你了，你放我一马，我保证以后再也不出现在你眼前了！"齐衡奕冷漠地拉上枪栓，眼神阴沉而狠厉："我给过你一次机会了，你这条狗命根本不配留在这个世界上！"

"琪琪，我求你了，放过我——"

"砰砰砰！"威廉的声音在枪声中戛然而止。他胸口冒着鲜血的尸体渐渐沉入了黑色的浪潮里。齐衡奕看着被血染红的海面，陷入茫然无措之中。豺狼走过去，拿走了她手里的枪，用布擦掉了上面的指纹。

齐衡奕转过身，走向李丽。突然间，她的胸口和额头上出现了几个激光红点，紧接着七八束强光手电光打了过来，将她面前照得亮如白昼。不远处，一个扩音喇叭高喊道："东海特警！你们已经被包围了，立即放下手中的武器！"

五

深夜，公安医院心理科室走廊里，彭鹰翔站在齐衡奕办公室门前，敲着木门："齐医生，你在里面吗？"敲了半天，始终无人回应。彭鹰翔低头看着门缝，没有一丝光亮透出来。

走廊里传来急促的脚步声，彭鹰翔回头，看见程菡玥跑了过来。程菡玥说道："我去绿澜别墅那儿找过了，门卫说齐医生今天都没去那儿。"彭鹰翔担忧地说道："她也不在医院和旁边的公寓里，这么晚了，她能到哪里去？"程菡玥也忧心忡忡地说道："我总觉得她跟你打的那通电话，是想释放求救信号。"

两人谈话间，彭鹰翔的手机响了起来。他看了眼屏幕，是王冀陇打过来的。彭鹰翔接通电话："什么情况？"王冀陇急促地说道："东海边界外不到一公里处发生了激烈的枪战，边防派出所请求市局支援，上级要求特警支队前往事发地点！"彭鹰翔皱眉说道："在边界外？那我们管不了。"王冀陇说道："市局的意思是担心对方从海上逃窜到境内，让我们有备无患。"

"好，我立即带队前往事发区域！"彭鹰翔厉声说道。

此时边境外的海滩上，豺狼伸手挡住照在眼睛上的光束，侧身一闪，躲在了一块礁石后面。她卸下冲锋枪的弹匣，往里面压满了子弹，冲齐衡奕喊道："我死也不会被捕！"

齐衡奕在原地站立不动，睁大眼睛直视着光束，似乎想看清楚手电筒后是否会出现那张她熟悉的脸庞。齐衡奕张开双臂，大声说道："彭鹰翔，我杀人了！你来抓我吧，我认命了！"

四周没人回话，几道黑影迅速呈战术队形包围过来。豺狼从礁

第九章

石后探出身子，端着枪。准星中那群穿着黑色作战服、戴着头套的人靠得越来越近。豺狼的目光落在他们手里的装备上，是迷彩涂装的 AK47 步枪。她眼神一凛，大声提醒齐衡奕："他们不是警察，是陷阱！"与此同时，豺狼扣动扳机，一梭子子弹朝黑影们疾驰而去。一个黑影嘴里发出一声呻吟，中弹倒在了地上。

齐衡奕从愣怔中反应过来，迅速倒在地上，然后捡起地上的冲锋枪，朝前扣下扳机。击锤撞了个空，齐衡奕扔下没有子弹的冲锋枪，摸出匕首刺向接近她的一名假警察。刀刃还在半空中时，一道坚硬冰冷的枪口已经抵在了她的脑门上，随即又有几道枪口对准她身上的各个要害。一名壮汉拽住齐衡奕的手腕，往下一压，匕首掉在了地上。壮汉身后跑出来两个人，将齐衡奕的手臂反手扣住。

豺狼那边，同样被枪口包围着。那名壮汉望着豺狼说道："豺狼，干得不错！这个女人杀人的证据都被我们保留了，她已经没有回头路了，以后只能听从白狼的命令！"齐衡奕目瞪口呆地看着豺狼，问道："这是怎么回事？"

豺狼面无表情地看着围在身边的这些假警察，回想着方才与威廉手下激斗时，从对方的姿势和动作中能看出，那群人都是受过专业训练的枪手。豺狼顿时明白了这一切都是白狼在背后操盘。

"东海特警马上就要到了，我们必须马上撤离。"壮汉对豺狼催促道。豺狼僵着脸，把冲锋枪扔到了地上，对齐衡奕说道："我没办法跟你解释。"

一公里外的海面上，船身印着海警标志的快艇的尾波渐渐平缓下来。徐昱辉站在船头，朝发生过激烈枪战的方向抬起望远镜："那边的枪声似乎停了，也看不到任何光亮了。"全副武装的彭鹰翔神色凛然，望着平静下来的海面说道："那我们还等什么？过去吧。在离东海境内这么近的地方发生枪战，已经极大地威胁到我市出海工作人员的生命安全了。"

"不行啊，没得到授权，我们不能越界。不过邻国的警方要求我们交换情报，双方联合侦查，局里面已经上报到公安部了，上了专案。"

程菡玥问道："专案的代号是什么？"徐昱辉放下望远镜："蛋挞！"

快艇另一边，警犬 Perfect 发出了狂吠。王睿洁扫视着海面，发现不远处的海面上漂浮着数具尸体，还有一些杂物。王睿洁将情况汇报给彭鹰翔，彭鹰翔命令快艇靠过去。战果和梁峰将海面上的尸体打捞上来，查看尸体上的枪弹创口，对彭鹰翔说道："4.9毫米的子弹，冲锋枪。"Perfect 趴在快艇围栏上，仍冲着海面叫。王睿洁用长竿把海面上漂浮的杂物拨到面前，从里面翻出一个女式发带，递给了彭鹰翔。

徐昱辉见彭鹰翔一脸若有所思，凑过来小声问道："老彭，你是不是有什么推测？"彭鹰翔把发带装入了证物袋："我能有啥推测？我和你一样一头雾水呢！"徐昱辉不信，直觉告诉他彭鹰翔一定隐藏了什么，便提醒道："老彭，这事涉及两国边界安全，非同小可，你有什么事可千万不能瞒着我啊。"

"规矩我懂，我知道的肯定会告诉你。"

彭鹰翔望向海面尽头的海滩，忧心忡忡。这一幕，被程菡玥看在眼中。

六

边界线外的一座无人小岛上，枝繁叶茂的椰林中藏着一排不起眼的木屋。屋内，几名穿着迷彩作战服的壮汉正埋头收拾着行李和枪械。齐衡奕和豺狼坐在屋外的门槛上，隔着一段距离，沉默不语。

齐衡奕麻木地望着远处的大海，凝固着血迹的脸颊颤动了一下，

第九章

问道:"你跟他们是一伙的?"豺狼犹豫片刻,点了点头。齐衡奕又问:"他们说的白狼,你也听他的指令?"豺狼无法反驳,索性闭口不答了。齐衡奕突然站起来,泪水不断涌出,哽咽着说道:"你知道吗?我当你是这个世界上我最信任的人,连我的父母都比不了。在我最痛苦无助的时候,在我对人生彻底绝望的时候,是你把我从黑暗中拉了出来,让我重新站在了阳光下。"豺狼歉疚地看着她,不知道该说些什么。

"我原以为威廉这种畜生已经是这个世界上最恶毒的人了,没想到你更卑鄙。我本来已经是个不想活下去的人了,你却用那点希望作为诱饵,让我像只哈巴狗一样顺从你。经过那么激烈惨痛的过程,我以为我浴火重生了,没想到你这么做竟然是想反复折磨我。你们为什么要这么恶毒啊?难道死对我来说也是一种奢望吗?!"齐衡奕的身躯颤抖得像一片被狂风席卷的树叶。

面对泣不成声的齐衡奕,豺狼心中涌起无数想说的话,最后还是咽回了肚子里,只告诉她:"事情不是你想的那样——但我没办法跟你解释。"齐衡奕失望无助地看着豺狼:"你当然不用解释,因为在你眼里,我就是一条狗!"

豺狼站起来,背对着齐衡奕说道:"我何尝不是跟你一样,正是因为在你身上看到了与曾经的自己相似的一面,才会做出可能令自己陷入绝地的选择。齐衡奕,从某种意义上来说,我把你当成了我的心理投射。面对曾经的自己,我想的都是怎么去解救她,但是有些事情我也改变不了什么,我无法给你解释清楚事情的前因后果,所以——你要把我想成什么样,随你尽情发挥吧。我只想告诉你,我对你问心无愧!"豺狼心绪难平,迈着大步走远,留下齐衡奕在原地默默哭泣。

东海市内,彭鹰翔驾驶着车辆在快速公路上飞驰。坐在副驾驶座的程菡玥看彭鹰翔始终眉头紧皱，忍不住问道："大队长，你为什么觉得这件事跟齐医生有关？枪战事件发生在境外，她一个心理医生怎么可能会参与其中？就单凭她的失踪和海面上漂浮的一个疑似她使用过的女式发带？"彭鹰翔目不斜视地盯着车窗外："难道你没有发现她消失后再出现的时候，变得和普通人不一样了？"程菡玥回想着前几日看到的齐衡奕那与众不同的气质和穿搭，说道："明眼人都能看出来她不一样了，但是换一种人设风格对女生来说，本来就不是一件稀奇的事情。"

"普通人只能看出她外表上的变化，但是我从她的眼神中看到了果敢、坚韧和勇气，还有那种经历过无数残酷考验才会有的对一切都不甚在意的漠视感。这些我只在接受过军方特种训练的战士身上看到过，相信你也不会感到陌生。"

程菡玥在脑海里将彭鹰翔和齐衡奕做了对比，发现齐衡奕确实有他说的那种感觉。谈话间，车子停在了齐家别墅门口，门前还停着一辆汉兰达，彭鹰翔扫了一眼车牌："老徐的车。他们也过来了。"

别墅里，齐建国茫然无措地坐在沙发上，面前的烟灰缸里塞满了烟把子。徐昱辉的手摸进荷包里，打开了录音笔，安慰道："齐总，先不着急，慢慢说，我们警方一定会找到您爱人和爱女的。"齐建国攥紧手掌说："我这周都在外面出差，今天早上才回到家，但是开门时发现门锁有被撬动的痕迹，客厅很乱，东西都被动过。"徐昱辉给赵沐之使了个眼色，赵沐之拿着单反在客厅里咔嚓拍照。齐建国继续说道："我给我爱人打电话却联系不上她，我还问过门卫，他们也说没看到她离开小区。我让物业查了监控，房屋外的监控昨天下午被人为切断了，小区进出口的监控也没有发现我爱人的行踪。"

"那您女儿呢，您什么时候发现她失踪的？"

"当时我就担心琪琪也有危险，所以马上打了电话过去，也是

第九章

没人接。"齐建国在手机里翻出一堆无人接听的通话记录，递给徐昱辉看。徐昱辉问："平时您或您家人经常受到威胁吗？所以才这么警惕？"齐建国苦着脸说道："因为很少人知道琪琪是我女儿，所以我女儿那儿还好，但是我们两口子——你应该也知道，我的企业掌握着国内IT行业最顶尖的技术，这在某些国家眼里是个威胁，所以会遭受境外势力的破坏，甚至会影响到我和爱人的人身安全。"

徐昱辉正想要问些什么，房门被人敲响了。张宝路手伸向腰间，警惕地走过去打开了门，彭鹰翔和程菡玥出现在门口。看到两人出现，徐昱辉一脸诧异："你们怎么来了？"彭鹰翔走进来，只一眼就看出客厅里有过打斗痕迹，问徐昱辉道："先说你的，现在是什么情况？"徐昱辉把情况一五一十地告诉了彭鹰翔，彭鹰翔听完后，脸沉下来，暗道："她果然是遇到危险了……"

"老彭，什么意思？你知道这事？"

彭鹰翔看了看门外，徐昱辉会意，跟他走了出去。来到外面，彭鹰翔才告诉徐昱辉，齐衡奕昨晚给他打过电话，他意识到齐衡奕有事瞒着他，但那时就已经找到不到她人了。徐昱辉问道："失踪的原因，你有头绪吗？"彭鹰翔想也没想就说道："有个叫威廉的男人经常骚扰齐医生，一个多月前，那个男人似乎还伤害过齐医生，我想这件事或许跟他有关系。"徐昱辉点了点头，对张宝路说道："马上去调查这个男人！"

几人刚准备回别墅内时，小区大门方向传来了一阵摩托车的轰鸣声。彭鹰翔停下脚步望过去，果然是齐衡奕骑着哈雷驶了过来。齐建国也听到了声音，他从门后冲出来，抱住刚下摩托的齐衡奕的肩膀大哭道："琪琪，你让爸爸担心死了！"齐衡奕脸上写满了疑惑："爸，怎么回事？"齐建国把李丽失踪的事又说了一遍。

徐昱辉走过去，说道："我们怀疑你母亲被绑架了，你要是有什么线索，希望你能第一时间告诉我们。"齐衡奕茫然地瞪大眼睛："我妈被绑架了？"徐昱辉捏着烟把子，烟雾后的眼神极其锐利。作为一名眼光毒辣的老刑侦，他没看出来齐衡奕的表现有不自然的地方。这时彭鹰翔开口问道："齐医生，你昨天给我打电话的时候，人在哪里？我去过你的单位和住处，都没找到你。"

齐衡奕惊疑地看着彭鹰翔："什么意思？你觉得这件事跟我有关？"彭鹰翔面无表情地说道："作为警察，我不会放过任何一种可能性，只有把一切疑点排除掉，才能找到真正的线索。"齐衡奕面色愠怒，说道："难道警察就能窥探普通人的隐私吗？那你能告诉我，你和身边这个女孩什么时候约过会、什么时候接过吻吗？"程菡玥瞪了她一眼："你说什么呢！"

彭鹰翔看着齐衡奕，难以想象她曾经也是个温文儒雅的女人。齐衡奕拉着父亲往家里走，回头对彭鹰翔说道："你不要总是摆出一副高高在上的样子，也不要自以为是，觉得跟我有什么特殊关系，我没有理由告诉你我在做什么，也请你别插手我的生活，你要做的只是你责任范围内的事情，比如——找到我妈妈！"

看着父女俩都走远了，徐昱辉凑到彭鹰翔耳边小声说道："你猜得太过了吧，哪有女儿绑架自己妈妈的？"彭鹰翔盯着齐衡奕的背影："也许是女儿去救妈妈呢？"

七

清晨，海滩上阒无人影，只有海浪的呢喃和海鸟的叫声。齐衡奕坐在一块礁石上，湿咸的海风吹开她额前的短发。她久久地眺望着远方，远处平静如镜的海面上，一个黑点正在快速接近，并逐渐显现出一艘快艇的轮廓。

第九章

背着背包的豺狼从快艇上跳下来，深一脚浅一脚地走在沙滩上。豺狼往齐衡奕的位置看了一眼，没停下，继续往前走。突然间，一柄泛着寒芒的匕首向着她的胸口袭来。豺狼跃起，凭空一脚，踢开了匕首。豺狼拳头紧握，盯住齐衡奕："你想杀我？"

"豺狼，他们是这么叫你的对吧？"

豺狼冷漠地说道："这是我的代号。"齐衡奕弯腰捡起戳在沙子里的匕首："那你的真名叫什么？"豺狼漠然地看着她，没说话。齐衡奕淡然一笑，自嘲道："我把你当朋友，还全然信任你，可到头来连你的真名都不知道，这么多年心理学，我算是白读了。"

"我的真名叫Alicia。"

"Alicia，名字真好听，我想你内心深处肯定藏着一个和这个名字一样柔软的人。"齐衡奕说着把匕首插入刀鞘。再次听到有人叫自己的真名，豺狼眼睑微动，一时间有些恍惚。齐衡奕内心五味杂陈，看着她："我恨过你，甚至想杀了你。但是我考虑了很久，还是相信第一次遇见你时的感觉，你不是个坏人，你有你的苦衷，才不得已给那些人卖命。"

"可事实是，我给你带来了伤害，我就是一个灾星，我身边的人都会因为我而落入地狱。"想到远在南美洲那群曾经与她并肩作战过的战友，豺狼露出苦涩的表情。

"和你没关系，我们拥有一样的命运，我们都是从绝望中涅槃重生的。是你给了我勇气和力量，给了我战胜痛苦和脆弱的精神引导，你还告诉过我，我们是地狱天使——哪怕身处最底层的地狱，我们也要反抗。"

"可是，我妹妹还在他们手里。"豺狼眼中泛着泪光，思绪如浪潮般汹涌。齐衡奕握着她的手说道："我妈妈也在他们手里，你和我都不是弱者，我们一定能摆脱被那些人控制的命运！"看着齐衡奕坚定的目光，豺狼重重地点了点头。齐衡奕喜极而泣，张开双臂将豺狼搂入怀中。远处，海浪声渐近，声声海浪仿佛是两个命运相连的女人反抗黑暗的呐喊。

此时，东海市公安局刑侦支队办公室里烟雾缭绕。徐昱辉掐灭烟头，将十几张照片排在桌上，说道："这是境外警方发过来的现场照片，你们两位都是特种部队出身，我想听听你们的看法。"张鑫端着照片，仔细看着战斗后的场面，以及地上遗留的武器和空弹壳，惊叹道："乖乖，都是外军制式装备，大动作啊！从这些尸体上的伤口看得出来，大多是从背后遭到袭击的，交战双方都是受过专业训练的，不过显然受袭的一方不是另一方的对手。"

彭鹰翔目光沉着，说道："发起袭击的是个双人小组，这个路线和走位是标准的特种部队打法。"张鑫补充道："这两个人很可能是女人。"徐昱辉惊奇地问道："从现场痕迹还能看出是男人还是女人？"张鑫解释道："打法取决于自身条件，女人体能有限，没有那么强的爆发力，这两个人借助地形优势，有条不紊地清除掉外围，用的是消音武器和白刃，万不得已时才跟敌手正面交火，在作战前还破坏了敌方的交通工具，这些都体现出了女性性格细腻的优势，我们支队训练那些女娃娃也是这样教的。"彭鹰翔手里切换着照片，说道："除了这两方，应该还有第三方进来收了场。"

"三方混战？"徐昱辉瞪大了眼睛。彭鹰翔点了点头："而且第三方准备得更加充足，对于另外两方的交战，监视得一清二楚，从痕迹上来看，他们应该都不是普通的杀手，恐怕是特种部队的老兵。"徐昱辉倒吸了一口凉气，意识到情况越来越复杂了。这时赵沐之敲开了办公室的门，进来后又在桌面上铺开几张照片："徐队，威廉查到了，已经死了，尸体是在枪战发生地附近的海域发现的。"

彭鹰翔看着照片里那具漂浮在海面上的尸体，尸体的脸已经泡

第九章

得发白了，但是能认出来就是威廉。尸体胸口上的十多处弹孔，无不体现出开枪者是在发泄心中的怒火。彭鹰翔心中对齐衡奕的怀疑又加重了几分。两个女人、特种训练、外部势力……这些字眼反复出现在彭鹰翔的脑海里，让他突然意识到了什么。彭鹰翔起身离开了办公室，再回来时，手里多了一个U盘。

徐昱辉接过U盘："这是什么？"彭鹰翔说道："可能是这个双人小组中的一员。"徐昱辉一听，赶紧把U盘插到电脑上，点了几下鼠标，屏幕上出现了豺狼在漫展活动中被监控拍到的画面。

第十章

一

傍晚，东海大学教学楼的灯光陆续亮起，位于校园中心的湖泊倒映着天空中的晚霞。湖边小径上，豺狼穿着一套运动装在余晖中奔跑，眼角余光扫过一对站在树下的情侣。教学楼上，一扇窗户后冒出了一副望远镜，正对着豺狼的方向。

豺狼在健身器材前停下脚步，压着腿，抬起头不经意地看向教学楼上面。端着望远镜的张宝路迅速侧身躲到墙壁后面，捂着喉麦说道："各单位注意！好像已经被发现了。"坐在指挥车上的徐昱辉沉着脸，抓起耳麦说道："不能这么跟！她警惕性太强了，路面监视小组先撤，利用校园探头来监控！"

豺狼在原地拉伸着腿脚，直到看见树下那对情侣离开后，她才继续往校园大门的方向走去。在校外，豺狼走进了一家舞厅，舞池中一堆青年男女正随着震耳欲聋的音乐扭动着身体。豺狼找了一个

第十章

人少的地方落座，拿出手机拨通了一个没有备注名字的电话。

心理诊室内，齐衡奕锁紧门，拉上窗帘，又打开了墙角的水龙头，然后才拿出抽屉里的另一部手机。听筒里，嘈杂的舞曲声中混着豺狼的声音："警方开始怀疑我了，我身边跟了尾巴。"齐衡奕焦急地问道："那现在怎么办？自从威廉死后，警察就一直在监视我。"豺狼语气平缓地说道："让他们跟吧，现场我处理得很干净，他们不会有我们的证据。只是，我们暂时不能再联系了，你手里的这部手机只做一次性通话，之后就把它销毁掉，我们只要不露出马脚，他们不会耗费那么多精力盯我们的。"

"我知道，你千万小心。"齐衡奕话语中透着深深的担忧。豺狼嘴角轻翘："我的身份是干净的，他们从我身上找不到突破口的，现在他们的一切行动只是基于一个人的猜测，不会坚持太久的。"

"那个人——是彭鹰翔？"

"是的，你尽量和他保持距离，如果他想打感情牌，从你口中套出些什么，你千万不要头脑发热说出来，这是生死攸关的事，切记！"

齐衡奕黯然神伤，说道："你放心吧，我跟他没任何感情了。"她挂断电话，拉开窗帘，目光沉入暮色之中。

监控车里，徐昱辉盯着几个监视屏幕，表情忧虑。车门"哗啦"一声打开，一个刑侦队员钻进车内，苦着脸抱怨道："不行啊，里面声音太大了，根本听不见，而且她时不时挪动位置，唇语也读不到。"徐昱辉靠在桌椅上，不动声色，似乎早已猜到了结果。

一旁的赵沐之把关于豺狼的信息都整理了出来，递给徐昱辉："徐队长，她在使馆登记的名字叫 Cecily，查过她在加拿大的身份信息了，很正常，包括她在加拿大陆军的经历，都对得上，如果想要了解她是否参与过特种部队的训练，需要使馆出面沟通。"徐昱辉摇摇头："任何一个国家，从军记录都是带密级的，除非咱们手里掌握了实质性的犯罪证据，否则就不要想了。"

徐昱辉手里拿着豺狼和齐衡奕的照片比对着，喃喃说道："从两人的装扮和气质，还有她们平时跑步锻炼的动作来看，相似度很高，要说她们两个没有关系，我还真不相信。"徐昱辉把照片拍在桌子上，说道："继续盯！我就不信邪，我们这么多人对付两个女人，还能让她们藏着秘密了？"

二

下班时间，齐衡奕随着人群走出了公安医院的大楼。她像往常一样看了一眼街对面停着的那辆黑色SUV，然后装作若无其事的模样，骑上摩托车驶出了医院大门。后视镜中，那辆黑色SUV紧随其后，丝毫没有伪装跟踪的痕迹。

齐衡奕皱了皱眉头，一切都和豺狼想的不一样，警方根本没有轻易放弃对她的监视。在这一个多月的时间里，总有一些便衣像狗皮膏药一样甩不掉，她走到哪儿，他们就跟到哪儿，甚至从之前的藏身在暗处监视，变成现在这样明目张胆地跟踪了。齐衡奕也不敢联系豺狼，甚至跟王雯雯的联系也少了，生怕自己会给豺狼带来麻烦。

齐衡奕的摩托车经过了绿澜别墅区的门禁，SUV则停在了外面。齐衡奕一点也没感觉到轻松，因为她知道别墅里应该已经布置了监控、监听装备，她的一举一动应该都已经暴露在警方的监控之下了。她不是没想过投诉，只是现如今她妈妈的失踪案还没有结果，警方一直以这个理由作解释。

齐衡奕把摩托车停进了车库，出来时见程菡玥正站在树荫下，

第十章

她身上没有穿制服。齐衡奕知道避不开，索性主动走了过去，问道："彭鹰翔让你来的？"程菡玥淡然一笑："他只是我的上级，又不是我男人，现在是我的私人时间，我为什么要听他的？"齐衡奕把头盔抱在怀里："那你想干什么？"程菡玥说道："我只是想跟你聊几句。"

"我跟你没什么好聊的。"齐衡奕转身走开。程菡玥站在原地不动，说道："有人用你母亲的安全来威胁你，让你听从他们的指令，我没猜错吧？"齐衡奕脚步没停："我不知道你在说什么，没有任何人联系我，你们警察应该知道这点。"

"那天如果你在电话里告诉彭鹰翔你遭遇的情况，或许结局就不会像现在这样了。你还有机会把一切都告诉他，事情还有挽回的余地。"

齐衡奕停下脚步："我就是个普通人，没有什么迂回曲折的经历，所以，我回不回头，路始终都一样。"程菡玥走到齐衡奕面前，直视着她的眼睛说道："不，你现在不是个普通人了，我差点忽视了你身上我原本最熟悉的东西，是彭鹰翔提醒了我"

"难道你通过将我和彭鹰翔做对比发现了什么？"

程菡玥摇头说道："不，不是彭鹰翔，是我父亲。说来奇怪，我父亲在我幼年时就在一次缉毒行动中牺牲了。印象中，他每天都很忙，很少陪伴我，但是他身上那种战士般坚韧、果敢、刚毅的优秀品质，给我留下了深刻的印象。事实上，他的面貌我已经记不清了，但是他的意志一直伴随着我的成长。"齐衡奕的眼睛垂了下去："你看错了，我和你父亲不一样。"

"确实不一样，他是为了维护人民安全和国家秩序做出了牺牲，而你是为了私仇旧恨，抛弃了为人的原则，让自己成了一个无视法律的罪犯。齐衡奕，虽然我知道你做出这样的选择是迫不得已的，但是你有没有想过，你在不知不觉中已经成了跟他们一样的人，你也会为了达到某种目的不惜用上犯罪手段,直到有一天彻底失去对人性的控制。"

齐衡奕攥紧手掌:"你根本没有经历过彻底的绝望,有什么资格对我说教?!"程菡玥说道:"我只是想提醒你,不要再往下走了,再往下走,等待你的会是无法触底的深渊。而且,作为女人,我的直觉告诉我,你是喜欢彭鹰翔的。你难道没有想过,你最后变成的样子是他不可能接受的?"齐衡奕眼神复杂,看着程菡玥:"他喜欢的人是你。"程菡玥眼皮微微颤动着:"你应该很清楚,他其实把我当成另一个人了。我不知道他的心思,但是如果有一天他真的喜欢上了我,那一定是我程菡玥独特的一面吸引了他,而且这一面一定闪烁着人性的光辉,我希望你也不要抛弃这一面。"

齐衡奕垂下头:"现在说这些已经太迟了,我身上已经沾染了肮脏的一面……"程菡玥打断她的话:"没什么迟不迟的,只要你现在停下脚步,回头走,就不算迟。"

齐衡奕陷入了沉默,心情格外复杂,内心无比混乱。她已经看不清前方的道路了。一方面,她害怕自己真的像程菡玥说的那样,最终成为威廉那一类人;另一方面,她想起自己还从来没有把心里想说的话当面告诉彭鹰翔。这对已经无所畏惧,甚至看透生死的她来说,会是个遗憾。

而且,在这复杂的心理旋涡中,还闪烁着一丝微弱的希望之光。在它的指引下,齐衡奕原本已经悍然不动的心出现了一道裂缝。

三

早高峰,马路上的车辆川流不息。街头人行道上,行人们步履匆匆,有的手里还握着早餐,边走边吃。前方公交站台上挤满了

第十章

等待的人群,徐昱辉也混在其中,他抬头张望着徐徐驶来的 4 路公交车。

公交车停下来,徐昱辉跟着人群挤上了车。他站在靠近车门处的位置,拉着拉环,扫视着车内的人,蓝牙耳机中传出一个女声:"过三个公交站后,换乘同方向行驶的 9 路公交车。"徐昱辉压低声音,不耐烦地说道:"这一大早,我已经换了七八辆车了,都把东海市区绕一大半了!你到底想怎样?"公交车内乘客渐少,徐昱辉找了个靠窗的位置坐下来,望着窗外。他觉得对方对他的行踪这么了解,应该就跟在他身边。

"既然想了解蛋挞专案的内幕消息,起码得有点耐心吧。徐队长,快下车了,别坐过站了。"

徐昱辉皱着眉头,从公交车上走了下来。一辆 9 路公交车正好停靠在站台边。徐昱辉又坐上车,问道:"这一趟车在什么地方下?"电话那头的女声说道:"等我通知。"徐昱辉气恼道:"我一个刑侦大队长,等你通知?开什么玩笑!你要是敢耍我,我不管用什么手段都要将你绳之以法!"电话那头沉默了几分钟,突然说道:"下车!"

公交车正好停在站台旁,徐昱辉来不及多想,跳下车去,然后在电话的指引下,走进了一处尚未营业的商场大楼。

"从电梯进入负一层停车场!"

徐昱辉怒道:"还来啊?我都浪费一上午时间了!再这样下去,我要……"

"我跟你碰头,是拿着我的生命在做赌注,当然要警惕一些。我已经确认你身后没有尾巴了,下来吧,我在停车场等你。"女声打断了徐昱辉的话。

徐昱辉下到车库,在一排停好的车辆前左顾右盼。一束灯光忽然打在了他身上,徐昱辉迅速拔出手枪,指向亮着车灯的一辆轿车。

那辆轿车副驾驶座的门弹开了，徐昱辉小心翼翼地走过去，往车内探了一眼。主驾驶位上坐着一个戴口罩的女人，身形看着有些眼熟，徐昱辉正在脑海里比对时，对方摘下了口罩。

"是你！"徐昱辉脸色一沉，枪口下意识对准了坐在车里的齐衡奕。齐衡奕看着黑洞洞的枪口，说道："徐队长，用不着这么紧张，我一个手无寸铁的弱女子，还值得你用枪对付我？"徐昱辉始终保持着警觉，说道："你做过什么，自己心里比谁都清楚，你如果真像你说的那么简单，我们也不会耗费那么多人力、物力，对你进行那么长时间的监控。"齐衡奕浅浅一笑："徐大队长，或许我没有你想象中那么恶毒，毕竟如果我想杀你，你早就死了。"齐衡奕伸手往自己后背上搭了搭，暗示徐昱辉摸一摸他的后背。徐昱辉眼底突然透露出一股无法松懈的紧张，他一只手握着枪，另一只手往后背上摸去，扯下了贴在自己背上的一张纸。徐昱辉神色复杂，看着纸上画的那张笑脸，回想到自己一路上对此竟然没有丝毫知觉，不禁惊出了一身冷汗。

"你不是想知道蛋挞专案的线索吗？上车来说吧。"齐衡奕拍了拍副驾驶座的座椅。徐昱辉犹豫了一下，收起枪，坐了上去："我为什么要相信你？"齐衡奕说道："这么长时间过去了，你们都紧咬着我不放，说明你们笃定我跟这个案子有关。现在我主动找上了你，你怎么还开始怀疑了？"徐昱辉虽然没有理由反驳她，但总觉得事情太过突然了，又问道："你为什么要找我？据我所知，你曾是彭鹰翔的心理医生，跟他的接触更多一些。"齐衡奕摇摇头："我不会找彭鹰翔的，首先，我对他存有复杂的个人感情，我不想再面对他，也不想他因为我受到某种牵连；其次，你才是蛋挞专案组的负责人，就算我找到他，他也只是起到一个转述作用，所以还不如直接告诉你。"

第十章

徐昱辉注视着她："我这么大费周章地到这个地方和你见面，希望你给我的线索对得起我这一上午耗费的精力。"齐衡奕说道："放心吧，我要告诉你的直接关系到蛋挞专案的结果，不过这个故事很长，我只能说一遍，你仔细听好了。"

齐衡奕从自己被威廉灌醉后又遭其欺辱并被注射了四号开始讲起，一直讲到威廉绑架了李丽，齐衡奕被迫前往会面地点，并对李丽进行了救援。这其中，齐衡奕隐瞒了豺狼出现的部分，只告诉徐昱辉这一切从头到尾都是她一个人所为。除此之外，齐衡奕把武装突袭威廉的大本营，包括开枪射杀威廉的经过，都毫无保留地告诉了徐昱辉。

徐昱辉听得目瞪口呆，但也猜到了这个故事是阉割后的版本。齐衡奕为何能戒毒，又为何从一个普通的心理医生变成了受过专业训练的杀手，单凭这个故事都无法解释。而这一切的关键都在那个化名为 Cecily 的留学生身上。

"这件事太大了，我一个人也做不了主，你跟我回局里，我们再好好谈谈。"徐昱辉没马上把心里的疑惑问出来，而是想暂时稳住齐衡奕。他推开车门走下车，准备拨打张宝路的电话，让他们赶紧过来。徐昱辉的手刚放在屏幕上，耳畔便传来了一阵越野车的轰鸣声，随后五六辆车疾驰而来，"吱"的一声，刹停在徐昱辉身边。车门齐齐推开，跳出来许多人高马大的黑西装男，将徐昱辉和齐衡奕团团围住了。

徐昱辉扫视着这群突然冒出来的西装壮汉，留意到他们的腰间都鼓鼓的，显然都带了枪。他也赶紧把手放在腰间，握住了手枪枪柄，然后回头对齐衡奕冷冷地说道："什么意思？你给我设陷阱？"齐衡奕坐在车里没动，一脸茫然地说道："我也不知道怎么回事！"

徐昱辉率先掏出枪，指着其中一个西装壮汉。西装壮汉们也纷纷掏出枪来，气势汹汹地指着徐昱辉。徐昱辉临危不乱，大吼道："我是东海市刑侦支队的刑警，你们知不知道你们这是在干什么！用枪指着人民警察，你们的胆子可真不小啊！"

见这些人似乎并不畏惧，徐昱辉只得又恐吓道："刑警都在赶来的路上，还有几分钟就到了，到时候这里将会被包围，如果你们真敢对我开枪，你们一个都跑不掉！"

"徐大队长，原来你还布置了这么大的阵仗啊，我怎么不知道？"

一辆越野车后传来一个年长男人的声音，在徐昱辉听来，既熟悉又陌生，他循着声音传来的方向望去。一见到那个人的真容，徐昱辉的表情绷得像一具雕塑似的，不见有丝毫的松动。

四

"老爹？你怎么在这儿？"见三号特派员从车后走了出来，徐昱辉的眼睛瞪得浑圆。三号走过来，在徐昱辉肩膀上拍了拍："上次见面，还是公安部的联合专案行动，这一别都快五年了，我还以为徐队长已经把我忘了呢，没想到你记性挺好呀，不愧是号称东海神探的人啊。"徐昱辉干笑着收起枪："你可别取笑我了，那次行动你是专案的负责人，我怎么可能忘记。"他瞟了一眼周围那些人，又看向齐衡奕，"动静不小啊，就为了她一个人？"三号笑了笑："为了她倒还不至于，但是已经盯上她的那股犯罪势力不可轻视。"

齐衡奕从车上下来，警惕地看着三号："你是谁？你们两个认识？"三号说道："我是谁不重要，重要的是我可以把你从地狱中解救出来。"齐衡奕轻蔑地一笑："你？且不说你有没有这个能力，就算有这个能力，你又为什么要帮助我呢？这个世界没有无缘无故的善意。"三号似乎对齐衡奕的过去很了解，他说道："以前的你可不是这

第十章

么想的吧？你曾经也是个心存善念的人，看来你身上发生的那些事让你对所有人都有敌意了。"齐衡奕把脸侧到一旁，不作声。三号示意手下人都撤回车里："我们换个地方说话。"

市公安局顶楼的一间办公室内，齐衡奕坐下来，环顾四周，除了她、徐昱辉还有三号，办公室里再没其他人了。三号给徐昱辉倒了杯茶，又给齐衡奕端来一杯。齐衡奕没接，问道："你到底是谁？为什么对我这么了解？"三号看了一眼徐昱辉："他叫我老爹，你说我是谁？"齐衡奕冲徐昱辉怒道："他也是警察？我说过，这件事我只告诉你一个人，你为什么要欺骗我？"徐昱辉赶紧解释道："我也不知道他为什么会出现，我跟他根本不是一个部门的。"

"你也别把气都撒在他身上，就算他不告诉我，我也知道你的事，齐衡奕，地狱天使，我不光知道你的底，还知道豺狼的，她的真名叫 Alicia，我还知道 K2 以及那个名叫白狼的家伙。"

齐衡奕的心脏一阵狂跳："你们从什么时候开始监视我的？"三号毫不避讳地说道："实话实说，你在没成为 Hell's Angels 之前根本就不是我们的监视对象，你真正开始引起我们注意的时间点，是你求豺狼帮你戒毒，而她也出人意料地答应了你。从那天开始，我们觉得豺狼在你身上找到了感情羁绊，后来确实不出我所料，她把你变成了战士，让你拥有了自保的能力，甚至与你一同深入虎穴，解救你的母亲。"齐衡奕抿了抿嘴："你说帮我，要怎么做？"

"不光是你，还有 Alicia，我想帮助你们走出地狱，只是你的自首行为打乱了我的计划。当然，我考虑再三后觉得事情既然发生在东海市内，也应该让东海警方参与进来，所以我没阻止你和徐昱辉见面，我想让你们都参与到我负责的专案中来。"

徐昱辉对此也是一无所知，他诧异地问道："什么专案？"三号原本和蔼的面容一下变得凌厉起来："猎狼行动！"齐衡奕直视着三号，她从他身上感受到了一股浓浓的杀意。同时，作为心理医生的她，还发觉面前这个男人在说出"猎狼"这个行动代号时，代入了自己的主观情绪，似乎对所要猎的那匹狼怀有极大的个人仇恨。

徐昱辉面露为难之色："可是，市局下来的任务是蛋挞专案，这是在公安部都挂了名的，齐衡奕还有她的同伙都是该专案的目标，恐怕就算是老爹你也不好插手吧？"三号说道："这你不用操心，我会跟你们田局长那边沟通好的，她俩只是这个犯罪集团暴露出来的冰山一角，届时蛋挞专案会并入猎狼行动中，进行联合侦破！"

齐衡奕担忧地问道："Alicia，她会怎样？"三号正色道："她参与了很多次 K2 组织的恐怖行动，就算她杀的那些人大部分都罪有应得，但是制裁犯罪分子，需要有法律赋予的权力，而她的行为只是为了替 K2 达成某种目的。她手里沾了太多血了，罪无可赦。"齐衡奕激动地说道："她是被逼无奈！因为她妹妹被白狼控制了！"三号问道："你母亲不也被 K2 控制了吗？为什么你能自首，她却不能？"

见齐衡奕被问得哑口无言，三号语气缓了缓，说道："你说的我早就清楚了，所以我的话还没说完，她虽然罪无可赦，但是情有可原，只要你们能配合我们的侦查，争取立功表现，我们会酌情宽大处理的。我不能保证你们不受法律制裁，你们或许会坐很多年牢，但是和你们现如今被人控制、被剥离人性的生活比起来，我相信跟我合作对你们来说是最正确的选择。"

"我会劝她的，她本来就跟白狼有很大的仇恨，她会和我一起捣毁 K2，杀掉白狼的，这样的立功表现，足够让我和她活下来了吧？"齐衡奕像是抓到了救命稻草一般。

三号摇头说道："杀掉白狼，捣毁 K2，就凭你们两个？简直是白日做梦。你没有和白狼接触过，根本就不知道这家伙有多么恐怖、残忍。白狼的手段，Alicia 知道，她不会答应你去做这些事的，所以

第十章

趁早断了这个念头吧。"齐衡奕问道："那你想让我怎么做？"

"我给你两个选择：第一，跟徐队长走人，算你主动自首，该怎么处理就怎么处理，这也是你最开始选择的。第二，说服 Alicia，让她跟我见面，我会单独告诉她接下来的计划。"

齐衡奕想也没想："好，我会说服她的！"三号说道："她和你不一样，以她之前身处的环境，她对警察的戒备心理肯定很强。你如果直接告诉她在跟我合作，反而会让她更加警惕，甚至会让她对我产生敌对心理。"齐衡奕把手放在膝盖上："那你说怎么办？"三号告诉她："你把她约出来，让她单独与我见面。当然，为了保险起见，我的人会下掉她的武器，也可能需要给她戴上手铐，因为她和你不一样，她一旦反抗起来，局面恐怕就难以收手了。"

听他这么说，齐衡奕犹豫了，她担心这是警方给她和豺狼下的套。深思熟虑后，齐衡奕看着三号说道："我怎么知道，你不是在骗我？如果你的目的就是抓到 Alicia，那我这么做就是害了她。"三号哈哈大笑："在中国的土地上，我如果想抓她，易如反掌，从她走下飞机那一刻起，就已经在我的严密监控之下了，她伪造的身份、她藏枪的密室、她的一举一动，都在我的掌握之中。我说过，我的目的不是为了抓到她这一匹狼，而是要将她身后的狼群一网打尽！"

齐衡奕反复权衡利弊，心乱如麻。三号把杯中的茶水一饮而尽，说道："另外，还有件事我觉得有必要告诉你，我不想你心中有个结，也不想我们彼此之间有何隐瞒。在威廉对你注射毒品之前，我们其实已经对他进行了监控，但是你们之间的感情问题，我们没有关注过，毕竟你只是一个普通人。不幸的是，这最终导致你被威廉伤害了，我觉得这是我们的疏忽。我们本来想等一个合适的机会逮捕他，但是没想到白狼安排他绑架了你妈妈，引得你和 Alicia 出手，把你彻底拉下了水。"

齐衡奕眉头紧蹙，在这场内心的鏖战中，她逐渐感到疲惫。然而她明白，无论多么痛苦，她必须做出决定，不能永远被困在这无止境的挣扎中。齐衡奕目光黯然，低下头说道："这是我的命，而且最后踏入深渊，是我自己迈出的脚步。"再抬起头时，齐衡奕的眼神中充满了坚定："我听你的，我和Alicia的希望就寄托在你身上了！"

五

东海大学健身房内，一双肌肉精壮的长腿，在跑步机上有节奏地迈动着。豺狼把手搭在扶手上，抬起头，大汗淋漓。她抓起桌上的水瓶狠灌了一口，然后擦了擦脸上的汗，擦完拿起手机看了一眼。手机短信箱里收到了一条信息，豺狼点开信息，信息框里跳出一串陌生号码，末尾写着"Alicia"。

豺狼皱着眉头，拿着手机走到窗前，往窗外望了一眼，接着拉上了窗帘。她从荷包里摸出一台只有通话功能的手机，输入了那串陌生号码。电话接通后，豺狼没有说话，耐心地等待对方先开口。

听筒里传出齐衡奕的声音："Alicia，你还好吗？"豺狼捂着话筒口，压低声音说道："我们不是说过暂时先不联系了吗？"齐衡奕说道："警察都盯了我一个多月了，什么都没发现，他们肯定已经放弃了，现在我身边的警察都撤掉了。"豺狼也发现这些天围在她身边监视她的便衣警察都不见了，但还是提醒道："还是小心点好，他们或许转移到暗处去了，等着我们露出破绽呢。你找我有事吗？没事我先挂了。"

"等等！"齐衡奕攥紧手掌，表情复杂，说道，"我有件很重要的事，我想见你一面。"豺狼问道："电话里不能说吗？我现在用的就是安全电话。"齐衡奕说道："你告诉过我，所有的电子通信设备都有

第十章

可能会被监视,想窥探我们之间秘密的人不光有警察,还有那拨人,你应该清楚。"电话那头,豺狼的声音顿了顿,问道:"什么时候?在哪儿见面?"齐衡奕抬起手腕,看了一眼手表:"一个小时后,我在凤凰山观景台等你。"

齐衡奕放下手机,看向站在落地窗前的三号。三号站在东海市公安局大楼最高层,窗外的城景尽收眼底,他的目光落在城际线之外的一座小山上。一名黑西装壮汉走到三号身边,在他耳畔低语了几句。三号冲他点了点头,对方快步离开了办公室。齐衡奕眼中满是担忧,说道:"她已经答应我了,不管抓她的过程是否顺利,请你一定不要伤害她。"

"那要看你是否配合了,能看出来,她挺信任你的。"三号走过去拍了拍齐衡奕的肩膀。

东海市郊外的凤凰山,在阳光下傲然挺立着。满目青翠的树木间,各色野花竞相绽放,景色美不胜收。山间,一条清澈见底的溪流潺潺流动。在溪流旁的小径上,几个人影从林荫下穿梭而过,小队最末尾的人扫除了脚印,把落叶重新盖在泥土上。一根粗壮的树干上,一支套着消音器的狙击枪管从枝叶后冒了出来,身穿吉利服的狙击手双腿夹着树干,紧盯着瞄准镜,从高处查探着观景台的位置。

一架侦察无人机悬在上空,将监控画面传输到了藏在树丛里的一处移动指挥中心。三号严肃地盯着显示器上的画面,一辆摩托车在山林小路上穿行着,树叶缝隙中,豺狼的身影时隐时现。三号端起对讲机放在嘴边:"各小组注意!目标已经出现了,等我命令再行动!"

观景台上,齐衡奕局促不安地来回走动着,耳畔摩托车的声音越来越近。她循着声音看去,摩托车从树林中钻了出来,直到在她面前停下。豺狼跳下车，摘下头盔："到底什么事？非要当面说不可？"齐衡奕犹豫着说道："我有办法摆脱 K2 的控制了，而且——也能够把你妹妹救出来。"

"你以为就凭我们俩能对抗白狼？简直是异想天开！你要想清楚，一旦失败了，不仅会搭上我们这两条命，还有我们亲人的命。"

齐衡奕看着她，支支吾吾地说道："我知道，我们势单力薄，但是有人能够帮助我们……"豺狼一听，立即警觉起来，打断了齐衡奕的话："什么意思？你把我们的事告诉谁了？彭鹰翔？"

齐衡奕赶紧解释道："不是彭鹰翔，我也没有告诉过任何人，只是对方太了解我们了，我们的一举一动都在他的掌控中，但我觉得他不会伤害我们，而是真的想把我们从水火中解救出来——他想跟你谈谈。"豺狼狠狠地瞪着她，捏紧了拳头："你出卖我？"

"我没有！我只是看到了一束曙光，想带上你！我们的命运是连在一起的，我怎么会……Alicia！你要去哪儿？"

豺狼推开齐衡奕，跨上摩托车。摩托车突突冒出一簇尾焰，轮胎在地上飞速转动。车头掉转间，一道闪光从豺狼眼眶上一闪而过，豺狼迅速侧倒身体，藏在油箱一边。一枚麻醉弹从不远处的树上射了过来，"咚"的一声击在油箱上，碰撞出一团火花。豺狼蹲在车后，从腰间掏出手枪，抬起枪口对准了那棵树。齐衡奕见状，大喊一声："不要开枪！"与此同时，飞扑了过去。豺狼觉察到危险，下意识回头端枪指向齐衡奕。齐衡奕看着黑洞洞的枪口正对自己的眉心，大吃一惊，可手上的动作没停。豺狼的手指放在扳机上，犹豫不决，齐衡奕趁机抓住了豺狼的手臂。

"砰！"

子弹几乎贴着齐衡奕的肩头而过，她甚至能够感受到弹头的灼热。齐衡奕死死地抓着豺狼的手腕，另一只手握住手枪柄，按下弹

第十章

匣释放装置。弹匣滑将出来,豺狼眼疾手快,一把抓住弹匣。豺狼怒骂道:"贱女人!我帮了你,你反过来咬我,我告诉过你,你要是背叛了我,我会毫不犹豫地杀了你!"豺狼把弹匣重新插上,同时一脚踹开了齐衡奕。齐衡奕倒在地上,看着豺狼用枪口对准了她的胸口,手足无措。

就在这时,一颗麻醉弹打在了豺狼的脖子上。豺狼的身体颤动了一下,放在扳机上的手指迟迟无法压下。齐衡奕从地上爬起来:"Alicia!"在豺狼的视野中,齐衡奕变成了无数道重影向她跑去。豺狼捂着脑袋,脚步踉跄,最后重重地倒在了地上。齐衡奕托着她的肩膀,嘴巴一张一合,她却听不到任何声音。渐渐地,豺狼的意识变得模糊起来,接着眼睛一闭,再也没有睁开。

六

密室里,豺狼睁开眼,眼前仍是一片黑暗。她想抬起手臂,却发觉手臂被反绑在了椅背上。她动了动脚腕,立马响起一阵铁链碰撞的声音。口干舌燥的豺狼抿了抿嘴唇,发现嘴巴没被封住,然后憋足一口气,大声骂道:"齐衡奕,你个臭婊子!早知道这样就该让你烂在狗笼子里!"

这时,铁门被人从外面推开,一丝光亮透了进来。屋顶日光灯管闪烁几下后骤亮,豺狼感到眼睛一阵刺痛。她紧闭双眼,听到脚步声在她面前停了下来,随后一个年长男人的声音传来:"醒了啊,身体素质确实不错,比平常人早醒两个多小时。"豺狼缓缓睁开眼,瞪着面前的陌生男人:"齐衡奕呢?"

"让她进来吧。"三号回头对门外说了声。齐衡奕从两名壮汉的手中挣脱出来,冲进了密室里。她半跪在豺狼身边,抓着豺狼的手,担忧地问道:"Alicia,你怎么样?"豺狼紧绷着脸,胸口剧烈起伏着,强压着心中的怒火:"我脸上有点不舒服,你帮我按按。"齐衡奕想也没想,伸手就去摸豺狼的脸颊,一旁的三号急忙提醒道:"别碰她!"

话音刚落,豺狼张开嘴,照准齐衡奕的手狠狠咬去。在三号的提醒下,齐衡奕迅速抽回了手,心有余悸地看着豺狼:"Alicia,我对你没有恶意,我这么做是想帮你!"豺狼咬牙切齿地说道:"不要在我面前惺惺作态!一想到你当初说把我当作这个世界上最信任的人这句话,我就作呕!比起你,我更恨我自己,恨我不长记性!我这辈子注定要死在我曾信任的人手中!"

"Alicia,不是你想的那样,你能听我解释吗?"齐衡奕泪眼蒙眬。

"你约我见面,我却挨了一发麻醉弹,还被捆在这儿,你让我怎么想?还有,我是不是告诉过你,不要把我们的事告诉给别人!你了解你旁边这个老头的底细吗?你觉得他会这么好心帮你吗?你就是在利用我达成某种目的!"

齐衡奕茫然无措地摇着头,不知道该说些什么。三号拍了拍她的肩膀:"你先出去吧,你留在这儿反而会让她无法冷静下来。"齐衡奕点了点头,走出密室,关上了门。三号拿出警官证,端在豺狼面前。豺狼扫了一眼上面的警号,愣了一下。她意识到站在她面前的这个老头是公安系统的一名高级别领导,职位甚至在东海市公安局局长之上。

三号收起证件,说道:"她没有骗你,她确实没有把你们之间的秘密向我透露半句,我只是让她配合我把你请到这里来,和我单独聊一聊。你和她不一样的地方是你经历过杀戮,你在感受到威胁时会奋起反抗,而且无法控制住自己的杀心。这是我所担心的地方。万一在控制你的过程中,你打死一两个警察,那你就彻底没回头路

第十章

可走了。"

豺狼把脸侧到一边："我犯的罪早就够判死刑了，而且 K2 如果知道我被警察抓到手了，就算我能活着出去，他们也会杀我灭口的，所以无论如何，我都改变不了死亡的结局。"

"你放心，这次专案行动是公安部的最高机密之一，除了我，没人知道接下来的计划是什么，你的行踪也会保密。至于你说的结局——我实话实说，参与我方的行动肯定是有生命危险的，我也保不准白狼是否会发觉你已经叛变，但是中国有一句古话，人固有一死，或重于泰山，或轻于鸿毛，你是在军营待过的人，这种格局我相信你有。协助我抓到白狼，将他身边那些无恶不作的同伙绳之以法，和替白狼卖命而死比起来，孰轻孰重，不用我说你也明白。"

豺狼嗤之以鼻，说道："话说得漂亮有什么用？！你的目的就是为了抓到白狼，摧毁 K2，至于我是死是活，你根本就不会放在心上！"

三号叹了口气："看来你还是不肯相信我啊。"三号掏出手机，拨通一串海外号码，然后把手机抵在豺狼耳朵上。听筒里嘟嘟响了几声之后，一个声音粗犷的男人用西班牙语问道："喂？"豺狼听到这个熟悉的声音，表情顿时僵住了："卡特？"

"艾丽莎？你还活着？"男人的语气震惊而激动。豺狼原以为与这个化名有关的一切都已经随着那架坠落的飞机烟消云散了，此时听到这个名字重新被人提起，她的内心百感交集。卡特手中的电话被另一个人夺了过去，那人的语气中透露着深深的关切："艾丽莎，你在哪儿？为什么这么久都不跟我们联系，我们都以为你死了！"

"安第斯？"豺狼瞪大双眼，满脸的不可置信。安第斯喜极而泣："是我！艾丽莎，我找你很久了，可是你就像凭空消失了一样，我以为我们这辈子都不会再有联系了。"豺狼眼含热泪："你不是上了那架飞机？你和我们小队的队员不是都……"

电话重新回到了卡特手中，卡特说道："那架飞机确实在飞行途中被一枚手持防空导弹击毁了，但是在出发前，我们收到了中方的袭击预警，所以我临时让小队从那架飞机上撤离了，他们都没事。"豺狼用疑问的眼神看着三号，三号点了点头，随后背转过身子，泪水在眼睛里打转。给眼镜蛇部队的预警，正是他儿子高晓光提供的情报。

电话里卡特继续说道："艾丽莎，既然你能用这个电话跟我联系，说明你现在是安全的，我们已经将K2视为了敌对目标，无论是眼镜蛇部队，还是中国警方，都能保障你的安全，如果你想回来，我和安第斯他们随时欢迎你！"

豺狼哽咽道："我早就不怕死了，我怕的是——我妹妹还在他们手中。"卡特说道："艾丽莎，你别哭！你永远是眼镜蛇部队的人，我们会救你妹妹出来的！"

挂断电话，三号拍了拍豺狼抖动的肩膀："你应该相信卡特的能力吧？还有其他顾虑吗？"豺狼把攒在眼眶里的泪水憋了回去："可是他们不知道我妹妹在哪里。"三号说道："我知道，她在新西兰，现在很安全。"三号拿出几张照片，一张一张在豺狼面前展示。照片中Belle在一名金发女人的陪同下，出现在学校、公园、海边等地方，不远处还有一些外籍男人跟着。

"求求你了，把我妹妹救出来，让她过正常人的生活。只要你们能救她出来，我什么都答应你，你让我做什么都可以！"

三号摇了摇头："还不到时候。"豺狼急切地问道："那要等到什么时候？"三号说道："你妹妹现在很安全，在正常地上学、生活，白狼暂时还没对她进行杀手训练，而且我的人也在暗中保护着她。如果我现在把她的位置告知卡特上校，眼镜蛇部队一旦行动，成功的概率确实会很大，但这也意味着白狼知道你叛变了，他会不择一

第十章

切手段追杀你的。"

"我不怕死，让他来找我吧，我正好跟他同归于尽！"豺狼怒目，咬牙切齿地说道。

"你一个人杀他？你自己也清楚这是不可能的事，他也不会傻到跟你同归于尽，所以最后的结局一定是，他成为你这辈子的噩梦。这不但会影响你，你的妹妹也会受到牵连，你不是说过想让她过正常的人生活吗？"

看到豺狼的眼神黯淡下来，三号继续说道："或者你有另外一个选择，那就是帮我抓到他，然后亲眼看着他被中国警察戴上手铐，送上法庭，让他接受法律的制裁，结束他那罪恶的一生。也许到那时候，你还有机会陪伴着你妹妹长大。"豺狼眼睛里闪烁着希冀的光芒："那时候我还能活着？"三号坚毅地说道："你和你妹妹还有齐衡奕，我希望你们都能活着，就算某一天你和她要接受法律的制裁，那一刻你们心中也会是坦然的。而且我也肯定，你们不会被判死刑，至于最终的结果，取决于你们对专案行动的作用。用功劳抵消你过去的罪行是最明智的选择。"

豺狼被说动了，问道："你需要我做什么？"三号伸出手指在水杯里蘸了一下，然后在桌子上写下了四个字。豺狼眼神坚毅如山，呢喃道："猎狼行动——"

第十一章

一

半个月前还火辣辣的太阳，在九月已经变得稍微有些柔和了。特警支队训练基地内，微风吹过，落叶纷纷扬扬。草叶泛黄的操场上，女子特战大队的队员列着齐整的队形，露在短袖外的胳膊比三个月前黝黑了不少。

此时女队员们齐刷刷地看着站在队伍前的程菡玥，一个个眼眶通红。程菡玥收起复杂的表情，说道："大家多少都听到些小道消息了，特警支队将成立女子警犬技术中队，需要一名接受过特警作战训练，同时具备警犬教导能力的女队员成为该中队的中队长"程菡玥的目光从女队员们的脸上掠过，最终定格在王睿洁脸上："王睿洁！出列！"

"是！"

王睿洁一声厉吼，大步迈出，从队伍中走了出来。她的眼睛有

第十一章

些红肿，看得出来已经哭过很久了。程菡玥正色对王睿洁说道："王睿洁同志，根据上级命令，你接下来的工作有调动。祝贺你，成为排爆大队警犬技术中队的中队长。"王睿洁极力忍着泪水："报告！我不想离开！"

"说什么呢！你当过兵，明白军令如山。你比谁都清楚必须服从这个调令，你应该让特警支队的所有人都看到，作为霹雳女子特战小组中的一员，面对命令要雷厉风行！面对急情要当仁不让！"

王睿洁紧抿着嘴唇不说话。程菡玥看着这位朝夕相处的队友，忍着不舍说道："我理解你的心情，但是上级下达这样的命令，就是看中了你的能力，你应该训练出更多王睿洁和 Perfect 出来，把我们女子大队的精神传递下去。孰轻孰重，我希望你明白！"王睿洁稳住情绪，缓缓点了点头："我明白，我会承担起一名中队长应有的责任的。"

篮球场旁的树林下，严峻一脚一脚地踩着干枯的落叶，心事重重。彭鹰翔站在他身边，看着操场上的女队员们，对严峻说道："你也别太难过，虽然她要调走了，但总归是我们特警支队的人，以后见面的机会不会少的。"王睿洁站在猎猎作响的队旗下，严峻望着她笔直的身影，说道："我倒不是担心这个。"彭鹰翔笑道："那你担心什么？怕她过去了，被人挖了墙脚？那边也是女队，再说咱闪电突击队的人，谁敢挖？那不是找练吗？"

"说啥呢！我担心的是她到了那儿，以后有什么任务，我不一定能在她身边保护她了，排爆大队那么危险，稍有差错，那都是致命的。"严峻忧心忡忡地说道。

"她是一名优秀的特警，有能力保护好自己的。上级能让她担任中队长，说明她有丰富的排爆经验，没事的。"

"所以这些话我都没敢跟她说，她在工作中是个很强势的人，要

215

是知道我把她当作保护动物一样看待，肯定要跟我吵起来的。但是话又说回来，哪个男人不想保护自己的女人？"严峻的目光像是钉在了王睿洁身上一样。彭鹰翔听他这么说着，突然想到了高婉莹，理解了严峻的话。两个男人的脸色一刹那变得凝重起来。

彭鹰翔想缓和气氛，调侃道："哟，都开始称呼为你的女人了，怎么样？感情发展到哪一步了？啥时候咱突击队能喝上你俩的喜酒啊？"严峻一阵脸红："一个星期前跟她表白了，前两天我爸妈来东海探望我，我把她带到他们面前了，我爸妈都很喜欢她，我和她商量的是今年年底到她家里提亲，快的话明年年初我们就领证了。"

"你小子，速度可以啊！"彭鹰翔笑了笑，又拍着严峻的肩膀说道，"如果是这样，那她调走就是避不开的事情了，咱们大队规定夫妻俩不能同时在队里任职，早晚是要分开工作的，长痛不如短痛。"严峻点了点头，情绪缓和了不少，他抬头看着彭鹰翔："你跟程菡玥关系咋样了？看得出来，她挺喜欢你的。高婉莹已经离开这么久了，你总得从原来的伤痛中走出来，面对新的感情吧。"

"没有的事，你可别当着她的面说这话，我脸皮厚，人家姑娘家的，影响不好。"

严峻嘴一撇："这你可瞒不住我啊，前段时间我还看见你开车载着她去老街那边逛呢。"彭鹰翔急忙解释："那是送她去……"严峻挥手打断他的话："不用解释，解释就是掩饰。要我说，你就别藏着掖着了，主动一点，万一她先开口跟你表白了，我看你这张老脸往哪儿放。"

彭鹰翔刚动了动嘴唇，就看见程菡玥转身往他们这边看了一眼，赶紧把话憋了回去，把目光向上抬动。秋风一扫，树叶纷纷落下，与风共舞。彭鹰翔的思绪如落叶般摇曳，他有些担心，担心真的会变成严峻说的那样。那时，恐怕自己会陷入两难的境地。

第十一章

二

指导员办公室里，邬一曼站在靠墙的位置，一脸忐忑，头都不敢抬。王冀陇坐在椅子上盯着她："小乌龟，你紧张啥？站过来点，我又不会吃了你。"邬一曼撇了撇嘴："我还是站在这儿吧。"王冀陇无奈地说道："得得得，就站那儿说吧。这次找你来是想告诉你，接下来你的工作会有些变化……"

没等王冀陇把话说完，邬一曼头摇得像拨浪鼓："指导员，我不当中队长，我能力不够。"王冀陇说道："我没说让你当中队长啊！"邬一曼松了一口气："那就好，我怕我也跟王睿洁一样调到别的地方去了。"

"你的意思是，你不愿意去别的地方？"

邬一曼说道："是啊，我不愿意离开霹雳特战小组，就算是让我去别的地方当大官，我也不去，我就赖在咱一大队了。"王冀陇靠在椅子上，抱着双臂："如果你是这么想的话，那太可惜了，本来有个公安部督办的保密专案，部里领导点名让你参加，咱一大队这么多人，只有你被选中，既然你不愿意去，那我就报告上去，让他们换人去。"

邬一曼一听这话，顿时来了兴趣，凑到王冀陇面前问道："指导员，什么专案这么神秘，就我一个人能去？"王冀陇一本正经地说道："公安部最高级别的专案之一，我在特警支队干了这么多年，也没碰到过一次，这对所有人来说都是一个难得的机会。"邬一曼脚后跟往地上一磕："指导员，我愿意去！保证不丢东海特警支队的脸！"

"你不是说不愿意离开这儿吗？"

邬一曼咧起嘴角说道："这么光荣的事，我当然愿意去了，只要完成任务后我还能回来。"王冀陇提醒道："你参与的专案需要严格保密，跟谁都不能说，包括你的队友和上级领导。"邬一曼坚定地说道："放心吧指导员，规矩我知道，什么时候走？"王冀陇看了眼手表："车就在基地大门口，你有二十分钟的时间收拾东西，带上你的生活用品和电子设备，枪不用带——这次行动不用你动枪。"

"是！"邬一曼站直身子敬了个礼，转身跑出了办公室。

此时东海市武警支队驻扎地旁的一座山间别院内，三号盘腿坐在棋盘边，专心致志地盯着棋盘上的棋子。齐衡奕和豺狼一左一右站在他身旁，看着玄之又玄的棋子布局，百思莫解。三号揉捏着掌心中的棋子："雪狼，我知道你会下围棋，你对这个棋局未来走向的判断是什么？"

齐衡奕显然对这个新代号还没完全适应，顿了顿才反应过来，说道："我感觉，不管是黑方还是白方，看上去走势虽然杂乱无章，但实际上每一步都暗藏玄机，似乎在编织一张巨大的网，而且还相互露出破绽，就等着对手往网里面钻。"

"那你想好下一步棋该怎么走了吗？"

齐衡奕摇了摇头："不管怎么走，都会被对方的一步杀招逼到绝境。"三号赞许道："你很聪明。"豺狼看着三号："你是在模拟白狼的思维方式？"三号笑了笑，没说话。豺狼眼睑下压："白狼也喜欢自己跟自己下围棋，只是我看不懂。"

"他当然不会让你看懂，你只不过是他的一枚棋子，哪有棋子懂得下棋人心中所想的？"

豺狼说道："在这里待这么多天了，你还没告诉我们，要让我们做什么。"三号捏着一枚棋子，悬在棋盘上："下棋，讲究的就是心

第十一章

定,高手交锋就是要等到对方沉不住气时,才能提升自己胜算的概率。"三号落下棋子:"白狼非常狡猾多疑,现阶段你们不能采取任何行动,你们现在只需要记住,徐昱辉队长是你们的秘密联络人,除了他之外,警方任何人都不会与你们联系。还有一件事也要记住,事先要请示,事后要汇报,你们要稳住自己的性子,千万不要做些冒失动作,影响我整盘大棋。"

"明白!"齐衡奕和豺狼回复道。

"你们待在这儿吧,我还要和一个小朋友见一面。"三号收起了棋子。看着三号离开的背影,豺狼恍若隔世般说道:"这一切太超乎我的想象了,几天前,我还是K2安插在东海的杀手,跟中国警方是死敌;现在,我成了警方的特情人员,为了自己妹妹的命运,迷途而返。"

齐衡奕问道:"你不怪我出卖你了?"豺狼表情复杂,认真说道:"谈不上出卖我,是你看到这条路有希望,让我陪你一起前行。目前为止,我还看不出对我们不利的一面,走一步算一步吧。"齐衡奕点点头,淡然说道:"我们还是无法知道全部的真相,但在这场光明与黑暗的博弈中,至少我们守住了人性,这就够了。就算有一天,我们被装进了骨灰盒,那也是为了正义所做出的牺牲,就算得不到赞许,总归不会受到唾弃吧。"

"骨灰盒?你想多了。"

齐衡奕笑道:"怎么,老爹不至于连骨灰盒都舍不得给我们吧?"豺狼说道:"那倒不至于,只是你想得太天真了,一旦迈出这一步,我们最后的归宿往往不是骨灰盒。"

"那是什么?"

豺狼沉重地说道:"一个乱坟岗!"

三

别院内,三号穿过走廊,快到一间办公室门口时,停下了脚步。三号抬头盯着墙角上方一台闪着红灯的监控探头,笑着说道:"马上就见面了,悄悄在监控里偷看我,是不是有点太不讲礼貌了?"

办公室里,邬一曼慌张地合上屏幕,心脏怦怦乱跳。门锁转了一下,门被人推开了。三号走进来,看了一眼邬一曼的手提电脑,脸上依然保持着笑容:"技术是不错,这么快就能黑进我们驻地的网络,不过很可惜我们驻地用的是专网,你一动,马上就被反监视了。"邬一曼站起身,低着头说道:"领导,对不起,我错了。"三号没批评她,只是告诉她:"你虽然参与了专案,但是有些不该知道的还是不要打探为好,这个世界上比你技高一筹的人有很多,可不要耍小聪明。"

邬一曼重重地点了点头,又问道:"领导,我到了这里,在专案结束前都不能离开是吗?"三号说道:"是的,不过很快就会有人来陪你了,你不用怕自己一个人会孤单。"邬一曼眼前一亮:"是我们特警支队的人?"三号笑了笑:"也不一定,你顾好自己的任务,其他的事不要管。"

东海市特警支队门口,一辆猛士领头,后面跟着两辆军卡。猛士车窗里伸出一只粗壮的手臂,把证件递给了执勤的警员。大门拉开,车队驶入基地。支队长王儒早已守候在停车场,他冲猛士车招了招手,车停在他面前。巴特尔跳下车给王儒敬了个礼:"支队长同志!中国陆军狼牙特战旅026特别突击队奉命前来报到,支援国际政经高峰论坛安保工作!我部现已抵达东海特警支队,归入安保指

第十一章

挥部应急机动预备队序列，请指示！陆军少校，哈丹巴特尔！"

王儒热情地握住了巴特尔的手："辛苦了，大伙先去食堂吃饭，饭后我安排人领你们去宿舍。"巴特尔点点头，回头对身边的副官给出指示。军卡里的特战队员哗啦啦全跳下了车，抱着枪，列着整齐的队形。报数完毕后，王冀陇领着他们朝食堂走去。

王儒见巴特尔站着没走，还在四处张望，笑着问道："怎么，在找老熟人？"巴特尔说道："上次走得匆忙，都没来得及请老班长吃顿饭。今天到了他这儿，想跟他打声招呼。"王儒拍了拍他的肩膀："先去吃饭吧，他那边情况比较特殊，需要评估一下让不让他参与。"

基地训练场馆内，彭鹰翔和张鑫穿着拳击短裤，对立站在搏击台上，裸露的肌肉散发着阳刚之气，尽显力量之美。两人挥舞着拳头，攻防交互，在搏击台上挥汗如雨，拳套砸在彼此身上的声音此起彼落。一个回合完毕，两人靠在护栏上，喝着水。这时，王儒走过来，跃上搏击台，冲张鑫伸出手，示意对方把护具给他。

彭鹰翔看了王儒一眼，调侃道："你这一天到晚坐办公室当领导的，四肢都快退化了，行不行啊？"王儒戴上拳套，摆出架势："少废话，干就完了！"彭鹰翔扔下水瓶，冲了过去。两人交手几招，王儒一个灵活的闪避，挥出一拳打在了彭鹰翔做出防御动作的手臂上。一道沉闷的打击声后，彭鹰翔后跳半步："力道可以，宝刀未老啊！"

王儒跳动着，突然开口问道："白狼，你俩还记得吗？"彭鹰翔和台下的张鑫同时一愣，两人脑海里不约而同地闪出同一个画面。彭鹰翔问道："当然记得，怎么了？"王儒说道："我们得到可靠情报，他目前已经是国际犯罪集团K2的头目之一，而且试图在东海策划恐怖行动。"

彭鹰翔皱着眉头，思绪闪回到多年前。在那场与武装贩毒集团的激斗中，彭鹰翔和张鑫的退路被毒贩截断了。两人靠在一个坑洞里，弹尽粮绝，只能眼睁睁看着四周的毒贩步步紧逼。彭鹰翔掏出最后一枚手雷，拨开了保险，视死如归般看着张鑫。腿部负伤的张鑫艰难地爬过去，伸手抓住彭鹰翔的手腕，点了点头。正当彭鹰翔准备松手时，突然间枪声大作，一枚接一枚的手雷在毒贩们的脚下爆炸，四周顿时硝烟弥漫。一道矫健的身影从硝烟中钻了出来，跳入坑洞中，扔来一串弹匣。看着本应该撤离的白狼，彭鹰翔沾满血污的脸上露出一道笑容。白狼也笑了笑，朝彭鹰翔伸出手，两人的手紧紧相握。

搏击台上，王儒见彭鹰翔眼神一阵恍惚，说道："这次行动，我建议你回避。"彭鹰翔定神道："我不回避！是，他曾经是我的战友，也是我过命的兄弟，但现在，我们背道而驰了，他是罪犯，我是警察，这两种身份胜过一切私人感情！这些道理我都懂，我不会因为过去的事影响到现在的行动的。"

王儒看向张鑫："你呢？什么想法？"张鑫一脸愤懑地说道："是白狼背叛了我们的兄弟情谊，遇上他，我不会心慈手软的！"王儒点点头："好，听你们这么说，我就放心了。这次行动关系到国际政经高峰论坛的顺利召开，你们俩都是特警支队反恐作战经验极为丰富的战士，少了你们，我心里反倒还没底了。"

四

夜晚，郊外别墅内，豺狼在客厅的跑步机上挥汗如雨。电视里，新闻频道的主持人正在播报着东海市即将召开国际政经高峰论坛的消息。此时，放在茶几上的手机震动起来，豺狼走过去接起电话："喂？"白狼的声音传出来："最近休息得怎么样？"豺狼冷冷地问道：

第十一章

"有事？"白狼呵呵笑道："我想你沉睡太久了，是该活动活动了。"豺狼问："你这是要唤醒我了？"

"不光是你，还有你身边那匹伴狼，你们准备一下吧，接下来的每一天都会很艰难。"

挂断电话，豺狼脸上露出严肃的表情，她明白，她和齐衡奕等待的时机终于要来了。

此时，千里之外的太平洋上，一艘货轮正在平静的海面上行驶。船长室内，一台军用笔记本屏幕上挂着一张全副武装的特警人员的照片，彭鹰翔锐利的双眼露在黑色面罩外。屏幕散发的光映在白狼脸上，白狼的表情有几分凝重。在他身后，一个穿着背心的男人不屑一顾地说道："只是跟一群小警察打交道，用得着您亲自出马？"白狼沉声说道："章鱼，不要小看我们这次的对手，如果我们的准备做得不够充分，东海这座城市，我们很可能进得去出不来。"章鱼傲慢地说道："我们跟各国警察打的交道不少了，跟我们比起来，他们不过是一群童子军罢了。"

"他们不一样，中国警察，尤其是特警，那都是老手，而且以中国的大国身份，他们会把这次的国际会议当作一项很重要的工作，武警甚至是军队方面，都会助力保护会议的安全进展。这里面，我最担心的还是东海特警支队的闪电突击队，他们是一群接受过特种作战训练的战士，他们中还有两名我曾经的战友，两人的实力更是不容小觑。"

章鱼听到这里，心里有些打鼓了："那我们怎么办？"白狼说道："我们的优势是在暗处，他们不知道我们每一步的计划，我要利用这一点给他们上一堂生动的恐怖袭击教学课！"

白狼点动鼠标，切换图片，霹雳女子特战小组的六位女队员出现在屏幕上。他的目光落在了王睿洁身上。

太阳冉冉升起，黎明的曙光揭开了笼罩在东海市上方的夜幕。在温暖的光芒下，年轻的学生欢笑着踏进了校园，上班族精神满满，走在干净的马路上，大街小巷中，商贩们热情地招待着每一位走进店内的顾客。在这一派祥和之中，市特警支队作战指挥室内却笼罩着紧张的气氛。十几名穿着不同制服的职能单位主官，还有穿着武警、特战作训服的军职干部们，端坐在椅子上，每个人都紧绷着脸，静待着暴风雨的到来。

田新民走进会议室，站在巨大的电子地图前，威严地说道："国际政经高峰论坛的安保任务已经正式启动了，作为中国警察、军人，我们要心怀大国担当，将各国政要和工作人员的安危放在首要位置，我们要让全世界都看到，中国是最和平安全的国家！"

"是！"会议室内的众人齐声高喊道。

田新民锐利的目光从众人身上扫过："这次任务，我们不能像看待平常安保工作那样。根据我们以及刑侦部门获取的情报得知，有敌人试图进行恐怖袭击，扰乱国际政经高峰论坛的秩序。你们都是军警各个特战单位的精兵悍将，由你们执行安保任务，构建这一道铜墙铁壁，我是放心的。但是，我们阻止大规模恐怖袭击企图的同时，也一定要谨防一些看似无足轻重的治安事件，这些都可能是犯罪集团对我们的干扰和试探。为了让各单位协同作战更顺利，现将各职能部门和军警单位统一归入安保指挥部，我是指挥部总指挥！特警支队支队长王儒担任行动指挥！"

王儒走上台，朗声说道："根据安保指挥部的规划，市公安、武警、解放军部队，临时成立联合反恐作战指挥部，专属电台呼号'手术室'，我的电台呼号是'外科主任'，你们是最精锐的战略打击力量！就是这一台手术中最锋利、尖锐的手术刀！一旦遇到情况，军警联动，在这颗毒瘤还在萌芽阶段时，就将它狠狠切除掉！"王儒

第十一章

看向彭鹰翔，"特警闪电突击队！"

"到！"彭鹰翔霍地站起身来，如同一座巍峨的山峰挺立着。

"你们是第一把手术刀，电台呼号不变，依旧是'闪电'！"

"是！"彭鹰翔声音如雷。

王儒又喊道："东海武警支队特战大队！"一名肩上挂着两杠一星警衔的武警官兵站了起来："到！"王儒说道："你们是第二把手术刀，呼号'刺刀'！"

在程菡玥热切的目光中，王儒看向了她："特警支队女子霹雳特战小组！"程菡玥迅速起身。王儒说道："你们是第三把手术刀，但不代表你们是第三批出动，你们女警出警比男警动静小，对一些疑似犯罪集团进行的试探袭击，你们应对更合适，所以你们这次机动行动，可能首批出动，也可能配合其他手术刀行动。另外，中国陆军狼牙特战旅026特别突击队也参与协助这次任务，呼号'暗箭'，他们是压箱底手术刀，是真正的撒手锏，但是一旦动用他们，局面恐怕会扩大，所以不到万不得已尽量不动！"

巴特尔敬了个礼："我们服从支队长的指挥，时刻准备出动！"王儒点点头，拿起遥控器按下去，身后电子屏幕上出现了白狼在境外活动的照片："这个人，代号白狼，是国际犯罪集团K2的重要头目之一，对我们接下来的安保任务会构成巨大的威胁。他的样貌，包括随后发送给你们的关于他的资料，都要严格保密，不允许透露给任何人，包括自己的队员。"台下众人盯着屏幕上白狼的照片，努力将他的样貌刻在脑海中。彭鹰翔眼皮微微颤动，脸色却未变半分。

王儒关掉屏幕，说道："另外，还有个秘密的专案组一直在调查白狼，我们无权过问他们的进展，不过他们会随时向我们通报最新线索。他们的目的是通过调查白狼，捣毁他背后的整个犯罪网络，所以在前期行动上不会那么激进。但是，如果这个家伙威胁到国际政经高峰论坛的安全，我们不惜一切代价也要抓捕他或者击毙他！总之一句话，我们要保证万无一失！"

"明白！"众人的喊声震耳欲聋，每个人脸上都有着不可撼动的威严。

五

东海市110指挥中心，巨大的屏幕被分成了若干个小屏幕，同步着全市各个区域的治安监控画面。源源不断的电话铃声中，接线员们井然有序地忙碌着。

一个女接线员面前的座机响起急促的铃声，她迅速抓起听筒："你好110，请问需要什么帮助？"突然间，她怔住了，随后沉声问道："你是什么人？你怎么知道？"听筒里没人回应，而是响起了断线的嘟嘟声。

女接线员急忙点开屏幕上的电子地图，上面显示着外勤警员的分布坐标。她抓起桌上的对讲机，调换到与目标最近的巡逻警察的电台频道，急促地说道："有人报警，公主岭游乐场茶餐厅里有炸弹，报警人称还有四十分钟爆炸！请立即前往核实警情！"

游乐场茶餐厅外，停着一排闪烁着红蓝警灯的警车。在警笛声的刺激下，游乐场里马戏团的猴子四散逃窜，它们躲在假山上，远远地往餐厅的位置望着。一群惊慌失措的顾客从茶餐厅里跑了出来，在几名警员的引导下，跑到了警戒线外。在确认完游乐场附近所有游人都安全疏散后，另外几名警员才快速撤离。

一辆标着"特警"车徽的警车疾驰而来，停在警戒线外，王睿洁牵着Perfect跳下车。一名现场执勤的警员跑过来："现场的人都撤离了，我们刚才在茶餐厅里找了一圈，但是并未发现有可疑的爆炸

第十一章

物,根据匿名报警电话推测,还有三十分钟炸弹就会爆炸!"

王睿洁低头在手表上定下三十分钟的时间,对警员说道:"屏蔽这块区域的所有通信信号,以防对方通过拨打手机引爆炸弹。"又转身对每个手里都牵着警犬的女队员说道:"时间很紧迫!我们分散行动,一旦找到可疑爆炸物,立即通知我,不要自己动手!最后五分钟的时候,不管找没找到炸弹,都立即撤离!"

"是!"一众女队员迅速带着警犬跑向了茶餐厅。

王睿洁牵着 Perfect 跟了过去。进入茶餐厅之后,王睿洁指示 Perfect 对目标位置进行了地毯式搜寻。时间一分一秒地过去,Perfect 飞快地迈动四肢,在茶餐厅正厅、前台、桌椅下跑动闻嗅,没放过任何一个角落。王睿洁皱眉看了眼手表,时间只剩下十五分钟了。她捏着对讲机询问道:"你们那边什么情况?"对讲机沉默片刻后,传来各个队员的回应声,均表示没有发现可疑爆炸物。

听到外面传来熟悉的防暴突击车的轰鸣声,王睿洁往窗外望了一眼,看见闪电突击队的队员们从车厢内鱼贯而出,她冲窗外喊道:"别进来!炸弹还没找到!"话音刚落,彭鹰翔和严峻等人已经快步跑进了茶餐厅里。来不及打招呼,王睿洁立刻把目前的情况汇报给了彭鹰翔。

得知连疑似爆炸物都还没有发现,彭鹰翔皱着眉头说道:"事情恐怕比现在的状况还要复杂!"王睿洁没有停下搜寻的动作,问道:"什么意思?"彭鹰翔回想到昨天王儒在会议中的叮嘱,眼睛望向窗外:"我觉得有些蹊跷,从报警人对爆炸时间的了解来看,显然他就是布置炸弹的人,为什么他既布置了炸弹又主动报警通知我们?还有,他选择的地方附近有很多巡逻警员,距离排爆大队也不远,这些因素会影响到他引爆这里的目的,除非——"

"除非什么?"严峻问道。

"除非他真正的目的不是炸毁这里,而是看我们警方怎么处理这起对于公众目标的袭击事件,了解我们的出警速度、人员情况,进而布置更大的袭击案!"彭鹰翔回头对张鑫和孟凡亮说道:"你们俩找制高点进行戒备,同时寻找可疑目标!"

"是!"张鑫和孟凡亮抱着枪,迅速跑出了茶餐厅。彭鹰翔又对战果命令道:"突击组!驱散现场外的围观群众,只要是赖着不走的,不管男女,先按住再说!"

见彭鹰翔和严峻两人没动,王睿洁看了一眼手表,催促道:"你们也撤吧,到外面等我。"严峻一脸担忧:"我留下来陪你。"王睿洁回头瞪他一眼:"你又帮不上什么忙,留下来干什么!"彭鹰翔拉住严峻:"她说得对,你留下来只会让她分心,你到外面警戒吧。"严峻捏紧拳头,担忧地看了王睿洁一眼,毅然离开了。彭鹰翔离开时回头提醒道:"不能过于信赖犯罪分子,七分钟!不管找没找到,立即撤离!"

茶餐厅外,张鑫和孟凡亮趴在一栋民居的顶层。孟凡亮放下望远镜,拿起对讲机汇报:"山鹰,附近没有发现可疑人员,目前现场外围的群众都已经疏散完毕,只剩下警察了。"

"收到!继续观察!"

彭鹰翔拉开指挥车的门,对王冀陇说道:"通知现场所有警察、消防、医疗单位的负责人,立即核对手下人的信息,有不认识的马上拿下!"王冀陇问:"你怀疑我们内部有对方的眼线?"彭鹰翔点点头:"相信我的直觉,一定有人在盯着!只是目前还不知道对方用了什么方式,所以所有可能性都要排查。"

茶餐厅后厨,一只排爆警犬的鼻子抵在一排橱柜的门上,突然间,警犬在一间柜门前蹲了下来,发出示警的狂吠。牵着犬绳的女警凑上去,刚想拉开柜门,突然想起了王睿洁的叮嘱,于是退后拿

第十一章

起对讲机喊道:"中队长,发现疑似藏有爆炸物的橱柜!"王睿洁看了眼手表:"还有七分钟!所有人撤离现场!"

彭鹰翔看见排爆女警们牵着警犬从茶餐厅里跑了出来。得知爆炸物找到了,彭鹰翔和严峻急忙冲进了茶餐厅后厨。王睿洁已经换上了一套厚重的防爆服,她正趴在橱柜前,打着手电筒从缝里向内查探。王睿洁打开工具箱,从里面取出一台软管窥探器。她轻轻握住柜门,小心翼翼地拉开一条缝隙,把可视软管从缝里推了进去。

王睿洁端着显示器,转动着手中的软管:"看见了,里面有一个书包!我现在检查柜门活动卡梢处有没有拉线,这可能会是爆炸引线!"在确认没有暗线之后,王睿洁缓缓拉开了柜门。

柜子里放着一个锁着拉链的粉色书包。王睿洁把书包从柜子里拎了出来,平放在地上。彭鹰翔拉了拉书包,书包出人意料地沉。他把耳朵贴在书包上面,没有听到任何声音。严峻脸色铁青,说道:"还有五分钟,时间不够吧?"

王睿洁没说话,拿出剪刀,一点一点剪开书包。随着布条被揭开,一颗捆绑着五根雷管的炸弹赫然出现在三人眼前。一块数字显示屏挂在上面,显示屏上鲜红的数字正在一点一点跳动。王睿洁把炸弹抱出来,看着炸弹背面被水泥封住的电路板,三人都傻眼了。

六

房顶上,孟凡亮端着望远镜,把搜查范围扩大到了游乐场马戏团那边的假山上。突然,他放下望远镜,一脸疑惑地拍了拍张鑫的肩膀:"十点钟方向,假山顶左数第三只猴子有点奇怪!"张鑫通过狙击枪的瞄准镜往孟凡亮说的位置看了看:"那只猴子怎么一动不动?"两人对视一眼,都觉察到异常。张鑫抓起对讲机喊道:"猛禽,前往假山，排查可疑目标！"

战果和梁峰迅速赶到假山下面。假山后面的猴子看见人靠近过来了，吱吱哇哇全冲了出来，趴在铁网上对着两人龇牙咧嘴。山顶上，一只成年猴子仍然保持蹲坐的姿势，纹丝不动，与其他上蹿下跳的同伴相比，尤为格格不入。战果仔细盯着那只猴子，从外观上来看，它与铁网后的几十只猴子没什么大的区别，如果不是一直不动，根本察觉不到这是只假猴子。梁峰弯腰从地上捡起一块石头，瞄准假猴子猛地掷了过去。石头稳稳地砸中了假猴子的胸口，"砰"的一声，假猴子应声落地。

茶餐厅后厨，王睿洁拿着一柄小铁锤一点点地敲着水泥块。防爆服的玻璃面罩上全是雾气，汗水顺着王睿洁的脸颊止不住地滑落，她浑身上下都已经被汗水浸湿了。每一次的敲击都让王睿洁的心怦怦直跳，尽管已经如此小心，依然无法预测接下来的动作是否会引爆这枚炸弹。

彭鹰翔站在窗口，听完了战果的汇报。他扫了一眼手表，快步冲到后厨："别拆了！时间不够了！"王睿洁敲开最后一块水泥，翻了翻电路板："我能拆除！"彭鹰翔拽住王睿洁的肩膀："我知道你想尽可能保住群众的财产，但这些和你的命比起来不值一提！这枚炸弹没你想象中那么简单，它很可能是白狼的作品！想想严峻！我和他都不允许你冒这个险！赶紧撤！"

王睿洁咬紧牙关，放下炸弹，抱起工具箱跟着彭鹰翔往外跑。忽然，Perfect在另一边的橱柜前蹲了下来。王睿洁拽了拽犬绳，Perfect还是不动。王睿洁忐忑不安地拉开了柜门，往里面看了一眼，整个人瞬间僵在原地。

"彭队！有小孩！"

听到王睿洁的呼声，彭鹰翔折转过来，看着藏在橱柜里的那个

第十一章

瑟瑟发抖的小女孩，惊出了一身汗。彭鹰翔赶紧把小女孩从柜子里抱出来，一转身看见王睿洁在往回走，急忙制止道："你干什么！撤啊！"

"来不及了！还有十五秒！我全身上下七十多斤的装备，跑不了了！我只能选择拆除炸弹，不然你们也可能会死！"

彭鹰翔脸上的肌肉紧绷着，举步维艰。王睿洁重新端起那枚炸弹，电路板背面的板面连同电线都被自喷漆喷成了黑色。她张开满是汗水的嘴，大喊道："你赶紧带孩子跑！"王睿洁已经想好了，如果时间到了拆除不了，她就扑上去用防爆服和身躯扛住爆炸的力量。

彭鹰翔狠狠一跺脚，抱着小女孩往外面冲。快到门外时，彭鹰翔看见严峻涨红着脸，正被两名队友死死拽着。见王睿洁没有出现，严峻爆发出野兽一般的吼声，奋力从队友手中挣脱出来，往后厨冲去。彭鹰翔把小女孩推给队友，飞身将严峻扑倒在地，用身躯死死地将他压住。严峻拼命挣扎，涕泗横流："放开我！我要陪在她身边！我不能让她一个人面对危险！"

撕心裂肺的喊声传进后厨，穿过厚厚的面罩落入王睿洁耳中。王睿洁默默哭泣着，手中的线钳剧烈颤动，她无法从被喷黑的电路板上找出电路的布局。线钳来回放在几根一样黑的电线上，王睿洁几番犹豫，还是没有决定剪哪根。时间飞速流逝，王睿洁已然绝望了，她挪动身体，趴在炸弹上，用胸膛压住了炸弹。

四秒、三秒、两秒……

彭鹰翔手腕上的手表发出定时结束的嘀嘀声，他回头看眼店内，一切完好无损。严峻推开彭鹰翔，爬起来跑进了后厨。王睿洁正跪在炸弹前，身边放着两根已经拆开包装的冰棒。王睿洁手里握着一个空了的洗甲水瓶子，一脸失魂落魄的模样。严峻捡起炸弹，看到上面的数字定格在了最后一秒，但是背面的电线都没有断。他愣了一下，问："时间——怎么定住了？"

刚死里逃生的王睿洁总算平复了呼吸，她接过严峻手中的炸弹，翻看一眼电路板："幸亏我的工具箱里放了一瓶洗甲水。"看着电路板上的焊锡已经全部脱落了，严峻一脸茫然。

看到穿着防爆服的排爆大队长抱着头盔从餐厅里出来，心有余悸的彭鹰翔走过去问道："都处理完了吗？"大队长朝正在车前脱防爆服的王睿洁投去赞许的目光："完事了，那丫头处理得不错，很果断！"

王睿洁猛灌了几口水，看到两人走过来，她站起身敬了个礼："大队长！"排爆大队长手往下压了压："好好休息吧，这次排爆任务你完成得非常好！你是怎么想到利用洗甲水和雪糕应急的？"

"洗甲水的成分里含有丙酮，丙酮极易挥发，挥发时会带走大量的热。丙酮与干冰反应后是一种强效降温剂，可以将温度降至零下七十八摄氏度。现场没有干冰只有雪糕，原理是一样的。让焊锡处在极低的温度下，只需轻轻一碰就碎了。"

排爆大队长笑道："你不仅是个专业的排爆警察，还是一位学霸啊！"

一旁的彭鹰翔见严峻眼眶通红，忙拉过排爆大队长："去那边说。"两人走到树下，彭鹰翔问道："炸弹拆解了吗？能看出点眉目吗？"排爆大队长严肃地说道："目前来看，这枚定时炸弹做得非常精良，是专业人士做的。那人对炸弹的构造很了解，在制作中加入了一些我们从来没有遇见过的设计，尤其是那块封住电路板的水泥，极大地阻碍了拆弹人员的工作。不过最关键的是如何浇灌才不会破坏电子板，这一点一般人做不来。"

彭鹰翔抿着嘴，又问："材料呢？国内能搞到吗？"

"计时器、电线、板材，这些东西当然能在市面上弄到，但是这

第十一章

枚炸弹相比常见的工业炸药威力更大，炸弹的材料极有可能是从某些军事武器中拆分下来的，这些国内应该搞不到。"

听他这么说，彭鹰翔的心又悬了起来，他感觉这件事肯定跟白狼有关系。排爆大队长拍了拍彭鹰翔的手臂："东西我先拿回去研究了，睿洁那边，等她心情平复好了再归队。"

"好，我让严峻多陪陪她。"彭鹰翔送排爆大队长上了车。

城市另一边的一座别墅里，白狼看着电脑屏幕上静止不动的对着天空的视频画面，嘴角牵出一抹狡诈的笑。他侧脸面向章鱼："Game over，把电子猴报废吧，开始下一局。"

章鱼转身对坐在电脑前的一名技术人员吩咐了几句，技术人员在键盘上飞速敲击了几下。白狼面前的电脑屏幕闪了闪，变成了花屏。

第十二章

一

游乐场里，战果用液压钳剪开了围着猴子山的铁网，朝梁峰伸出手："老规矩，谁输谁进去。"梁峰抬起手臂："石头——剪刀、布！"看着自己的拳头对上了战果手里的剪刀，梁峰嘿嘿一笑："进去吧勇士。"战果苦笑一声，大喊道："猴哥们，我来了！"

战果钻进去，没走几步，假山上的猴子乌泱泱地跑下来把他围住了。几只猴子大着胆子靠近战果，想抢夺他怀中的枪。战果挥舞着枪托，嘴里大声叫嚷着，起初还吓唬住了身边的猴子。可随后，猴子们发现战果根本没打它们的意思，胆子又大起来，锋利的爪子在战果身上抓上抓下。

战果好不容易捡起掉在地上的假猴子，低头一看，猴头上的眼睛已经烧黑了，里面冒出一股火药味。战果无奈地提着假猴子跑了出去，摔到梁峰面前，指着被抓破的衣服："已经报废了，白费我这

第十二章

一套衣服了。"

彭鹰翔走过来，蹲在地上，翻看着假猴子头上被炸出的破洞，里面是被损毁的电子元件。彭鹰翔扒拉两下，忽然看见一个零件上粘着一个类似橡胶的东西。他戴上手套，用镊子将其取出来仔细一看，原来是块咀嚼过的口香糖。

赶过来对现场痕迹进行勘查的徐昱辉，看见彭鹰翔等人蹲在地上研究着什么，跑了过来："老彭，发现什么了？"彭鹰翔举起镊子："电子猴里面找到的，应该是制作炸弹的人留下的，能化验出来DNA吗？"徐昱辉掏出一个密封袋，小心翼翼地把证物放进了袋中："可以，但不一定能筛查出这家伙的身份，除非他之前被我们处理过，在数据库留下过信息。"

徐昱辉挥手招来了一名技侦兄弟，把证物袋交给对方，叮嘱了几句。刚交代完，徐昱辉荷包里的手机响了起来，他接起来听了两分钟，脸色骤变，对准备离开的彭鹰翔说道："清凉门火车站，出现了第二枚炸弹！"

"什么？第二枚炸弹？"战果一听，脑袋都快炸了，怒骂道，"这个浑蛋，有完没完！不会后面还有吧？"张鑫在他屁股上踹了一脚："乌鸦嘴，可别一语成谶了！"彭鹰翔急切地问道："怎么发现的？"徐昱辉指着车说道："时间紧急，上车说！"

王睿洁正在来时乘坐的车里换衣服，严峻守在车门外。看到徐昱辉等人火急火燎地往一旁的突击车上跑，严峻大声问："什么情况？又出事了？"孟凡亮抵着车门："还有炸弹！快上车！"严峻心乱如麻，来不及跟王睿洁说一声，就提着枪冲进了突击车里。

换好衣服出来的王睿洁看见突击车已经扬尘而去，眉头一拧，吹出一声口哨："女子排爆中队集合！"排爆女警们牵着警犬迅速靠拢过来，分乘两辆车，追向了突击车。

突击车里，徐昱辉一脸阴郁地说道："刚才110指挥中心又接到一通报警电话，报警人称清凉门火车站有一枚定时炸弹，这次爆炸的时间限制是三十分钟。和游乐场那通报警电话一样，报警人的声音经过了变声处理，而且用的都是未经过实名登记的随机号码，极有可能是同一个人所为！"彭鹰翔紧盯着手表上的时间："据我所知，那个火车站是货运车站，已经停止运营了。对暴恐分子来说，这个地方也没什么破坏的价值，对方为什么会选择这里？"

"我也不太清楚，但我觉得这次可能会炸——对方要让我们知道，他是来真的。"徐昱辉忧心忡忡地说道。战果嘴里嘟囔着："但愿那里就是个空车站，没有堆着啥货物……"张鑫狠狠瞪了他一眼，他立马闭上了嘴。

安保指挥部里，王儒铁青着脸看着大屏幕上无人机传输过来的影像，一言不发。看到闪电突击队的车队正疾驰在前往清凉门火车站的路上，程菡玥心急如焚，便主动请缨道："支队长，霹雳女子特战小组请求参与拆弹任务！"王儒摇头道："不行！彭鹰翔他们都在那儿，已经够了，你们过去也帮不上什么大忙，这第二枚炸弹或许是暴恐分子布置的障眼法，你们留下来，随时待命！"

程菡玥张了张嘴，还想争取一下，但一看王儒严肃的表情，又把话咽了回去。她跺了下脚，转身走出了指挥部。守在门外等候消息的女队员见程菡玥出来了，立即围了上去，你一言我一语，既着急什么时候能出动，也担心刚死里逃生的王睿洁是否还有精力再次完成拆弹任务。程菡玥把手往下一压，制止了队员们的喧闹声，说道："大家穿戴好装备，暂时不要喝水进食，保持好最佳状态，王睿洁那边随时可能需要我们的协助。"

何雨洋愁眉锁眼道："现在为止，技术科那边连放炸弹的浑蛋的位置都还没查到，这一下一下的，简直把我们所有人当猴在耍！"

第十二章

董春蕾拳头捏得咯咯直响:"要是找到那家伙,我非卸他一只胳膊不可!"聂如佳一脸无奈地说道:"没办法,我们在明,对方在暗——要是小乌龟在就好了,说不定她有办法追踪出来那个家伙的位置。可是小乌龟现在人在哪里我们都不知道,电话也打不通,估计手机都收上去了吧。"

程菡玥想了想,说道:"我们不能坐以待毙,我去找指导员要人!"

清凉门火车站,第一个跳下车的是张鑫。看到外面停着十几辆消防车,几十名消防员扛着水带守在车站外严阵以待,张鑫顿时傻了眼。现场负责消防任务的消防大队长看见彭鹰翔走下车,立即跑了过来:"彭队,刚从车站负责人那边了解了,车站里面存放的闷罐装有大量液氨,一旦爆炸,后果不堪设想!你的人往后撤一下!"彭鹰翔脸上毫无惧色:"撤?现在正是需要我们的时候,我们怎么可能后退!你们消防大队的人留在外面,我们先上,如果真的制止不了,再靠你们。"

另一边,排爆大队长正往自己身上套着厚重的防爆服,两辆车急停在他身旁。王睿洁牵着Perfect跳下车,望了一眼围着警戒线的火车站:"队长,我来上!"

没等排爆大队长开口,严峻跑了过来,对王睿洁说:"你疯了?你刚拆了一颗炸弹,休息了还不到二十分钟又上,你当自己是铁人啊?"排爆大队长把头盔戴在脑袋上:"严峻说得对,你刚刚拆完炸弹,此时你的体能、反应力都不在最佳状态。别的不说,这套防爆服七八十斤,密不透风,你根本就撑不住!"

"我不穿防爆服!"王睿洁声色俱厉地说道。严峻脸色大变,拉着王睿洁的胳膊:"你想干什么!你这都不只是在逞强了,简直就是在送命!"王睿洁推开他的手,对排爆大队长说道:"队长,那些闷罐车一旦爆炸，穿没穿防爆服能有什么分别？无非就是保住一具全尸罢了。这枚炸弹和游乐场那枚很可能出自一个人之手，我接触过那枚炸弹，所以比起其他人，我更有经验！"

"不行！你不能去！我替你去！我用手机拍视频给你，你来指导我怎么拆，这总可以吧？！"严峻拦在王睿洁身前。王睿洁狠狠瞪了他一眼，一脚将严峻踹倒："说什么屁话呢！这是我的工作，你不要干扰我！"王睿洁提起工具箱，看向一脸犹豫的排爆大队长："队长，时间来不及了！相信我，我能完成任务！"排爆大队长一跺脚："我和你一起去！"

严峻眼巴巴地望着王睿洁和排爆大队长冲进了火车站。彭鹰翔走过去，把严峻从地上拽了起来："她是警察，你也是，道理你都懂，就不要再纠结了。这地方或许跟游乐场一样，有对方布置的眼线，做你能做的就是在帮她！"严峻捏着拳头，点了点头。

二

特警基地指导员办公室里，程菡玥背着手站在王冀陇的办公桌前，脸上的表情好像是在告诉王冀陇，如果不让邬一曼回来，她就一直守在这里。王冀陇苦着脸说道："我的小姑奶奶，跟你说了多少次了，我也不知道小乌龟现在人在哪里，她参与的专案是绝密的，除了支队长，特警支队没人知道她现在的情况，你杵在这儿不走也没用啊！"

"那你去问支队长，至少给小乌龟打个电话，告诉她我们需要她吧？王睿洁那边的情况你也清楚，现在重要的是找到那个报警的浑蛋，不然后面一波接一波的炸弹，谁能顶得住？"程菡玥愤然说道。

第十二章

　　见王冀陇没动，程菡玥手一甩："行！你不去，那我去！"王冀陇一听，赶忙从椅子上蹦起来，拦住程菡玥："别！现在支队长正焦头烂额呢！你这火气冲冲地赶过去纠缠他，那不是添乱吗？"王冀陇叹了口气，继续说道，"行吧，我来想办法问问怎么能联系上小乌龟，不过我话先放在前面，命令小乌龟的权限我们支队已经没有了，至于她能不能帮忙，还要看她现在的直属领导同不同意。"程菡玥说道："你只需要告诉小乌龟，王睿洁现在有危险，需要她的帮助，她自己会想办法的。"

　　王冀陇抓起桌上座机的话筒，拨了一串短号，打给了田新民。电话一接通，王冀陇迅速汇报了目前所面临的状况，同时请示需要邬一曼进行协助。田新民同意了，直接将电话线路切换给了猎狼专案组。

　　山间别院内一间满是设备和屏幕的控制中心里，一阵手机铃声骤然响了起来。三号拿起手机听了几句，走向正在电脑前忙碌的邬一曼，拍了拍她的后肩："小乌龟，先停下来，有人找你。"邬一曼腾出一只手来接过手机，听到程菡玥的声音从听筒里传了出来，邬一曼脸上洋溢着兴奋："菡玥？怎么是你？我想死你们了！大家都还好吗……"

　　程菡玥打断了邬一曼的话："小乌龟，听着！现在不是寒暄的时候，王睿洁现在很危险，我们需要你通过两段电话线路，把那个放置炸弹的浑蛋追踪出来！一定要尽快找到那个浑蛋！否则，我们无法预计那个家伙接下来还要做什么！"

　　"危险？炸弹？"邬一曼一脸疑惑地望向了三号。三号点点头："她们需要你，你就用这个手机跟她保持联系吧，我已经通知安保指挥部将他们手里的情报传输给你了，你也可以将之前搜集的情报碎片共享给他们。无论如何，保证东海市人民和执勤警员的生命安全，至关重要！"

　　此时的清凉门火车站，排爆特警们分散在车站的各个角落，利用警犬或手里的爆燃感应器搜寻着炸弹。王睿洁解开 Perfect 脖子上的项圈，发出搜索指令。Perfect 撒开四肢，如离弦之箭般冲了出去。它的鼻子不断地在空气中翕动，像一台精密的仪器捕捉着空气中的可疑气味。王睿洁紧跟在它身后，目光警惕地扫视着四周。在靠近一个存放着液氨的密封罐时，Perfect 变得严肃起来。它的耳朵高高竖起，身体紧绷着，似乎察觉到了什么。它在密封罐附近反复闻嗅，突然在密封罐背面驻足不前，蹲在地上低声吼叫起来。王睿洁立即意识到了什么，跑过去仔细查探，其他队员听到 Perfect 警觉的叫声后也迅速围拢过来。

　　在确认过密封罐表面没有布置炸弹之后，王睿洁趴在地上，钻进了罐底。她打着手电筒在罐底下查找。在手电筒的光束照射到一块被胶带缠在罐底的方形物体时，王睿洁回头大喊："发现炸弹了！"排爆大队长蹲在地上，身穿沉重防爆服的他无法趴下身子，只得焦急问道："什么样的炸弹？和之前那个一样吗？"越往里面，缝隙越狭小，王睿洁吃力地爬到炸弹底下，炸弹完全被胶带覆盖，说道："还不知道，被胶带包得很严实！队长，给我剪刀和拆弹钳！"

　　排爆大队长打开工具箱，从里面取出剪刀和线钳，用胶带捆在一起，丢给了王睿洁。王睿洁用剪刀小心翼翼地剪开炸弹表面的胶带，一块数字在不停跳动的显示板露了出来。看清楚上面的时间后，王睿洁低声说道："还有十分钟！我现在剪掉炸弹上的胶带，让炸弹脱离罐体！"排爆大队长拿出一块磁吸定时器，定好时间，贴在了罐体上，回头对排爆队员们说道："你们先撤！我和王睿洁留下来！"见一众队员都杵在原地不动，他提高音量，"大家都在这里也帮不上什么忙，反而会给王睿洁增加压力！撤！这是命令！"

第十二章

火车站外围，孟凡亮趴在一座三层建筑的天台上，端着望远镜俯视着车站每一处区域。他嘴巴抵住喉麦："山鹰，这里是野猪！现场没有发现可疑人员！"彭鹰翔抓着对讲机问道："骆驼，你那边呢？"梁峰手里提着一根长棍，站在高台上气喘吁吁："按照你的指示，车站里面的流浪猫狗都驱散了！"

指挥车里，严峻盯着屏幕上跳动的信号分布，命令道："加大电磁干扰强度！除了我们频道的对讲机信号，其他所有的无人机、通信端包括视频传输端的信号，都给我屏蔽掉！"电脑前的技术人员飞速敲击着键盘，随后屏幕上的信号源逐渐减少。

彭鹰翔听到对讲机里传来沙沙声，知道严峻那边已经将现场其他信号都屏蔽了。他按下通话键："猛禽，你那边什么情况？"战果站在一根电线杆下面，抬头望着上面的变电器："找到了，马上解决！"战果把背包往地上一扔，只拿了块黏性炸药。他灵活地爬到了电线杆上面，把黏性炸药粘在了变电箱上。战果顺着电线杆滑了下来，退后了几米，毫不犹豫地按下了手中的遥控器。"砰"的一声，炸药将变电箱炸得四分五裂，裸露的变电装置上噼里啪啦闪起一阵电火花，随后车站的电力全部断掉了。

一间光线幽暗的房间内，电脑屏幕的光映在一张满脸胡须的男人脸上。男人抖着双腿，不停地嚼着口香糖，盯着屏幕上王睿洁的身影。他滑动鼠标，放大了画面，将镜头全部聚焦到王睿洁身上。看着王睿洁曼妙的身姿，男人露出一抹猥琐的笑容，右手情不自禁地放在了两腿之间。男人的脸逐渐变得潮红，喘息声越来越大。突然间，屏幕闪烁了一下，随后跳出了"失去信号"四个字。男人脸一板，气得一拳头砸在屏幕上，屏幕顿时变成花屏报废了。他站起身，胸口剧烈起伏，破口大骂道："妈的，竟然给老子断电了！死条子，看老子不炸死你们！"

三

山间别院内,邬一曼盯着电脑,与平日里俏皮的模样大相径庭。她手指飞速地敲击着键盘,屏幕上跳出一个运行着代码的窗口。邬一曼盯着右下角的时间,额头上冒出了细密的汗珠。代码运行完毕,显示出一段表明坐标范围的数字。邬一曼抓起笔,在桌上那张地图的一角画了一个圈。

邬一曼又打开报案人打电话时的录音,用处理声音的软件将这段对话的声音频段剥离出来,消除了杂音。她紧握着耳机,屏气敛息仔细听着这段声音,一遍又一遍地回放着。

在第二段报警电话中,报警人在挂断电话之前,似乎对另外一个人说道:"她的表现比我预估的要厉害。"声音很轻微,如果不经过处理,根本听不到。邬一曼重复听着这句话,嘀咕道:"她……我……厉害,这家伙为什么要这么说?"邬一曼在心中揣测一番之后,突然意识到了什么,赶紧拿起手机拨通了程菡玥的号码。

电话接通,没等程菡玥开口,邬一曼抢先说道:"白鸽,我对电话线路使用反追踪手段后,锁定了一块区域。另外,我将报案人在电话中的录音转换为频段后,发现录音里面出现了货车和叉车的声音频段。按照这个特点,我对该区域的各个单位进行了筛查,发现里面有一家物流公司,叫黑蚂蚁货运。我觉得嫌疑人很可能就是在这个地方拨打电话的。"

"好!我立即请示支队长,对这个地方进行核查!"

邬一曼接着说道:"等一等——我还发现一条重要线索,嫌疑人很可能认识王睿洁。"电话另一边的程菡玥一脸疑惑:"你怎么知道

第十二章

的？"邬一曼将报警电话末尾出现的那句话告诉了程菡玥，她说道："嫌疑人的意思是王睿洁的能力在他预料之外，这说明他对王睿洁的情况有一定的了解。王睿洁是特警，个人信息是严格保密的，最重要的是她刚调到排爆大队不久，这些情况，对方为什么会这么清楚？除了是认识王睿洁的人，我想象不到别的解释。"

程菡玥拧紧眉头："这件事关系太大了，我先汇报给支队长！"挂断电话，程菡玥推开安保指挥部的门，将邬一曼调查到的情报一五一十地汇报给了王儒。王儒眼睛瞪得如铜铃一般："你的意思是——炸弹可能是王睿洁曾经的战友做的？"程菡玥表情复杂，说道："了解王睿洁，并且很熟悉炸弹的制作，这两点她的战友是符合的。我是警察，我要调查一切可疑的线索，截至目前，我觉得这个设想的可能性很大。"

王儒背着手："当务之急是先对黑蚂蚁货运这个目标进行排查，其他猜测你可以告诉你们大队长，但不能草率行事，要排查武警部队的人员是件很大的事情，需要有能证实这个推测的线索，不能只凭你们单方面的推测。"

"明白，支队长！对于黑蚂蚁货运的行动，我们霹雳特战小组请求出击！"

王儒拒绝道："不行，你们留下来，按照之前会议上编排的顺序，刺刀上！"一名武警少校霍地站起身，目光如炬，等着王儒最终的命令。程菡玥大声道："线索是霹雳找到的，我们和王睿洁的配合也更加默契，为什么不让我们上？"王儒正色道："我手里得留一个特警支队的主力，来应付未知的风险。没时间磨叽了，现在流逝的每一分每一秒都会让王睿洁那边的处境更加危险！"程菡玥抿紧嘴唇，退后半步。王儒厉声命令道："刺刀，立即对目标地点展开突击行动！如果遇到犯罪团伙的抵抗，就将他们就地击毙！"

"是！"武警少校敬了个礼，带着两名副官冲出了办公室。

程菡玥心里虽然有些不平衡，但是没有跟王儒过多言语。她走出去，给彭鹰翔打了一通电话，把嫌疑人可能认识王睿洁的线索告诉了他。挂断电话，彭鹰翔的眉心处拧出了一个深深的"川"字。他径直走向指挥车，拉开车门，对严峻说道："你出来，我有事问你。"严峻见彭鹰翔一脸严肃，立即下车跟了过去。两人走到树下，确认身边都没人之后，彭鹰翔这才问道："王睿洁的交友圈里除了她的队友，还有没有对她工作很熟悉的人？"

严峻一头雾水，但还是认真回答道："应该没有，平常只看到她跟咱大队的女队员来往，没有其他朋友。"彭鹰翔想了想，又问："那她之前有没有谈过恋爱？"严峻被问蒙了，木然摇头道："这个——我也不知道啊，怎么突然问这些？"彭鹰翔眸光深沉，说道："我怀疑这个报案人跟王睿洁之前有些关系，这两枚炸弹很可能就是专门针对王睿洁布置的！"

车站内，王睿洁抱着炸弹从罐底钻了出来，甚至来不及擦掉额头上的汗。她翻看着炸弹，说道："没有发现多余的导线，目前看来，跟之前那一枚炸弹一样。"排爆大队长盯着炸弹，露出疑惑的表情："他没有布置饵雷？以他的技术，完全可以给我们增加难度啊！"王睿洁说道："或许，这颗炸弹只是他耗费我们精力的手段，所以没有在上面下足功夫。还有五分钟，先拆除再说！"

看着同样被喷成黑色的电路板，排爆大队长说道："我带了液氮，还是按照冷冻处理吧！"王睿洁仔细确认了一下电线线路，点点头："好！"排爆大队长提着一个小罐子跑过来，打开阀门，做好了冷冻准备。王睿洁一点点弯下腰，调整着呼吸节奏，嘴里低喃道："小心——小心。"她用最轻微的动作把炸弹往地上放去。当炸弹与地面相贴合时，王睿洁突然听到"咔嚓"一声，声音很轻微，但落入王

第十二章

睿洁耳中,却让她心里咯噔一下。

单色显示屏上,那个原本逐秒变化的数字,突然以一种无法阻止的速度飞速跳动起来。在排列到 1314 这个组合时,数字瞬间凝滞了。王睿洁大惊失色道:"不好!二级引信!"排爆大队长浑身肌肉一紧:"是水银柱!"话音刚落,显示屏上的数字又变成倒计时了。

十秒、九秒……

王睿洁见状,脑海里只有一个念头,那就是无论如何都不能让炸弹在存放液氨的车站里爆炸。她抱起炸弹,以百米冲刺的速度,往环绕着火车站的水池方向冲去。排爆大队长心惊肉跳,大喊道:"睿洁!"同时自己也跟了上去。

排爆大队长的面罩中,一道刺眼的火光闪过。紧接着,传来一声巨响,整个世界仿佛都被撼动了。炸弹在水中猛然爆发,那恐怖的力量瞬间将水面撕裂。水与火在癫狂中纠缠,掀起了一道巨大的水柱。爆炸的冲击波像一圈圈往四周汹涌扩散的波浪一样,以肉眼无法捕捉的速度朝排爆大队长席卷而来。

排爆大队长瞪大惊恐的双眼,只觉得一股巨大的冲击力将他猛然掀起。他的身体如同断了线的风筝一般被抛向空中,随后重重地落在了地上。片刻后,他涣散的意识才清晰了些许,一阵阵剧烈的疼痛从身体各处传来。他试图呼救,可是张开嘴,喉咙却像被密集的泥沙堵住了似的,一点声音也发不出来。

排爆大队长忍着剧痛强撑着身子从地上爬起来,头上的血沾染在破碎的面罩上,让他无法看清楚前面。他摘下防爆面罩,望向王睿洁跑去的方向,在一团团厚重的烟云中,已经无法找到王睿洁的身影了。

四

程菡玥站在安保指挥部外面,突然听到里面传出一阵喧哗声。她急忙推开门进去,看见大屏幕上一团烟雾在大范围扩散,已经看不清爆炸点位的人员情况了。程菡玥的心怦怦直跳:"睿洁——"王儒绷着脸,抓住对讲机喊道:"医疗小组立即进场,对现场警员进行救治!消防大队迅速控制火势!无论如何,不能让火势扩大到液氨仓储区域!"

巨大的爆炸让车站外的地面都跟着一震,停在附近的那些汽车的警报瞬间一齐响了起来。彭鹰翔和严峻同时回头看向车站内,一团浓烟正在缓缓升腾。严峻心口一痛,声嘶力竭地喊道:"睿洁!"他不顾队友的阻拦,往爆炸现场跑去。在他前面,几辆消防车闪着警报,风驰电掣般向火光闪烁的地方冲去。

跑着跑着,严峻突然定在了原地。他看到前面的水池冒着烟雾,水池两边被炸缺了一大块,粉尘纷纷扬扬。在缺口旁,王睿洁一动不动地躺在地上,脸上满是粉尘和血污。她身上的衣服都被炸得裂成了条状,粉尘覆盖在她身上,让她几乎与地面融为一体。严峻静静地站在那儿,如同一座沉默的雕像。他的脸上笼罩着一层深深的阴霾,那是无尽悲痛的凝结。

一瞬间,严峻像是突然回魂的人似的声嘶力竭地喊道:"睿洁!"他跑到王睿洁身前蹲下,泪水如决堤洪水般汹涌而出。他将她的上半身托在怀中,把自己的脸颊贴在王睿洁鼻前,感受到了王睿洁微弱的鼻息。他猛地抬起头,大声喊道:"医生!医生!快救人!"

几名医护人员抬着担架冲过来,一名医生用手电筒照着王睿洁

第十二章

的瞳孔，喊道："快！还活着！送去抢救！"彭鹰翔赶过来时，正好看到王睿洁被医护人员抬上了救护车。严峻正扒着车尾门，强烈要求要一起去，彭鹰翔一把将他拽回来："让车赶紧走！你别耽搁医生抢救的时间！"严峻圆睁的双眼中血丝密布，他注视着鸣着警报的救护车，直到救护车消失在视线里。他紧握双拳，全身颤抖着，抬头向着天空悲痛大喊。彭鹰翔搂住严峻的肩膀，哽咽道："她会没事的，你要调整好情绪，我们现在首要做的就是把那个放炸弹的浑蛋找出来！"

彭鹰翔抓起对讲机，脸色凝重，说道："手术室——山鹰报告伤亡情况，现场两名排爆人员受伤——海豚受伤严重！"

指挥部内，王儒紧握着对讲机，迟迟没有回过神来。王冀陇焦急地问道："海豚怎么样？有没有生命危险？"王儒摇摇头，沉声说："还不清楚，我马上赶往医院。"王冀陇拦着他："我去！你是指挥人员，现在不能离开！一定要把那个浑蛋逮到！"王儒抿着嘴："好！你告诉他们，不惜一切代价也要保住海豚的性命！"

看着王冀陇离开了，王儒端起对讲机，铁青着脸说道："刺刀，到达目的地没有？不允许放过任何一名暴恐分子！重复一遍，不允许放过任何一名暴恐分子！如果有反抗的、逃跑的，一律开枪射击！"

身穿特种作战服的武警少校看着手下的特战队员架着爬梯，从左右两端攀上了二层小楼的顶层。顶上一个硕大的招牌印着"黑蚂蚁货运"几个字。少校按住通话键："刺刀明白！刺刀已经到达目标地点！正在进行突击行动！"

爬梯上的一名特战队员一拳砸开了窗玻璃，两队特战队员迅速翻进窗内，一队穿过走廊靠着墙角蹲下，二队移动到走廊拐角的另一侧形成交叉火力。领头的小队长从拐角后探出脑袋，确认前面没有留守人员后，打了打手势，再然后两队特战队员贴着墙往前碎步

247

移动。走廊尽头是一扇紧闭的房门，两队特战队员分别站在门两侧。为了避免在狭小房间里使用枪械造成跳弹伤到队员，小队长打手势命令大家换上战术匕首。两队特战队员迅速从靴子上解下匕首，一只手端着微冲，另一只手紧握着匕首，蓄势待发。

小队长手一挥，身后两名手提破门锤的队员冲过来撞开了门。站在门边的队员拉开两颗震爆弹丢了进去，只听一声巨响，地面随之一震。两队特战队员同时奔进房间里，架着枪喊道："中国武警！你们已经被包围了！立即放弃抵抗！"

房间里却空无一人，正中间的一张桌子上放着一块插满了雷管的炸药组合，计时器屏幕上的数字正在飞速跳动。小队长心一紧，大喊："是陷阱！赶紧撤！"特战队员们立即转身往外跑。计时器屏幕上的数字归零了，引信瞬间被点燃，炸弹猛然炸开。刹那间，火焰塞满了整个房间。硝烟弥漫中，强大的冲击波裹挟着碎石砖块向四周激射。整栋楼的玻璃几乎都碎了，楼体在爆炸声中摇摇欲坠，仿佛随时都会坍塌。

听到爆炸声的武警少校心急如焚，他看见特战队员们一个个灰头土脸地从小楼里面跑了出来，急忙问："怎么回事？抓到人没有？"小队长拍着身上的灰尘，怒骂道："里面没人，这是哪个浑蛋给咱们设的陷阱！抓到这孙子，非揍他一顿不可！"少校清点着从里面出来的人数，看见大家都没什么大碍："都别抱怨了，我们这次遇到的不是一般的犯罪团伙。回去吧，安保指挥部那边还等着我们呢。"

五

公安医院，王睿洁躺在病床上，盯着天花板。彭鹰翔坐在她身边，皱着眉头问道："你是说，炸弹爆炸前，定时器上显示的是1314

第十二章

这个数字?"见王睿洁没有反应,彭鹰翔这才想起王睿洁在昨天的爆炸后被及时送到了医院抢救,虽然脱离了生命危险,但一只耳朵却因此暂时失聪了。彭鹰翔凑近了些,加大声音把刚才的问题又问了一遍。王睿洁点了点头。

"1314——那个家伙是想传递'一生一世'这四个字?"彭鹰翔小声嘀咕着。想到这些,彭鹰翔心目中有了怀疑的人选,他问道:"你谈过几次恋爱?前男友里有懂爆破的吗?"王睿洁瞪了他一眼:"长这么大,我就谈过一次恋爱,对象就是严峻!"彭鹰翔又问:"那暗恋你的呢?"王睿洁被问蒙了,想了想,苦笑着说道:"那太多了,记不清了。"彭鹰翔认真地说道:"我觉得放置炸弹的就是对你心有情愫的人,这两起爆炸事件就是针对你而来的。昨天武警特战队对报案人疑似藏身的场所进行了突击行动,差点被那家伙布置的陷阱给一窝端了!这些恐怕都不足以让那个家伙停手,后面应该还会有接二连三的炸弹,所以你得好好回忆一下有没有我说的这个人,尤其是那种行为古怪的暗恋者,这很重要。"

王睿洁紧绷着脸,在脑海里仔细回想。突然,她拿起枕边的手机,打开微信在里面翻找了一阵,随后把手机递给了彭鹰翔。见屏幕上是一个微信群,彭鹰翔疑惑地问道:"这是什么意思?"王睿洁解释道:"这是我大学时的同学群,你让侦查部门挨个查一下,这里面谁有作案时间和作案条件。如果你的推测是对的,我想他很有可能就在这个群里。"

"只有你们班级的?其他的呢?"

"都在里面,我从来不加不认识的人的微信,所以那些人就想方设法加入这个同学群,在这里面联系我。我毕业后就进了部队,个人手机都没用过了,那些人就更没有办法找到我了。"

彭鹰翔点点头:"好,我马上让技侦人员调查这里面的人。"看着王睿洁憔悴的面容，彭鹰翔忍不住说道："你还是不想见严峻吗？他在外面很着急。"王睿洁闭着眼睛："我不想让他难受。"

"那是不可能的，而且你这样避着他，会让他更失落。他爱你，所以他把你的安危看得比什么都重要。你也别怪他情绪失控，自己心爱的女人在短短几个小时内经历了两次生死危机，换作任何一个男人都受不了的。"

王睿洁绷着脸说道："我知道，可这就是我的工作。"彭鹰翔说道："是，你是警察，但也是他的挚爱。人心都是肉长的，所以不管他怎么闹，本意都是希望你能没事。我希望你能跟他好好聊一聊，抓紧时间，趁第三个报警电话还没有打过来。"

彭鹰翔走出病房，严峻赶紧凑过来："她怎么样？"彭鹰翔拍了拍严峻的肩膀："你自己进去看看她吧，我知道你担心她，但是记住情绪还是收敛一点，不要给她太多压力。"严峻点点头，推开门走了进去。

电脑前的邬一曼拿出手机，扫了一下彭鹰翔发来的那个群二维码，随后在聊天框中写下："我已经加入群聊了，马上开始对群成员最近的流动轨迹进行排查，大概三十分钟后，我这边会有结果。"把消息发给彭鹰翔后，邬一曼神色凛然，盯着屏幕上运行的几个代码窗口。

彭鹰翔荷包里的手机传出短信接收声，他看了一眼，推开了安保指挥部的门。程菡玥正在里面跟王儒汇报："犯罪嫌疑人提前录制了黑蚂蚁物流公司的对话，然后在打110的时候播放出来，录进了我们报警电话的录音。他打电话时将声音进行了变声处理，正常人的耳朵听不出来背景的声音，必须依靠设备和技术。"

王儒板着脸，神色冷峻："这家伙知道我们会用技术手段剥离声波，分层过滤处理。从这点来看，这家伙不仅懂得炸弹的制作，还

第十二章

接受过高科技技术的系统教学。"他看向王冀陇："你那边调查得怎么样了？"王冀陇说道："王睿洁的老部队积极配合调查，他们把所有和王睿洁接触过的，凡是掌握爆破技术的官兵，列了个名单。经过反复核查，所有官兵都还是现役！要么是高级士官，要么是基层军官，全都是老党员，而且都不在东海，他们全都不具备作案时间，也不具备作案条件。"听到这里，王儒反而松了口气："那就好，如果真是武警部队的人下的手，那就说明犯罪团伙已经渗透到我们内部了，而且渗入得很深！现在能排除内部人员作案的嫌疑，算是不幸中的万幸了，只是，这样一来，嫌疑人就要放在社会人士身上，范围就扩大了。"

"不用扩大范围，嫌疑人很可能就在王睿洁大学时期的追求者中。"彭鹰翔走过来说道。

王儒抱着双臂："你怎么确定是这样的？"彭鹰翔说："结合目前的线索推断，嫌疑人认识王睿洁这一点毋庸置疑。王睿洁在拆除第二枚炸弹时，计时器上的数字定格在1314这个有着明显暗示意义的数字上，说明这个人对王睿洁是有个人情感的。王睿洁毕业于东南大学弹药工程与爆炸技术专业，她的同窗对制造炸弹的技术很精通，而且都受过反电子干扰培训，所以我认为王睿洁大学时的追求者完全具备嫌疑人的身份特点，我已经让小乌龟开始排查这些人了。"

王儒点点头："你的推断很有道理，如果是这样的话，让小乌龟动作快一点，第三个报警电话随时可能会打来！"彭鹰翔看着大屏幕上110指挥中心的实时监控画面说道："如果第三通报警电话打来，让指挥中心把通话端转接到我手机上。"王冀陇盯着他："接到你手机上干什么？你要跟他对骂？你这嘴皮子也不溜啊！"彭鹰翔一脸认真地说道："这家伙有很强的反侦查能力，我们有可能追踪不到他的位置，如果是这样，那就得把他逼出来了。办法我已经想到了，但是需要指挥中心协助，尽可能拖延与嫌疑人的通话时间。"

王儒想了想说道："好！就按你说的做，不管怎么样，一定要把那浑蛋给我揪出来！"

六

下午，彭鹰翔站在公安医院的走廊上，看着王睿洁和严峻在楼下的花坛旁并肩靠着。手机震了震，彭鹰翔接起来放在耳边："喂？"电话里，邬一曼说道："你给我的那个微信群，我已经查过里面那些人的行动轨迹了，不管男的女的，都没有人出现在东海！"彭鹰翔脸上写满了困惑："全部没有出现在东海？有没有可能那个人待在外地，利用同伙作案，他在背后远程操控？"邬一曼说道："徐队长把游乐场发现的电子猴残骸图片发给我了，我看过里面的零件，按我的分析是电子猴能抵抗住我们的电磁干扰，但是信号传输距离不会太远，范围可能在十公里以内。换句话来说，嫌疑人就在东海，而且当时离现场不远！"

"好，我知道了。"彭鹰翔挂断电话，看着楼下的王睿洁，若有所思。

暗室里，阳光从唯一一扇窗户中透了进来。房间里，灰尘在光束下飘浮着，男人嘴里吹出来的口香糖泡泡粘上了浮灰，越来越大，最后"啪"的一声破裂了。男人继续嚼着口香糖，盯着桌上的一排照片，胡子拉碴的嘴唇咧出一道弧线。

不同的照片里，王睿洁出现在操场上、教室里、校园小道上，因为是偷拍的照片，所以没有一张拍到她的正脸。照片里的王睿洁跟现在相比更具青春活力，眼神里透着大学生特有的纯真。胡楂男伸出手抚摸着照片上王睿洁的脸颊："睿洁，过去我曾想方设法制造

第十二章

与你见面的机会,可是每一次你都避开了,我甚至觉得跟你说上一句话都是奢望,有时候光是想象跟你说句话,都能让我兴奋好几天。"说着说着,胡楂男的脸色变得阴沉起来,他冷笑道:"不过,现在是你想要找到我,在这之前,你还要绞尽脑汁调查我的身份。真是风水轮流转啊!真爽,哈哈哈!"

胡楂男用鼠标在电脑屏幕上点了几下,跳出了上百个IP地址选项。他随机挑选了一个,然后用虚拟电话号码拨打了110。

东海市110指挥中心,接线员听到电话里的男人说有炸弹,立即举起了手。一名主管见状迅速跑了过来,主管在纸上写下"拖延时间",递给接线员。接线员捂着话筒,放缓语速说道:"不好意思,刚才电话线路里有杂音,请您重复一遍,您需要什么帮助?"胡楂男不耐烦地说道:"第三个炸弹!"接线员装作没听懂:"什么?第三者插足?有没有打起来?如果没有打起来,那不属于我们公安的管辖范围……"胡楂男气得猛拍了一下桌子:"你他妈故意的是吧!"见对方被激怒了,接线员赶紧说道:"不好意思,我是外地的,刚来东海,还听不懂这边夹带方言的普通话,我把您的电话线路转接到其他同事那里,请您稍等一下。"说完,不等胡楂男再说话,便切换了电话线路。

医院里,彭鹰翔的手机响起,他接起来,电话里听见110指挥中心的主管说道:"第三个炸弹的报警电话!十秒钟后电话线路将会切换到你手机上!"彭鹰翔捏着手机飞跑下楼,他气喘吁吁地把手机塞到王睿洁手中:"那个家伙打电话过来了,你来接!"王睿洁一脸茫然:"我接?我说什么?"彭鹰翔指着手机说:"要把主动权掌握在我们手里!时间快到了!你先接,开免提,我来指导你!"一旁的严峻急忙从包里翻出了笔和纸,递给了彭鹰翔。

十秒刚过,手机铃声就响了起来。王睿洁深呼吸一口气,按下

253

了接听键。胡楂男气愤的声音从里面传来："妈的，你们故意耍我是吧！好，我现在就引爆炸弹！到时候死多少人可别怪我，都得算在你们头上！"王睿洁紧握着手机，看着彭鹰翔，彭鹰翔冲她轻轻点了点头。王睿洁低声问道："你是谁？"

听筒里的声音戛然而止，如果不是屏幕上通话时间的数字还在跳动，王睿洁都以为对方挂电话了。王睿洁问道："你怎么不说话了？"时隔多年又听到了曾经令他魂牵梦绕的声音，胡楂男一时间失了神，不管王睿洁怎么问，他都没有给予回应。

彭鹰翔在纸上写下："套出他的身份。"王睿洁点点头："你喜欢我，对吧？你不是想找我吗，怎么现在不说话了？"

电话里沉默片刻后，突然传出了哭声。在变声器的作用下，那声音显得凄厉而尖锐。见对方是这个反应，彭鹰翔意识到自己前面的推测是对的。他在纸上写下："刺激他！"王睿洁加重语气说道："用变声器了吗？怎么，是怕我听出你的声音猜到你的身份吗？你真是个胆小鬼，就你这样的，根本不配喜欢我。行，你不说话也好，免得让我知道你曾经是我的校友，或者是我身边的什么人，我都替你觉得丢脸！"

听王睿洁这么说，电话里的哭声更甚了。王睿洁鄙夷地说道："一个大男人哭哭啼啼的，丢不丢人！你还想用炸弹炸死我，还是两次！别说枉为男人了，你都不配为人！你知道吗？听到你的声音，我都觉得恶心。你千万不要出现在我面前，我要是看见你，肯定会忍不住呕吐的！你就老老实实像只臭老鼠一样躲在阴沟里吧！"想到电话另一边的男人险些让自己丧命，王睿洁越说越激动，忍不住爆了几句粗口。

见王睿洁涨红着脸，激动地骂着对方，一旁的严峻忍不住捏了把汗。果然，被王睿洁如此唾骂，对方彻底愤怒了。电话里传来男

第十二章

人暴怒以及猛拍桌子的声音:"敢骂我?我告诉你,我已经不是曾经的我了!没有人敢这么跟我说话,你再敢说一句,我……"王睿洁打断对方的话:"想用第三颗炸弹炸死我是吧?我告诉你,我是不会去的!"

"你不去会死很多人的,你忍心让那些老人和孩子被炸弹炸得面目全非吗?"

王睿洁捏紧拳头,愤懑地说道:"你不就是想让我去,然后再用卑鄙的手段刁难我,让我听从你的指使,好让你觉得自己控制了我吗?我还偏偏就不上你的道!排爆大队那么多人,不缺我一个,我刚完成了两次拆弹任务,领导也不会同意我再次以身试险的,你就死了这条心吧!"

电话那边的胡楂男从椅子上起身,一把将桌面上的物品全部掀翻在地上。他用脚猛踩着地上的杂物,暴跳如雷,怒吼道:"拒绝我!你又拒绝我!我要让你知道拒绝我的后果有多么严重!"王睿洁不屑一顾地说道:"你以为自己有多厉害?排爆大队的人对付你这样的货色绰绰有余!"

见王睿洁好像真的不为所动,胡楂男的语气软了下来:"你知道我有多爱你吗?我满脑子都是你!我没有喜欢过别的女孩,只爱你一个,可你从来不正眼看我!我一直在深爱着你,即便是偷偷看你一眼,我也觉得很开心!可你为什么总是三番五次地拒绝我呢?"

"我呸!给我设置炸弹,想让我和我身边的人粉身碎骨,这种做法也叫爱我?你简直就是个变态!"

男人泣不成声,说道:"对!这就是我爱你的方式,我太爱你了,以至于我根本不能容忍你拒绝我!与其让你以后成为别人的女人,不如现在就让你死在我手里,然后我再去天堂陪着你。我给你设过炸弹,而且还成功过!你没想到吧!我以为这次也会成功,没想到你变得这么聪明！"

　　王睿洁就着对方的话细细回想，突然想到了什么，眉头紧皱起来："是你？"胡楂男欣喜若狂："你想到我是谁了？我就知道，你不会忘记我的！"王睿洁只觉得胃里一阵翻江倒海，咬牙切齿道："秦罗科！我当然记得你！你让我感到无比恶心，快把变声器关了，别藏着掖着了！"

<h2 style="text-align:center">七</h2>

　　彭鹰翔走到一边，用严峻的手机打电话给邬一曼，小声说道："小乌龟，对方叫秦罗科，听到没有？"邬一曼急切地说道："听到了，我在找！我不知道准确的字眼，给我点时间！"彭鹰翔又问："对方的地址锁定没有？"邬一曼的手指在键盘上飞快敲击着："我还在想办法！对方用了非对称加密方式，我需要更多时间！"彭鹰翔无奈地挂断电话，回到了王睿洁身边。

　　听到王睿洁说出了自己的名字，秦罗科关掉了变音器，说道："睿洁，我爱你！我要见你！第三颗炸弹，你不去，我现在就引爆！我设置了13分14秒，1314！你不去，我就炸死几百人，让你一辈子活在内疚中！"

　　一旁的彭鹰翔摇了摇头，在纸上写下："还没有锁定对方的地址，继续拖延时间。"王睿洁冲电话吼道："道德绑架对我没用！我是不会让你的计划得逞的！你的所作所为只会让我更加瞧不起你！当初你被学校开除，我还有点可怜你！现在想想，我真后悔那时自己心软，我就应该坚持让你被拘留！"

　　从同步通话的耳机中听到王睿洁的话，程菡玥眼睛一亮，对着喉麦说道："那个人跟王睿洁是同一个学校的，而且被开除过，按这

第十二章

个条件查！"邬一曼输入检索条件后，屏幕上出现了秦罗科的照片和户籍资料："找到了！"

这段被王睿洁提及的往事，似乎并没有让秦罗科感到难堪，他兴奋地说道："对！我是被学校开除了！那是他们没眼光，他们不知道我是个伟大的炸弹专家！第三颗炸弹跟前面的都不一样！你根本拆不掉！"王睿洁说道："你不要自以为是了！排爆大队的拆弹专家不止我一个，会有更厉害的人来对付你的！"秦罗科表情狰狞，说道："我就要你来！"王睿洁哼了一声："行啊，既然这样，那你就接受我的挑战，按我的规矩来！"

秦罗科沉默片刻，理智还是占据了主导，他问道："按你的规矩？你当我是傻子吗？"王睿洁继续激他："你刚才不是还说自己很厉害吗？现在怎么怕了？哦，我忘记了，你从始至终就是一个胆小鬼！我不想再跟你废话了，你就等着警察来抓你吧！"说完，作势要挂断电话。

"等等！"秦罗科紧握着手机，胸口剧烈起伏着，他犹豫许久之后说道，"你说地方！"王睿洁跟彭鹰翔交换了个眼色，说道："给我留个联系方式，我想好之后再告诉你。"电话那边的秦罗科不吭声了，王睿洁沉声说道："我给过你机会了，你自己把握不住，就不要怨天尤人！"

"让我好好考虑一下，我会再和你联系的，等着我！"秦罗科说完这句话，就挂断了电话。

王睿洁余怒未消，她把手机扔在地上，抬脚就要踩。彭鹰翔眼疾手快地拉住了她："别踩！别踩！这是我个人的手机！"王睿洁无处发泄，转身一拳打在了背后的树上。树干晃了晃，树叶哗哗落了下来。王睿洁眼里噙着泪水，双手环抱在胸前，脸上满是委屈和愤怒。她的肩膀微微颤抖着，就像承受着千斤重担。严峻伸手搂住她的肩膀，轻声道："怎么了？有事你跟我说。"

王睿洁紧咬着嘴唇，把话憋在心里。突然，她用手捂住了嘴巴，脸上露出痛苦的神色，一种难以抑制的恶心感涌上心头。她弯下腰，扶着树剧烈地呕吐起来。一旁的严峻吓坏了，拍着王睿洁的肩膀问道："怎么了？是不是哪里不舒服？我带你去看医生！"王睿洁一把推开他，头也不回地跑开了。

严峻愣住了，一脸担忧看向彭鹰翔："怎么回事？她是身体有啥伤没检查出来？还是经历过爆炸留下了后遗症？"彭鹰翔摇了摇头："她的身体没大碍，可能是别的原因吧。"

"不行，我得去陪着她！"严峻说完就要追上去。彭鹰翔拦住他："她是一个性格独立的女人，有些事情既然她不愿意说，你也就不要去追问了，让她自己把那些不愿回想的往事消化掉吧。相信我，你只要默默地照顾她，呵护她，给她足够的安全感就行了，别的都不重要。"严峻重重地点了点头，拿两瓶水就去追王睿洁。

安保指挥室里，程菡玥看着手机上邬一曼发来的信息，忍不住爆了句粗口："我去！这浑蛋简直太恶心了，真是个死变态！"身旁的王冀陇问道："怎么回事？"程菡玥翻着手机屏幕上的文字："小乌龟查到了秦罗科被东南大学开除的处分通告，但是这上面并未提及具体的原因，所以小乌龟又搜索了同一时间段东南大学校园网论坛上的帖子，你自己看吧。"王冀陇扶着镜框看完手机上的帖子，脸色铁青，骂道："这畜生简直不干人事！让小乌龟一定要想办法锁定这家伙的位置！"

指示完工作的王儒听到骂人的声音，朝王冀陇走了过来："都这个年纪了，还动不动就发火，什么事把你气成这样？"王冀陇嘴唇一张一合，不知道该怎么说，脸一偏："你跟他说！"程菡玥无奈道："那个叫秦罗科的人跟王睿洁是大学同班同学，那家伙一入学就盯上

第十二章

了王睿洁，不断接近她。即便王睿洁已经明确拒绝那家伙了也没用，对方一直想方设法骚扰她。本来王睿洁觉得都是同学，就没撕破脸皮，只是能避就避开了。直到大三下学期，那家伙给王睿洁做了个炸弹！"

王儒一惊："炸弹？在学校吗？这么大的事我怎么没听说过？"

程菡玥赶忙说道："是个很小的液体炸弹——装在橡胶套里的那种，炸不伤人。"

王儒先是一愣，接着恍然大悟，汹涌的怒火让他的脸涨得通红。王儒把拳头捏得咯咯直响："妈的，死变态！"看着面前沉默的两人，王儒又交代，"这件事情就不要让其他人知道了，替王睿洁保密！告诉严峻，让他这些天好好陪在王睿洁身边，要是敢对王睿洁不好，我揍他小子！"

第十三章

一

安保指挥室里，参与安保行动的各部门领导坐在下面，他们面前那个大屏幕上显示着秦罗科的照片。程菡玥用激光笔点在秦罗科脸上："秦罗科，男，二十七岁，曾经是东南大学弹药工程与爆破技术专业的学生，大三下学期末被学校开除学籍。被开除后，他没有回家，而是跑去西北矿区打工了，在那里积累了丰富的爆破经验，也攒了不少钱。后来自费出国留学，我们怀疑他就是在这期间和K2的白狼建立了联系。"

王儒的眼睛直直地盯着照片："他在国外待了多久？什么时候来东海的？"程菡玥说："在国外待了三年，回国的时间不太确定。小乌龟筛查了他使用的银行卡的消费记录，大概能推断出他是在王睿洁加入特警支队前后来到东海市的。我觉得是白狼利用秦罗科对王睿洁近乎偏执的个人感情，提前布局了这一系列计划。秦罗科到东

第十三章

海后没有固定职业，靠 K2 提供的资金生活以及购买制作炸弹的材料，他在特警支队对面小区里租了一套房子，长期蛰居在那里。"

王冀陇板着脸："胆子不小啊，就潜伏在我们眼皮子底下！"憋着一肚子火的武警少校霍地起身："我去端掉这小子的窝点！"王儒把手往下压了压："不急，他不一定就在那儿，先部署监控，要确认这不是个陷阱，做好万无一失的准备！"程菡玥也说道："是的，根据我们掌握的情报和心理专家的分析，他有严重的偏执型人格障碍和妄想症，受到刺激后很容易做出疯狂的事情。另一方面，他在校期间成绩优异，据他的老师描述，他对炸弹制造和电子技术非常精通，可以说是个天才，而且他很可能受过 K2 的培训，所以是一个非常危险的人物。"

王儒走过去，站在东海市的地图前："白狼恐怕没想到，他利用秦罗科的这一点，反倒成了我们的突破口。不过，我们现在的难点是，如果秦罗科真的上了我们的套打来电话，地点我们应该选在哪里。偏僻的地方他肯定不会上当，如果选在市区，出事了也不好收场。而且在行动方案上，我们要是提前严防布控，他可能会觉察到，从而放弃进圈套。但是又不能真的放任他布置炸弹吧？"王儒想想都觉得头大。

一直没讲过话的巴特尔说道："也不必认为他的心思那么缜密。"众人的目光齐刷刷地落在了巴特尔身上。巴特尔站起身来，分析道："这两起爆炸事件的破坏效果并不算大，从杀伤性来说，甚至有点小打小闹，成熟的恐怖行动绝对没有这么简单，更别提这还是由白狼牵头的。按照我以往对恐怖袭击的了解，恐怖袭击的地点一般都选在人多路复并且远离公安部门的地方，而且大概率具备一定的地标性和特别意义，而这次发生事故的两个地方都不符合这些特点。所以，我认为这是白狼对我们的试探，他的本意是制造一些混乱，从而了解我们反恐行动的部署。"

王儒点点头："在反恐方面，你是专家，你为什么觉得秦罗科的心思没那么缜密呢？"巴特尔说道："因为第二枚炸弹爆炸了，而且炸伤了我们两名排爆警员，秦罗科把事情搞大了，这违背了白狼的初衷。而且在炸弹的制作上，秦罗科加入了1314这个时间设定，才让我们敲定了嫌疑人范围。这些都说明秦罗科这家伙太疯癫了，甚至连白狼都控制不住他了，这足以说明只要刺激够大，他的理智就会被他的疯狂所吞噬。"

"怎么刺激？在电话里王睿洁已经那样激他了，最后一刻秦罗科还是保持住了理智啊。"程菡玥问道。巴特尔盯着秦罗科的照片："还不够，我觉得把严峻暴露出来，才能达到最理想的效果。秦罗科要是知道严峻是王睿洁的男朋友，肯定会彻底失去理智的，甚至——就算明知道这是圈套，他也会不顾一切往里面钻！"

王儒抱紧双臂："这样一来，严峻那小子恐怕就成秦罗科的心头之恨了。"

傍晚，公安医院的病房里只剩下王睿洁、严峻和彭鹰翔三个人。王睿洁黑着脸："让那疯子炸严峻，谁想的馊主意啊！"她的目光落在彭鹰翔脸上："是不是你？"彭鹰翔赶紧摆手道："你可别赖我啊！这是巴特尔想的主意。"严峻的手背上青筋暴起："行！就我做诱饵！我正想见见那家伙，把他废了呢！"

"先不着急，这个计划还需要商量和补充，我先问你们，你俩一起出去过吗？我是说就你俩。"

王睿洁没有多想，说道："出去过啊，到宠物医院给Perfect检查身体时一块儿出去过，严峻开单位里的车送的我。"彭鹰翔又问："那逛街、看电影呢？"严峻撇着嘴："你又不是不知道，我俩确认关系之后，麻烦的任务一个接一个，这一天天都忙得不可开交，哪有时

第十三章

间约会？上次我正准备约她看电影呢，上面一道命令……"

彭鹰翔挥挥手："行了，别抱怨了，既然这样，那秦罗科就不知道你俩的情况，这就好办了。"彭鹰翔看着严峻，"秦罗科会想办法搞到王睿洁的手机号码的，如果他打电话过来，你来接，你要让他知道你跟王睿洁的关系，不仅如此，你还要让他知道王睿洁怀了你的孩子，而且要见你妈，你们两个要商量结婚的事了。"

严峻摸着后脑勺："有必要搞这么复杂吗？还要告诉他我俩有孩子了——我俩都没有……"王睿洁也问："他妈在东北呢，怎么见她？"彭鹰翔解释道："当然要把剧情补充得充分一些，我都想好了，让治安支队的副支队长黄晓玲来扮演严峻的母亲，到时候给秦罗科设个局，让他认为能一举除掉你们三个人，不对，加上肚子里的孩子，怀的三个月大的孩子，总共四个人，这个诱惑对他的吸引力够大了吧？"

严峻和王睿洁对视一眼，不约而同地看向彭鹰翔，异口同声道："这真的都是巴特尔的主意，不是你的？"彭鹰翔嘿嘿笑道："那必须都是他的，我就——小小润色一下。"

二

窗外阳光明媚，隔着窗帘的暗室里，只有电脑屏幕发着光亮。坐在电脑前的秦罗科揉捏着腮边的胡须，眯着眼睛盯着屏幕上王睿洁的照片。

桌上还放着一张东海市的地图，上面标注着几个红点。自从上一次跟王睿洁通过电话，情绪激动之下答应了王睿洁的要求之后，秦罗科一直在犹豫要怎样部署接下来的计划。但是缓和两天之后，秦罗科突然意识到这很有可能是警方设下的圈套，自己设置的几枚炸弹虽然没有造成人员死亡，但自己这些扰乱治安的举动无疑已经彻底激怒了东海警方。秦罗科想起当时拨打报警电话时，接线员明显是在拖延时间，之后电话线路就切换给了王睿洁，这背后不知道会有多少人在监听。在秦罗科看来，王睿洁是在那些人的指使下一步步激怒他的。王睿洁说的那些话并不是她的本意，甚至她是在某些人的逼迫下，迫不得已才说出那些话的——他相信王睿洁对他是有感情的。

想通此节，秦罗科瞬间看开了，那些难听的话被他一股脑抛到了九霄云外。他已经计划好了，他要重新掌握主动权，他会在东海市境内选择五个地点，只在其中一个地点放置炸弹，这样可以分散警力。然后让王睿洁前往约定的地点，再引爆炸弹断掉警方的后援，最后劫持王睿洁远走高飞。

秦罗科越想越兴奋，胡子拉碴的嘴角咧开了一条缝。他在手机上输入了那串他早已背得滚瓜烂熟却从来没敢拨打过的号码，然后把听筒抵在耳边，紧张地听着里面传来的等待声。

特警基地的一间办公室里，一群人围在一张桌子前，齐刷刷地盯着桌上的手机。"丁零零——"手机突然响了起来。彭鹰翔一把抓起手机，看了一眼上面的来电显示，号码显示是境外的。他将手机递给严峻："不出意外，应该是秦罗科打电话过来了，准备好了没有？"严峻点了点头，接过电话放在嘴边："喂，哪位？"

秦罗科刚想说话，却听到了一个陌生男人的声音。秦罗科心一紧，警惕地问道："你是谁？"

"我严峻啊！你找谁啊？王睿洁吗？她在洗澡，我叫一下她。"说完，没等对方有何回应，严峻便故意大声喊道："睿洁，你的电话！"然后把手机递给了早已在旁边守候的王睿洁。王睿洁深吸一口气，接起了电话："你是谁？"秦罗科忍着一肚子火说道："我不是

第十三章

说过，我会再联系你的吗？"王睿洁故作轻松地说道："哦，秦罗科啊，你考虑好了？我现在把地点告诉你……"

"先不说别的，我问你，刚才那个男的是谁？"秦罗科打断了王睿洁的话。王睿洁直截了当地告诉他："我男朋友啊，怎么了？"秦罗科咬紧牙关，拳头紧握，指甲深深地嵌入了掌心的皮肤里："男朋友？你什么时候有男朋友了？"王睿洁骂道："你神经病啊！你以为你是谁啊？我凭什么要告诉你我的事情？"

"王睿洁！我那么爱你，你居然给我戴绿帽子！说，你跟他在一起多久了？连你洗澡他都在旁边等着，你们是不是在一块睡觉了？！"秦罗科气得声音都在发抖。

王睿洁瞪大眼睛："神经病啊！我跟你有什么关系？还给你戴绿帽子，你个王八蛋……"见王睿洁真动怒了，一边的严峻赶紧夺过手机："媳妇，你别生气啊。喂，你就是秦罗科对吧？就是你小子一直骚扰我媳妇？我告诉你，你要是再敢这样做，我马上带队找到你！"

"媳妇？"秦罗科的脸涨得通红，他猛地一拍桌子，怒吼道，"我要杀了你！我要炸死你！"严峻见时机成熟了，假装跟身旁的王睿洁说道："媳妇，跟那王八蛋生啥气呢，你现在身体不好，前些天还经历了那么危险的事，要我说你这就是工伤，就应该好好休息几天，什么事都不要管，你不为我考虑，也得为你肚子里咱俩的孩子考虑吧？"

听到这话，秦罗科如五雷轰顶般跳了起来，他把桌上的地图撕得粉碎，像撒雪花一样抛到半空中，然后抓着手机狂喊道："让王睿洁接电话！"严峻不理会他，继续跟王睿洁说道："我跟我妈说了，让她明天过来照顾你，现在正是关键时候，你要好好调养身子，除了肚子里的孩子，别的都不重要。"

"啊——我要你们都给我死！"电话里秦罗科的声音尖锐又刺耳。

"鬼叫什么呢！你别以为你的老鼠洞够深，我们就找不到你！"严峻怒吼道。秦罗科眼睛里满是凶光："我会找到你的，到时候你可别在我面前求饶！"严峻被气笑了："跟你个臭老鼠求饶？你别忘了，我是特警，对付你这种小瘪三，都不带用两只手的。你也不用费劲找我的位置，绿苑路128号特警基地，够胆你就来吧，我随时都在！"

"严峻！你就等死吧！"说完，秦罗科挂断了电话。

"喂——喂！"严峻手拿放着忙音的手机，愤愤不平道，"这家伙，我正骂得带劲呢，怎么就挂电话了！"彭鹰翔拍着他的肩膀说道："行了，目的已经达到了，从对方的反应来看，他已经失去理智了，现在就等着他往套里面钻了！"

程菡玥捏着喉麦："小乌龟，锁定到对方的位置没有？"耳机里传出邬一曼的声音："不行，这家伙用的还是上次的方式，上次就没追踪到他的IP。"程菡玥皱着眉头说道："找不到他的人，对我们很不利啊。自从爆炸案发生以后，他就再也没有出现在特警支队对面的租住房了。他在东海市一定还有其他藏身处，很有可能是K2提供的！"邬一曼说道："我知道，我也还在想办法，不得不说这家伙在计算机技术上跟我相比毫不逊色！"

邬一曼还从来没有遇到过这么难对付的对手，她已经连轴转了十几个小时，盯着屏幕的眼睛里布满了血丝。邬一曼不住地敲着键盘，噼里啪啦的敲击声急促而密集。突然间，屏幕右下角的一个安全程序变成了警示的红色。邬一曼点开安全程序，沉声说道："有人在入侵警队的系统！"

彭鹰翔听到了，接过程菡玥手里的耳机："小乌龟，对方的目的是什么？"邬一曼飞快地敲击着键盘："在入侵警员的资料库，好

第十三章

像——是在找严峻的资料！"彭鹰翔不假思索地说道："是秦罗科！不要阻止他！让他找到严峻的资料。"

邬一曼点动鼠标，屏幕变成了与对方同步的画面。她看见鼠标箭头点开了特警支队的人员信息库，接着在里面翻找了一阵，最后定格在了严峻的名字上。

秦罗科重重地敲下了回车键，屏幕上弹出了严峻身穿警服的证件照片，照片下方，名字、警号、籍贯、居住地址等个人信息一应俱全。秦罗科几乎把脸贴到了电脑屏幕上，他那张被火药灼烧得满是沟壑的脸，与严峻英俊潇洒的容貌形成了鲜明的对比。秦罗科的眼睑一点点收窄，直至剩下一条缝，他咬牙切齿地说道："严峻，不杀你我誓不为人！还有王睿洁，敢背叛我的爱，你们统统都给我死吧！"

三

东海市临海的一栋海滨别墅，从外面看上去与平常的度假别墅毫无区别。

别墅绿植背后的院子里，几个穿着黑西装的彪形大汉分别站在不同的位置，不时地来回走动着。他们双手放在腰间，衣服下凸出来一块。大门前的一名壮汉捂着蓝牙耳机，听到命令后，手伸进荷包里按下了按钮。铁门应声打开了，一辆黑色路虎卫士缓缓驶来，停在了别墅门前。一身腱子肉的章鱼跳下车，阴沉着脸快步走过去，一把推开了门。

别墅里，白狼正闭眼躺在按摩椅上听着电视里播报的新闻。听到匆忙的脚步声，他睁开眼看了一下，又马上闭上了："这么多年了，你这爱着急的性子还是一点没改啊。"章鱼站在白狼面前，神情焦灼:"秦罗科那家伙在东海点了个大炮仗,炸伤了两名警察,现在全城的警察都在通缉他!国际政经高峰论坛的安保力量增加了不止一倍!妈的!这家伙给我们惹了这么大的麻烦,现在也不知道跑哪里去了!"

"你说的我都知道了。"白狼伸手指了指电视。章鱼见白狼依然一副泰然自若的模样,心中愈发着急:"白狼!现在外面的形势很严峻!你本来只是让这小子给警方制造点小麻烦,吸引一下警方的注意力,可那个蠢货居然为了一个女人闹出了这么大的动静,这已经打乱了我们的整个计划!"

白狼示意章鱼少安毋躁:"至少我们的目的达到了,从这两次警方对暴恐事件的处理来看,我们的对手已经组建了一个至少有巡警、特警、武警、消防构成的处理突发事件的组合,一旦发生危及群众安全的事件,他们会在十分钟内完成部门联动,全面接手现场,这比我之前预估的节奏还要快。现在看来,我们的麻烦还不是秦罗科一个人带来的,我们之前的应对方案这下要彻底打乱重建了,针对对手快速反应的动作,我们得拿出更完美的计划才行!"

章鱼捏着拳头:"秦罗科那小子怎么办?他在特警支队外的住处现在已经被条子盯死了,他也彻底与上线断了联系。"白狼伸展着胳膊:"既然现在暂时不准备动手了,那把所有人都派出去,在警方抓到他之前找到他!如果不能把他带回来——"白狼做了一个抹脖子的动作,目光变得极为狠厉。章鱼意会到白狼的意思,点点头,转身走出了别墅。

电视里的新闻频道正播报着通缉秦罗科的信息,白狼看着画面左上角贴着的秦罗科的照片,淡然道:"这家伙居然为了一个女人闹得天翻地覆,至于吗?干完这一票,要什么样的女人没有?"

特警基地伪装训练化妆间内,一个女人坐在椅子上,看着镜子

第十三章

里的自己。女人四十多岁的样子，身姿却依然挺拔。她的脸上虽然已经有了岁月凿刻的痕迹，但神情依然坚定威严。何雨洋站在女人旁边，正往她脸上打着粉底、腮红。聂如佳收起了卷发棒，看着女人那一头洋气的卷发，露出了满意的笑容，仿佛是完成了一件完美的作品。聂如佳勾了勾手，董春蕾拿着一罐摩丝定型喷雾走了过来，对着做好的发型猛按喷头，霎时间化妆室被刺鼻的香味填满了。

女人打了个喷嚏，捏着鼻子，说道："你这是干啥，要把我腌渍入味了？"董春蕾摇晃着只剩下一点摩丝的瓶子，傻笑道："黄大姐，一看你就没去过高端的美发沙龙吧，那里面的托尼老师都是这么干的。"黄晓玲扭头瞪了她一眼："我留的短发，花那钱干啥？"聂如佳按着黄晓玲的肩膀："大姐，你可得注意啊，这戴的是假发，千万别用力晃脑袋，会把它晃下来的。"何雨洋收拾着化妆工具："黄大姐，怎么样？判若两人了吧！"黄晓玲摸着脸颊说道："好看是好看，只是把我打扮得这么年轻，看上去也不像是严峻他妈了呀！"

程菡玥推开化妆间的门走了进来，肩膀上挂着一个几乎全新的香奈儿皮包。她恋恋不舍地把包递给了黄晓玲："黄大姐，这可是我生日那天花了好几个月的工资买的啊，我平时都舍不得背，你可得替我爱惜点哟。"聂如佳也盯着黄晓玲的裙子："还有——这裙子是我的，好几千呢，我省吃俭用买的。"

黄晓玲站起来，扒拉着手上闪着光的手镯和戒指："那必须的啊，放心吧，等任务完成了，就原封不动地还给你们，只是——我不明白，我假扮的人物这么有钱吗？需要你们把自己的宝贝都拿出来才凑够我这一身？"

"那可不，你现在的身份是皇姑屯房地产投资集团董事长，身价上亿呢！"

黄晓玲眼睑一抬："董事长？严峻家里这么有钱啊？"程菡玥无

奈道："我们也是刚知道，不然也不会整这么麻烦了。"黄晓玲笑道："真没看出来严峻还是个富二代啊！"

基地外停着三辆豪车，最前头是一辆迈巴赫。王冀陇围着三辆车转了一圈，说道："还好严峻家里确实有钱，要是换成普通人，安排这么多人跟着，秦罗科肯定会起疑！有钱人就不一样了，身边都是三五成群的助手和保镖。"彭鹰翔摸着迈巴赫锃亮的车身："只是租一天车的钱可不便宜啊，支队长那边可得肉疼几天了。"他敲了敲车门的位置，"老王，你说万一路上再出点啥事，车上挨两发子弹，保险公司会赔吗？"王冀陇摇摇头："这我哪知道，我都没车——她们过来了！"

黄晓玲俨然一副贵妇模样，她刚走到迈巴赫前，彭鹰翔就赶紧拉开车门："黄总，请上车。"黄晓玲白了他一眼："说吧，任务怎么安排的？"彭鹰翔说道："身份程蕊玥已经跟你说过了吧？我们已经将消息放出去了，说你这次过来是看望儿子和未来儿媳的，并且准备为两人操办婚礼，你会前往一个海滨度假酒店，去那里看看婚礼现场的布置，我安排了些生面孔伪装成你的保镖，全程跟随你出行。另外，闪电突击队会隐藏在酒店外围进行戒备，这次任务的目的是吸引秦罗科过来，具体细节车上说，我们随时可以通过你耳朵里的微型耳机进行交流。"

黄晓玲点点头，坐上了车。在彭鹰翔的注视下，车队浩浩荡荡地驶向了目标地点。

四

海之心度假酒店坐落在东海境内海水水质最好的区域。湛蓝的天空与无垠的大海连成一线，沙滩后的椰林在地上投下一片片婆娑

第十三章

的树影。与其他高层酒店不同，这处度假酒店除了一间两层的服务中心外，所有的客房都是独立的小木屋。这些精致的小木屋错落有致地分布在椰林间，与海滩相隔不到两百米的距离。

度假酒店旁的一块草坡上，张鑫和孟凡亮穿着吉利服趴在草丛中，与周围的环境融为一体。孟凡亮端着观测仪，盯着通向酒店的唯一一条道路。张鑫抱着狙击枪，一动不动，轻声问道："怎么样，有发现吗？"孟凡亮说道："咱都盯了一上午了，鬼影都没有，严峻他们早就到酒店了，这人怎么还不来？"张鑫调转枪口，瞄向了海滩："这孙子不会从海上登陆吧？"孟凡亮说："除非他游泳过来，否则隔着两公里都能看清海上有船靠近，太明显了。"

酒店服务中心二楼，彭鹰翔拉开窗帘的一角，将一支单筒望远镜伸出窗外，通过镜头监视着四周。程菡玥坐在他旁边，面前放着一台笔记本电脑，切换着监控探头的画面。除了树叶在随风摇曳，画面几乎毫无变动。程菡玥看着桌上一直没有动静的对讲机说道："这么长时间了，秦罗科还没有出现，酒店附近已经被我们的人布下了天罗地网，这小子该不会有所警觉了吧？"

"你要相信自己的队友，他们不会暴露的。秦罗科虽然疯，但也不是个傻子。他肯定预料到这里会是警方布置的陷阱，所以才需要更多时间来探查这里的环境，以便做好事后脱身的准备。"

程菡玥抿着嘴，在电脑上给邬一曼发了条信息："小乌龟，现场有其他异常信号波段吗？"片刻后，邬一曼回复道："没有，只有我们的信号频段。"程菡玥盯着监控，这一切似乎过于平静，像是暴风雨来临前的征兆，她心中隐隐有些不安。

另一边突击小组的藏身点，董春蕾、战果和梁峰等人蹲在密林里，都端着望远镜，身旁放着05冲锋枪。几人身上都喷了驱虫喷雾，但有些虫子还是爬到了他们手臂上、脸颊上。董春蕾担心引起敌人的警觉，不敢乱动，只能轻轻摇晃脑袋，以驱散脸上的飞虫。她忍不住抱怨道："这小子该不会在耍我们吧？他说不定现在正在其他地方布置着炸弹，想打我们个措手不及呢！山鹰是不是过于相信那个疯子了！"

战果一动不动地说道："放心吧，特警排爆大队和武警支队都部署到市区各个地点待命了，我们做好我们的事，其他的不要想太多，而且我觉得这疯子会来的。"何雨洋问道："你怎么知道？跟山鹰一样，也是直觉？"战果说道："我不是心理医生，我无法从秦罗科这个人的心理上判断出他是否会来，但从作战行动上来说，他是一个人对付我们一个团队，所以肯定要在查探到我们的战术布局之后再行动。如果我是他，我现在肯定是躲在暗处，先远距离侦查对手，等标记好目标人员点位有把握之后再进场！"

听到战果这么说，其余人顿时又打起了精神，将侦查范围往更远的地方扩散。

海边一栋豪华的木屋内，黄晓玲坐在圆床上无所事事。严峻和王睿洁待在另一个隔间，抚摸着Perfect。为了达到伪装效果，Perfect被装扮成了宠物狗的模样。

严峻瞟了一眼黄晓玲所在的房间，压低声音说道："咱支队长都四十多岁了，你知道他为啥现在还没成家不？"王睿洁揉着Perfect的肚皮，问："为什么？"严峻瞟了一眼那边的房间："因为她。"王睿洁白了严峻一眼："哪有八卦自己老妈的。"严峻嘴一撇："那行，我不说了。"

"怎么的，支队长喜欢黄大姐啊？"见严峻不说话了，王睿洁反而来了兴趣，凑上去问道。严峻告诉她："岂止是喜欢，他们俩以前就是两口子，只不过后来离婚了。"王睿洁一脸诧异："为什么离婚了？支队长人挺好的呀！黄大姐也不错。"严峻说："两口子都是警

第十三章

察,都太忙了,支队长的女儿小的时候发了一次高烧,本来那天说好是支队长回家带小孩的,可是他临时出任务,回不去。等忙完了天都已经黑了,回到家后,他女儿已经烧晕厥了,支队长赶紧把孩子送到了医院。医生告诉支队长,如果再晚半个小时,孩子就算能保住命,也得落下终身残疾。那天过后不久,黄大姐就跟支队长提出了离婚。"

王睿洁听完,唏嘘不已,她突然抬头看向严峻:"我们两个也都是警察啊,那我们以后有了孩子,怎么才能照顾好他?"严峻被问蒙了,一时间想不到该怎么回答。他拍了一下自己的嘴,嘀咕道:"我这是给自己挖坑了呀。"

另一个房间里的黄晓玲隐约听见了隔壁的谈话声,伤心的往事像藤蔓一样攀上了她的心头。她起身走到窗前,望着外面的海滩,仿佛看见了过去一家三口在沙滩上追逐玩闹的身影。黄晓玲闭上眼睛,曾经的欢笑与幸福如今都已成了泡影。她的嘴角微微颤抖,泪水在她的眼眶里打转。她转身走到门前,推开门向沙滩上走去。

听到开门声,严峻跑了出来,他看着黄晓玲的背影:"黄大姐,你去哪儿啊?"黄晓玲背对着他挥了挥手:"屋里闷得很,我出去走走。"严峻看向王睿洁:"我是不是不该瞎说啊?"王睿洁瞪了他一眼:"让你嘴碎,走,我们也跟过去吧。"两人跟在黄晓玲身后,走向沙滩。

彭鹰翔从望远镜里看着他们:"怎么都出来了?"程菡玥依然警觉地盯着电脑屏幕。突然间,聊天窗口在闪动,程菡玥赶紧点开,看了一眼后急忙对彭鹰翔说道:"小乌龟那边监控到有其他电子信号波动!"彭鹰翔看周围并没有异样,拿起对讲机说道:"各小组注意,秦罗科有动作了!河马,观察四周,保护好自己和队友的安全!"

五

严峻从微型耳机中听到了彭鹰翔的话，手立即放在了腰间藏枪的位置，双眼扫视着四周，同时屏住呼吸，捕捉着周围轻微的声响。他隐约听见一连串嗡嗡声始终环绕在周围，像是蜜蜂扇动翅膀发出的那种声音。严峻环顾四周，忽然他猛地抬起头，目光所落之处，一架旋翼式无人机正在快速下降，同时向他冲来。

严峻的眼睛紧盯着无人机的位置，大声问道："头顶上有架无人机！什么情况！是我们的吗？"彭鹰翔一把将窗帘完全拉开，看见了无人机飞行的轨迹，马上拿起对讲机："不是我们的！狙击小组赶紧将无人机打下来！河马、海豚，带黄大姐立即向安全位置后撤！"

张鑫扣下了扳机，"砰"的一声闷响，子弹划破空气向天空中的目标疾驰而去。孟凡亮手中的望远镜没有放下来："鹰眼，没有击中目标！无人机速度很快！"另一个狙击点位，聂如佳也扣下了扳机，一旁的何雨洋说道："没有击中！"聂如佳一脸紧张，拉动枪栓，再次瞄向了无人机的方向。

四周枪声密集，严峻看见那架无人机仍在天上乱窜，抬起手枪打光了一块弹匣。眼见无人机越来越近，严峻把王睿洁往旁边一推："带黄大姐往椰林那边撤！"王睿洁站着没动："那你呢？"严峻转身往另外一个方向跑去："它是冲着我来的！"

果然，无人机追着严峻飞去。严峻拼命奔跑，心脏剧烈地跳动着，耳畔无人机旋翼的嗡嗡声仿佛是恶魔的呢喃，让他不敢有丝毫停顿。严峻听到耳机里彭鹰翔的大喊声："跳水！赶紧往水里跳！"严峻往前方一看，不远处就有个游泳池，他不顾一切地冲过去，在

第十三章

水池边纵身一跃，扑通一声钻入了水底。

几乎是同一时间，"轰"的一声巨响，无人机贴着水面爆炸了。水面顿时被轰然炸开，水花如同喷发的岩浆般冲天而起。力量强烈的冲击波穿过水面，疯狂肆虐。在水中的严峻被冲击波推着撞向了泳池边缘，半边胳膊失去了知觉。

目睹炸弹爆炸的王睿洁心脏一紧，转身跑向了水池。她不顾还漂浮在水面上的烈火，跳入水池，潜入水底，将严峻拖出了水面。王睿洁大口喘着气，用力按压着严峻的胸口。严峻吐出了一口水，微微睁开了眼睛。王睿洁托住严峻的头，一脸担忧地问道："你怎么样？坚持一下，大鱼她们很快就过来了！"严峻摇了摇头，忍着胸口的剧痛，硬挤出一抹笑容："我没事，那浑蛋伤不了我的。"

"啪啪啪！"92式手枪的枪声不绝于耳。严峻和王睿洁同时顺着枪声望去，看见黄晓玲高抬着枪口，对着天上的七八架无人机疯狂射击。一架无人机被子弹击中，凌空爆炸，在高空中迸发出一团耀眼的火光。滚滚浓烟像是一团浓密的乌云浮在空中，机身碎片如流星雨般四散飞溅。与此同时，战果也抱着一把05式冲锋枪跑了过去，扳机压到底。枪声如同金豆落地，一串密集的子弹射向无人机群。爆炸声接连从空中传来，三架无人机凌空化为火球。

无人机愈发靠近，黄晓玲看了眼手中空仓的弹匣，咬紧牙关，捡起一块石头狠狠投了出去。无人机从她身边掠过，折转了方向，径直冲向水池边。严峻见状，强撑着身体爬起来："那浑蛋的目标是我，你们别跟我靠太近！"

彭鹰翔站在高处，捏着对讲机大喊："让小乌龟赶紧想办法，把无人机的信号都给我打掉！"他又望向严峻的位置："河马，穿过停车场，有一座假山，找地方隐蔽！"

严峻捂着胸口飞速奔跑，不时侧脸用余光看无人机的位置。他跑到停车场，只听彭鹰翔大喊道："那是迈巴赫！我们租的！别往那边去，左边——往五菱宏光那边跑！"严峻一个急转弯，钻进了面包车底下。"轰"的一声巨响，无人机撞在了车上，车身瞬间被烈火包裹。

爆炸的瞬间，严峻从车底下滚了出来，一抬头又看见一架无人机："妈的！有完没完啊！"他赶紧爬起来跑向假山，见假山下边有一个山洞，毫不犹豫地钻了进去。又是"轰"的一声响，无人机撞在山体上应声爆炸。

浓烟滚滚，严峻捂着鼻子，透过烟雾看见一辆无牌的两厢车从树林里冲了出来，扬尘而去。严峻跑出山洞，环顾四周，目光落在停车场里的迈巴赫上。他奔过去拉开车门跳了上去，然后拧动钥匙，追向了那辆两厢车。

王睿洁目睹了严峻开车那一幕，她牙齿一咬，跳上了停车场里的一辆山地摩托车。她扯断了摩托车的点火线，捏着两根线一对碰，摩托车的发动机启动了。她骑车追着迈巴赫的尾尘而去。

公路上，两辆汽车疾驰着，轮胎与地面摩擦发出尖锐的声音。两厢车陡然加速，试图摆脱后车的追赶。严峻一脚把油门踩到了底，迈巴赫的引擎发出愤怒的咆哮，速度提到了最高。前方，两厢车转弯钻进了灌木丛中，"砰"的一声撞在了一棵树上。严峻停好车，握着手枪走了过去。两厢车的车头撞得变了形，里面的安全气囊全部弹开了，一个人被气囊挤压在座椅上，一动不动。

严峻小心拉开车门，枪口指向那人："慢慢给我下车！别耍小动作！"对方似乎没有听到，仍然没有动静。严峻皱了皱眉头，一脚踢在了对方身上，坚硬的感觉顿时让严峻意识到坐在车里的是个假人。正当严峻准备转身时，一根木棍重重地敲在了他的后脑勺上。严峻缓缓转身，看见一个胡楂男手里提着棍子，脸上露出诡计得逞

第十三章

的奸笑。严峻脸颊上的肌肉抽了抽,两眼一黑,倒了下去。

王睿洁骑着摩托车穿过灌木丛,腿上被尖刺划得伤痕累累。她看见迈巴赫停着,里面空无一人,前面还有一辆受损严重的汽车,车头冒着白烟。王睿洁凑近过去,只看到座椅上有一个假人,并没有发现严峻的身影。王睿洁弯腰捡起车门前的一颗纽扣,捏在手中,一副心事重重的样子。正当她不知所措时,听到一串手机铃声在附近响起,她走过去拨开树枝,看见一部手机被胶带绑在树干上。王睿洁扯开胶带,取下手机接通了电话,秦罗科的声音从听筒里传来:"速度还挺快,就为了那个男人?"

"秦罗科!你个浑蛋!你到底把严峻怎么样了?"王睿洁紧握着手机声嘶力竭地问道。秦罗科笑了笑:"我倒是想杀了他,但我突然觉得他好像还有一点作用。你应该知道,只有把肉骨头拿到狗的面前引诱,狗才会听从主人的指令吧。对我来说,他就是这块肉骨头,而你就是要听从我命令的狗!"

"你到底要干什么?"王睿洁厉声问道。秦罗科沉声说道:"把你身上所有的通信设备,包括你耳朵里的微型耳机统统给我扔掉!别耍小动作,我会盯着你的。"王睿洁看了一眼四周,天上飞着鸟,树枝上也有鸟在歇息,她不敢肯定哪一只是假的。王睿洁把手机、对讲机都掏了出来,把微型耳机也取了下来。她把这些都扔在了地上:"秦罗科!我告诉你,你要是敢伤害严峻,我一定会杀了你!"

秦罗科说道:"他会怎么样,一切取决于你怎么做!用这部手机跟我保持联系,我把位置发给你,你一个人过来,记住,我无时无刻不在盯着你!"王睿洁:"我要怎么知道他还活着?"听筒沉寂片刻,传来了严峻的惨叫声。王睿洁的脸色瞬间变得苍白如纸:"王八蛋!你在做什么?"秦罗科放肆大笑:"哈哈哈!没什么,只是用刀在他肩膀上开了一道口子,怎么样,听见他叫的声音了吧?"王睿洁气得浑身发抖，低头看着已经结束通话的手机，短信箱里有一条刚收到的信息。

王睿洁扶起地上的摩托车，骑上车向短信里标注的地点疾驰而去。

六

郊外一座废弃的工厂，荒草长得比人还高，断壁残垣上爬满了弯弯扭扭的藤蔓。锈迹斑斑的厂房里，阴暗又潮湿，腐朽的味道与陈旧的气息交织在一起。在一排早已报废的机器背面，严峻被五花大绑着坐在一把铁椅子上。他的衣服上血迹斑斑，肩膀上有个伤口正往外渗着血。严峻眯着眼睛，整个人处于昏迷状态。

突然间，一桶冷水浇头而下，严峻一下子惊醒过来，打了个哆嗦，意识也清醒了不少。他看见面前的胡楂男把空水桶倒扣下来，坐在了铁桶上，冷冷地盯着他。严峻认出了这个人就是他们一直要找的秦罗科。

秦罗科掏出一把折叠刀，在手里晃了晃："我有没有告诉过你，你会死在我手上！"严峻怒目直视着对方："你有本事就杀了我！会有人让你知道在中国的土地上伤害一名警察的后果是什么的！"秦罗科笑得前仰后合："你以为我会怕你们？我现在不杀你，是我还有更有趣的游戏要玩，我要让你在临死之前看见，我是怎么得到你的女人的！"

秦罗科拿出手机，按下免提，王睿洁愤怒的声音马上传了出来："王八蛋！你等着我！我马上就到！不准伤害他！"严峻大声喊道："你别过来！这是陷阱！"秦罗科提起铁棍，打在了严峻的胸口上。严峻身体一缩，一口热血喷了出来，那刺眼的红色在这阴暗的环境

第十三章

中显得格外触目惊心。王睿洁从电话里听到了铁棍打在人身体上的闷响声，喊道："秦罗科！你浑蛋！我告诉你，你要是打死了他，我是不会出现的，你什么也别想得到！"

秦罗科挥舞着铁棍："放心吧，我会给他留一口气的，你动作快一点，我已经按捺不住想看见你跪在我面前求饶了，哈哈哈……"

严峻嘴里吐着血沫，不顾身上的疼痛，坚持喊着："睿洁！别过来！别管我！"秦罗科挂断了电话，用力拍打着严峻的脸颊："你不是在电话里骂我是畜生吗？今天，我就让你知道，激怒我的后果有多严重！我要当着你的面侮辱你的女人，然后让她亲眼看着我把你一点点折磨死，哈哈哈……"严峻的心仿佛被千万只无形的手紧紧捏住似的，那种沉闷、压抑的疼痛让他无法呼吸。他嘴里不停地呢喃道："别过来——千万别过来。"秦罗科揪住了严峻的头发，暴戾地挥舞着拳头，狠狠地砸在严峻的脸上。一声声闷响中，严峻的脸痛苦地抽搐着，那张原本英俊的脸庞变得扭曲变形，鲜血从他的嘴角缓缓流出。

丛林的树木之间拉着警戒线，几辆警用山地车围在报废的两厢车旁，两名技侦人员正在对车内进行勘查。一名技术专家从车底下爬了出来，拍拍身上的泥土："这台车经过改装可以做到无人驾驶，驾驶者只需通过相关设备就可以远程操控车辆的行驶。"彭鹰翔盯着地上的假人，愁眉苦脸。战果和梁峰跑了过来，战果把一部手机和一个对讲机交给了彭鹰翔："附近都看过了，没找到严峻和王睿洁，但是旁边树林里有王睿洁留下来的通信设备。"

彭鹰翔翻着手机里的通话记录，并没有找到陌生的号码，他问程菡玥："路面监控调取了没？"程菡玥说道："这里很偏僻，一公里内都没有监控探头。我调取了距离最近的监控影像，事发当时有五辆型号、颜色，甚至车牌号都相同的车子从现场路段经过。我估计除了那辆带走严峻的车子，其余的都是秦罗科为了混淆视线安排的。我已经联系交警部门协助调查这些车辆的行驶轨迹了，一有消息他们会第一时间通知我们的。"

"不能只等着他们的消息，拖得越久，严峻他们就越危险。"彭鹰翔铁青着脸说道。

程菡玥看着在灌木丛中穿梭的Perfect，黯然说道："秦罗科做了很充足的准备，现场喷洒了气味干扰剂，连Perfect都嗅不到目标气味。"彭鹰翔盯着地上一道摩托车胎压过的痕迹，拿起对讲机："小乌龟，追查到无人机的信号来源没有？"

电脑前的邬一曼额头上满是汗水，眼睛始终盯着屏幕："信号源头就在那片丛林里，现在可以肯定秦罗科当时就在那里。"彭鹰翔问："现在有五辆车分散逃离现场了，交警目前只能提供车辆大概的行驶方向，你有办法确认秦罗科带严峻上的哪辆车吗？"邬一曼说道："没有办法，秦罗科当时就切断了信号源，无法确定他的位置。"彭鹰翔又问："那怎样才能快速找到那五辆车的位置？"邬一曼想了想："除非调动军用卫星，否则只能一个个排查监控。"

"一个个排查监控肯定不行，这样太浪费时间了。"彭鹰翔抬头望着天空，"我来想办法，你在电脑前守着，随时等待接入卫星信号！"

废弃工厂里，奄奄一息的严峻艰难地抬起了头，用充血肿胀的眼睛死死地盯着秦罗科。秦罗科从一台废弃的机台上跳下来，拍了拍手上的铁锈，得意地说道："有二十枚炸弹分散在这座工厂的四面八方，爆炸的威力足以将这里夷为平地。你能在死前看见这么绚丽的烟火，算是捡了大便宜了。"严峻咬着牙："你以为你能跑？"

"跑？哈哈——"秦罗科极为夸张地大笑起来，"我根本就没打算跑，我要让你亲眼看着我折磨王睿洁，接着再点燃炸药，爆炸的

第十三章

力量会让我们的血肉搅和在一起,这样就永远也不会有人将我们分开了!"严峻吐了口血沫,愤怒地喊道:"你个疯子!来啊!来杀我啊!我做鬼也不会放过你!"秦罗科走到严峻面前,盯着他:"你以为我不知道你对生死早已置之度外了?杀了你,岂不是让你死得太轻松了?所以——你会活下来,我精心计算过,你四周这一小块区域是绝对的安全区,我要让你带着耻辱活下去,这才是折磨你的最好方式!"

"啊!"严峻用尽全力嘶吼,他在椅子上拼命扭动着身体。可无论他怎么挣扎,都无济于事,反倒让那几道束缚着他的绳子都勒进了他的皮肤里。严峻的嘴唇微微颤抖,泪水在眼眶中打转,脸上是一片死灰般的绝望。

七

桌上有两台电脑,其中一台的屏幕上显示着卫星侦察的画面。邬一曼紧张地抿着嘴唇,在键盘上输入了一排指令。屏幕上的画面逐渐缩放,可以清楚地看到下面的山林与河流。邬一曼将关键的部分截图下来发给了彭鹰翔,并发过去一条语音:"彭队,我通过军用卫星追踪到了五辆车最后消失的地点,但是都没有发现可疑的迹象,所以不能确认秦罗科藏身的地方到底是其中哪一处。"

彭鹰翔翻看着五张从高空俯视的画面截图,选定了一张发给邬一曼:"把这个地点的详细坐标发给我!"同时对身边的程菡玥说道,"通知所有人,全副武装,集合出发!"程菡玥没动,问道:"你怎么能肯定就是这个地方?我们所有人都过去了,其他地方怎么办?不检查吗?山鹰,我们没有容错的机会!"彭鹰翔斩钉截铁地说道:"其余四张图像中都有水域存在,而在清凉门火车站的排爆行动中,就是车站外的水池导致秦罗科的计划落空了，同样的错误他不会犯第二次的。就是这里，我能肯定！"

与此同时，一辆摩托车撞开了锈迹斑斑的铁门，停在了废弃的厂房之间。发动机的轰鸣声戛然而止，王睿洁翻身下车，环顾四周，但没看见秦罗科的影子。王睿洁掏出手枪上膛，朝天空开了两枪。枪声余音未消，王睿洁便大喊道："秦罗科，你给我滚出来！"

秦罗科从铁皮板的缝隙中盯着王睿洁，拿起对讲机说道："把枪给我扔了，然后一个人走进来！"他的声音从某间厂房的音响中传来。王睿洁握着手枪，有些犹豫。秦罗科见状说道："我再说一次，放下你的枪，否则我现在就杀了他！"威胁声中还夹杂着严峻的呻吟声。

王睿洁没有办法，只好把枪和弹匣分离，放在了不同的位置。厂房的门"吱呀"一声被推开了一道只容一人进去的空隙，王睿洁径直走了进去。昏暗光线中，可以听到滴答不停的落水声。王睿洁穿过一条回廊，在巨大的厂棚中央看见了浑身是血的严峻，他被紧紧地绑在一把铁椅子上。王睿洁一边焦急地喊着严峻的名字，一边奔跑过去。

"砰"的一声枪响，一枚子弹在王睿洁脚下的地面上撞击出了一个小坑。王睿洁停下脚步，抬头看去，秦罗科出现在严峻背后，手里握着一把手枪。秦罗科贪婪地盯着王睿洁："睿洁，我们终于见面了，你还是跟以前一样漂亮。你知道这些年我有多想念你吗？我曾不止一次在梦里见到你，还搂着你——"

王睿洁怒目直视着秦罗科："少废话！你个王八蛋究竟想做什么？"秦罗科的目光在王睿洁身上游移，一脸猥琐："我想做什么？当年你拉开书包，看见我送你的那个炸弹那一刻，就应该明白了啊。现在给我把你的衣服都脱掉，然后慢慢走过来！"

第十三章

半昏迷状态下的严峻强撑着意志，不停地说道："不要——不要听他的。"

"你做梦！你有本事就杀了我！"王睿洁咬牙切齿地说道。秦罗科抬起枪口，抵在了严峻的太阳穴上，恶狠狠地喊道："你想让他死吗？"王睿洁心一紧，看着严峻，一时间不知所措。秦罗科压着扳机，用眼神威胁着王睿洁。王睿洁咬着嘴唇，把手放在了上衣的纽扣上，悲愤不已，接着缓缓解开了一颗扣子。

"睿洁——从见到你那天起，我就喜欢你了，你自信、坚强、无畏、善良，我从来没有在一个女孩身上见过这么多优点，是你让我知道原来这个世界上还有如此优秀的女孩。你知道吗？其实最开始我很纠结要不要跟你在一起，因为你跟我一样也是警察，而且还是随时面临生命危险的特警。我不想某一天看到你陷入绝境的时候，自己却无能为力——就像山鹰和高婉莹之间发生的那些事情那样。"严峻慢慢抬起头，努力睁开眼睛望着王睿洁，艰难地挤出一丝微笑，"现在想想，我还真是个傻帽，我是你的男人，如果真有那么一天，我一定会不顾一切地保护你，就算要我放弃自己的生命，也在所不惜，如果这么做都无济于事，那我就选择和你一起死。所以，睿洁，不要听他的，不要让他做出侮辱你的事情。反正十年前，我站在警旗下宣誓的那一刻，就已经将生死置之度外了，我相信你也一样。"

王睿洁的手悬停在纽扣上，脸上早已是涕泗横流。她情深意切地看着严峻，哽咽着说道："好，要死我们就死在一起！"

空无一人的工业区，道路的尽头被水泥石块堵死了。特警车队停了下来，彭鹰翔跳下车，对身后的车辆打了打手势，闪电突击队和霹雳女子特战小组的队员迅速跳下车，按照警戒队形分散开来。程菡玥拉开一辆SUV的后备箱，Perfect跳了下来，蹲在地上哈着气。程菡玥蹲下来，揉着Perfect的脑袋说道："Perfect，靠你了，找到睿洁和严峻的位置！"程菡玥解下了 Perfect 脖子上的项圈，Perfect 迈开四肢，箭一般跑了出去。彭鹰翔一招手，队员们快速跟在 Perfect 后面移动。

　　厂棚下，王睿洁毅然决然地向严峻走去。秦罗科的脸颊涨得通红："不准过来，再靠近一步我就杀了他！"可不管秦罗科怎样威胁，王睿洁都充耳不闻。秦罗科暴跳如雷，掏出一个遥控器，按下了其中一个按钮。"轰"的一声巨响，王睿洁身后不远处发生了剧烈的爆炸。炸弹碎片四下溅射，在厂棚上留下了密密麻麻的破口，爆炸范围内的一切瞬间化为了灰烬。强烈的冲击波将王睿洁的头发高高掀起，王睿洁握紧双拳，毫不畏惧地继续往前走。

　　爆炸的动静让几百米外的地面都为之一震。彭鹰翔看着前面升腾起来的浓烟，厉声喊道："在那边！快过去！"

　　火光映在秦罗科脸上，他的表情几近癫狂。他端起遥控器，脖子上暴起一道道青筋："妈的，把我的话当空气是吗？我炸死你们，我要你们都给我死！"椅子上的严峻见秦罗科彻底发疯了，便找准时机往秦罗科那边猛地一撞。椅子被严峻的身体带倒在地，在倒地的瞬间，严峻用头狠狠撞向了秦罗科的腰部。秦罗科脚下一个踉跄，摔倒在地，手里的手枪也掉落在地，向前滑了一段距离。

　　倒在地上的秦罗科没有爬起来，而是癫狂大笑，紧接着一掌将遥控器上的所有按钮都按到了底。刹那间，其余的炸弹被一同点爆，四周不断传来爆炸声，巨大的火舌仿佛要将一切都吞没似的。眼看火浪就要将王睿洁的身影吞噬，侧倒在地上的严峻扯着嗓子大喊道："睿洁！我这里是安全区，到我这里来！"

　　王睿洁奋力向严峻那边跑去，身后的爆炸几乎追着她的脚步。地面的震动、厂棚的坍塌、铁片的飞溅，这些都被王睿洁无视了，她不顾一切地冲向前去。在一颗最靠近安全区的炸弹爆炸的那一刻，

第十三章

王睿洁跃向空中，向前飞扑。"轰——"王睿洁被炸弹爆炸的力量掀翻了，随后又重重地落在了地上。没来得及检查身上的伤势，王睿洁在地上翻滚了一圈，抓起了地上的手枪。她一个鲤鱼打挺跳了起来，用枪口对准了躺在地上的秦罗科。

八

王睿洁毫不犹疑地扣下了扳机，却只发出一道击锤撞击的清脆响声。王睿洁退出弹匣一看，弹仓里面是空的。秦罗科肆无忌惮地大笑起来："想不到吧，我没有给你留子弹，哈哈——"秦罗科的笑声戛然而止，冲到他面前的王睿洁用脚狠狠地踩着他的胸口，让他几乎无法呼吸。

"你个浑蛋！"王睿洁骑跨在秦罗科身上，愤怒得仿佛眼里要喷出火来。她的拳头对着秦罗科的脸颊如雨点般落下，每一击仿佛都想要将对方的身躯贯穿似的，沉闷的声响在厂房中经久不息。秦罗科蜷曲着身子，毫无还手之力，脸上被揍得青一块红一块的。即便如此，秦罗科依然狞笑着，张着满是血的嘴狂喊道："太轻了，你伺候得老子真舒服，真没想到你是一个这么放荡的女人！"

王睿洁怒从心起，跳起来一脚踢在秦罗科脸上。秦罗科发出一声凄厉的惨叫，与此同时，几颗牙齿从他嘴里迸了出来。秦罗科痛苦地翻了个身，在地上像狗一样爬着。王睿洁拽住了他的头发，将他的头猛地向地上撞击。秦罗科嘴里涌着血，连呻吟声都发不出来。严峻看到王睿洁似乎已经彻底失去理智了，急忙喊道："睿洁，别打了！"

王睿洁置若罔闻，抬起头看向地上那根尖锐的铁管，她走过去拎起铁管，回到秦罗科身旁。她双眼通红，高举起铁管，照准秦罗科的后背准备扎下去。

"睿洁！"程菡玥的声音突然从耳后传来。此时，铁管的尖头已经抵在了秦罗科的背上，浅浅地刺破了他的一层皮肤。王睿洁紧握着铁管，不停地颤抖。她急促地呼吸着，跟满腔的仇恨做着剧烈的斗争。犹豫间，程菡玥已经冲了过来，一把夺过了王睿洁手中的铁管："睿洁，结束了，他已经失去抵抗能力了，等待他的将是法律的制裁！"见王睿洁仍死死地盯着秦罗科，程菡玥轻轻拍着她的后背："把这个浑蛋交给我们，你去照顾严峻吧，他需要你。"

王睿洁如梦中人般被点醒。她飞跑到严峻身边，托着严峻肿胀的脸颊："给我撑住，严峻！"战果用匕首割开了严峻身上的绳子。何雨洋蹲在旁边，打开医药箱，处理着严峻的伤口。严峻望着王睿洁嘿嘿傻笑："放心吧，我的命是你的，除了你，谁要我都不会给。"王睿洁像以往那样抬起拳头作势要打，一抬眼看见严峻那副惨样，才意识到他现在身上满是伤，便马上把拳头收了回去。何雨洋剪断纱布，说道："他没啥大碍，都是皮外伤，你搂吧。"王睿洁浅浅一笑，将严峻搂入了怀中。

秦罗科看着相拥的两人，张了张嘴刚要说些什么，彭鹰翔就一巴掌拍了过去，打得他眼冒金星。战果和梁峰一左一右扣住秦罗科的胳膊，押着他走出了废弃工厂。王冀陇拿起对讲机说道："报告手术室，已经抓捕到目标，人员全都安全！"

安保指挥室里，王儒大松了一口气，大屏幕前的众人各自悬着的心总算能放下来了。另一边的邬一曼得知大家都安全的消息后喜极而泣，身体的疲累都被她抛到了脑后。突然间，她的笑容僵在了脸上，她盯着屏幕，慌张地拿起了耳机："山鹰！有敌人！"话音刚落，耳机里便传来了一声清脆的枪响。

废弃工厂外，梁峰的身体绷得直直的，他缓缓低头，看到胸前

第十三章

的防弹衣上出现了一个血洞,鲜血直流。梁峰两腿一弯,脸朝下栽倒在地。王冀陇一把将站在身旁的聂如佳推倒,同时大喊:"有敌人,快卧倒!"

四周突然枪声大作,子弹如雨点般呼啸而过。队员们迅速扑倒在地,一边匍匐前行,一边寻找掩体。子弹破空声不绝于耳,队员们的每一步动作都面临着巨大的死亡威胁。张鑫率先躲在一段矮墙下,架起了狙击枪,调试镜头后,快速扣下了扳机,狙击镜中一名枪手猝然倒地。

章鱼抱着一把AK47顺着倾斜的山坡滑了下来,身后三十多名装配着各式武器的枪手同样滑下山坡。他们四散开来,或向前翻滚,或跪姿出枪,动作熟练且专业。章鱼把扳机压到了底,枪口火光爆闪,那独特的"哒哒"声如同一曲狂乱的乐章。章鱼的手臂有节奏地抖动着,弹壳如雨点般纷纷坠落,四秒不到,一枚弹匣就被清空了。章鱼一边换着弹匣,一边朝同伴吼道:"带走我们要的人!其余的一个不留!"

何雨洋冒着枪林弹雨,把梁峰拖到了安全地带。她用止血布紧紧按压住梁峰的伤口,泪眼婆娑地说道:"坚持住!"梁峰脸色惨白,像是掉进了冰窖一样打着哆嗦。彭鹰翔见状,大声喊道:"不能让敌人靠近!保护好伤员!"队员们听到命令,还击的火力更加猛烈了。

王儒从大屏幕上无人机传输过来的图像中,看见一伙武装人员呈战术推进队形,向彭鹰翔他们步步紧逼。对方装备精良,训练有素,显然是有备而来。王儒铁青着脸按下指挥台上的通话按钮:"暗箭,该你们出手了!出发!"随着指令的下达,早已守候在警航中心的巴特尔一声令下,整装待发的026特别突击队队员快速有序地跳上了直升机。

原本早已荒废的工业场地，现如今变成了残酷的战场。现场硝烟弥漫，程菡玥卸下冲锋枪的弹匣，一摸背包，只剩一个了，回头喊道："我快没弹药了！对方还在持续压制着我们的火力！"战果隔空丢过去一枚弹匣："我这儿还有！"王冀陇在掩体后不断变换位置："我们弹药不充足！收缩队形！"

特警小队退到了厂房里面。敌方继续步步紧逼，一名枪手摸出一颗破片手雷，抡起胳膊正要扔，一发狙击子弹击中了他的胸口。枪手身体一颤，倒地前还是把手雷扔了出去。手雷滚到了何雨洋脚下，何雨洋用满是鲜血的手抓起手雷往外一丢。"轰"的一声，手雷凌空爆炸，两名正要冲进工厂的枪手被飞散的碎片穿成了马蜂窝。

彭鹰翔掩护着队员们后撤，他捏着喉麦："放近了再打！别浪费子弹！"已经弹尽粮绝的程菡玥掏出了战术匕首，眼中充满了坚决："就是死，我也要再拉两个垫背的！"一时间，厂房内的枪声消减了不少。厂房外的章鱼露出一抹狞笑："他们快没子弹了！给我把这里围住了，一个都别放过！"

天空中，三架警用直升机如巨大的蜻蜓般逐渐显现出身形。轰鸣声渐近，直升机快速降下高度，旋翼卷起的强风使得周围尘土飞扬。巴特尔端着望远镜搜寻着敌方的位置，然后高声命令道："下降！"索降绳从机舱抛了出去，队员们一个接一个抓着绳往下滑降。

神兵天降，巴特尔一挥手，援兵便如狼似虎般冲向了废弃工厂。一瞬间，围在厂房外的枪手倒下了好几个。听到外面传来熟悉的95式突击步枪的枪声，彭鹰翔大喜："是巴特尔他们来了！大家冲出去！"厂房里的队员们顿时士气大振，与巴特尔他们里应外合，将敌方打得毫无还手之力。

看到身边的同伴接二连三地倒下了，逃跑的路线也都被堵死了，

第十三章

章鱼绝望地靠在墙壁后面，拿出手机拨通了电话："白狼，我回不去了，帮我照顾好我儿子！"不等白狼回复，章鱼把手机扔在地上，开枪打烂了。他端着枪从墙后探了出来，嘴里大声叫嚷着。突然，一枚高速旋转的子弹击中了他的额头，鲜血顿时如泉涌般喷射而出。他的身体猛地一震，意识瞬间被抽离，接着便直挺挺地倒了下去。

第十四章

一

公安医院，彭鹰翔等人守在手术室外，大家都没有换衣服，每个人身上都带着血污。"手术中"的灯熄灭了，一名医生走了出来。程菡玥赶紧走过去，急切地问道："医生，他怎么样？"

"还没有脱离危险期，子弹贯穿他的身体，贴着他的心脏穿出去了，造成了大量的失血。不过，你们的队员处理得很正确，输血也很及时，再加上他的身体很强壮，他应该会活下来的。"

大家松了一口气，冲着何雨洋竖起了大拇指。何雨洋捂着怦怦直跳的心："能活下来就好。"

郊外别墅内，白狼站在二楼的露台上，望着远处一片朦胧的蔚蓝色海面，长久地沉默着。黑鲨站在他身后，背着手，同样一言不发。良久，白狼转过身道："所有人，转移！"黑鲨问道："他们——没有人活下来，现在东海警方就等着我们露头呢，这个时间贸然转

第十四章

移,会不会让我们面临的危险更大?"白狼沉声说道:"那是警方放出来的消息,我们无法亲自验证,一旦有活口,我们就会暴露,不能冒这个风险!"黑鲨脸上笼罩着一层阴霾,黯淡的眼神中透露出深深的无奈。他拿出对讲机,命令道:"转移!"

交代完事宜后,黑鲨又问:"章鱼的儿子怎么安排?"白狼把拳头捏得咯咯直响:"这次行动之所以失败,都是因为章鱼这家伙过于狂妄,才让我们陷入了被动,还损失了那么多人和装备!他要承担这一切的后果——既然他死了,就让他儿子来还吧!"白狼的眼神中流露出一抹狠厉。

黑鲨的脸颊微微一颤,接着问道:"我们现在怎么办?"白狼不假思索道:"放弃原定计划,执行B计划!"黑鲨绷直身体:"是!"白狼长吐了一口气:"这一次,我们很可能走不掉。"见白狼脸上现出了从未有过的焦虑,黑鲨说道:"我第一次听你这么说。"白狼的脸色一片凝重,嘴角微微下垂:"闪电突击队、武警特战队、026特别突击队,没一个好惹的,更何况,这次的对手里还有他——"白狼的脑海里浮现出彭鹰翔的面容。

安保指挥室,大屏幕上播放着无人机拍摄的废弃工厂的交战画面。王儒托着腮帮子,仔细看着视频中那伙人的进攻战术,脸色铁青:"这些敌人都是训练有素的,从他们的枪法、队形、装备来看,并不比我们突击队的队员差。"彭鹰翔表情严肃,点了点头:"如果不是救援及时,很难说最后是什么结局。"

"我看过现场,他们应该是跟着你们过去的,他们的目标应该就是秦罗科,因为不知道他人在哪里,所以不惜铤而走险跟着你们过去了,他们想从你们手中抢走秦罗科!"巴特尔抱着双臂认真分析道。王睿洁露出鄙夷的神情:"为了那个人渣,他们以身犯险跟我们硬碰硬,值得吗?"巴特尔说道:"正因为他们不惜以身犯险也要带走秦罗科，所以我认为白狼后面的部署大概率还是跟秦罗科有关，跟制造爆炸有关！"

王儒看向王冀陇："秦罗科那边问出什么来了吗？"王冀陇说道："还在审，但目前看来，他知道的东西应该不多了。他已经交代了，前面的爆炸是白狼指使他做的，目的是制造恐慌，吸引警方的注意，但是他中途脱离了白狼的控制。"彭鹰翔问王儒："不是有个专门针对白狼的秘密专案组吗？他们能提供些什么线索？"王儒摇摇头："他们提供的线索有限，依我的经验来看，他们这样的情报部门，不到万不得已，是不会给我们通报情况的。"

程菡玥愤愤不平地说道："他们调走了我们最好的电脑专家，却连线索都不愿意跟我们共享，简直太不厚道了！"

"我听见有人在背后嘀咕我的不是啊！"三号的声音从门后飘了过来。大伙回头看去，三号已经推开门，笑眯眯地走了进来。王儒带头，大家一起立正敬礼。王儒过去跟三号握了握手："我早该猜到，负责猎狼专案组的是老爹你了。"三号拍了拍王儒的肩膀，微笑着看向程菡玥："这位女同志，我想你误会我们了，白狼不是个简单的对手，他潜入、潜伏、谋划、筹备，这些都是以非常隐蔽的方式在进行，我们专案组也很头疼这个人，之前提供给你们的线索已经是全部的了。"

三号看着屏幕上的图片："猎狼专案，我们已经运作了两年，这是一个高度保密的国际联合警务行动，知情者甚少。K2和白狼是有自己的一套的，他们能从多个渠道获取多国军警高层的秘密情报，所以这个案子办起来非常辛苦。"三号回头面对大家，"所以，经过公安部的最新部署，猎狼专案组和安保指挥部将统一合并，由我担任最高指挥，王儒是副指挥，这一次，我们要集结所有力量主动出击！"

"是！"大家齐声说道。

第十四章

程菡玥忍不住问道："我们的计划是什么？"三号笑着指了指自己的脑袋："要把脑洞打开，只有无限制的想象，才能让白狼无法预料到我们的行动方案！"

二

一辆民牌商务车在特警基地门口停了下来，早已等候在门外的五个女孩纷纷围了上去。程菡玥拉开车门，看见头发乱糟糟的邬一曼正戴着耳机，躺在后座呼呼大睡。何雨洋把脑袋探进车内："都这个时候了，还有心情睡觉呢。"聂如佳仔细盯着邬一曼紧闭的双眼："装的吧？"王睿洁摇摇头："不太像，好像是真的睡得很香。"

"我去捏她的鼻子。"董春蕾一脸坏笑，准备跳上车去。前排司机转身制止了董春蕾："让她睡会儿吧，这丫头得有两三天没好好休息过了，一直在连轴转，一上车就睡着了，一路上我都不敢开快。"

大家一听，无不心疼。程菡玥脱下外套，搭在了邬一曼身上。大伙安静地守在车外。半个多小时过去了，邬一曼迷迷糊糊地睁开眼睛，首先映入眼帘的是程菡玥的脸。邬一曼霍地坐直了身子："菡玥！我想死你了！"程菡玥笑逐颜开，跟邬一曼紧紧地抱在了一起。董春蕾等人跟着笑，纷纷问道："怎么，想她，不想我们？"邬一曼赶紧给了每个人一个大大的拥抱。程菡玥揽着邬一曼的肩膀："说吧，想吃什么？"邬一曼嘿嘿笑道："我想吃你做的葱炮羊肉。"程菡玥手往食堂一指："走！今天羊肉管够！"

东海市郊区，连绵的山坡宛如一幅美丽的画卷。葱郁的绿草像是给山坡铺上了一层柔软的地毯。山坡顶端遍布突兀的岩石，石缝中伸出来一支伪装好的狙击步枪。一名狙击手趴在岩石旁，一动不动，他身上披着伪装毯，几乎与周围的景物融为了一体。

山坡另一端，一个废弃的防空洞外，不时有手持长枪的壮汉来回走动。防空洞已经被搭建成具有各种现代化器材和设备的作战指挥部。此时大屏幕上正播放着026特别突击队在不同环境中的影像画面，有的是偷拍的，有的是国际记者拍摄的。不过每名队员的脸都被黑面罩遮住了，看不清他们的真实面貌。

黑鲨站在白狼身后："我们手里没有这支小队的资料，目前只知道这支小队的队长是个蒙古族人。"白狼托着下巴："中国陆军最精锐的突击队，现在就摆在我们面前，似乎唾手可得。"黑鲨搓着手掌："他们原本驻扎在东海市特警支队，那里对我们来说可谓是不可逾越的雷池，不过现在不一样了，他们被单独抽调了出来，附近除了一个运输直升机中队，没有其他援兵了，只是——这看上去是一个诱饵。"

"连你都看出来了，我怎么会不知道？"白狼冷冷一笑，又说道，"不过，这个诱饵的诱惑力实在是太大了，甚至超过了我们原计划要干掉的政要人物。这些人，这十几个身经百战的特别突击队队员——需要多年的选拔培训。这支队伍要是被连锅端了，对K2来说真可谓是大功一件！我们的对手起码需要花费好几年时间进行特战力量的战略调整和补充！"

"可是，诱饵大意味着背后的鱼钩也很大，对方可是在等着我们主动上钩呢。"章鱼那次行动失败使得黑鲨忧心忡忡。

白狼露出一抹让人捉摸不透的笑："只要找准时机，用力够猛，把岸上撑竿的人拖下来也不是不可能！"

三

夜晚，别墅密室内，台灯的亮光映在豺狼脸上，将她脸上密集的汗珠照得晶莹剔透。豺狼握着一支焊笔，仔细地将一块计时器焊

第十四章

在了电路板上。她将电路板另一头的线连在了引线上,引线后面接着雷管和炸药。豺狼将一台单色屏手机装在炸弹上,完成了最后一个步骤。

豺狼擦了擦脸上的汗,盯着这枚炸弹。在灯光的映衬下,这枚炸弹犹如一件精美的艺术作品。她把炸弹放入一个黑色手提箱内,慢慢合上,然后拿出手机拨打了一串号码。

第二天上午,一身职业装扮的豺狼出现在了高铁站进站口。豺狼提着手提箱穿过熙熙攘攘的人群,神色自若,路上有巡逻的警察从她身边走过。进站口,旅客正排着队等待通过安检,豺狼站在了队伍末尾。很快,她察觉到身后有人在接近她,用余光瞥见一个男人提着一个手提箱,在她身后停下了脚步。男人手里的手提箱跟豺狼手里那个一模一样的。

男人把自己手里的手提箱放在了豺狼脚下,伸手去接她手里那个手提箱。豺狼立即警惕起来,一抬头迎上了男人锐利的眼神。尽管对方戴着口罩,豺狼依旧认出他是黑鲨。就在豺狼愣神之际,黑鲨已经拿走手提箱,转身消失在了人群里。

清河水库,宽阔的水面宛如一面巨大的镜子。水库边,一个穿着衬衫的中年男人站在一棵树旁,手里提着一个手提箱。男人的双腿如筛糠般颤抖着,身上像是淋过雨一样,大汗淋漓。一架无人机悄无声息地移动到了男人的头顶,悬停在空中。无人机的监视画面传输回安保指挥部,彭鹰翔扫视着水库周围的山坡,脸上透着焦虑:"这次老徐要跟一个掌握白狼线索的线人碰面,为什么不让我们出动?难道非要遇到像上次抓捕秦罗科时那样的危险,才能引起你们的重视吗?"

被彭鹰翔当面质问的三号,依然是一副心平气和的模样:"东海市所有的公安单位,都应该已经被白狼严密监控了,如果这时候把你们都派出去，指挥部不就成一座空巢了吗？这次就是跟一个线人碰头而已，026特别突击队全员出动，已经相当于高射炮打苍蝇了。"彭鹰翔无话可说，依旧警惕地看着无人机的监视画面。

水库旁的山坡上，一个伪装得极好的狙击小组已经找到了最佳狙击点位。狙击手捏着喉麦："马刀，响箭到位！"耳机里传出巴特尔的声音："收到！注意监控！"

两辆东风猛士从树林后的小路上冲了出来，前面是一辆依维柯在带路。徐昱辉坐在依维柯的副驾驶座，看到站在树旁的线人老潘后，命令道："停车！"车队停了下来，徐昱辉率先跳下车，环顾四周。身穿特种作战服、戴着黑面罩的巴特尔抱着一支95式突击步枪走了过来："怎么不靠近？"徐昱辉盯着老潘手里的手提箱："那个手提箱有点可疑。"巴特尔问："他不是你的线人吗，你不信任他？"

"干刑侦的，没有可信的线人，只有可用的线人。"徐昱辉点燃一根烟叼在嘴上，走向老潘。巴特尔打手势让其他人原地待命，自己跟了上去。

看到徐昱辉走过来，老潘的心脏跳得更快了。徐昱辉盯着老潘不自然的脸色，问道："出这么多汗，你病了？"老潘尴尬地笑道："有点发烧。"徐昱辉一把夺过他手里的手提箱："哦，那我可得离你远点了。"说完，他提着箱子往旁边走了十米远，接着深吸一口气打开了箱子，里面都是印着外文的文件。徐昱辉翻了翻，没发现异样。巴特尔拿着手持探测仪，对着箱子检查了一番，一切正常。

徐昱辉提着箱子上了依维柯，巴特尔拿起对讲机："马刀，响箭！撤，到山坡下等我们！"巴特尔带队撤离。看着三辆车都走远了，一直保持着双手抱头姿势的老潘缓缓跪了下来，涕泗横流："对不起——他们绑架了我女儿……"

车内，巴特尔回想着刚才无意间看到的手提箱里那些外文文件

第十四章

上的文字,用对讲机跟徐昱辉说道:"我怎么感觉那个箱子里的文件不太重要?"徐昱辉疑惑道:"什么意思?"巴特尔说:"上面是阿拉伯语,我认识一些,都是无关紧要的内容。"巴特尔眯着眼睛继续想,突然说道,"不对——"

话还没说出来,只听"轰"的一声响,徐昱辉所在的那辆依维柯便化为了一团火球。火球持续朝前滚动,直至撞到山坡才停下来,同时堵住了后面两辆车的去路。巴特尔一惊,大声喊道:"有埋伏!"特别突击队队员们从车上鱼贯而出。一名中士刚一下车,一连串疾驰的子弹就打在了他身上,穿透了他的防弹衣。中士嘴里涌着血,一头栽倒下去。

看见队友倒下,其余队员顿时红了眼,奋力架枪还击。平静的水库瞬间变成了残酷的战场,双方的火力交织在一起,子弹如暴雨般倾泻。一名正在换弹药的队员身体一颤,倒在了地上,头上赫然出现了一个血洞。巴特尔捏着对讲机:"响箭!找到敌方狙击点位!"他喊了好几声,对讲机那端都没人回应。巴特尔愤怒地把对讲机一掷:"妈的!老子跟你们拼了!"

"哒哒哒!"一串子弹精准地射中了两名队员的胸口,两人应声倒地。山坡上,一道敏捷的身影从岩石后闪了出来,更换到另一处掩体位。看着昔日的战友纷纷倒下,士官长大吼一声:"白狼,我日你先人!"士官长脖子上青筋毕露,他端着枪从掩体后冲出来,不借任何遮蔽,向山坡上倾泻着子弹。枪声戛然而止,士官长低头看着胸口出现的那个血窟窿,身体慢慢瘫软了下去。

"雪豹!"巴特尔悲壮的吼声仿佛要贯穿天际。他端着枪,不顾一切地冲向山坡。子弹从耳畔呼啸而过,巴特尔毫不畏惧,冒着枪林弹雨向前挺进。"嗖!"一枚子弹贯穿了他的肩膀,巴特尔忍受着剧烈的疼痛,举起枪扣下了扳机。落弹处,一个身形矫捷的人影翻滚出来，抱着狙击枪，十字线稳稳地锁定了巴特尔的额头。"砰！"狙击枪枪口迸发出一团火焰，高速旋转的子弹穿破空气，击中了巴特尔的头盔，在上面留下了一个冒着白烟的大孔。

巴特尔的脑袋猛地向后一仰，只来得及发出一声短暂的闷哼，便颓然倒地。巴特尔紧绷的身体抽搐几下后瘫软下来，他的双眼逐渐失去了光彩，鲜血从他的头部不断涌出，将他周围的地面染成了一片猩红。

四

天空渐渐被乌云笼罩，雨滴淅淅沥沥地敲打着地面。雨水冲掉了突击队队员身上的血迹，汇聚成一条条红色的溪流流进了水库中，将临岸的水面都染红了。

彭鹰翔呆立在车前，双眼空洞无神。闪电突击队的队员们站在雨中，任由雨水拍打，一个个面如死灰。霹雳特战小组女队员们脸上的泪水与雨水混为一体，相互拥抱着安慰彼此。

一台又一台盖着白布的担架，被法医助手抬了出来。一名助手忍着呕吐感，跟身边的人小声嘀咕道："太惨了，没有一个人活下来，有些尸体甚至都支离破碎了。"这话落入了彭鹰翔耳中，彭鹰翔狠狠瞪了那名助手一眼，对方立马闭嘴走开了。

彭鹰翔猛地转身，拉开车门坐了上去。程菡玥见状，赶紧跑过来："你干吗去？"彭鹰翔怒气冲冲地吼道："我要去找那个瞎指挥的浑蛋！我要当面问他，为什么当时不让我们一起出动！是他害死了巴特尔他们！"男队员们一听，各个义愤填膺，也跟着跳上了车。

"彭鹰翔！你别冲动！"程菡玥拦在车前大喊。彭鹰翔方向盘一

第十四章

转,一脚油门踩下去,轮胎卷起了一摊泥浆。程菡玥看着消失在雨幕中的车尾灯,急得干跺脚。

安保指挥部,突击队的几辆车疾驰着闯进了院子里。一连串的急刹车后,彭鹰翔一脸怒气地匆匆下车,男队员们紧跟在他身后。

房间里,三号正用颤抖的手端着一杯茶往嘴里送。门猛地被人从外面推开,彭鹰翔冲进来一巴掌拍掉了三号手中的杯子。看着地上四分五裂的玻璃碎片,彭鹰翔仍不解气,又挥手将三号桌上的东西全部扫到了地上。严峻扫视一眼指挥部里面面相觑的工作人员:"出去!你们都出去!"

工作人员陆续离开了指挥部。三号看着面前抱作一团的闪电突击队的队员们,依旧面不改色:"彭鹰翔,你这么做是不是有点过分了?"彭鹰翔怒不可遏,他指着身后的同伴反问道:"我过分?你看看他们,我们都是有血有肉的活人,是儿子,是丈夫,是父亲!是,我们都是警察,你让我们跟犯罪分子拼命,我们心甘情愿,但是你不能把他们当作冰冷的棋子,让他们白白去送死吧?"

"你平常都是这样跟上级说话的吗?"三号眼一斜,看着彭鹰翔。彭鹰翔吼道:"是!我们级别没你高,我们就是小小的突击队队员,巴特尔他们就是一群大头兵,我们对你言听计从,不惜一切代价去执行你的命令,可到头来,你却辜负了我们的信任!他们因为你的一道命令全部牺牲了,你却还有心情坐在这里喝茶,你有什么资格穿这一身警服,佩戴这么高的警衔!"

"你如果是这个态度,我建议你辞职。"三号又看了一眼其他人,"你们也要辞职吗?"大家都不说话,瞪着眼睛怒视着他。三号毫不在意,又说道:"好,你们都不辞职,那我还是你们的领导,我现在命令你们都给我出去,去参与烈士们的善后工作。"

彭鹰翔的胸口剧烈起伏着,他指着三号的鼻子,怒道:"等巴特尔他们的后事处理妥善了，我一定要把你投诉到底！"说完，带头走出了办公室。三号看着他们都离开了，无奈地叹了口气，然后弯腰捡起了地上的杂物。

五

地下防空洞里，白狼翻看着桌子上偷拍的026特别突击队的葬礼照片。照片中彭鹰翔、程菡玥等队员，还有巴特尔的家属都在，每个人的脸庞都被悲伤所浸透。白狼脸上浮现出一抹阴恻恻的笑容，笑声逐渐变大，犹如夜枭的鸣叫，在防空洞中久久地回荡着。黑鲨脸上挂着抑制不住的兴奋："026特别突击队，中国陆军最精锐的特战分队之一，现在，都化为乌有了，我敢说这一击足够让他们胆战心惊了！"

白狼轻蔑地一笑："现在他们士气低落，甚至已经不信任那个做决策的人了。他们的注意力大概率都放在那个线人身上了，这正是我们的机会！"黑鲨瞥了一眼角落里那个上锁的狗笼子，里面关着奄奄一息的老潘："他怎么处理？"白狼冷冷地说道："他对我们已经没用了，扔海里喂鱼吧！"

黑鲨看着桌上标注着"东海市电力枢纽"字样的图纸，问道："我们接下来怎么做？"白狼说道："把VX4（一种电辐射武器）提出来，用它来摧毁东海市的电力系统。这一次，我要亲自带队行动！"

黑鲨点点头，转身和手下走到了另一处洞口。他们换上了厚厚的防护服。黑鲨走在前面，眼睛对着虹膜锁，防护门"哗啦"一声打开了。在冒着冷气的冷柜前，黑鲨输入了一串密码，接着一层层的防护被打开了。黑鲨从里面取出两管绿色的液体，拿在手中小心

第十四章

端详，随后放入了钢罐中，装进了手提箱里。

天空阴沉沉的，整个世界仿佛都沉浸在一片悲痛之中。哀乐在场馆中回荡，密密麻麻的花圈包围着十几个没有遗照只有名字的相框。彭鹰翔原本明亮的眸子，此刻却黯淡无光，他默默地看着十几具黑色灵柩被礼兵们抬上了车。

彭鹰翔失魂落魄地从场馆中走出来，悲伤地望着远处的天空。程菡玥走过来，轻轻拍了拍他的肩膀："别太难过，打起精神来，他们的仇还等着我们来报呢！"

"那老头都知道！"就像牛顿被苹果砸中领悟了万有引力定律似的，被程菡玥这么一拍，彭鹰翔突然想到什么似的说道。

程菡玥问："什么意思？"彭鹰翔攥紧手指说道："三号知道那是白狼的圈套，他跟白狼打了半辈子交道，白狼的手法他早就摸得一清二楚了！"程菡玥有点不明白："三号知道巴特尔他们会死？"彭鹰翔沉声道："不仅知道，这一切应该都是三号安排的，他故意把026特别突击队调走，让他们孤立无援，引诱白狼动的手！"

"可他为什么要这么做呢？"

彭鹰翔揣测道："或许是信任的代价。死老头子有一颗棋子，这颗棋子应该是敌我双方都掌握的！三号需要白狼信任这颗棋子，所以他明知道是个圈套，还要巴特尔他们去死！"

程菡玥喃喃道："如果是这样，三号也太冒险了，这颗棋子并不属于任何人，他为什么笃定自己就能掌控？"彭鹰翔的目光定格在某一处，眼神深邃而锐利："或许——这颗棋子有什么特别之处吧。你还记得边境外杀死威廉的那场激战吗？"程菡玥没多想："记得，你一直认为是齐衡奕做的。"

"除了她，还有那个女留学生。"彭鹰翔陷入沉思中，"如果我没猜错的话，这颗关键的棋子跟她们有关！"

山脚下，两辆摩托车的车轮飞速旋转着，带起无数水珠，在车尾形成了朦胧的水雾。雨水如织，打湿了车上两名骑手的衣服，两人却毫不在意。

摩托车在一棵树前停了下来，豺狼摘下头盔下了车，齐衡奕在她身后警惕地环顾着四周。齐衡奕侧头看了眼背上的背包："你做的是真炸弹？"豺狼一直目不斜视地盯着一个地方："是的，你小心拿稳了。"齐衡奕问道："不是说——我们变好人了吗？"

"白狼不是傻瓜，假的他会看出来的，他根本就不信任我，所以才让我做了第一个炸弹，还有对026特别突击队的袭击，这些都是对你我的测试。"

齐衡奕倒吸了一口冷气："真够狡猾的！"豺狼看着她："怎么，害怕了？现在后悔也来不及了，我们身上背的是人肉炸弹，这是白狼给我们用的。"齐衡奕大惊失色，豺狼瞥向了别处："别说话，有人来了！"

一群端着枪的男人走了过来，领头的是黑鲨。黑鲨盯着两人身后的背包："都带来了？"豺狼也不啰唆，取下背包拉开拉链，从里面拿出了炸弹："按照要求做的。"黑鲨露出满意的笑容，朝后一招手，一名手下打开手提箱，从里面取出了两个钢罐。黑鲨戴上橡胶手套打开钢罐，从里面拿出两个冒着冷气、盛着绿色液体的玻璃管，扣入了炸弹中。

"你们身后三百米有两台车，你俩一人一台，后面等我消息就行了。"黑鲨把装有炸弹的背包递给了豺狼和齐衡奕："小心点，路上要是泄露了，所有人都会死！"

两人一言不发，小心翼翼地拿起背包，去了两台车所在的地点。

安保指挥部，豺狼和齐衡奕的身影被军用卫星拍得一清二楚。邬一曼盯着屏幕上那两个绿色液体玻璃管的截图："这是什么东西？"

第十四章

三号脸色阴沉，告诉她："既然是放在炸弹里面的，肯定是某种杀伤性武器！"邬一曼忧心忡忡地问道："要拦截她们吗？"三号思索一番后，摇头说道："还不能确认有没有第三管、第四管，继续严密监控这两个人的举动。另外，用军用卫星跟着白狼的手下，找到他们的窝点！"

"是！"邬一曼在电脑上输入了一串指令，随后画面锁定在了黑鲨等人驾驶的车辆上。三号对身边一名穿着警服的男人说道："命令闪电和霹雳，进入特级战备！"

六

夜幕降临，两串车灯在路面上拉出长长的光影，随即一闪即逝，只留下渐行渐远的引擎声。路的尽头，一座巨大的厂房矗立在黑暗中，一个个窗口透出繁星般的光亮。

三号看着屏幕上军用卫星传输来的即时图像，急忙铺开一张地图瞭了一眼："我知道白狼要干什么了！命令闪电和霹雳出发！"

夜晚的道路像一条黑色丝带般蜿蜒向前，满载着荷枪实弹的突击队队员的车队呼啸着向前驶进。防暴车内，程菡玥盯着警用PAD上豺狼和齐衡奕出现在电力工厂的照片，喃喃道："还真被彭鹰翔猜对了。"

队友都望向她，还没来得及发问，所有人的耳机里传出了彭鹰翔的声音："注意！照片里这两个人是卧底，不要伤了她们！"

厂房外围，两只飞爪稳稳地卡在了墙头上。豺狼和齐衡奕交替攀爬上墙头，紧接着迅速跳了下去，稳稳落地。两人躲在阴影中，观察着四周。尽管两人的动作已经足够隐蔽，但还是落入了山头上一台夜视观察仪的镜头中。观察仪缓缓下降，白狼刀削般锋利的脸庞在枝叶的遮蔽下若隐若现。

豺狼和齐衡奕贴着箱子低姿前进。厂棚下，两个工人正抽着烟聊天，豺狼掏出装着消音器的手枪，瞄准后扣下了扳机。随后，两枚带着尾翼的麻醉弹钻入了两名工人的胸口。两人手中的烟头一抖，掉落在地，身体也随之软了下去。齐衡奕把两人拖到了隐蔽的地方，跟着豺狼进入了厂房。

这一幕被白狼看在眼中，但他没有发现射出去的是麻醉弹。白狼把黑色背包背在身上，手一挥："我们下去！"一伙蒙面枪手紧跟着白狼的脚步，冲下了山头。

厂办公室里，一名女工程师在电脑前忙碌着。身后传来推门声，没等她回头，一只手已经扼住了她的喉咙。齐衡奕手上力道加重，女工程师脑袋一歪，晕厥在桌椅上。

豺狼取下背包，拿出炸弹，小心翼翼地把炸弹中间的玻璃管摘了出来。她把玻璃管放入钢罐里封好口，藏在了身上。豺狼也取掉了齐衡奕手里那枚炸弹中的玻璃管，然后将其重新交给了齐衡奕："你去二号枢纽。"齐衡奕拿着炸弹问道："真要放置吗？"豺狼用胶带把炸弹缠在管道枢纽上："没有得到指令之前，只能这么做了。放心，这个炸弹的威力在工厂的承受范围内。"齐衡奕无奈地点了点头，转身跑向二号枢纽。

安保指挥部，邬一曼面前的屏幕上，一个在电子地图上运行的红点停了下来。邬一曼调整军用卫星监视的图像，看见黑鲨的车队消失在了山坡下，大惊失色道："三号！他们凭空消失了！"

三号盯着屏幕："不会，那里应该有一处洞穴！把坐标标记出来！"邬一曼飞快地在键盘上敲击着，一串坐标出现在了画面上方。看着狼穴就在眼前，三号激动得手都在颤抖。他拿起对讲机，报了一遍坐标，沉声说道："刺刀，给我端掉这里！"

第十四章

三号刚结束通话,就听到邬一曼急切地说道:"白狼可能不在狼穴里!"三号凑到电脑前,看到监视着工厂的屏幕上出现了一群蒙面枪手,领头的那个人虽然戴着头套,但是通过跟已经掌握的信息对比,此人的身形和动作跟白狼十分相似。三号盯着那人背上的背包,心脏怦怦直跳:"还有第三枚炸弹!"他再次拿起对讲机,命令道:"刺刀,切断狼穴周边的所有信号,只保留我们的内部通信!我要你们三十分钟内拿下狼穴!"

一队灭了车灯的装甲车悄悄停在了防空洞外。武警少校带头跳下车,数十名特战队员将洞口包围得严严实实的。少校一打手势,一名扛着火箭筒的队员半蹲下来,瞄准防空洞洞口的混凝土门扣下了扳机。"轰!"火箭弹准确地击中了目标,一团耀眼的火光爆发后,混凝土门上出现了一个巨大的缺口。几名特战队员拉开震爆弹,从缺口扔了进去。随着地面一震,缺口里涌出了浓浓的白烟。

"中国武警!你们已经被包围了,立即放下武器投降,否则……"

少校在举着扩音器喊话的队员的脑袋上一拍:"不用喊话了,凡是没有举手投降的,一律击毙!"少校端起95式突击步枪,冲进缺口,"跟我冲!速战速决!"

电力工厂,正在撤离的豺狼耳道里的微型耳机突然震动了一下,随后三号的声音从里面传了出来:"我是老爹!狼穴已经被端掉了,没有发现白狼,他很可能就在你们所在的位置,他身上也携带了一枚炸弹!"齐衡奕同样听到了这些话,她将手放在冲锋枪的枪柄上,紧张地四处张望。豺狼不动声色道:"我们的任务已经完成了。"

"不!白狼的背包里也携带了VX4!就是你们身上那两支盛着绿色液体的玻璃管。这是一种电辐射武器,能通过电力辐射造成大规模破坏!我现在命令你们,卧底结束了!你们现在归为警方战斗力量的一员,抓紧时间阻止白狼安装炸弹,特警支队还有几分钟才能跟你们汇合！"

齐衡奕跟豺狼交换了个眼神："听三号的意思，如果这个东西爆炸，威力会不小，我们没有选择。"豺狼薄唇一抿："那就由我们自己结束跟白狼的恩怨吧！"说完，豺狼拉上了枪栓，转身往回走，齐衡奕背上装有弹匣的背包紧随其后。回想起彭鹰翔的面容，齐衡奕脸上露出一抹苦涩的笑容："彭鹰翔，又要见面了——"

与此同时，一颗黏性炸弹炸开了电力工厂三号枢纽的门。蒙面枪手们冲了进去，将里面的各个角落都检查了一遍。一名枪手冲门外点了点头，随后白狼提着背包走了进来。白狼抬头看了看纵横交错的电力管道，然后拉开背包拉链取出炸弹，将其牢牢地粘在了一根管道上。他按下炸弹上的计时器，单色显示屏闪了一下，紧接着出现了一串跳动的红色数字。

突然，白狼敏锐地察觉到外面传来了一串冲锋枪消音器的声音。随即又是一声闷响，白狼听出这是人体倒地的声音。白狼立即起身，冷厉的目光看向门外："来得这么快？"

"当啷"一声，一枚小铁罐从门外飞进来，掉在了地上。白狼扭头捂住眼睛："闪光弹！"话音刚落，铁罐"砰"的一声炸开了，爆发出了刺眼的强光。几名站在门口来不及做出反应的枪手，眼睛被闪得什么也看不清了。

两道矫健的身影闪了进来，抬起冲锋枪毫不犹豫地扣下了扳机。几个暂时失明的枪手被打成了筛子，倒在了血泊中。其余人赶紧寻找掩体，抬起枪瞄准，一时间枪声大作。噼里啪啦的子弹落在白狼身边，让他不得不往后撤退。白狼端起手里的自动步枪，手指压在扳机上。瞄准镜内，一个熟悉的身影一闪而过，白狼咬紧牙道："Hell's Angels！"

豺狼躲在箱子后，换了一个弹匣继续射击。她冲齐衡奕喊道：

第十四章

"去拆炸弹，我掩护你！"齐衡奕从高台上跳了下来，扔出一颗手雷开道，然后朝装着炸弹的管道那边快速移动。

"豺狼！是我把你从妓院里救了出来，还培养了你，你就是这样报答我的吗？"白狼靠着墙怒吼道。豺狼往白狼声音传出的方向盲射了一梭子子弹："可是你也利用了我，你不仅把我变成了你身边的一只狗，还让我成了一个嗜血的恶魔！"白狼威胁道："你妹妹的命不管了吗？"豺狼吼道："我已经不在乎了！就算我承受不住最终的结果，也要先送你下地狱！"豺狼心中的怒火化为枪口中迸发的子弹，朝白狼藏身的位置激射。子弹打在墙壁上，迸射出零星火花，打得墙壁碎屑飞溅，白狼根本不敢冒头。

一时间，昏暗的光线与弥漫的烟尘交织在一起。戴着头套的枪手精准还击，很快就以人数的优势将豺狼和齐衡奕压制在了掩体下。白狼摸出一颗手雷，抡起胳膊扔了出去。手雷撞在地上后，滚了一段距离，滚到了齐衡奕附近。

"轰！"一声巨响，飞溅的碎片将四周的墙壁打得千疮百孔。齐衡奕背上一阵剧痛，伸手一摸，沾了一手黏稠的血液。看着受伤的齐衡奕，豺狼的眼神变得凶狠而锐利，她低吼一声试图冲出去迂回到敌人侧翼，但瞬间就被密集的子弹逼了回去。

就在枪手快要接近豺狼她们的紧要关头，另一边突然传来95式突击步枪的声音，队首的两名枪手还没来得及做出任何反应，胸口上已经多出了几个血洞。彭鹰翔半蹲在地上："更换弹匣！掩护我！"战果端着冲锋枪，扳机压到底，凶猛的火力让敌人不断后退。白狼冷眼看着赶来增援的突击队队员，咬牙切齿道："妈的，我们的人怎么还不到！"

被白狼安排守在工厂外的那些手下看到厂区里面发生了激烈的交火，立即从山坡上冲了下来。邬一曼从监控里看见这群人呈包围队形逼向彭鹰翔他们，急喊道："白狼在外面还安排了一队人，彭鹰翔他们现在已经被包围了！"三号双手撑在桌面上，目不斜视："注意力放在三号枢纽上，盯住那枚炸弹！"

"可是——"邬一曼还想说什么，一抬头对上了三号凌厉的眼神，只好按要求调转了监控画面。

与此同时，另一边的山坡上又出现了一群人，他们统一穿着黑色作战服，用迷彩围脖遮着脸。领头的是一名身材魁梧的汉子，他一手扛着枪，一手打着手势，他身后的队员全速前进，气势汹汹地冲下了山。这群人来得出其不意，正向彭鹰翔他们逼近的那队人的身后突然响起急促的枪声，火光在黑暗中乍现。双方人员爆发了激烈的枪战，有人在奔跑中中弹倒地，有人则在奋勇追击。火光和硝烟交织在一起，仿佛将整个夜晚都点燃了。

另一边，激战同样在继续。何雨洋从掩体后起身射击，一口气打光了弹匣。她靠在掩体后换弹，突然听到外面枪声四起，都是步枪点射。何雨洋警惕地趴在窗前，看到一队黑影敏捷地从侧翼包抄接近，动作果断，枪法精准。程菡玥抓起对讲机大喊："手术室！我们后面又来了一群人！"

"别开枪！打荧光灯的是自己人，注意敌我识别！"三号急促地说道。

那队黑影一边奔跑，一边扯下了肩膀上的胶贴，然后红红黄黄的荧光灯标识开始在黑暗中闪烁。彭鹰翔端着夜视镜观察着那支训练有素的小队，那配合默契的战术队形、果断狠厉的步伐动作，看起来格外熟悉。严峻问道："来支援了，哪支队伍？"彭鹰翔突然笑了："这个糟老头子！"严峻一头雾水："什么意思？"彭鹰翔放下夜视镜，拿起了枪："地狱归来的勇士——快快！掩护他们靠近！"

第十四章

七

　　电力公司三号枢纽里充斥着刺鼻的硝烟，墙上的裂缝像分裂的树根一样。豺狼借着硝烟的掩护，翻滚前进，她看见一个人影在硝烟中若隐若现。豺狼卧倒射击，那名枪手嘴里哼了一声，摔倒在地。一阵急促的脚步声向豺狼接近，豺狼摸了摸腰上的弹匣包，里面已经空了，于是迅速拔出了绑在小腿上的那把匕首。她如同一只隐伏的猛兽悄然接近猎物，然后突然扑上去将其一刀封喉。那名枪手脖子一缩，嘴里发出"咕咕"的吐血声，身体逐渐瘫软下来。

　　"砰！"豺狼的身后忽然传来一声枪响。豺狼只觉后背一阵剧痛，像是被重锤狠狠砸中了似的。一瞬间，疼痛蔓延至全身，她的脸色变得极为惨白。豺狼脚一软，与怀里那具尸体一齐倒在了地上。她伸出颤抖的手摸向后背，摸到一手温热黏稠的鲜血。与此同时，几串脚步声越来越近，白狼在几名枪手的簇拥下，走到了豺狼面前。

　　白狼冷眼看着瘫在地上的豺狼："我万万没想到，你真的会背叛我！"豺狼一口血唾沫吐在地上："杀了我吧！我在地狱等你！"白狼面无表情的脸上透着让人不寒而栗的气息。他抬起枪口，瞄准了豺狼的脑袋。突然，白狼身边的一名枪手大喊道："炸弹！"白狼一愣，赶紧回头，看见齐衡奕出现在了放置炸弹的管道前，并且已经割开了炸弹上面的胶带。

　　"杀了她！"白狼一声令下，三个枪手冲向了齐衡奕。齐衡奕抱着炸弹头也不回地狂奔，子弹从她耳边呼啸而过，齐衡奕顾不得躲避。"嗖"的一声，一枚冲锋枪弹头钻入了齐衡奕的肩膀，弹头的冲击力让她扑倒在地。倒地的瞬间，齐衡奕看见穿着警犬马甲的

Perfect 从高台上跳了下来。于是她伸开那条没受伤的手臂，奋力将炸弹扔向了 Perfect。

炸弹掉在地上，向前滑动了一段距离。Perfect 四肢有力地交替蹬地，冲到了炸弹前，脖子一低将炸弹叼在了嘴里，随后扭头化为一道闪电疾驰而去。

一群枪手赶紧端起枪朝着 Perfect 射击，密集的子弹仿佛编一张大网，牢牢地罩住了 Perfect 的四周。Perfect 压低身体，几乎贴着地面前进。穿过枪林弹雨的它，很快消失在了一众枪手的视线中。白狼紧握着拳头，眼中燃烧着愤怒的烈焰，他拿出手机拨打了一串号码："妈的，都给我死！"手机屏幕上却跳出了拨打失败的字样，白狼低头一看，信号格那里打着叉。他气得把手机摔在地上，呼吸变得急促而粗重："给我追上那条狗！把炸弹给我打爆！"

白狼眼里布满了血丝，他咬紧牙关折回豺狼面前。不等白狼抬起枪口，豺狼脸上突然露出一抹决然的笑容，接着她摊开手掌，将掌心里的一颗药丸扔进嘴里，干吞了下去。在白狼诧异的目光中，豺狼口吐白沫，然后头一歪就不省人事了。白狼的一名手下赶紧过去摸了摸她的颈动脉，回头告诉白狼："死了！"

话音刚落，一枚狙击弹钻进了那名手下的脑袋里，血液混着脑浆飞溅，那人一声没吭就倒在了地上。剩下的枪手慌乱地转身向子弹飞来的位置盲目开枪。一名枪手躲在掩体后，一边射击一边大喊道："老大！你快走，我们掩护你！"白狼眯着眼睛，远远地跟彭鹰翔对视了一眼，转身快速后撤。

"是白狼！我看到他了。霹雳！白狼要跑了，往你们那边去了，阻止他！"彭鹰翔捏着对讲机喊道。

"是！"程菡玥一声厉喝，带着几位女特警严阵以待。

另一边，两名枪手从爬梯上滑了下来，那枚带着 VX4 的炸弹就

第十四章

掉在地上。其中一名枪手赶紧走过去，正要伸手去捡那枚炸弹，身旁却传来了一阵野兽般的低吼。没等他反应过来，Perfect 从暗处窜了出来，一口咬中了他持枪的手臂，锐利的牙齿深深地扎进了他的肌肤里。那名枪手顿时发出了一声凄厉的惨叫，长枪随之掉落在地。他猛地晃动着身体，试图挣脱，可 Perfect 却死死咬住不松口。

他的那名同伴慌张地端着冲锋枪，看着一人一狗纠缠在一起，一时间不敢扣下扳机。那名被咬的枪手嘴里不断发出呻吟，他抬起另外一只手在 Perfect 的头上狠狠敲打。但不管怎么打，Perfect 仍不松口。那人脸上写满了恐惧，焦急地朝同伴吼道："你再不开枪，老子要被咬死了！"

端着冲锋枪的同伴一咬牙，手指压在扳机上。就在他要扣下扳机那一刻，四周传来了几声枪响。两个枪手还没反应过来，身体便重重地倒在了地上。Perfect 松开嘴，侧着脑袋望着那队遮住面目的人。那个脸上缠着迷彩围脖、身材粗壮的汉子走到 Perfect 身旁，弯腰捡起了炸弹，检查一番后交给了身后的人。

"Perfect，你没忘了我吧？"壮汉笑着摸了摸 Perfect 的脑袋。Perfect 在壮汉脚下嗅了嗅，摇起了尾巴。壮汉从怀里摸出一块风干的牛肉，塞进了 Perfect 嘴里，然后招呼着身后的队员向枪声仍在响的地方跑去。

八

柔和的月光让整个山坡都沉浸在静谧的氛围中。影影绰绰的草木间，两道人影一闪而过，急促的脚步声打破了夜的寂静。

白狼跳过水坑，时不时回头看一眼身后紧追不舍的彭鹰翔。树枝和荆棘划破了他的皮肤他也不在意，只顾往树林幽暗处狂奔。后面的彭鹰翔呼吸略显急促,但目光锐利如刃。他紧盯着白狼的背影,不断加快双腿迈动的频率。

两人之间的距离越来越近,突然间,彭鹰翔一个飞扑过去,抓住了白狼的后颈。两人的身体同时向前倾斜,面朝下倒向地面。白狼摸向腰间的手枪,刚抓住枪柄,手腕就被彭鹰翔扣住了。两人拉扯间,手枪被抛了出去。

多年未见,两人脑海里不经意浮现出了曾经并肩作战的画面。但只是一瞬,昔日的旧情就被新恨所代替,两人怒目对视。白狼挤出一道难看的笑容:"老战友,我们又见面了。"彭鹰翔怒吼道:"不要叫我战友!我跟你从来就不是一路人!白狼,放弃抵抗吧,否则你会没命的!"白狼不屑一顾地说道:"你觉得我怕死吗?"

面对执迷不悟的白狼,彭鹰翔懒得再废话,他揪起白狼的衣领,用力将他往树上撞去。白狼重重地撞在树干上,后背一阵发麻,他挥舞拳头,狠狠地朝彭鹰翔脸上砸去。彭鹰翔敏捷地偏头躲过,可腹部忽然传来一阵剧痛,他低头一看,白狼的膝盖已经顶住了他的肚子。彭鹰翔忍着痛,伸出手指插向白狼的眼睛,白狼顺势用手肘击向彭鹰翔的脸颊,彭鹰翔挥出胳膊格挡。

白狼面目狰狞,像相扑运动员一样扑过去抱住彭鹰翔的腰,两人一齐摔倒在地。两人继续在地上翻滚扭打,四周的落叶被搅得四处飞扬。白狼和彭鹰翔都是格斗高手,相互使着杀招,不多时,两人身上都伤痕遍布。眼见继续缠斗下去会对自己不利,白狼忽然用脚踢了一下地上的土。泥土飞溅向彭鹰翔脸部,被他张开手掌挡住,等他放下手掌时,白狼已经转身逃走了。

彭鹰翔毫不犹豫地跟了上去,两人一前一后从树林里钻了出来,来到了一片开阔地。彭鹰翔冲着白狼狂奔的背影大喊:"站住!"白狼不为所动。彭鹰翔腮帮子咬得鼓鼓的,迈开长腿追了上去。

第十四章

"嗖！"一枚子弹贴着彭鹰翔的脸颊飞过，他甚至能感受到弹头的灼热。彭鹰翔意识到有狙击手，迅速扑倒在地，然后抓着喉麦沉声道："十一点钟方向！山坡上有敌方狙击手！鹰眼，给我干掉他！"

"是！"

张鑫调转枪口，在孟凡亮的汇报下调试好枪械，扣下了扳机。一颗致命的子弹如闪电般飞射而出，几乎瞬间就击中了目标人员的脑袋。孟凡亮端着观测仪，监视着那具尸体周边的情况，低声说道："山鹰！目标已解决，暂时没有发现其他威胁！"

白狼看见一辆越野车就在不远处，于是用尽力气拼命狂奔。突然，右腿处传来一阵钻心的疼痛，白狼呻吟一声倒在了地上。趴在暗处的聂如佳放下狙击枪："倒了！"早已潜伏在周围的霹雳特战小组的队员一拥而上，将白狼团团围住。

白狼一抬头，一支手枪抵在了他脑袋上。程菡玥厉声说道："别动！敢耍诡计立马打死你！"白狼阴冷的目光从每一位队员脸上扫过："我记住你们的样子了，你们会死的，包括你们的家人！"董春蕾一听，抬起脚就要踹："死到临头了还嘴硬！"程菡玥赶紧制止了她："他已经失去抵抗能力了，雨洋，给他包扎伤口，三号说要活的！"

何雨洋不情愿地蹲下身子，拿出绷带缠住了白狼受伤的小腿。远处，一群人站在月光下。领头的壮汉将脸上的围脖拉了下来，皎洁的月光映在了他的脸上，是巴特尔。一名队员笑道："白狼死也不会想到，我们这群人还能活过来！"士官长跟着笑道："该说不说，也是大伙的演技好才能骗过狡猾的白狼，尤其是咱老大，那演的都能得奥斯卡了！"巴特尔侧脸与身边的队友相视一笑，脑海里浮现出与抱着狙击枪的豺狼远远对视的一幕。

巴特尔放下望远镜："我们的任务完成了！"

身旁的士官长露出一脸坏笑:"不过去吓唬一下她们?"

巴特尔跟着笑笑:"行啊,不过她们绝对会把追悼会上流的眼泪从你身上找补回来的。"士官长摸摸后脑勺:"那还是算了吧。"

巴特尔重新拉上围脖,跟着队友一起悄然离开了。

九

电力工厂,许多辆警车和救护车将现场包围,红蓝色的车灯汇聚成一条发光的河流。在特警的监视下,医护人员给齐衡奕身上的伤口简单做了包扎。随后,齐衡奕被两名蒙面的男特警押解着向警车走去。

齐衡奕在人群里四处张望,突然间,她的目光凝固了。不远处,一个熟悉的身影正缓缓向她走来。齐衡奕的眼泪慢慢滑落,淌过她满是血污的脸颊。她的内心仿佛一团乱麻,交织着无尽的悲伤与迷茫。两人在人群中静静地对视着,仿佛周围的一切都不存在。回忆如潮水般涌入齐衡奕的脑海,每一帧画面都像是尖锐的刺一样,深深地扎在她的心头。

"齐医生……"彭鹰翔的声音有些干涩。齐衡奕惨淡地笑了笑,声音带着颤音:"彭大队长,又见面了。"彭鹰翔抿了抿嘴,不知道该说些什么,纠结了半天,才说了一句:"你好好协助警方的工作,肯定会得到宽大处理的。"齐衡奕苦涩一笑:"是吗?就算宽大处理——我依然是个罪犯。"

"别这么说,虽然这条岔路你选错了,但往回走还来得及。"彭鹰翔劝解道。

齐衡奕深深地看了彭鹰翔一眼:"你不要用警察的口吻跟我说话,那些都不重要,我还没死,还站在这儿,就是为了见你一面。"听到

第十四章

齐衡奕这么说,彭鹰翔突然有一种不祥的预感,他冲上前去,想要抓住她的手。齐衡奕露出一抹决然的笑容,牙齿重重一咬,随后有什么东西在她嘴里破裂了。

彭鹰翔揽住齐衡奕的肩膀,捏着她的嘴冲程菡玥大声喊道:"快拿水过来给她漱口!"程菡玥赶紧从车里拿了一瓶水,可还没跑到齐衡奕面前,就看见她嘴里涌出了白沫。

齐衡奕的身体在彭鹰翔怀中慢慢软下来。何雨洋拨开齐衡奕的眼皮,用手电照了照她的瞳孔,摇了摇头:"已经死了。"彭鹰翔的双眼逐渐被泪水模糊,他想大声呼喊齐衡奕的名字,却发现声音卡在了喉咙里,发不出一丝声响。彭鹰翔一脸木然,直到程菡玥拍了拍他的肩膀,他才松开了自己早已僵硬的双手,让医护人员把齐衡奕的遗体抬上了担架。

彭鹰翔眼睁睁看着担架被抬走,深深的自责侵蚀着他的内心。他不断在想,如果当初自己细心一点,对齐衡奕更在意一点,或许这一切还有挽回的余地。

十

东海市国际会议中心,各国的国旗在广场四周飘扬着。来自世界各国的代表陆续从会场中走了出来,他们有的穿着笔挺的西装,有的穿着各种特色服饰,但脸上都洋溢着友好亲切的笑容,他们热情地跟身边的人相互探讨着什么,记者们手持各种专业相机对着他们竞相拍照,"咔嚓、咔嚓"的声音此起彼伏。

一名记者手拿话筒,面带微笑对着镜头说道:"观众朋友们,本次国际政经高峰论坛于今日正式落下帷幕,在这十二天的时间里,我们见证了无数精彩的观点碰撞,也感受到了来自世界各国的智慧与热情。这是一次凝聚共识、汇集策略的盛会，大家从不同角度对当今国际政治经济进行了探讨，为世界的发展集思广益、出谋划策。"记者把目光挪向了另一边，摄像机的镜头跟着对准了周边的一队特警。

"这次会议能顺利落下帷幕，离不开这群特殊英雄的支持，他们是由东海市特警支队闪电突击队和霹雳女子特战小组共同组建的安保队伍。他们以无畏的勇气、专业的素养和强烈的责任感，确保了会场秩序的万无一失。今天，我站在这里，怀着无比崇敬和感激的心情，向他们致以最崇高的敬意！"

看到记者带着摄像机走了过来，突击队的队员们站得笔直又挺拔，露在外面的眼睛里冒着热烈的光芒。记者把话筒递到彭鹰翔嘴边："这位同志，请您跟电视机前的观众朋友说两句吧。"彭鹰翔的语气铿锵有力："这次国际政经高峰论坛的顺利进行，不仅向全世界展示了我们国家警察队伍的良好形象，更让他们知道了我们拥有一个安全有序、和谐稳定的社会环境……"

尾　声

　　墓园，细雨如丝。

　　一个孤独的身影在一块墓碑前停下了脚步，他凝视着墓碑上齐衡奕的照片，雨水顺着头上那顶警帽的帽檐滑落。他深吸一口气，缓缓蹲下身子，将一束白色的鲜花静静地放在了墓碑前。

　　突然间，他看见墓碑前有什么在闪光，他伸手捡起来，放在掌心细细端详。他看着这枚熟悉的耳钉，若有所思。他看向四周，嘴角慢慢翘了起来："我早该想到了。"

　　山顶墓园外，程菡玥坐在车里，看见彭鹰翔一脸脸轻松地走下了台阶。彭鹰翔打开车门，坐进驾驶座。程菡玥问道："心情好点了吗？"彭鹰翔握着方向盘，看着雨幕中朦胧的城景："死去的只是躯体，活着的才是灵魂，齐医生也算拥有过一个让自己满怀激情的人生了。"程菡玥听得一头雾水："什么意思？"

　　彭鹰翔没说话，发动了汽车，车胎卷起一圈水雾，驶向山下华灯初上的城市。

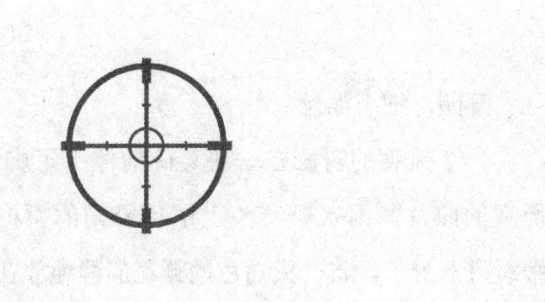